»Habemus Papam!« Jubel aus Tausenden von Kehlen. Wenig später erscheint das neue Oberhaupt der römisch-katholischen Kirche auf der Loggia über dem Petersplatz. Im selben Augenblick fällt ein Schuss. Tödlich getroffen sinkt der Papst zu Boden. Der Scharfschütze ist schnell festgenommen, doch weigert er sich auszusagen und verlangt stattdessen Bischof Corsetti zu sprechen.
Tags darauf betritt der Bischof ein kleines Lebensmittelgeschäft, um dort eine vom Attentäter für ihn deponierte Kiste abzuholen. Die Kiste ist schwer – und sie birgt ein noch schwerer wiegendes Geheimnis: das »Projekt Simon«. Die mysteriösen Tagebücher führen Corsetti auf die Spur einer mächtigen Bruderschaft, die ein gefährliches Komplott gegen die katholische Kirche schmiedet …

Arno Strobel, 1962 in Saarlouis geboren, studierte Informationstechnologie und arbeitete bis Anfang 2014 bei einer großen deutschen Bank in Luxemburg. Im Alter von fast vierzig Jahren begann er mit dem Schreiben. 2007 erschien Arno Strobels erster Roman, der Vatikan-Thriller ›Magus. Die Bruderschaft‹, 2010 gelang ihm mit seinem Psychothriller ›Der Trakt‹ der Durchbruch. Seither zählt er zu den erfolgreichsten deutschen Thrillerautoren.

Arno Strobel

MAGUS

DIE BRUDERSCHAFT

Thriller

dtv

Ausführliche Informationen über
unsere Autoren und Bücher
www.dtv.de

Von Arno Strobel
ist bei dtv außerdem erschienen:
Castello Cristo (21136)

Neuausgabe 2019
2. Auflage 2019
© 2019 dtv Verlagsgesellschaft mbH & Co. KG, München
Dieses Werk wurde vermittelt durch die Literarische Agentur
Thomas Schlück GmbH, 30161 Hannover.
Umschlaggestaltung: Katharina Netolitzky
unter Verwendung eines Fotos von photocase / kallejipp
Satz: Fotosatz Amann, Memmingen
Gesetzt aus der Sabon Antiqua 9,8/11,75˙
Druck und Bindung: Druckerei C.H.Beck, Nördlingen
Gedruckt auf säurefreiem, chlorfrei gebleichtem Papier
Printed in Germany · ISBN 978-3-423-21789-7

Für
Heike
Laura
Christine
und Alexander

Vatikan

Als er sah, wie der Kardinaldiakon die Loggia der Vatikanischen Basilika betrat, bildeten sich fast augenblicklich kleine Schweißperlen auf seiner Stirn. Seit Stunden lag er bäuchlings auf dem Dach der Kolonnaden, doch plötzlich erschien ihm der leichte Septemberwind um einige Grade kühler. Er atmete schnaubend aus und schloss für einen Moment die Augen.

Bitte, Gott, lass nicht zu, dass er es ist! Jeder, nur nicht er!

Seine Lider hoben sich wieder und schoben die wohltuende Dunkelheit wie einen Vorhang von ihm weg. Ein, zwei Sekunden lang bot sich ihm ein Bild aus Grau- und Weißtönen, dann war sein Blick wieder klar. Tränen suchten sich einen Weg über die Wangen, doch die feuchten Spuren in seinem Gesicht nahm er kaum wahr. Noch einmal stieß er kräftig den Atem aus, dann griff er entschlossen nach der Präzisionswaffe.

Wie ein drohender Zeigefinger senkte sich der Lauf über das Zweibein nach unten, als er den Schaft hob und fest gegen seine Schulter presste.

Eine Glocke aus bleierner Ruhe umgab ihn jetzt. Das Gemurmel, ein Wortbrei aus Tausenden von Stimmen unter ihm, an das er sich in den Stunden des Ausharrens längst gewöhnt hatte, war plötzlich verstummt. Er wusste nicht, ob die Masse wirklich schwieg oder ob das Stimmengewirr einfach nicht mehr zu ihm durchdringen konnte, aber es war ihm auch egal.

Der Abstand zwischen Schulter und Auflage, um die sich die Waffe in der Angel dreht, ist die Richtlänge. Der Richtwinkelfehler ergibt sich aus Schützenschulterbewe-

gung je Richtlänge ... Es ist mir in Fleisch und Blut über-
gegangen, ganz wie deine Lakaien es mir wieder und wie-
der eingebläut haben. Du wärest stolz auf mich!

Das Fadenkreuz leuchtete weiß vor einem stark vergrö-
ßerten Ausschnitt der Außenmauer. Überdeutlich konnte
er die Risse sehen, von denen die Wand der Basilika durchzogen war. Ganz langsam schwenkte er das Gewehr nach
rechts. Dann hatte er die Gestalt im Visier. Das Bild zitterte noch einmal kurz und stand schließlich ruhig. Seine
Armmuskeln entspannten sich. Die Waffe bewegte sich
dabei keinen Millimeter.

Eine schreckliche Sekunde lang hatte er das Gefühl, die
Augen in dem lächelnden Gesicht des Kardinals blickten
ihn direkt an. Als Seine Eminenz einen Schritt auf das
Mikrofon zuging, schob sich der Kopf wieder aus dem
Fadenkreuz heraus. Sofort korrigierte er nach.

Als wäre durch die Bewegung die schützende Glocke
über ihm weggerissen worden, hörte er die Stimme des
alten Mannes, die von allen Seiten über den Petersplatz
zu schallen schien.

»*Annuntio vobis gaudium magnum – Habemus Papam!*
Ich verkünde Euch eine große Freude: Wir haben einen
neuen Papst.«

»Den Namen! Sag endlich seinen Namen«, flüsterte er
gegen den tosenden Beifall der Menge.

Wie die Waggons eines langen Zuges rauschten Worte
an ihm vorbei, bis endlich diese eine, über alles entscheidende Information in sein Bewusstsein drang.

Der Name des neuen Papstes.

Alles in ihm bäumte sich auf. Er wollte aufspringen und
über den Petersplatz schreien: »Ihr Wahnsinnigen! Ihr
ahnt ja nicht, was ihr getan habt!«

Aber es hätte nichts geändert. Er würde nichts damit
erreichen. Genauso wenig, wie er in der Vergangenheit
etwas erreicht hatte.

Jetzt sitzt du zu Hause vor dem Fernseher und siehst dich fast am Ziel deiner Träume. Eurer Träume. Noch nicht im Ziel, aber ganz kurz davor. Aber ich …

Doch er hatte keine Zeit mehr für solche Gedanken. Das Gesicht, das er so gut kannte, tauchte nun neben dem Kardinaldiakon auf. Der Jubel der Menschenmenge wurde immer frenetischer.

Keine Zeit mehr für irgendwelche Gedanken. Der Moment war gekommen. Mit einer imaginären Handbewegung befreite er seine Sinne von allen unwichtigen Eindrücken. Der neu gewählte Papst trat würdevoll lächelnd an das Mikrofon, um dem Volk den apostolischen Segen zu erteilen.

Das Fadenkreuz pendelte sich genau auf der furchigen Stirn ein. Sein Zeigefinger krümmte sich, fand den kaum spürbaren Druckpunkt. Er hielt den Atem an.

Ein Leben gegen das von Millionen. O Gott, vergib mir!

Kurz zuckte der erwartete Ruck durch seine rechte Schulter, als der Rückstoß den Schaft dagegenpresste. Der weißgekleidete Mann auf der Loggia sackte in sich zusammen wie eine Marionette, der man die Fäden durchschnitten hatte. Es folgte eine schier endlose Sekunde der Stille. Dann fuhr ein Aufschrei des Entsetzens durch die Menschenmenge auf dem Petersplatz.

Er hatte getroffen. Und er zweifelte keinen Augenblick daran, dass er ihn tödlich getroffen hatte. Seine Waffe achtlos beiseiteschiebend, robbte er zu einem der steinernen Pfosten und lehnte sich mit dem Rücken dagegen. Langsam fiel die Anspannung von ihm ab. Er legte seinen Kopf in die Armbeuge. Sein Körper wurde von einem heftigen Weinkrampf geschüttelt.

Endlich kamen sie. Mit fast übermenschlicher Anstrengung schob er den Schmerz über seine Tat beiseite. Als sie über das Dach der Kolonnade mit erhobenen Maschinenpistolen auf ihn zugerannt kamen, hob er beide Arme. Sie durften ihn nicht erschießen. Es war von großer Bedeutung, dass er am Leben blieb.

In einem Abstand von etwa drei Metern bauten sie sich vor ihm auf. Er blickte in die Mündungen von mindestens zehn Waffen. Die Männer trugen schlichte Uniformen ohne Rangabzeichen. *La Vigilanza*, der vatikanische Polizeikorps, soufflierte ihm sein Gedächtnis.

Einer der Männer machte eine herrische Handbewegung und sagte in scharfem Tonfall etwas auf Italienisch. Er war ein kleiner, drahtiger Kerl mit eisblauen Augen. Dick traten die Adern seiner Unterarme unter den hochgekrempelten Hemdsärmeln hervor.

Er hob die Schultern und schüttelte den Kopf zum Zeichen, dass er ihn nicht verstand.

Mit dem Lauf der Waffe deutete der Polizist deshalb auf eine Stelle am Boden direkt neben ihm. Endlich begriff er und legte sich lang auf den Bauch, die Arme weit über den Kopf gestreckt. Mehrere Hände tasteten ihm grob über den Körper. Er hatte die Augen wieder fest geschlossen.

Nur nicht schießen. Sie dürfen mich nur nicht erschießen.

Schnell näher kommende Schritte deuteten darauf hin, dass noch mehr Männer sein Versteck gefunden hatten, das eigentlich kein Versteck war. Schmerzhaft wurde er von kräftigen Händen gepackt und auf die Beine gestellt. Aus den Gesichtern um ihn herum schlug ihm der pure Hass entgegen.

Ihr hasst mich und ahnt dabei nicht, wovor ich euch bewahrt habe. Aber wie solltet ihr auch.

Der Polizist, der scheinbar der Boss war, schnauzte ihn wieder an, obwohl er wusste, dass er keines seiner Worte verstand. Darauf nahmen ihn zwei Männer in ihre Mitte und zogen ihn brutal mit sich.

»Wie ist Ihr Name? Warum haben Sie das getan? Reden Sie endlich!«

Er saß, an Händen und Füßen mit Kunststoffseilen gefesselt, auf einem Stuhl. Ein weiterer primitiver Holzstuhl hinter einem wackligen Schreibtisch und ein niedriges, braunes Blechregal an der Wand neben der Tür bildeten das einzige Inventar des Büros. Durch das winzige Fenster drang nur wenig Tageslicht herein. Die Neonröhre an der Decke tauchte den Raum in kalte, abweisende Helligkeit.

Erst war das Büro voll mit aufgeregt durcheinander redenden Männern gewesen, die meisten in Uniformen der italienischen Polizei. Unzählige Hände hatten ihn geschubst und geschlagen. Jetzt befanden sich außer ihm nur noch vier Carabinieri und ein Mann in mausgrauem Anzug mit einer schwarz-rot karierten Krawatte in dem Büro. Der Mann sprach sehr gut Deutsch, mit einem leichten italienischen Akzent. Er hatte gehört, wie einer der Polizisten den Mann Rossi nannte.

Rossi mochte um die Fünfzig sein. Das kantige Gesicht unter den pechschwarzen, lockigen Haaren strahlte Härte und Erbarmungslosigkeit aus. Er beugte sich nun so weit zu ihm herunter, dass ihre Gesichter nur noch Zentimeter voneinander entfernt waren. Sein Atem roch nach kaltem Zigarettenrauch.

»Machen Sie verdammt noch mal endlich den Mund auf!«

Er durfte sich nicht aus der Ruhe bringen lassen.

»Ich muss zuerst mit Bischof Leonardo Corsetti sprechen. Danach werde ich alles erzählen, was Sie wissen wollen.«

Zum zweiten Mal bekam er einen schmerzhaften Schlag ins Gesicht. Der Hieb ließ seine Unterlippe aufplatzen. Wütend wandte sich Rossi ab und sagte etwas zu einem der Carabinieri, dessen Uniformjacke sich über dem gewaltigen Bauch spannte. Augenblicklich verließ dieser den Raum. Wieder trat Rossi zu ihm.

»Ich würde Sie am liebsten über den Petersplatz treiben«, zischte Rossi ihn an. »Haben Sie eine Vorstellung davon, was die Gläubigen da draußen mit Ihnen machen würden? Ist Ihr krankes Hirn in der Lage, auch nur im Entferntesten zu ahnen, was Sie diesen Menschen, was Sie uns allen angetan haben, Sie Irrer?«

»Ist er tot?«

Wieder ein Schlag mitten ins Gesicht, nun aber mit der Faust und mit solcher Wucht ausgeführt, dass er mitsamt dem Stuhl nach hinten kippte. Noch im Fallen dachte er, dass der Kerl ihm das Nasenbein gebrochen hatte. Dann knallte sein Hinterkopf auf die Holzdielen des Fußbodens. Sogleich packte ihn jemand an den Haaren und zog seinen Kopf ein Stück nach oben. Wieder waren Rossis schwarze Augen dicht vor ihm.

»Ja, Papst Gregor XVII. ist tot!« Rossis Gesicht war zu einer zornigen Fratze verzerrt. »Gemeuchelt von einem Wahnsinnigen nach nicht einmal einstündigem Pontifikat.«

Plötzlich war sein Kopf wieder frei und schlug noch einmal hart auf dem Boden auf. Für Sekunden tanzten schwarze Punkte vor seinen Augen einen wilden Reigen. Jetzt bloß nicht bewusstlos werden, beschwor er sich selbst. Er versuchte, sich auf einen Punkt an der weißgetünchten Decke zu konzentrieren, um nicht in die Finsternis einer Ohnmacht abzugleiten, doch das grelle Neonlicht zwang ihn, die Augen zu schließen.

Die Welt stand am Abgrund und ahnte nichts davon. Er wusste nicht, ob seine Tat ausreichte, das Unheil abzuwenden, aber er hatte sein Möglichstes getan. Er fühlte sich von einer unendlichen Last befreit.

Unbeweglich lag er da; vielleicht ließ so der stechende Schmerz unter der Schädeldecke nach. Sie ließen ihn in

Ruhe, bis sich die Tür wieder öffnete und jemand den Raum betrat. Blut war ihm aus der gebrochenen Nase in die Ohren gelaufen, weshalb er nur undeutliches Stimmengemurmel vernahm. Sein Stuhl wurde von zwei Männern mit einem Ruck aufgerichtet. Der dicke Carabiniere war zurückgekommen und redete leise auf Rossi ein. Sein Peiniger schüttelte gerade den Kopf, als könne er nicht glauben, was er hörte. Dann drehte er sich um und beugte sich wieder angewidert über ihn.

»Seine Exzellenz Bischof Corsetti hat sich bereit erklärt, mit Ihnen zu sprechen«, sagte er. »Er wird in einigen Minuten hier sein. Wenn es nach mir ginge ...«

»Ich muss ihn allein sprechen.«

Der Arm, der sich erneut zum Schlag erhob, wurde von hinten von einem jungen Polizisten festgehalten. Rossi wirbelte mit einer wilden Bewegung herum und starrte den Mann wütend an. Der Carabiniere erblasste. An seinem jugendlichen Gesicht konnte man ablesen, dass er wusste, wie viel Ärger ihm sein Eingreifen bereiten würde. Trotzdem hielt er Rossis Blick stand und schüttelte leicht den Kopf. Rossi schnaubte und ließ den Arm sinken.

Er warf dem jungen Uniformierten einen dankbaren Blick zu, worauf dieser brüsk in eine andere Richtung sah. Augenscheinlich wollte er keine Dankbarkeit von einem Menschen, der gerade den neugewählten Papst ermordet hatte.

Die folgenden Minuten verstrichen, ohne dass Rossi sich noch einmal an ihn wandte. Er hatte sich mit dem Rücken zu ihm auf den Schreibtisch gesetzt und starrte auf die gegenüberliegende Wand. In unregelmäßigen Abständen stieg der blaue Rauch einer Zigarette über seinem Kopf auf.

Die Carabinieri wurden abgelöst. Auch in den neuen Gesichtern konnte er die Mischung aus Unverständnis, blankem Entsetzen und Hass erkennen, wenn sie ihn ansahen. Ein älterer Uniformierter mit Halbglatze kam, kaum hatte er den Raum betreten, geradewegs auf ihn zu und spuckte vor ihm aus. Dazu zischte er einige Worte auf Italienisch, die er nicht verstand. Es klang, als hätte der Mann ihn verflucht.

Plötzlich wurden vor der Tür hektische Schritte hörbar, und kurz darauf betrat Bischof Corsetti den Raum. Als der hohe Geistliche ihn auf dem Stuhl erblickte, blieb er wie angewurzelt stehen. Seine Augen weiteten sich für einen kurzen Moment. Dann wandte er sich an Rossi, der aufgesprungen war, und sagte tadelnd in deutscher Sprache: »Sie haben ihn misshandelt. Seien Sie bitte so freundlich, ihm das Gesicht zu säubern.«

Minuten später wischte ihm der Polizist mit der Halbglatze mit einem nassen Lappen grob das Blut vom Gesicht, wobei er es nicht versäumte, ihm die gebrochene Nase mit festem Druck besonders gründlich abzureiben. Ein höllischer Schmerz durchzuckte ihn, aber er ließ es stumm über sich ergehen, den Blick starr auf den geistlichen Würdenträger gerichtet.

Man hatte für den Bischof ein Kissen auf den zweiten Stuhl gelegt und ihn so hingestellt, dass sie sich in einem Abstand von etwa zwei Metern gegenübersaßen.

»Mein verlorener Sohn, du wolltest mit mir sprechen«, sagte der Geistliche sanft. »Warum ausgerechnet mit mir?«

Das leichte Zittern in seiner Stimme ließ ahnen, was es für ihn bedeutete, dem Mörder des Papstes gegenüberzusitzen.

»Eure Exzellenz, ich muss Sie *allein* sprechen. Es ist wirklich wichtig. Lebenswichtig.«

»Auf gar keinen Fall!«, polterte Rossi.

Der Bischof hob beschwichtigend die Hand und sah ihn dann mit Augen an, die trotz der großen Trauer ehrliche Güte ausstrahlten. »Welchen Grund gibt es, dass du mich allein sprechen willst?«

»Ich möchte beichten.«

Bischof Corsetti nickte. »Das soll dir nicht verwehrt werden.«

»Exzellenz, das kann ich nicht zulassen!«, brauste Rossi auf. Er lief wie ein gereizter Tiger im Käfig hin und her. »Sie begeben sich in Lebensgefahr. Dieser Mann ist wahnsinnig. Er hat den Heiligen Vater umgebracht!«

Der Geistliche erhob sich. »Auch er ist ein Kind Gottes, und wenn er seine Seele retten möchte, so ist es meine Pflicht, ihm dabei zu helfen. Das kann mir kein weltliches Gericht untersagen. Also lassen Sie uns bitte allein.«

Rossi presste die Lippen kurz fest aufeinander und schluckte. Dann drehte er sich zu einem der Carabinieri um und erteilte ihm einen scharfen Befehl, worauf dieser weitere Kunststoffseile aus einer Innentasche seiner Uniformjacke zog und begann, den Gefangenen noch fester an den Stuhl zu binden. Die Fesseln schnitten ihm ins Fleisch, sie würden ihm das Blut abschnüren. Aber spielte das noch eine Rolle?

Als sichergestellt war, dass er sich nicht mehr bewegen konnte, verließen die Uniformierten das Büro. Bevor Rossi hinausging, sah er ihm noch einmal mit einem langen, finsteren Blick drohend in die Augen und wandte sich dann an den Bischof, der ans Fenster getreten war und hinunter auf den Petersplatz blickte, den gewaltige Polizeieinheiten inzwischen vollkommen abgesperrt hatten.

»Wenn Sie Hilfe brauchen, Exzellenz, ich stehe vor der Tür!«

Dann war auch er verschwunden. Kaum hatte sich die Tür geschlossen, sprudelte es aus ihm heraus.

»Exzellenz, schauen Sie mich bitte an«, sagte er beschwörend. »Erinnern Sie sich an mich? Sie kennen mich!«

Der Bischof hatte sich zu ihm umgedreht und musterte

ihn angestrengt. Plötzlich wich alle Farbe aus seinem Gesicht. Er legte die Hand auf den Mund und starrte ihn entsetzt an.

»Gütiger Gott! Du bist ...« Mit vor Schreck geweiteten Augen ließ sich der Geistliche auf den Stuhl sinken. »Wie ...?«

Er schüttelte jedoch vehement den Kopf, woraufhin ihn erneut ein stechender Schmerz durchzuckte. »Bitte, stellen Sie jetzt keine Fragen!«, flehte er verzweifelt. »Dazu bleibt keine Zeit. Hören Sie mir einfach nur zu. Kennen Sie die Via del Falco ganz hier in der Nähe des Petersplatzes?«

Der Bischof nickte stumm.

»Gut! An der Kreuzung Via del Falco mit Borgo Vittorio gibt es ein kleines Lebensmittelgeschäft. Es gehört einem alten Herrn, Signore Lazetti. Dort habe ich eine Kiste für Sie deponiert.« Er sprach schnell, denn er befürchtete, dass Rossi jeden Moment wieder auftauchte. »Ich habe dem Mann eine fürstliche Belohnung versprochen, wenn er sie sorgsam für Sie aufbewahrt. Die Kiste ist sehr schwer. Und beeilen Sie sich. Nach dem, was geschehen ist, wird man ihr Fehlen bald bemerken und vor nichts zurückschrecken, um sie wiederzubekommen. Glauben Sie mir, es ist von allerhöchster Wichtigkeit!«

Der Bischof sah ihm lange mit einem nicht zu deutenden Blick in die Augen.

»Warum nur hast du etwas so unsagbar Schreckliches getan?«

»Nehmen Sie die Kiste an sich, dann wird Ihnen diese Frage beantwortet. Sehen Sie sich ihren Inhalt an. Allein. Sie entscheiden, was damit zu geschehen hat. Werden Sie es tun, Exzellenz?«

Wieder dieser seltsame Blick. »Du wolltest doch beichten, mein Sohn.«

Als Bischof Corsetti, angekündigt vom einsamen Bimmeln eines Glöckchens, den kleinen Laden betrat, mussten sich seine Augen erst an das schummrige Licht gewöhnen, das sich dünn wie Rinnsale durch die Ritzen der geschlossenen Holzläden in den Raum zwängte. Erst auf den zweiten Blick entdeckte er Giuseppe Lazetti, der dösend hinter der Theke saß.

Umständlich richtete sich der Alte auf und sah dem schlanken Geistlichen mit dem vollen, grauen Haar misstrauisch entgegen. Die hohen Herren des Vatikans verirrten sich sonst nie in sein kleines Lebensmittelgeschäft. Hatte der Besuch etwas mit dem gestrigen Attentat auf den Papst zu tun? Was konnte er dazu schon sagen? Er hatte mit der Kirche nichts am Hut. Sein letzter Besuch in einem Gotteshaus musste über zwanzig Jahre her sein. Sein Unwille schlug jedoch sofort in geschäftigen Eifer um, als der Bischof das Attentat überhaupt nicht erwähnte, sondern nach einer Kiste fragte, die jemand für ihn abgegeben habe. In Erwartung der versprochenen Belohnung rieb sich Lazetti, untertänig nickend, die Hände. Er quetschte sich an den Regalen hinter seinem Tresen vorbei und verschwand durch eine niedrige Tür im Hinterzimmer.

Während polternde Geräusche ein Umstapeln mehrerer Kisten vermuten ließen, blickte Corsetti sich um. Die alten, mit Waschmitteln, Konserven und sonstigen Dingen für den täglichen Gebrauch überladenen Holzregale, auf denen an manchen Stellen die abblätternde weiße Farbe die Konturen einer Landkarte angenommen hatte, vermittelten ihm das Gefühl, eine Reise in die Vergangenheit unternommen zu haben. Mit einem Anflug von Wehmut dachte er an seine Zeit als junger Priester in einem kleinen sizilianischen Dorf zurück, als eine seiner größten Sorgen war, dass die unverheiratete Giulietta Corrina den Vater ihres Kindes nicht nennen wollte. Oder wie er Paolo

Veretto davon überzeugen konnte, dass es im Streit mit der Ehefrau bessere Argumente gab, als ihr ein blaues Auge zu schlagen. Was waren das damals noch für sorglose Zeiten gewesen. Nun, viele Jahre später und nur einen Tag nach der Ermordung des frischgewählten Heiligen Vaters, stand er, Bischof Corsetti, hier und wartete auf den Schlüssel, der ihm die Gründe für ein furchtbares Attentat liefern sollte, das die ganze Welt erschüttert hatte.

Das Ächzen des alten Mannes riss ihn aus seinen Gedanken. Lazetti zog, gebückt rückwärtsgehend, einen Karton von der Größe eines Koffers in den Laden.

»Hier ist die Kiste, Eure Exzellenz. Genau so, wie sie mir der junge Deutsche vorgestern übergeben hat. Ich habe sie wie meinen Augapfel gehütet.«

Bischof Corsetti betrachtete den mit einem breiten schwarzen Klebeband mehrfach umwickelten Pappkarton mit gemischten Gefühlen. Würde er darin wirklich die Antwort finden? Womöglich sogar auf Fragen, die er sich schon vor Jahren gestellt hatte?

»Vielen Dank für Ihre Mühe. Kann ich die Kiste allein tragen?«

»Sicher, Eure Exzellenz. Nur für einen alten kranken Mann wie mich ist sie zu schwer. Das Rheuma, Eure Exzellenz, das ist wie die Pestilenz. Ich habe kein Geld, um die teuren Medikamente zu bezahlen. Hat man Ihnen etwas gesagt von einer ... ähm ...«, er wand sich wie ein Wurm, »von einer kleinen ... Anerkennung für meine Verdienste?«

Corsetti nickte und dachte dabei: Gerade erst ist der Heilige Vater, der Stellvertreter Christi auf Erden, ermordet worden und diesen einfachen Mann kümmern nur seine kleinen Sorgen. Er drückte dem Alten einige Scheine in die Hand, die dieser sogleich eingehend begutachtete. Er strahlte den Bischof an.

»Oh, Eure Exzellenz, der Herr sei mit Ihnen. Ich werde

Sie in mein Abendgebet einschließen ... Und den verstorbenen Heiligen Vater natürlich auch, Gott hab ihn selig«, beeilte sich Lazetti hinzuzufügen und bekreuzigte sich gleich zweimal. Dann zwängte er sich mehrfach verbeugend an dem Kirchenmann vorbei und öffnete ihm unter Glöckchengebimmel die Tür.

Der Karton war schwer, aber für das kurze Stück bis zu dem wartenden Taxi würde es gehen. Als Bischof Corsetti mit seiner Last hinaus in die strahlende Mittagssonne trat, schloss er für einen Moment geblendet die Augen.

Im Vatikan mussten eigentlich die Vorbereitungen für die Trauerfeierlichkeiten beginnen, aber die Mitglieder der Kurie waren vor Entsetzen noch wie gelähmt. In jüngster Vergangenheit waren ungewöhnliche Dinge geschehen. Der Mord an dem eben erst gewählten Papst war wie ein Donnerschlag aus den schwarzen Wolken über sie gekommen, die sich über dem Vatikan zusammengezogen hatten. Gott schien seine Kirche einer harten Prüfung unterziehen zu wollen.

Hunderte von Trauerbekundungen aus aller Welt waren seit dem Attentat im Vatikan eingegangen. Aber es wurden auch immer mehr neugierige Fragen nach den Hintergründen der Tat gestellt. Die internationale Presse überschlug sich mit Meldungen aus »gut unterrichteten Kreisen« und Spekulationen der Redakteure. Gab es einen Zusammenhang zwischen dem Mord an dem Kirchenoberhaupt und den geheimnisvollen Geschehnissen um seinen Vorgänger? Gehörte der deutsche Attentäter einer fanatischen Vereinigung an? Ein großes Skandalblatt glaubte zu wissen, dass der Mörder zum Islam konvertiert war, der zum finalen Schlag gegen die »Ungläubigen« ausgeholt hatte. Der deutsche Bundeskanzler hatte einen Krisenstab gebildet, dessen Sprecher verkündete, dass man ein Sondereinsatzkommando aus Angehörigen des Bundeskriminalamts nach

Rom senden würde, um der italienischen Polizei bei der Aufklärung des Verbrechens behilflich zu sein.

Grübelnd schritt Bischof Corsetti durch die engen Straßen der Vatikanstadt, vorbei an Grüppchen von Geistlichen, die leise und mit ernsten Gesichtern miteinander debattierten und ihn verhalten grüßten. Hin und wieder blieb er stehen, sah hinauf in den Himmel, an dem dicke Wolken aufgezogen waren, und ließ dann seinen Blick über die gelblich-braunen Mauern der alten Gebäude schweifen. Im trüben Licht wirkten sie so trostlos, als wollten sie die Verzweiflung und Trauer nach außen tragen, die sich der Menschen bemächtigt hatte. Das Leben im Vatikan schien stillzustehen angesichts der Unfassbarkeit des Geschehens.

Eine Viertelstunde später schloss er die Tür seiner kleinen Wohnung hinter sich und lehnte sich mit dem Rücken dagegen. Nur das unverhältnismäßig laut erscheinende Geräusch seines Atems unterbrach die Stille. Die Kiste stand in der Mitte des Wohnzimmers, so wie er sie eine Stunde vorher dort abgestellt hatte, bevor ihn das dringende Bedürfnis überkam, erst einmal frische Luft zu schöpfen. Ein beklemmendes Gefühl hatte ihm gesagt, dass der Inhalt dieser Kiste ihm nicht nur die Hintergründe für die Ermordung des Papstes liefern würde. Er spürte, wie sich sein Herzschlag beschleunigte, als er sich von der Tür löste und zu seinem schweren Schreibtisch ging. Mit einem silbernen Brieföffner in der Hand machte er zwei entschlossene Schritte auf die Kiste zu, zögerte noch einmal kurz und schlitzte dann das Klebeband auf.

Langsam klappte er die beiden Pappdeckel zurück und warf einen ersten Blick ins Innere. Soweit er erkennen konnte, enthielt der Karton mehrere große, in roten Samt eingeschlagene Bücher. Sie hatten das Format eines herkömmlichen Fotoalbums, waren aber um einiges dicker. Mit leicht zitternder Hand nahm er den obersten Band heraus. Auf den Umschlag war in goldenen Lettern »Projekt S.« geprägt. Corsetti schlug die erste Seite auf. »Projekt Simon III 74–87«. Die Zahl 87 war mit einem anderen Stift geschrieben worden. Projekt Simon? Nachdenklich blätterte er um und erblickte eine lange Kolonne von etwa hundert Zahlen. In einer separaten Spalte daneben war jeweils eine weitere Zahl eingefügt. Es handelte sich dabei ausschließlich um Zahlen zwischen eins und fünf, wobei die Zwei und die Drei am häufigsten vorzukommen schienen. Die Überschrift lautete »74/aktiv«. Er blätterte weiter. Auch die nächste Seite zeigte eine senkrechte Reihe untereinandergeschriebener Zahlen, allerdings ohne die zweite Spalte, und darüber stand »74/X«.

Corsetti schlug nun eine Stelle in der Mitte des Buches auf. Sie war eng von Hand beschrieben. In unregelmäßigen Abständen war am Zeilenanfang ein Datum eingefügt. Es schien sich hier um eine Art Tagebuch zu handeln. Gespannt überflog er die ersten Zeilen.

2. Oktober 1979
ALLGEMEIN – Gespräch mit Oberst K. / Voraussetzungen für Neuakquisition in seiner Kompanie gut. Habe K. geraten, vorsichtig vorzugehen. Fall Helge S. ist noch zu frisch.
SIMON – Erfolg für Weimann. Soll zum Bischof geweiht werden. Problem mit Kinzler spitzt sich weiter zu. Nicht mehr tragbar. Antrag auf X in der morgigen Sitzung.
Simonische Steuer September: 645 345,65 DM.

20. Oktober 1979
ALLGEMEIN – k. b. V.
SIMON – Antrag auf X betreffend Kinzler mit einer Gegenstimme angenommen. Auftrag erteilt!
S6 verliert den Blick für das Ziel.

Corsetti klappte das Buch zu und hielt einen Moment nachdenklich inne. Er konnte sich auf das Gelesene keinen Reim machen. Aber vielleicht fand er in einem anderen Band die Erklärung dafür? Er legte das Buch auf dem schweren Schreibtisch ab und entnahm dem Karton vorsichtig drei weitere Bücher mit rotem Samteinband. Als er sich ein letztes Mal über die Kiste beugte, stockte ihm der Atem: Aus bronzefarbenem Metall glänzte ihm vom schwarzen Lederdeckel des letzten Buches ein Hakenkreuz entgegen. Langsam streckte er seine Hand danach aus. Ebenso langsam richtete er sich dann, das Buch in der Hand, wieder auf. Er konnte den Blick nicht von dem metallisch glänzenden Symbol abwenden, in dem sich das Licht der Deckenlampe spiegelte. Etwas war seltsam daran. Als er seine Augen die Linien entlangwandern ließ, dämmerte es ihm: An den Eckpunkten, dort, wo die Balken um neunzig Grad abknickten, waren schwarze Kreise aufgesetzt. Dies erweckte den Eindruck, als gehörten die seitlichen Flügel nicht mehr dazu.

Den Blick noch immer auf den Buchdeckel geheftet, ging Bischof Corsetti langsam die drei Schritte bis zu seinem bequemen Sessel in der Ecke neben der Stehlampe. Die verschiedensten Gedanken rasten ihm durch den Kopf, als er sich in die Polster sinken ließ. Er legte das Buch auf seine Oberschenkel und lehnte den Kopf mit geschlossenen Augen zurück.

Himmlischer Vater, was bürdest du mir da auf? Was immer ich hier finden werde, gib mir die Weisheit und die Kraft, es zu verstehen und zu deinem Wohle einzusetzen!

Er holte tief Luft, öffnete die Augen und schlug das Buch auf. Wie auch schon bei dem in rotem Samt eingeschlagenen Buch zeigte die erste Seite den Titel »Projekt Simon«, allerdings ohne sonstige Zusätze. Auch die Zahlenreihen auf den folgenden Seiten fehlten. Stattdessen erblickte Corsetti einen ersten, mit Datum versehenen Eintrag.

Montag, 24. Januar 1949
Kimberley

Die südafrikanische Sonne kannte kein Mitleid mit Mensch und Tier. Als wäre sie fest gewillt, in diesem Sommer diesen Teil der Erde bis zum letzten Tropfen auszutrocknen, demonstrierte sie seit Tagen erbarmungslos ihre ganze Kraft. Sie schien geradezu auf das kleinste Anzeichen von Wasserdampf zu lauern, um es sofort zu zerstören, bevor sich daraus eine lebensspendende Regenwolke bilden konnte.

An diesem Vormittag saßen fünfzig Jungen schwitzend in einem großen Raum, an dessen Decke vier Ventilatoren die heiße Luft gemächlich wie einen Kuchenteig durchwalkten. Die einfachen Holzstühle waren zu zwei Blöcken mit jeweils fünf Stühlen in fünf Reihen hintereinander aufgestellt worden. Dazwischen hatte man einen etwa einen Meter breiten Gang frei gelassen.

Gespannt warteten die Jungen auf den Mann, der ihnen etwas über ihre glänzende Zukunft erzählen wollte. Von ihren Eltern wussten sie nur, dass ihnen in Südafrika eine große Ehre zuteil werden sollte, hier würden sie eine hervorragende Ausbildung erhalten, die den Grundstein zu einem unglaublich erfolgreichen Leben bildete. Und obwohl es für die meisten von ihnen nicht einfach gewesen war, Familie und Freunde in Deutschland zurückzulassen, hatte sie die Aussicht auf Abenteuer in dieses ferne, fremde Land gelockt.

Die Blicke der Männer, die sich mit hinter dem Rücken verschränkten Armen entlang der weißen Wände aufgestellt hatten, glitten gleichmäßig über die Jugendlichen und mahnten zur Ruhe. Der Erfolg war nur mäßig. Überall wurde aufgeregt getuschelt und gekichert.

Immer wieder betrachteten die Jungen das etwa zwei Meter hohe Metallgebilde an der mit hellen Holzbrettern verkleideten Stirnseite der Aula. Flüsternd stellten sie Mutmaßungen darüber an, was die Kreise an den Eckpunkten des schwarzen Hakenkreuzes wohl zu bedeuten hatten, bis die zweiflügelige Tür geöffnet wurde und ein etwa fünfzigjähriger Mann in weißem Leinenanzug den Raum betrat. Schlagartig verstummte das Gemurmel. Verfolgt von fünfzig jungen Augenpaaren, ging der Mann mit zügigen Schritten durch den Mittelgang zur Stirnwand, wo er von allen gesehen werden konnte. Sekundenlang betrachtete er die vor ihm sitzenden Jungen, während die Ventilatoren an der Decke mit einem surrenden Geräusch ihre sinnlose Arbeit verrichteten. Es war ein deutlich anderer Blick als der der restlichen Männer. Abschätzend und neugierig, autoritär und doch nicht unangenehm. Dann nickte er. Was er gesehen hatte, schien ihm zu gefallen.

»Guten Morgen, meine Herren«, sagte er mit lauter, fester Stimme. »Ich hoffe, Sie hatten eine angenehme Anreise. Ich begrüße Sie auf meinem Anwesen und denke, dass Sie sich trotz der Hitze hier wohlfühlen werden.«

Die förmliche Anrede ließ den einen oder anderen verlegen lächeln. Der Mann behandelte sie wie vollwertige Erwachsene.

»In Ihren Blicken erkenne ich die wachsende Ungeduld. Ich werde Sie auch nicht länger auf die Folter spannen.« Sein Lächeln drückte Verständnis aus. »Mein Name ist Hermann von Settler. Mehr zu meiner Person erfahren Sie – hoffentlich alle – zu einem späteren Zeitpunkt. Sie möchten endlich wissen, warum Sie hier sind. Zuerst einmal kann ich Ihnen sagen, dass Sie sorgsam aus Tausenden jungen Männern ausgesucht worden sind, denn wir können nur die Besten gebrauchen. Sie alle sind junge, katholische, deutsche Männer im Alter von dreizehn und vierzehn Jahren, stammen aus einem tadellosen Elternhaus und sind durch besondere Charakterzüge und überdurchschnittliche Intelligenz aufgefallen. Und Sie haben nicht gezögert, die vertraute Umgebung aufzugeben, um einer ungewissen Zukunft entgegenzugehen.«

Von Settlers Gesichtsausdruck hatte sich verändert. Das freundliche Lächeln war daraus verschwunden und hatte einer nicht strengen, aber doch bestimmten Ernsthaftigkeit Platz gemacht.

»In den nächsten zwei Tagen werde ich mit jedem Einzelnen von Ihnen ein Gespräch führen. Wenn Sie währenddessen zu der Erkenntnis gelangen, Sie seien für die bedeutungsvolle Aufgabe, für die wir Sie ausgesucht haben, nicht geeignet, können Sie sofort wieder abreisen und alles vergessen. Sollten Sie sich jedoch für unsere Sache entscheiden, ist dies absolut bindend und nicht mehr rückgängig zu machen. Stellen Sie es sich wie das ewige Gelübde vor, das ein Ordensbruder ablegt.«

Er tauschte, nun wieder lächelnd, Blicke mit den vor den Wänden stehenden Männern, räusperte sich und versenkte die Hände tief in den Taschen der Leinenhose.

»Als Gegenleistung erhalten Sie eine einzigartige Ausbildung, um die enorm verantwortungsvolle Aufgabe bewältigen zu können, die auf Sie wartet, sowie eine beachtliche finanzielle Unterstützung. Und Sie werden die Gewissheit erlangen, der ganzen Welt einen großen Dienst zu erweisen. Gibt es zum jetzigen Zeitpunkt jemanden unter Ihnen, der bereits den Saal verlassen möchte?«

Plötzlich schienen sich die meisten der Jungen brennend für ihre Schuhe zu interessieren. Verstohlen blickte mancher sich um, ob jemand die Hand hob. Hermann von Settler lächelte zufrieden.

»Gut! Dann sagen Sie jetzt bitte alle laut: Ich bin bereit!«

Als ein undeutliches Gemurmel folgte, zog er erstaunt die Augenbrauen hoch.

»Ich habe eine Antwort von fünfzig jungen Männern erwartet. Was ich stattdessen höre, ist das Gesäusel aus dem Klassenzimmer eines Mädchenpensionats. Meine Herren, stehen Sie auf!«

Seine Stimme klang plötzlich schneidend, und sofort erfüllte das Geräusch geschobener Stühle den Raum.

»Und jetzt möchte ich es noch einmal aus fünfzig Männerkehlen hören!«

»Ich bin bereit!«, schallte ihm darauf zwar nicht synchron, aber immerhin sehr laut entgegen.

»Na also … Bitte setzen Sie sich wieder.«

Auf von Settlers Gesicht zeigte sich nun wieder ein Lächeln. Kaum hatte sich die Unruhe gelegt, fuhr er mit seiner Ansprache fort.

»Sie werden sich sicher fragen, was *unsere Sache* ist, von der ich vorhin sprach. Nun, zusammen mit einigen einflussreichen und bedeutenden Männern habe ich vor etwa einem Jahr die Bruderschaft der Simoner gegründet. Der Begriff der Simonie geht zurück auf den Zauberer Simon Magus, der von Petrus die göttliche Gabe der Geistmitteilung kaufen wollte, und bezeichnet den Erwerb eines heiligen Amtes, einer Zeremonie oder eines geweihten Gegenstandes für Geld. Und wie der Name der Bruderschaft erinnert auch mein Titel und der aller künftigen Führer der Simoner an den biblischen Zauberer – Magus!«

Er machte eine Pause, um das Gesagte wirken zu lassen.

»Hinter mir an der Wand sehen Sie unser Symbol. Es erinnert in seiner Grundform an das Hakenkreuz. Die Grundgedanken des Mannes, der unwiderruflich mit diesem Symbol verbunden ist, sind auch in unserer Ideologie enthalten …«

Interessiert beobachtete er einige Sekunden lang die Reaktionen in den Gesichtern der Jungen nach der Erwähnung Adolf Hitlers, bevor er weiterredete.

»Wenn Sie jedoch genau hinsehen, werden Sie feststellen, dass die Balken unterbrochen sind und dadurch das Symbol in seiner Gesamtheit ein anderes ist. Genau so, meine Herren, ist unser Weg ein anderer als der Adolf Hitlers, und auch das Ergebnis wird ein anderes sein. Unser Ziel ist es, alle Menschen dieser Welt, ob schwarz, gelb oder weiß, ob arm oder reich, unter einer Führung zu vereinen, weil dies die einzige Möglichkeit ist, dauerhaft in Frieden miteinander zu leben.«

Die Jungen blickten sich irritiert an. Unter *einer* Führung? War nicht gerade dieser Versuch vor Kurzem erst kläglich gescheitert? Sollte es schon wieder Krieg geben? Tod und Elend? Nächte in engen, dunklen Bunkern, umgeben von betenden Frauen und weinenden Geschwistern, in denen man sich vor Angst in die Hose machte, nicht wissend, ob man in wenigen Minuten noch am Leben war? Nächte, während denen sich die vertraute Welt jedes Mal furchtbar verändert hatte?

Hermann von Settler schien zu ahnen, was in den Jungen vorging. Beschwichtigend hob er beide Arme und sprach ruhig weiter.

»Lassen Sie mich ein wenig ausholen, damit Sie verstehen, worum es geht. Sie alle haben die Schrecken des Krieges und die schmähliche Niederlage erlebt, die er uns gebracht hat. Ich selbst habe in diesem Krieg gedient, ich habe als Hauptsturmführer der Waffen-SS für das Vaterland gekämpft. Als der größte Teil unserer ›alten Garde‹ an der Ostfront fiel, ging man dazu über, die bis dahin sehr hohen Anforderungen für die Aufnahme in diese deutsche Eliteeinheit herunterzuschrauben. Und so waren wir 1944 schließlich 600 000 Mann stark. Aber beachten Sie bitte die Zusammensetzung.« Er zog einen Zettel aus der Tasche. »In der Waffen-SS dienten Niederländer, Briten, Schweizer, Norweger, Dänen, Finnen, Schweden, Franzosen, Letten, Esten, Ukrainer, Kroaten, Flamen,

Wallonen, Bosniaken, Italiener, Albaner, Turko-Tataren, Aserbeidschaner, Rumänen, Bulgaren, Kaukasier, Russen, Ungarn und sogar einige Inder. Nur die oberste Führung war und blieb stets deutsch.«

Der Zettel verschwand wieder in den weiten Falten seiner Hosentasche.

»Was möchte ich Ihnen damit sagen? Nun, für intelligente Wesen, und dazu zähle ich Sie alle, lässt sich daraus einiges ableiten. Erstens: Es ist durchaus möglich, unzählige Nationen, vielleicht sogar alle Nationen dieser Welt, unter einer Führung zusammenzufassen. Und zweitens, und das ist ganz wichtig: Ein Krieg ist die denkbar schlechteste Möglichkeit, dies zu realisieren.«

Die Erleichterung der Jungen nach dieser Aussage von Settlers war fast greifbar.

»Meine Herren, die ursprünglichen Gedanken Adolf Hitlers waren genial, aber er war letztendlich doch nur ein kleingeistiger Krawallbruder. Er hatte ein großes Ziel, aber er rückte mit der Brechstange an und hatte leider nicht die Intelligenz, zu erkennen, dass der kürzeste Weg in den seltensten Fällen der beste ist. Es gibt einen anderen Weg, der jedoch nicht innerhalb weniger Jahre zu realisieren ist. Dafür aber ist er umso Erfolg versprechender.«

Von Settler drehte sich um und betrachtete das Symbol. Sekundenlang wandte er den Jungen den Rücken zu, reglos, als würde er das hakenkreuzähnliche Gebilde anbeten. Stille erfüllte den großen Raum. Als er sich plötzlich wieder zu den Jungen umdrehte und noch in der Bewegung mit lauter Stimme weitersprach, fuhren einige erschrocken zusammen.

»An dieser Stelle kommt die Kirche ins Spiel. Wieso die Kirche, werden Sie sich fragen. Nun, ich will es Ihnen erklären. Churchill, Hitler und wie sie alle heißen – alles große Namen. Eine Zeit lang reden sie mit, lenken vielleicht sogar die Geschicke ihres Landes, doch ehe sie sich versehen, sind sie mitsamt ihren politischen Ideen in der Versenkung verschwunden und vergessen. Die Männer der Römischen Kurie hingegen, sie bleiben jahrzehntelang dieselben. Sie werden nicht abgewählt, nicht entmachtet. Kein Staatsstreich kann ihnen gefährlich werden. Erst wenn sie aus dem Leben geschieden sind oder ein geradezu biblisches Alter erreicht haben, werden sie durch jüngere abgelöst, die zudem aus den eigenen Reihen kommen und die seit Jahrhunderten gleiche Politik fortführen. Sie regieren über 360 Millionen Gläubige in allen Ländern dieser Erde und ihr über die ganze Welt verteilter Besitz hat unbeschreibliche Ausmaße.

Meine Herren, die Vergangenheit hat eindeutig bewiesen, dass das Buch der Geschichte nur vordergründig mit Kriegen, Geld und Wirtschaftsgesetzen geschrieben wird. Die eigentliche Triebfeder ist jedoch der Glaube. Die wahrhaft mächtigen Männer dieser Welt sind nicht die Marionetten, die sich Staatspräsidenten nennen oder Regierungschefs. Nein, die wirkliche Macht halten alte Männer in Händen, die in feinste Seide gekleidet sind. Sie tragen goldene Brustkreuze und Edelsteine, und wo immer sie auftauchen, kniet das Volk in wahrer Demut vor ihnen nieder. Es bittet um Vergebung seiner kleinen Sünden und erhält – große Politik.«

Wieder machte er eine kurze Pause, in der sein Blick über die Jungen glitt, die mit weit aufgerissenen Augen bewegungslos auf ihren Stühlen saßen.

»Wenn Sie sich uns anschließen, werden Sie ab der nächsten Woche ein eigens für Sie gegründetes deutsches Internat besuchen. Dort wird man Sie zu einem herausragenden Abitur führen. Anschließend werden sich Ihre Wege zwar trennen, aber Ihr Ziel wird das gleiche bleiben. Sie werden an verschiedenen Universitäten Theologie studieren und sich in einem Priesterseminar auf die

Rolle vorbereiten, die Sie anschließend nach außen hin verkörpern sollen.

Während der gesamten Ausbildung werden Sie immer jemanden in Ihrer Nähe haben, der Tag und Nacht für Sie da ist und an den Sie sich mit allen Fragen und Problemen wenden können. So gerüstet und unterstützt wird Ihrer glänzenden Karriere in der kirchlichen Organisation nichts mehr im Wege stehen. Mit unserer Hilfe werden einige von Ihnen bis in die höchsten Ebenen der Römischen Kurie vordringen. Sie sind auserkoren, diese unglaubliche, ›gottgegebene‹ Macht einmal in Händen zu halten, die Sie dann dazu benutzen werden, die Kirche in unserem Sinne zu reformieren. Mit der Macht und dem Geld der katholischen Kirche werden wir die Gläubigen dieser Welt zu einer einzigen Nation zusammenführen.«

Pause.

»Mit Ihnen an der Spitze.«

Lange Pause. Als er weitersprach, wurde seine Stimme leise. Geradezu ehrfürchtig.

»Sie, meine Herren, werden dann die Welt beherrschen!«

Als hätten sie ihr Stichwort bekommen, ging die Tür auf und eine nicht enden wollende Reihe Männer in kurzen Khakihosen betrat den Raum.

»Jeder von Ihnen wird nun einen ›Begleiter‹ bekommen, der mit Ihnen nach draußen geht und Sie in den folgenden Stunden davor bewahren wird, mit jemandem reden zu müssen.« Von Settlers Stimme war wieder lauter geworden. »Der Grund dafür ist schnell erklärt. Ich möchte in den anschließenden Einzelgesprächen einzig Ihre unverfälschte Meinung hören, nicht das Resultat einer Gruppendiskussion. Ihre persönliche Entscheidung ist zu wichtig, als dass sie durch andere beeinflusst werden darf. Wer ein Bier trinken oder eine Zigarette rauchen möchte, wendet sich an seinen ›Begleiter‹. Er wird Sie damit versorgen.«

Die Jungen sahen sich mit großen Augen an. Bier? Zigaretten? Wenn ihre Mutter sie zu Hause mit einem von beiden erwischt hätte …

Wenig später stieg von dem großen sandigen Platz, der von dem Haupthaus, dem neuen Gebäude mit der großen Aula und den Räumlichkeiten für das Dienstpersonal u-förmig eingerahmt wurde, in unzähligen kleinen Wölkchen blauer Zigarettenqualm auf.

Die Gespräche liefen alle nach dem gleichen Muster ab. Nachdem er den Jungen nach dem Namen gefragt hatte, stellte von Settler allgemeine Fragen nach Freizeitbeschäftigungen, bisherigem Berufswunsch und dem Verhältnis zu den Eltern. Dann wollte er wissen, wie man über den letzten Krieg, den Nationalsozialismus und dessen Führer und über die Kirche dachte. Während der Gespräche machte von Settler sich Notizen in ein kleines, braunes Buch. Nach etwa zwanzig Minuten stellte er dann die alles entscheidende Frage.

»Peter Federspiel, sind Sie bereit, sich uns anzuschließen und sich unwiderruflich in den Dienst unserer Sache zu stellen?«

»Ja!«

»Dann stehen Sie bitte auf. Heben Sie die rechte Hand und sprechen Sie mir nach: Ich, Peter Federspiel, schwöre den heiligen Eid, dass ich der Sache der Simoner allzeit treu und redlich dienen werde und bereit bin, für die Bruderschaft jederzeit mein Leben einzusetzen.«

Nachdem der Eid geleistet war, musste der Junge eine vorbereitete Urkunde mit ähnlichem Wortlaut unterschreiben, worauf sein Betreuer den Raum betrat und das neueste Mitglied der Bruderschaft hinüber in die Unterkunft geleitete.

Alle Gespräche liefen exakt nach dem aufgestellten Zeitplan ab, bis am späten Nachmittag ein blonder Junge in von Settlers Büro Platz nahm. Er sollte der vorletzte des ersten Tages sein.

Wie jedes Mal davor lehnte sich von Settler erst einmal zurück und musterte sein Gegenüber für einige Sekunden. Die meisten der Jungen blickten dabei verlegen zu Boden oder betrachteten mit hochrotem Kopf scheinbar interessiert das Mobiliar des gemütlich eingerichteten Raumes. Dieser war jedoch anders. Trotzig hielt er dem prüfenden Blick der eisgrauen Augen stand.

»Wie ist Ihr Name, junger Mann?«, fragte von Settler.

Der Junge warf einen schnellen Blick auf den Schreibtisch, wo eine gelbe Aktenmappe lag. Auf dem Deckel stand sein Name geschrieben. Er deutete mit dem Kopf zu der Akte hin.

»Den haben Sie doch schon gelesen. Mein Name ist Friedrich von Keipen.«

Von Settler überging die kleine Provokation.

»Von Keipen, richtig. Ihr Vater ist ein beachtlicher Mann.«

»Er ist alt«, erwiderte Friedrich und zuckte mit den Schultern.

Von Settlers Augen verengten sich zu Schlitzen.

»Was meinen Sie damit?«

»Er lebt noch immer in seiner Welt aus Naziparolen und will nicht wahrhaben, dass das Dritte Reich längst Vergangenheit ist.«

»Das sind harte Worte. Hassen Sie Ihren Vater?«

»Nein, ich liebe ihn, denn er ist mein Vater. Aber ich respektiere ihn nicht.«

»Wie müsste er denn sein, um Ihren Respekt zu verdienen?«

»Haben Sie einen Sohn?«

Überrascht hob von Settler die Brauen.

»Nein. Ich habe keine Kinder«, antwortete er. »Für eine Ehe hatte ich nie die Zeit. Die Kriege und das Unternehmen haben meine ganze Aufmerksamkeit gefordert. Aber was hat das mit meiner Frage zu tun, von Keipen?«

»*Sie* würde ich bestimmt respektieren.«

»Das ist ja interessant. Und was genau an mir ist es, das Sie nach so kurzer Zeit zu dieser Auffassung gelangen lässt?«

»Ich traue Ihnen zu, dass Sie Ihr Ziel erreichen.«

»Bedeutet das, dass Sie sich unserer Sache anschließen werden?«

»Ja, das werde ich.« Friedrichs Antwort klang bestimmt, ohne den Anflug eines Zweifels.

»Welche Gründe haben Sie noch für diesen Schritt, der Ihr Leben endgültig verändern wird?«, wollte von Settler wissen.

»Mein Leben hat sich schon endgültig verändert, als ich hier angekommen bin.«

»Hm. Was meinen Sie damit?«

»Ich möchte am Leben bleiben«, erwiderte Friedrich ruhig.

Von Settler lachte überrascht auf.

»Ha! Was soll das denn heißen?«

Nun schlug der Junge doch die Augen nieder. Nur ganz kurz, dann sah er seinem Gegenüber wieder tief in die Augen. Seine Stimme klang absolut sachlich, als er antwortete: »Was Sie uns heute Vormittag erzählt haben, kann nur funktionieren, wenn kein Wort davon nach außen dringt. Wenn es Ihnen ernst ist mit Ihrer Sache, können Sie das Risiko nicht eingehen, einen Vierzehnjährigen mit diesem Wissen einfach so nach Hause gehen zu lassen.«

Sekundenlang sahen sie sich schweigend an, als wollten sie testen, wer dem Blick des anderen länger standhielt. Dann lächelte von Settler.

»Von Keipen, Sie sind ein bemerkenswerter junger Mann … Was natürlich nicht heißen soll, dass Sie recht haben mit Ihren Theorien. Wir sind schließlich keine Bande von Kindermördern.«

Er griff nach Friedrichs Akte und schlug sie auf. Beim Durchblättern hielt er sie so, dass der Junge den Inhalt nicht sehen konnte.

»Sie werden von Ihren Lehrern in Deutschland als außergewöhnlich intelligent beschrieben. Weiter lese ich hier aber, dass Sie ein sehr schwieriger junger Mann sein sollen. Ein verschlossener Einzelgänger, der keinerlei Freunde hat. Sind Sie sicher, dass Sie bei uns zurechtkommen werden?«

Der Junge nickte, ohne eine Miene zu verziehen.

»Ich werde mitmachen. Wo muss ich unterschreiben?«

Von Settler musterte ihn einige Sekunden nachdenklich und warf dann die Akte wieder auf den Schreibtisch. »Heben Sie die rechte Hand und sprechen Sie mir nach …«

Als Friedrichs »Begleiter« wenig später den Raum betrat, sagte von Settler: »Keine weiteren Gespräche mehr heute. Wir machen morgen früh um acht Uhr weiter.«

Nachdem sich die Tür hinter den beiden geschlossen hatte, schlug er eine neue Seite in seinem braunen Büchlein auf und schrieb in großen Buchstaben »Friedrich von Keipen« auf die Mitte der Seite. Dahinter setzte er drei dicke Ausrufezeichen. Dann klappte er das Buch zu, lehnte sich zurück und starrte auf den Schreibtisch.

Du bist es, Friedrich von Keipen. Ich spüre es genau!

Mit einem zufriedenen Lächeln stand er auf und verließ den Raum.

Nur einer der Jungen, mit denen er sich am nächsten Tag unterhielt, wollte lieber wieder nach Hause zu seinen Eltern und später Tierarzt werden. Von Settler zeigte sich verständnisvoll und versprach, sich sofort um seine Heimreise zu kümmern.

Am Abend erhielt Oberst a. D. Johannes Gerber in seiner von den Bombenangriffen verschont gebliebenen Villa am Stadtrand von Köln einen Anruf aus Südafrika, in dem ihm mit großem Bedauern mitgeteilt wurde, dass sein Sohn bei einem tragischen Unfall ums Leben gekommen sei.

Den Mittwochmorgen verbrachten die Jungen damit, sich das riesige Anwesen anzusehen.

Von seinem »Begleiter« erfuhr Friedrich, dass die Familie von Settler durch den Diamantenhandel zu Vermögen gekommen war. Hermann von Settlers Großvater war mit Frau und Kind – Hermanns Vater war damals vier Jahre alt – 1872 aus Deutschland nach Kimberley gekommen, nachdem dort die ersten Diamanten gefunden worden waren. So wie Tausende Glücksritter aus allen Teilen der Welt wollte Wilhelm von Settler ein Stück von dem wertvollen Kuchen erhaschen. Anders jedoch als die meisten der Abenteurer wühlte er nicht in dem staubigen Boden. Er baute sein Zelt auf und wartete. Entdeckte jemand ein paar der kostbaren Steine, war er sofort zur Stelle und kaufte sie ihm ab. Die meisten der abgerissenen Gestalten hatten keine Vorstellung davon, was ihr Fund wirklich wert war. So kaufte er die Diamanten anfangs zu unglaublich günstigen Preisen und verkaufte sie teuer weiter. Schon nach wenigen Monaten hatte er mehr verdient als jeder der Männer, die sechzehn Stunden am Tag die Erde abtrugen. Damit hatte er den Grundstock zu dem Reichtum gelegt, den er und sein einziger Sohn, Hermanns Vater, danach ständig vergrößert hatten.

Letzterer heiratete in jungen Jahren ein deutsches Mädchen aus preußischem Hause. Doch die Ehe sollte nicht lange währen. Nachdem die junge Frau zunächst eine

Tochter zur Welt gebracht hatte, war sie nach Hermanns Geburt im Wochenbett gestorben, und die älteren der überwiegend schwarzen Angestellten glaubten zu wissen, dass Hermanns Vater den Jungen insgeheim dafür verantwortlich gemacht hatte. Nach einer Kindheit ohne Liebe und Geborgenheit war Hermann 1909 zu seinem Onkel mütterlicherseits nach Deutschland geschickt worden, wo er bei Ausbruch des Ersten Weltkriegs im Alter von siebzehn Jahren sein Abitur machte und dann in die Armee eintrat. Im Dienstgrad eines Hauptmanns kehrte er nach Kriegsende 1918 in den Zivilstand zurück und begann mit dem Studium an der Humboldt-Universität in Berlin. Was genau er studiert hatte, wusste niemand, aber es hatte wohl »irgendetwas mit Politik« zu tun.

1922 starb sein Vater, erst 54-jährig, an einem Herzanfall. Hermann kehrte nach Südafrika zurück und übernahm die Leitung des Familienunternehmens. Er regierte die Firma mit harter Hand und war bei den Angestellten gefürchtet. Im Zuge der Weltwirtschaftskrise 1929 und aufgrund weiterer Diamantenfunde in Australien, Indien und Kanada fiel der Preis der Rohdiamanten auf dem Weltmarkt zwar immer mehr, dennoch wuchs das Vermögen, das der Familienpatriarch von Settler angehäuft hatte, trotz verringerter Gewinnspannen immer weiter an. Als in den Dreißigern der Nationalsozialismus in Deutschland triumphierte, übergab Hermann von Settler die Führung des Unternehmens seiner zwei Jahre älteren Schwester Hedwig und trat in Deutschland der NSDAP bei.

1945, unmittelbar nach Kriegsende, tauchte er, begleitet von acht zwielichtigen Gestalten, plötzlich wieder in Kimberley auf. Seine Schwester war wenige Wochen zuvor in einem Internierungslager in der Nähe von Pretoria an einer Lungenentzündung gestorben. Dorthin hatte man sie zusammen mit vielen anderen Deutschen gebracht, nachdem sich das südafrikanische Parlament 1939 mit knapper Mehrheit gegen die Neutralität des Landes und für die Kriegsteilnahme auf der Seite Großbritanniens entschieden hatte. Das von Settler'sche Anwesen hatte zwar inzwischen etwas an Glanz eingebüßt, aber dank der guten Beziehungen der Familie zu den höchsten wirtschaftlichen und politischen Stellen Südafrikas waren sie nicht enteignet worden, sodass Hermann das Unternehmen unbesorgt weiterführen konnte.

Ein paar Monate später rekrutierte er etwa dreißig junge Männer, alle deutscher Abstammung. Niemand erfuhr, welche Aufgaben sie hatten. Sie trugen khakifarbene Uniformen und waren tagsüber meist verschwunden. Wenn sie gegen Abend wieder auf dem Anwesen auftauchten, waren sie schmutzig und sahen müde aus. Mit der Zeit gewöhnten sich die anderen Angestellten an die schattenhaften Gestalten, deren Anzahl stetig wuchs. Einige Monate, bevor die fünfzig Jungen aus Deutschland kamen, waren die Männer plötzlich auch tagsüber auf dem Anwesen, richteten in dem Haus für die Bediensteten zusätzliche Zimmer ein und zogen neben dem Haupthaus ein neues Gebäude hoch, das aus einem einzigen großen Saal bestand. In diesem Saal hatten die Jungen Hermann von Settlers Ansprache gelauscht.

In den folgenden Tagen lernten die Jungen sich ein wenig kennen. Schnell bildeten sich einzelne Gruppen, deren Mitglieder viel Zeit miteinander verbrachten. Zu diesen Gruppen gehörten automatisch auch die ständigen »Begleiter« der Jungen. Die Männer waren allgegenwärtig, gaben sich betont locker und hatten immer Zugang zu allem, was ein jugendliches Herz begehrte. Bereitwillig besorgten und verteilten sie die begehrten Zigaretten. Bei Fragen über die Bruderschaft zeigten sie sich allerdings verschlossen. Die stereotype Antwort war stets dieselbe: »Bald werdet ihr von euren Lehrern alles erfahren, was ihr wissen müsst.« Was die Jungen nicht wissen mussten: Gelegentlich verschwand einer der Männer unbemerkt und saß Minuten später Hermann von Settler gegenüber, um ihm Bericht zu erstatten.

Friedrich gehörte als Einziger keiner dieser Gruppen an. Nicht, dass ihn niemand dabeihaben wollte. Ganz im Gegenteil: Er war von fast allen angesprochen worden, doch dieses oder jenes mit ihnen zu unternehmen. Er lehnte jedoch jedes Mal freundlich, aber bestimmt ab, sodass er schon nach drei Tagen den Ruf eines geheimnisvollen Einzelgängers hatte.

Friedrich verbrachte seine Zeit größtenteils mit Hans, dem ihm zugeteilten Uniformierten. Der Mann hatte, wie die meisten seiner Kollegen, im Krieg unter Hermann von Settler gedient. Oft saßen sie stundenlang im Schatten eines Baumes und unterhielten sich über Deutschland und den vergangenen Krieg, wobei dem Vierzehnjährigen schon nach relativ kurzer Zeit klar war, dass er Hans geistig überlegen war. Friedrich verstand es während dieser Gespräche immer wieder, dem Mann durch geschickte indirekte Fragen wichtige Informationen zu entlocken.

So auch in den frühen Abendstunden des Freitags, als sie mit einem Glas hausgemachter Orangenlimonade auf den Treppenstufen des Haupthauses saßen.

»Wenn mir vor ein paar Tagen jemand erzählt hätte, ich würde später Theologie studieren, hätte ich ihn bestimmt für verrückt erklärt. Aber es ist ebenso verrückt zu denken, eine Handvoll junger Männer mit gutem Abitur und vielleicht auch einem guten Theologiestudium würden genügen, um das Machtgefüge innerhalb der katholischen Kirche umzugestalten.«

Hans lächelte wissend. »Wer sagt denn, dass es bei einer Handvoll junger Männer bleibt? Ihr seid fünfzig, halt, neunundvierzig, und in einem halben Jahr werden die nächsten fünfzig kommen und wieder ein halbes Jahr später …« Er verstummte abrupt und blickte in das grinsende Gesicht des Vierzehnjährigen. »Das hast du nicht gehört«, sagte er scharf. »Wenn Herr von Settler wüsste, dass ich …«

Friedrich klopfte ihm beruhigend auf die Schulter. »Schon gut, Hans. Ich werde den anderen bestimmt nichts verraten … Wir werden also eine ganze Armee sein.«

»Ganz recht, Sie neugieriger junger Mann. Sie werden Teil einer ganzen Armee sein. Der Armee der Simoner.«

Friedrich wusste sofort, wem die Stimme hinter ihnen gehörte. Hans sprang erschrocken auf.

»Herr von Settler, ich wollte nicht, ich meine …«

»Ist schon gut, Hans. Ich denke, ich werde mich etwas mit Herrn von Keipen unterhalten. Vielleicht kann ich seinen Wissensdurst ja ein wenig befriedigen.«

»Jawoll, Herr von Settler!«

Hans grüßte in strammer Haltung, drehte sich mit Schwung um und marschierte in Richtung der Unterkünfte davon.

Von Settler setzte sich neben Friedrich, der ruhig einen Schluck aus seinem Glas trank, und ließ seinen Blick über das weite, freie Gelände schweifen, das etwa fünfzig Meter hinter den Unterkünften begann. Die Sonne ging so schnell unter, dass man die Bewegung zu sehen glaubte. Es schien, als ergieße sie sich in einem Wasserfall über den Horizont und überziehe ihn mit einem gleichmäßigen, orangeroten Dunst.

Ohne den Blick von dem Schauspiel abzuwenden, sagte von Settler: »Meine Kindheit ist schon so lange her. Hat man als junger Mensch schon ein Gefühl für die Schönheit der Natur?«

Friedrich sah ihn ernst an. »Meine Kindheit ist auch schon lange her, Herr von Settler.«

Der Blick des Älteren riss sich vom Horizont los. Lange sahen sie sich stumm an, dann nickte von Settler.

»Friedrich – du erlaubst doch, dass ich dich so nenne?«
Der Junge nickte gleichgültig. »Das ist gut. Ich habe das
Gefühl, dass wir noch viel Zeit miteinander verbringen
und gute Freunde werden.« Wenn er auf eine Reaktion
gehofft hatte, sah er sich getäuscht. Friedrich blickte ihn
weiter mit unbewegter Miene an. »Morgen werdet ihr
eure Lehrer kennenlernen. Es sind Männer und Frauen,
denen es genau wie mir unmöglich ist, in einem besiegten
und vom Wohlwollen der Alliierten und der Sowjets ab-
hängigen Deutschland zu leben. Sie werden euch zu einem
anständigen Abitur führen und gleichzeitig mit unseren
Idealen vertraut machen. Durch sie werdet ihr den tiefe-
ren Sinn dessen erkennen, was wir hier tun. Wie Hans dir
schon erzählt hat, werden wir im Abstand von sechs Monaten neue Klassen einrichten. Unser Ziel ist es, in den
nächsten fünf Jahren die Anzahl unserer Schüler auf dreihundert zu erhöhen.«

Friedrich runzelte die Stirn. Diese Zahlen passten nicht
zusammen.

»Fünfzig pro Halbjahr. Das wären aber in fünf Jahren
fünfhundert«, widersprach er, sichtlich irritiert.

Von Settler schüttelte bekümmert den Kopf. »Davon
können wir leider nicht ausgehen. Jetzt, so kurz nach
Kriegsende, ist die Zahl derer, die ihre Söhne zu uns schicken, noch groß. Das wird sich in den nächsten Jahren
ändern. Die alten Ideale und die Schmach des verlorenen
Krieges werden in Vergessenheit geraten. Wenn wir in
drei, vier Jahren noch zwanzig neue Schüler pro Halbjahr
dazubekommen, können wir zufrieden sein.«

Friedrich betrachtete nachdenklich das Glas, das er mit
beiden Händen umschlossen hielt, und blickte den Älteren dann interessiert an.

»Die neue Schule, die Lehrer, die ganzen Angestellten –
das kostet doch ein Vermögen. Haben Sie so viel Geld?«

Nun war es an von Settler, kurz innezuhalten.

Wie viel kann ich dir jetzt schon verraten, mein Junge?
»Das ist eine sehr persönliche Frage«, antwortete er schließlich. »Aber ich will sie dir beantworten. Ich bin bestimmt nicht arm. Aber es gibt auch eine Reihe von Gönnern in Deutschland und anderen Ländern, die uns finanziell unterstützen. Du wirst bald mehr darüber erfahren. Jetzt ist es noch zu früh.«

»Sie wollen abwarten, wie ich mich verhalte, und erst herausfinden, ob Sie mir vertrauen können«, stellte Friedrich sachlich fest.

»Ja, das stimmt, Friedrich.«

Von Settler stand auf, wuschelte dem Jungen mit der rechten Hand durch die blonden Haare und ging ins Haus.

Friedrich ließ den Rest Limonade in seinem Glas kreisen und lächelte.

Sie hatten sich wieder in der Aula versammelt. Es war noch sehr früh an diesem Samstagmorgen, und die drückende Hitze hatte sich noch nicht über das Anwesen gelegt.

Während seine Kameraden tuschelnd auf ihre zukünftigen Erzieher warteten, war Friedrich in Gedanken versunken. Wenn die Lehrer an diesem Morgen so zeitig hier waren, wo hatten sie dann die Nacht verbracht? Keiner hatte sie am Vorabend ankommen sehen. Warum diese Geheimniskrämerei? Wieso …? Da betrat die Gruppe, angeführt von Hermann von Settler, den Raum und er wurde aus seinen Überlegungen gerissen.

Es waren drei Männer und drei Frauen. Sie schienen noch recht jung zu sein und machten einen recht sympathischen Eindruck. Mit Ausnahme eines blassen, untersetzten Mannes mit kleiner Nickelbrille. Er erinnerte Friedrich an die Kerle in schwarzen Ledermänteln, die ein paar Jahre zuvor in Deutschland überall präsent gewesen waren.

Von Settler klatschte zweimal in die Hände.

»Guten Morgen, meine Herren! Heute werde ich Ihnen Ihre Lehrerinnen und Lehrer vorstellen. Beginnen wir mit den Damen ...«

Er winkte eine junge Frau zu sich, bei deren Anblick Friedrichs Herz einen Sprung machte. Es war noch gar nicht lange her, da hatte er Mädchen für die größte Fehlkonstruktion der Welt gehalten, weil ihnen all die Dinge, die wirklich Spaß machten, zu schmutzig oder zu blöd waren. Vor Kurzem aber hatte er entdeckt, dass es durchaus weibliche Attribute gab, die sehr interessant waren. Und all diese interessanten Eigenschaften wirkten bei dieser jungen Frau vollkommen. Das von schulterlangen braunen Locken eingerahmte schmale Gesicht mit den sanften braunen Augen, die schlanke Gestalt, diese spitzen Wölbungen unter der weißen Bluse ... Er spürte, wie seine Stirn direkt unter dem Haaransatz und seine Wangen ganz heiß wurden, und stellte verwundert fest, dass er sich plötzlich sehr seltsam fühlte.

»Das jüngste Mitglied des Lehrerkollegiums ist Frau Evelyn Geimers«, erklärte inzwischen Hermann von Settler. »Sie ist dreiundzwanzig Jahre alt und wird Sie in den Fächern Deutsch, Kunst und Musik unterrichten.«

Evelyn Geimers lächelte den Jungen herzlich zu. Eine wohlig warme Welle strömte beim Anblick dieses natürlichen Lächelns durch Friedrichs Körper. Wie schön sie ist, dachte er, wie unglaublich schön.

Evelyn Geimers trat nun einige Schritte zurück, um Platz zu machen für ihre Kollegin Hildegard Müller. Die füllige blonde Geografielehrerin wirkte mit ihren runden, leicht geröteten Pausbacken sehr mütterlich. Vergeblich verrenkte sich Friedrich, an Frau Müller vorbei, den Hals nach Evelyn Geimers, während von Settler schon die dritte Lehrerin vorstellte.

Helga Peters, wie Frau Müller neunundzwanzig Jahre

alt, wurde ihnen als Verantwortliche für den Englischunterricht vorgestellt. Latein und Religion übernahm Dieter Künswald, ein schmächtiger, unscheinbarer Theologe, der von Settlers Worten zufolge am Vortag seinen achtunddreißigsten Geburtstag gefeiert hatte. An seinem Hinterkopf schimmerte schon deutlich die Kopfhaut durch die dünnen hellblonden Haare. Der unsympathische Kerl mit der Nickelbrille war fünfunddreißig Jahre alt, hieß Josef Gilmeier und würde sie in Mathematik und Politik unterweisen. Schließlich folgte noch Herbert von Baltenstein, der mit sechsundzwanzig Jahren der jüngste der Lehrer war und sie in Physik und Wirtschaftskunde unterrichten sollte. Sein jungenhaftes Gesicht und die langen Strähnen dunkelblonden Haares, die ihm in die Stirn hingen, ließen ihn sogar noch jünger aussehen.

Von Settler warf einen zufriedenen Blick auf die sechs Erzieher und wandte sich dann wieder an die Jungen.

»Als Rektor der neuen Schule wird Herr Gilmeier fungieren«, erklärte er. »Er hat von mir die Anweisung, darauf zu achten, dass Sie mit größter Sorgfalt und dem nötigen Maß an Strenge erzogen werden. Ich hoffe, dass Ihnen allen klar ist, dass ich keinerlei Nachlässigkeiten dulden werde. Sie haben Ihre Lehrer zu respektieren und ihnen aufs Wort zu gehorchen. Ungehorsam wird hart bestraft.« Sein Gesicht sprach Bände. Es war ihm sehr ernst damit. »Ich will Sie nicht einschüchtern, aber der Erfolg unserer großen Sache hängt ganz von Ihnen ab. Deshalb ist eiserne Disziplin unabdingbar. Haben wir uns verstanden?«

Aus ihrer Erfahrung vom ersten Tag wussten die Jungen, was von Settler auf seine Frage erwartete, weshalb sie halbwegs gleichzeitig brüllten: »Jawohl, Herr von Settler!«

Von Settler drehte sich stolz zu den Lehrern um. »Sind das nicht Prachtkerle? Die künftige deutsche Elite, ein

Muster an Intelligenz und Charakterstärke! Meine Damen und Herren, machen Sie Männer im Sinne unserer Bruderschaft aus ihnen! Herr Gilmeier, bitte, Sie haben das Wort.«

Der neue Rektor trat vor und verschränkte dabei die Hände hinter dem Rücken. In den runden Gläsern seiner Brille spiegelte sich der Schein der Deckenlampen, sodass man seine kleinen Augen mehr erahnen als sehen konnte.

»Ich kann mich Herrn von Settlers Worten nur anschließen«, sagte er mit einer Stimme, die für einen Mann eigentlich eine Tonlage zu hoch war. »Ich erwarte von Ihnen Respekt, Disziplin, Fleiß und absoluten Gehorsam. Falls Sie sich damit schwertun sollten, werde ich eine Lösung finden, verlassen Sie sich darauf. Sie wird Ihnen vermutlich nicht gefallen, aber sie wird auf jeden Fall wirkungsvoll sein.« Er machte eine kurze Pause und musterte die Jungen dabei eindringlich. »Gibt es noch Fragen?«

Die Dreizehn- und Vierzehnjährigen sahen sich gegenseitig an. Niemand meldete sich. Keiner wollte auffallen. Zufrieden nickte Gilmeier und wollte sich gerade umdrehen, als sich doch noch eine belustigte Stimme aus den Reihen seiner neuen Schüler vernehmen ließ.

»Das ist ja wie bei der Wehrmacht.«

Mit einer Schnelligkeit, die man dem untersetzten Mann gar nicht zugetraut hätte, wirbelte Gilmeier auf dem Absatz herum und machte einen großen Schritt auf die Jungen zu. »Wer war das?«

»Ich.«

Der Junge saß direkt vor Friedrich. Er war von stämmiger Statur und sah aus wie sechzehn, obwohl er wie die meisten erst vierzehn war.

Gilmeier ging durch die Reihen und blieb direkt neben seinem Stuhl stehen.

»Wie heißen Sie?«

»Jürgen Dengelmann.«

»Stehen Sie auf, wenn ich mit Ihnen rede!«

Jürgen erhob sich langsam und sah sich dabei grinsend nach allen Seiten um. Gilmeier wartete geduldig, bis er vor ihm stand. Dann gab er ihm ohne Vorwarnung eine schallende Ohrfeige, die Dengelmanns Kopf herumfliegen ließ. Die Wange des Jungen färbte sich sofort knallrot. Gilmeier sah den Jungen eindringlich an und sagte dann ruhig und ganz leise: »Haben Sie sonst noch eine lustige Bemerkung auf Lager, junger Mann?«

Jürgen sah eingeschüchtert zu Boden. »Nein, Herr Gilmeier!«

»Schön, dass wir uns verstehen.«

Mit dem kleinen Finger der linken Hand schob Gilmeier seine Nickelbrille zurecht und ging dann zurück zu den anderen Lehrern. Der fragende Blick, den er Hermann von Settler dabei zuwarf, wurde von diesem mit einem kurzen Kopfnicken beantwortet.

Friedrich hatte schon in dem Moment, als Gilmeier sich neben Jürgen aufbaute, geahnt, was folgen würde, und war deshalb über die Ohrfeige nicht sonderlich überrascht. Als die Lehrer gemeinsam mit von Settler den Raum verließen, hatte Friedrich deswegen schnell das Interesse an Jürgen verloren und sah stattdessen mit glänzenden Augen Evelyn Geimers hinterher. Die Art, wie sie sich bewegte, hatte etwas Übernatürliches an sich. Die Wölbung, die fest gegen die Rückseite ihres engen Rockes drückte, ließ sein Herz Kapriolen schlagen. Wie schön sie ist, musste er wieder denken und begann zu träumen …

Als ihm jemand gegen die Brust tippte, zuckte er zusammen und sah auf. Vor ihm stand Jürgen Dengelmann und deutete auf seine geschundene Wange.

»Was sagst du dazu, von Keipen?«

»Was? Wozu?«

»Na dazu, dass wir diesem Dreckskerl von Gilmeier

demnächst eins auswischen. Diese Ohrfeige wird er mir bezahlen. Darauf kannst du dich verlassen!«

»Du hast doch mit deinem Benehmen förmlich darum gebettelt«, entgegnete Friedrich abweisend, stand auf und folgte den Lehrern nach draußen.

Als er durch die Tür verschwunden war, strich Jürgen sich wütend eine Strähne seines pechschwarzen Haares aus dem Gesicht und blickte in die Runde.

»Dieser von Keipen will sich wohl bei den Lehrern einschleimen. So ein Arschkriecher!« Als zustimmendes Gemurmel ertönte, brummte er noch: »Der ist mir von Anfang an komisch vorgekommen.«

Pünktlich um acht Uhr standen die Jungen am Montagmorgen im großzügigen Eingangsbereich der Schule.

Die Entfernung des Internats zum Haupthaus betrug etwa zwei Kilometer, sie befanden sich jedoch immer noch auf Settlers Besitztum. Nach dem Frühstück waren sie zu dem etwa zwanzigminütigen Fußmarsch über den ausgetrockneten Boden aufgebrochen. Ihr Gepäck sollte später mit einem Lkw gebracht werden. Geführt von einigen ihrer »Begleiter«, hätte man sie von Weitem für eine Tierherde halten können. Vor den Toren der Schule hatten sich die Uniformierten von ihnen verabschiedet und sich gleich wieder auf den Rückweg gemacht.

Die Erziehungsanstalt bestand aus drei großen, frisch renovierten Gebäuden, die wie das Settler'sche Anwesen in U-Form um einen großen Innenhof angeordnet waren. Es handelte sich dabei um das Landgut eines Buren, der ein Jahr zuvor alles an von Settler verkauft hatte und zurück nach Holland gegangen war, von wo seine Familie ursprünglich stammte.

Die Eingangshalle, in der die neunundvierzig Jungen nun aufgeregt flüsternd standen, war sicherlich umgebaut worden, doch hatte man keinen Wert auf eine pompöse

Ausstattung gelegt. Die Wände waren zwar weiß getüncht worden, doch hingen an ihnen weder Bilder, noch gab es sonst irgendwelche Dekorationsgegenstände, die die sterile Atmosphäre aufgelockert hätten.

Als Josef Gilmeier das Vestibül betrat, verstummte sofort das Gemurmel der neuen Schüler. Er stellte sich auf die zweite Stufe der breiten Steintreppe, die in den ersten Stock hinaufführte, und schob mit dem kleinen Finger seine Brille zurecht. Seine hohe Stimme hallte unangenehm von den Wänden wider, als er seine Ansprache begann.

»Meine Herren, im Namen des Lehrerkollegiums heiße ich Sie in Ihrem neuen Zuhause willkommen. Natürlich könnte ich nun hinzufügen, dass ich mich freue, Sie hier zu sehen. Aber das würde nicht ganz der Wahrheit entsprechen. Was ich hier vor mir sehe, ist nur ein Haufen undisziplinierter Grünschnäbel.« Er verzog säuerlich das Gesicht. »Kein Anblick, der in mir ein Gefühl der Freude aufkommen lässt. Nun denn ... Wir werden in den nächsten Jahren alles daransetzen, das zu ändern und aus Ihnen kultivierte deutsche Männer zu machen, die unserem Vaterland keine Schande bereiten. Wenn uns das gelungen ist – und es *wird* uns gelingen, seien Sie sich dessen gewiss –, wird es mir eine Freude sein, Sie entsprechend zu begrüßen.«

Als führte sie ein Eigenleben, hob sich in kurzen Abständen seine Hand und schob mit dem kleinen Finger die Brille nach oben.

»Sie werden hier vor allem eins: lernen, lernen und nochmals lernen«, fuhr er fort. »Darüber hinaus gibt es verschiedene Vergnügungen. Allerdings werden nur diejenigen von Ihnen in den Genuss dieses Angebots kommen, mit deren Leistungen ich zufrieden bin. Ich stehe auf dem Standpunkt, dass man sich den Spaß am Leben erst verdienen muss.« Er schien es zu genießen, den Jungen seine Macht zu demonstrieren. »Es wird die Zeit kommen, da Sie mich hassen werden, aber ich kann Ihnen heute schon versichern, dass mir Ihre Gefühle absolut gleichgültig sind. Ich denke, wir haben uns verstanden.«

»Die Zeit braucht nicht erst zu kommen ...«

Jürgen Dengelmann stand einige Meter von Friedrich entfernt und doch konnte er die geflüsterten Worte deutlich verstehen. Auch Gilmeier schien sie gehört zu haben. Er stockte einen Moment und richtete seinen Blick auf die Gruppe, in der Dengelmann stand. Dabei schob er mehrmals seine Brille hoch. Zu Friedrichs Überraschung verzichtete er jedoch auf jede Maßregelung. Stattdessen begann der Rektor die Jungen in drei Klassen aufzuteilen. Dies geschehe, damit die Lehrer sich um jeden Einzelnen intensiv kümmern könnten, erklärte er.

Danach machten sie, geführt von Gilmeier, einen Rundgang durch das Internat. Nach der Besichtigung des Schulgebäudes – das aus sieben neu eingerichteten Klassenräumen im Erdgeschoss und sieben weiteren im ersten Stock bestand, die einen ebenso spartanischen Eindruck machten wie die Eingangshalle – überquerten sie den Innenhof.

Neben dem Speisesaal und der Küche, die in der rechten Haushälfte untergebracht waren, diente die frühere Personalunterkunft vornehmlich als Schlafquartier für die Schüler. Als Friedrich die Räume sah, fragte er sich allerdings, wo von Settler dreihundert Schüler unterbringen wollte. Nach seiner Schätzung war hier für maximal hundertfünfzig Jungen Platz. Er nahm sich vor, ihn bei Gelegenheit danach zu fragen.

Auf jedem Flur gab es einen großen Waschraum mit sechzehn Duschen und Waschbecken. In den großzügigen Schlafräumen standen jeweils vier Betten und ebenso viele schlichte Holzschränke mit Doppeltüren. Dazu für jeden Bewohner noch ein Nachttischchen mit einer gelben

Lampe darauf. Das Mobiliar war neu. Die leeren Schränke und unbezogenen Matratzen gaben den Räumen etwas Kaltes, Ungemütliches, was sich aber sicherlich ändern würde, sobald die Jungen ihre persönlichen Dinge ausgepackt hätten.

Danach ging es wieder hinaus auf den Innenhof, wo Gilmeier stehen blieb, um ihnen zu erklären, dass sich in den ehemaligen Stallungen die Wohnungen der Lehrer befänden. Der Zugang zu diesem Trakt sei den Schülern allerdings strengstens untersagt, betonte er und sah die Jungen dabei warnend an. Ihre Erzieher würden hier schon seit drei Monaten alles für den Unterricht vorbereiten. Damit war auch Friedrichs Frage geklärt, warum sie am Samstag so früh auf von Settlers Landgut hatten sein können.

Nach der Besichtigung verteilten sich die Jungen auf die ihnen zugewiesenen Klassenräume im Erdgeschoss des Hauptgebäudes. Von ihren Klassenlehrern, Herr von Baltenstein, Frau Müller und Frau Peters, bekamen sie zunächst die Stundenpläne für das erste Halbjahr. In der Regel hatten sie ab acht Uhr morgens hintereinander drei Doppelstunden, nur unterbrochen von zwei zehnminütigen Pausen. Danach ging es zum gemeinsamen Mittagessen. Am Nachmittag standen nochmals zwei Stunden auf dem Programm, entweder Sport, aktuelle Politik oder praktische Religion.

Die Frage eines Schülers in Friedrichs Klasse, was denn »Praktische Religion« wäre, beantwortete Herr von Baltenstein mit einem gütigen Lächeln.

»Beten, beten, beten! Damit Sie sich schon jetzt daran gewöhnen. Außerdem lernen Sie die Organisation der Römischen Kurie kennen. Herr Künswald wird Ihnen die Abläufe innerhalb des Vatikans aufzeigen, so wie er wirklich funktioniert. Sie werden sehen, dass dies wenig mit der offiziellen Version zu tun hat.«

Nach dem Mittagessen wurden sie auf ihre Zimmer geschickt, um die Betten zu beziehen. Zudem waren ihre Habseligkeiten schon angekommen. Seine beiden Mitbewohner Hanno von Kerling und Siegfried Pausch machten auf Friedrich einen recht sympathischen Eindruck. Christian Gamper, mit dreizehn Jahren der Benjamin unter ihnen, stellte als Erstes eine Fotografie auf seinen Nachttisch. Darauf war ein älteres Paar, wahrscheinlich seine Eltern, mit ihm und einem kleinen Mädchen zu sehen. Als Christian mit einem Finger zärtlich über das Bild strich, drehte Friedrich sich abrupt weg.

Weichling, dachte er bei sich.

7. Mai 1951
Kimberley

Von Settler hatte ihn vom nachmittäglichen Sport befreit und zu sich rufen lassen. Friedrich war gleich nach dem Mittagessen aufgebrochen.

Während er durch die karge Landschaft zu von Settlers Landgut wanderte, mit jedem Schritt den Staub aufwirbelnd, dachte er zum ersten Mal seit langer Zeit wieder an Deutschland und seine Familie. Er stieß ein kurzes, bitteres Lachen aus. Familie!

Es gab da eine Frau, die er Mutter nannte. Er hätte sie auch Tante oder Großmutter nennen können, es wäre ihr nicht einmal aufgefallen. Nachdem Peter von Keipen, der ruhmreiche Oberst der Wehrmacht, kurz vor Ausbruch des Zweiten Weltkriegs seinen ältesten Sohn zu sich beordert hatte und dieser gleich in der ersten Kriegswoche in Polen gefallen war, hatte der Schnaps seine Mutter in einen Dauerzustand des gnädigen Vergessens versetzt.

Seinen Vater hatte Friedrich in seiner Kindheit nur als gelegentlichen Besucher auf Heimaturlaub erlebt. Während den wenigen Tagen, die sie dann zusammen verbrachten, setzte ihn der Oberst oft auf seine Knie und erklärte, wie ehrenwert es sei, fürs Vaterland zu kämpfen, und wenn Friedrich erst einmal erwachsen sei, könne auch er mit Stolz die Uniform der deutschen Wehrmacht tragen; dann würde Deutschland nämlich so unglaublich groß sein, wie sein kleiner Junge sich das nicht einmal im Traum vorstellen könne. Als mit der Niederlage jedoch nur ein aufgeteiltes, winziges Deutschland übrig blieb, hatte Oberst von Keipen nicht nur seinen Krieg, sondern auch den Bezug zur Realität verloren. Während seine Frau in einer schummerigen Welt, deren Horizont aus leeren Flaschen bestand, lallende Gespräche mit ihrem gefallenen Erstgeborenen führte, spielte sich das Leben von Friedrichs Vater vorrangig im Keller ihres Einfamilienhauses ab. Das eiserne Kreuz um den Hals und bekleidet mit seiner Wehrmachtsuniform, führte er dort fortan ganz allein ruhmreiche Schlachten im Namen des Dritten Reiches.

Familie ... Was mochte dieses Wort für andere Jungen in seinem Alter bedeuten? Für Friedrich war es eine peinliche Sache, die er zwei Jahre zuvor hinter sich hatte lassen können. Seit er in Südafrika war, hatte er keinen einzigen Brief von seinen Eltern bekommen und auch seinerseits keinen Versuch unternommen, mit ihnen in Kontakt zu treten. Und dabei sollte es auch bleiben.

Mit solchen Gedanken beschäftigt, war Friedrich inzwischen zu einer hochgewachsenen Buschgruppe gekommen, durch die ein schmaler Pfad führte. Er befand sich in der Mitte des etwa hundert Meter langen Pfades, als er auf einmal vor sich ein vergnügtes Pfeifen und trampelnde Schritte vernahm. Er sah auf.

Breit grinsend kam Jürgen Dengelmann ihm entgegen. Als sie dicht voreinander standen, blieben beide stehen. Jürgen war einen halben Kopf größer als Friedrich und von weitaus stämmigerer Statur.

»Ach, von Keipen«, begrüßte er ihn und sein Grinsen wurde noch unverschämter. »So ein Zufall, ausgerechnet dich hier zu treffen. Hat Papa von Settler dich zu sich bestellt?«

Friedrich sah ihn ruhig an. »Ja, Herr von Settler hat mich rufen lassen. Es kann sich aber um nichts Wichtiges handeln, wenn du auch gerade bei ihm warst.«

Jürgens Körper spannte sich. »Von Keipen, du hast ein verdammt loses Mundwerk«, zischte er. »Du solltest aufpassen, dass dir das nicht irgendwann ein blaues Auge einbringt.«

»Wenn du das sagst …«, entgegnete Friedrich gleichgültig und wollte an Dengelmann vorbei. Der packte ihn jedoch grob am Oberarm.

»Ich überlege gerade, ob wir das nicht gleich hier erledigen sollten«, sagte er mit drohender Stimme.

Friedrich blickte zuerst auf die kräftige Hand, die ihn festhielt, dann sah er Dengelmann in die Augen.

»Wenn du auch nur halb so viel im Kopf hättest wie in den Armen, würde dir vieles erspart bleiben. Was, denkst du, wird man mit uns machen, wenn wir uns prügeln? Du hast doch schon mehrfach deine Erfahrungen mit Gilmeier gemacht. Hast du noch immer nichts daraus gelernt? Und jetzt lass mich los.«

Den letzten Satz hatte Friedrich ganz leise gesprochen. In Dengelmanns Gesicht zuckte es kurz. Dann grinste er jedoch gleich wieder.

»Hast du etwa die Hosen voll, von Keipen? Falls du es immer noch nicht weißt: Gilmeier kann mir den Buckel runterrutschen, von dem lasse ich mich nicht kleinkriegen. Ich denke, ich werde dir jetzt endlich eine kleine Abreibung verpassen. Die ist schon längst überfällig.« Er ließ Friedrichs Arm los, trat einen Schritt zurück und hob kampfbereit die Fäuste. »Na los, komm schon.«

Doch Friedrich machte keine Anstalten, auf Dengelmanns Drohgebärden einzugehen. Er sah Jürgen nur von oben herab an und sagte dann kühl: »Wenn du mich noch *einmal* anfasst, Dengelmann, wirst du es für den Rest deines Lebens bereuen.«

Wieder zeichnete sich Unsicherheit in dem breiten Gesicht ab. Dieses Mal verschwand sie jedoch nicht mehr so schnell.

»Was willst du tun, von Keipen? Mich bei Papa von Settler verpetzen? Oder bei Gilmeier?«, höhnte er, doch seine Stimme hatte ihren überheblichen Klang eingebüßt.

»Nein«, antwortete Friedrich nur und blickte ihm weiter fest in die Augen. Er konnte den Kampf sehen, den Jürgen in seinem Inneren austrug. Nach einigen Sekunden ließ Dengelmann schließlich die Arme sinken und versuchte wieder überlegen zu grinsen, was ihm jedoch nicht so recht gelingen wollte und ihn noch wütender machte.

»Du bist es nicht wert, dass ich mir die Hände schmutzig mache, von Keipen«, zischte er und stürmte davon.

Friedrich drehte sich um und sah ihm nach, bis er hinter der Biegung des Pfads verschwunden war. Dengelmann blickte sich nicht mehr um.

Sobald Friedrich das Settler'sche Anwesen betreten hatte, dachte er nicht mehr an den Zwischenfall mit Jürgen Dengelmann. Bevor er die Schwelle des Haupthauses überschritt, klopfte er schnell noch seine vom Fußmarsch verstaubte Schuluniform ab. Die Uniform – kurze, khakifarbene Hosen und Hemden mit Schulterklappen und zwei aufgesetzten Brusttaschen – hatten sie gleich am Anfang bekommen. Mittlerweile trugen die meisten allerdings schon den zweiten Satz Hosen und Hemden, weil sie aus den ersten Garnituren herausgewachsen waren.

»Setz dich, Friedrich«, begrüßte ihn Hermann von Settler und wies auf den Stuhl ihm gegenüber. »Es ist langsam an der Zeit, dass wir beide ein ernsthaftes Gespräch führen«, begann er, kaum dass Friedrich saß. »Ich beobachte dich nun schon eine ganze Weile. Auch wenn wir uns nur selten sehen, weiß ich doch bis ins Detail über dich Bescheid. Du bist mit Abstand der beste Schüler deiner Klasse. In deinem Zeugnis reiht sich eine Eins an die andere. Du könntest der Primus der ganzen Schule sein – die mittlerweile immerhin fast zweihundert Schüler hat –, wenn die eine Vier nicht wäre. Dieser Dengelmann aus der S-1-c hat zwar in Mathematik und Physik eine Zwei, aber er hat keine einzige Drei und Vier im Zeugnis. Dadurch ist er der Beste. Woran liegt es, dass du ausgerechnet in Religion so schlecht dastehst? Du weißt, wie wichtig gerade dieses Fach ist!«

Friedrich sah ihm erhobenen Hauptes in die Augen. »Ich werde im nächsten Jahr auch in Religion eine Eins haben, Herr von Settler.«

»Ich zweifle keine Sekunde daran, dass es so sein wird, wenn du es nur willst. Aber warum erst im nächsten Jahr?«

»Weil mich das Fach nicht sonderlich interessiert«, antwortete Friedrich.

Von Settler ließ sich in seinem Sessel zurückfallen und schnaubte. In seinem Blick glaubte Friedrich Enttäuschung zu erkennen, doch er hatte sich gleich darauf wieder im Griff.

»Das ist in Anbetracht der Tatsache, dass du Theologie studieren wirst, keine günstige Voraussetzung«, stellte von Settler kühl fest.

»Ich weiß. Deshalb werde ich nächstes Jahr auch bessere Zensuren haben. Aber darf ich ganz offen zu Ihnen sprechen?«

Der Magus der Bruderschaft nickte stumm.

»Es ist nicht so, dass mich das ganze Fach ›Praktische Religion‹ langweilt. Was Herr Künswald uns über den Vatikan erzählt, ist sehr spannend. Die politischen und wirtschaftlichen Schachzüge der Römischen Kurie sind unglaublich. Wenn ich mir vorstelle, dass einige von uns einmal ganz oben sein werden – die Möglichkeiten sind unfassbar. Ich bin fest davon überzeugt, dass der Plan der Bruderschaft funktionieren wird. Nur … ich glaube nicht, dass ich einer von denen sein werde, die es bis ganz nach oben schaffen. Ich hasse diese weibische Beterei. Und die Leitgedanken der katholischen Kirche finde ich lachhaft. Ich kann mich damit einfach nicht identifizieren. Es tut mir sehr leid, aber ich fürchte, ich werde Sie enttäuschen.«

Von Settler betrachtete einige Sekunden lang das ernste Gesicht des jungen Mannes, in dem sich, je älter er wurde, immer mehr harte Züge zeigten. Mit einem Ruck richtete er sich auf.

»Ich freue mich, dass du so ehrlich zu mir bist, Friedrich. Nichts anderes habe ich von dir erwartet. Ich werde dir jetzt einen Vorschlag machen. Eins musst du mir jedoch vorher versprechen: Ganz egal, ob du ihn annimmst oder nicht, wirst du mit keinem Menschen darüber reden. Auch nicht mit Hans. Gibst du mir dein Ehrenwort darauf?«

Friedrich blickte das wettergegerbte, von Falten durchzogene Gesicht fragend an, nickte dann aber wortlos.

»Gut. Ich vertraue dir und weiß, dass du mich nicht enttäuschen wirst.«

Obwohl von Settler es in einem freundschaftlichen Tonfall sagte, schwang in seinen Worten doch eine Drohung mit.

»Ich würde dich gern aus dem Programm herausnehmen.«

Ein Ruck ging durch Friedrichs Körper, sein Gesichtsausdruck veränderte sich jedoch nicht.

»Sie glauben also nicht mehr an mich und meine Fähigkeiten. Gut. Und jetzt? Werde ich einen ähnlich bedauerlichen Unfall haben wie vor eineinhalb Jahren dieser Junge aus Köln oder vor einem halben Jahr die beiden Brüder aus München? Weil ich Ihnen gegenüber ehrlich war? Wäre es Ihnen lieber gewesen, ich hätte Ihnen erzählt, dass ich den Religionsunterricht liebe, mich aber bisher einfach mehr um die anderen Fächer gekümmert habe? Hätte ich Ihnen sagen sollen, ich sei mir sicher, dass ich einmal als römischer Kardinal oder gar als Papst die Geschicke der Kirche lenken würde? Hätte ich mit diesen Lügen unserer großen Sache genützt? Seit ich hier bin, habe ich viel über die Ideale und Ziele der Bruderschaft gelernt. Und ich kann Ihnen versichern, dass ich voll und ganz hinter der Sache stehe. Das ist der Grund, warum ich Ihnen auch ehrlich gesagt habe, was ich denke. Ich möchte meinen Teil dazu beitragen, die Welt unter der Führung der Simoner zu vereinen. Aber ich wollte Sie davor bewahren, falsche Hoffnungen in mich zu setzen. Das ist alles. Wann wird man mich abholen kommen?«

Friedrichs Ton war während der für seine Verhältnisse unglaublich langen Rede immer schärfer geworden. So hatte noch nie einer der Jungen mit von Settler geredet. Resolut schlug er mit der flachen Hand auf den Tisch.

»Nun ist es aber genug, von Keipen! Du lässt es eindeutig am nötigen Respekt fehlen. Jetzt hörst du dir erst einmal an, was ich dir zu sagen habe. Wenn ich davon rede, dich aus dem Programm zu nehmen, so meine ich damit nur das Theologiestudium. Du wirst auf jeden Fall mit den anderen zusammen das Abitur machen. Danach wirst du von mir jedoch eine ganz private Ausbildung bekommen. Den endgültigen Erfolg unserer Sache erlebe ich wohl kaum mehr. Und einen Sohn, der die Rolle des Magus übernehmen könnte, habe ich nicht.« Er machte eine Pause, während der sein Blick Friedrich zu durchbohren schien. Dann beugte er sich etwas nach vorne und sagte: »Ich möchte dich zu meinem Nachfolger machen. Was sagst du dazu?«

Friedrich antwortete fast in der gleichen Sekunde.

»In Ordnung.«

Von Settler war perplex. Er hatte mit allen möglichen Reaktionen gerechnet. Überraschung, Euphorie, Skepsis, Schreck. Aber diese prompte Antwort bar jeder Gemütsregung verblüffte ihn doch. Nach einer endlos scheinenden Zeit des Schweigens, in der nur das Ticken der großen Uhr an der Wand hinter Friedrich die verrinnende Zeit markierte, verengten sich von Settlers Augen plötzlich zu Schlitzen.

»Du hast es geahnt, habe ich recht? Mehr noch – du hast gezielt darauf hingearbeitet.« Von Settler bekam keine Antwort. »*Das* ist also der Grund, warum du ausgerechnet in Religion so schlecht bist. Du wolltest meinen Entscheidungsprozess beschleunigen, indem du mir klar machst, dass du zwar sehr gut bist, aber ein Theologiestudium für dich nicht infrage kommt. Los, sag mir, ob ich recht habe, Friedrich von Keipen!«

Friedrichs Mundwinkel zuckten, doch seine Miene blieb vollkommen ernst. »Ist Voraussicht nicht eines der wichtigsten Attribute, die für die Leitung der Bruderschaft unabdingbar sind?«

Mit leiser Stimme sagte von Settler: »Du bist ein gefährlicher junger Mann, Friedrich.« Dann brach er in lautes Lachen aus. »Aber deine Worte beweisen mir, dass ich die richtige Wahl getroffen habe!«

Als riesiger Glutball stand die Sonne über dem Horizont und beleuchtete mit ihrem unwirklichen roten Licht die karge Landschaft wie eine gigantische Bühne. Unzählige Grillen begleiteten mit ihrem Zirpen das große Finale des endenden Tages. Nur noch wenige Minuten, dann würde mit der Dunkelheit die angenehme Kühle kommen und Mensch und Tier tief durchatmen lassen.

Friedrich saß unter einem knorrigen Affenbrotbaum. Hierher, nur einige Minuten vom Internat entfernt, hatte er sich in den vergangenen Jahren immer zurückgezogen, wenn er alleine sein wollte. Heute würde er zum ersten Mal mit dieser Gepflogenheit brechen. Den Rücken gegen den alten Stamm gelehnt, betrachtete er das Naturschauspiel, während er auf Evelyn wartete.

Angespannt dachte er an das bevorstehende Gespräch. Fünf Jahre war es nun her, dass er Evelyn zum ersten Mal gesehen hatte, und fast genauso lange wusste er, dass sie die Frau seines Lebens war. Geduldig hatte er gewartet, bis der Augenblick gekommen war, an dem sie nicht mehr seine Lehrerin sein würde. Während der ganzen Zeit hatte er sich nichts anmerken lassen, hatte mit keinem Menschen darüber gesprochen. Nun jedoch, da er das Abitur in der Tasche hatte, wurde es Zeit für ein klärendes Gespräch. Sein Mund verzog sich zu einem Lächeln. Seine Schulzeit war vorüber. Wie schnell war im Nachhinein betrachtet die Zeit doch vergangen. Er hatte sein Abitur mit einer glatten Eins gemacht und damit diesem Einfaltspinsel Dengelmann gezeigt, wie haushoch er ihm überlegen war.

Dengelmann war ehrgeizig und hatte über die ganze Schulzeit hinweg sehr hart gearbeitet, um gute Zensuren zu bekommen. Mit einer Eins Komma zwei und somit dem zweitbesten Abitur war er dafür belohnt worden.

Friedrich hatte fast nie lernen müssen. Alles, was er einmal gelesen hatte, war danach unauslöschlich in seinem Gedächtnis gespeichert und jederzeit abrufbar. Eine Gabe, die ihm die Schulzeit wie einen Spaziergang erscheinen ließ. Für die meisten der Lehrer – und auch für Evelyn – war er so etwas wie ein Vorzeigeschüler gewesen, dessen Leistungen immer wieder als Beispiel für andere herangezogen worden waren.

An diesem Abend nun wollte der Schulprimus seiner ehemaligen Lehrerin seine Gefühle gestehen und das gemeinsame Leben mit ihr planen. Dabei zog er keine Sekunde lang die Möglichkeit in Betracht, sie könnte ihn abweisen. Warum auch? Die neun Jahre Altersunterschied waren für ihn so unwichtig, dass er kaum je einen Gedanken daran verschwendet hatte. Sie hatten ihr Leben der gleichen Ideologie verschrieben und verfolgten ein gemeinsames, großes Ziel. Er war intelligent und würde außerdem irgendwann die Leitung der Bruderschaft übernehmen. Sie hingegen war nur eine kleine Lehrerin. Was konnte ihr da Besseres passieren?

Ein Rascheln riss ihn aus seinen Gedanken. Geduckt kam Evelyn unter den tief herabhängenden Ästen hervor und blieb freundlich lächelnd vor ihm stehen.

»Hallo, Friedrich, da bin ich. Pünktlich und sehr neugierig, was Sie mir wohl Wichtiges zu erzählen haben.«

Friedrich sprang auf und deutete auf den Baumstamm.

»Bitte nehmen Sie doch Platz, Frau Geimers. Dann redet es sich besser.«

Immer noch lächelnd setzte sie sich ins Gras und lehnte sich mit dem Rücken an den Affenbrotbaum. Friedrich ließ sich ihr gegenüber im Schneidersitz nieder und sah sie an, brachte aber kein Wort heraus. Nach einigen Augenblicken hob sie verlegen die Hände.

»Herr von Keipen? Wollten Sie mir nicht etwas sagen? Ich bin ganz Ohr.«

Friedrich riss sich von ihrem Anblick los und holte tief Luft. »Morgen findet die Abiturfeier statt und ein paar Tage später wird der erste Jahrgang nach Deutschland abreisen. Jeder von uns wird an seinem zukünftigen Studienort eine neue Unterkunft beziehen und versuchen, sich dort so schnell wie möglich einzuleben.«

Evelyn hob verständnislos die Schultern. »Aber das weiß ich doch alles längst, Friedrich.«

Friedrich bedachte sie mit einem nachsichtigen Lächeln. »Immer mit der Ruhe, liebe Frau Geimers. Legen Sie doch bitte für einen Moment ihre Lehrermentalität ab. Falls Sie es vergessen haben sollten: Ich bin kein Schüler mehr, den Sie ermahnen müssen, er solle doch endlich zum Punkt kommen. Ich möchte Ihnen etwas erzählen, das nichts mit der Schule zu tun hat, und ich bitte Sie, es mir zu überlassen, wie ich dabei vorgehe. In Ordnung?«

Für einen kurzen Moment zeichnete sich Überraschung auf ihrem hübschen Gesicht ab, dann lehnte sie sich jedoch stumm zurück und sah ihn neugierig an.

»Wie gesagt, in ein paar Tagen werden alle von hier verschwinden. Alle, bis auf mich. Ich werde hierbleiben, und zwar nicht nur ein paar Tage oder Wochen … sondern für immer.«

Nun war sie tatsächlich verblüfft. »Aber … aber was ist mit Ihrem Studium? Es hieß doch, dass Sie nach München gehen, oder nicht?«

Friedrich nickte und strich gedankenverloren mit den Fingern über eine der gurkenförmigen Früchte, die vom Baum gefallen war und neben ihm am Boden lag.

»Sie sagen es: So hieß es. Das sollten auch alle glauben. Morgen bei der Abschlussfeier wird Herr von Settler jedoch offiziell bekanntgeben, dass ich als sein Assistent hierbleiben werde, um später einmal seine Nachfolge in der Bruderschaft anzutreten.«

Einen Moment lang blieb sie stumm und nickte dann, weitaus weniger überrascht, als er erwartet hatte.

»Das ergibt Sinn. Jetzt ist mir auch klar, warum Herr von Settler sich viel öfter nach Ihnen erkundigt hat als nach allen anderen. Nun, ich denke, er hat eine gute Wahl getroffen. Es gibt kaum einen anderen Schüler, der mit solchem Eifer hinter der Sache der Bruderschaft steht wie Sie.«

Friedrich hatte den Kopf gesenkt und verfolgte aufmerksam den Weg einer Ameise, die sich mühsam über einige Krumen getrockneter Erde kämpfte. Sie mussten ihr wie riesige Gebirge vorkommen. Er bahnte ihr mit dem Zeigefinger einen Weg, doch die Ameise bevorzugte weiter das mühsame Auf und Ab über die Sandbrocken. Mit einem Ruck hob Friedrich den Kopf und sah seine ehemalige Lehrerin an.

»Aber das ist nicht der eigentliche Grund, warum ich Sie allein sprechen wollte. Ich möchte Ihnen eine wichtige Frage stellen.«

Sekundenlang blickten sie sich in die Augen. Sie forderte ihn nicht auf, endlich damit herauszurücken, sondern sah ihn nur erwartungsvoll an.

»Evelyn, ich habe dich hierhergebeten, um dich zu fragen, ob du meine Frau werden willst.«

Sie starrte ihn an, als hätte sie nicht verstanden, was er da gerade gesagt hatte. Dann, nach einigen ihm unendlich vorkommenden Sekunden, brach es stockend aus ihr heraus: »Friedrich, ich … ich weiß gar nicht, was ich sagen soll. Ich … ich bin fast zehn Jahre älter … ich … deine Lehrerin …«

Er winkte ab. »Erstens bist du nur knapp neun Jahre älter als ich und zweitens nicht mehr meine Lehrerin. Fünf Jahre lang habe ich auf den Augenblick gewartet, dass ich nicht mehr dein Schüler bin. Ich war schon von dir fasziniert, als ich dich zum ersten Mal sah. Ich werde hier in Kimberley bleiben, werde die Leitung der Bruderschaft übernehmen. Und du wirst nicht mehr länger die kleine Lehrerin sein und dich vor diesem Ekel Gilmeier ducken müssen. In Zukunft wirst du ihm sagen, was er zu tun hat. Du wirst Macht haben und reich sein. Und du wirst einen jungen Mann an deiner Seite haben. Evelyn, wir haben so viele Gemeinsamkeiten. Was gibt es da zu überlegen?«

Sie schüttelte den Kopf, dann nahm sie vorsichtig seine Hand zwischen die ihren. Der Blick aus ihren rehbraunen Augen war weich und bat um Verständnis.

»Friedrich, versteh mich nicht falsch, dein Antrag ehrt mich sehr, aber du hast etwas ganz Entscheidendes vergessen. Was ist mit Liebe, Friedrich? Die Ehe ist doch keine Zweckgemeinschaft, die man eingeht, weil alles wunderbar zu deinen Plänen passt und die Umstände gerade günstig sind. Die Ehe ist die Konsequenz aus dem Gefühl, ohne den anderen nicht mehr leben zu können. Sag, liebst du mich, Friedrich?«

»Du faszinierst mich«, antwortete er. »Ich finde dich wunderschön und ich denke, du bist die richtige Frau für mich. Du hast etwas Besseres verdient als das, was du jetzt bist und tust. Was willst du mehr von einem Mann? Ich biete dir eine einmalige Chance.«

Wieder schüttelte sie den Kopf.

»Friedrich, es tut mir leid, aber ohne Liebe geht das nicht. Liebe ist ein Gefühl, das nichts mit praktischen Überlegungen zu tun hat. Liebe widersetzt sich aller Vernunft und richtet sich nicht nach günstigen Gegebenheiten. Was du mir da alles aufgezählt hast, sind gute Voraussetzungen, um eine geschäftliche Partnerschaft einzugehen, aber keine Voraussetzungen für eine Ehe. Sei mir bitte nicht böse. Ich mag dich und ich bewundere deinen

Ehrgeiz und deine Intelligenz. Aber ich liebe dich nicht. Und ich denke, du liebst mich auch nicht. Irgendwann einmal, wenn du die wirkliche Liebe erlebst, wirst du mir im Nachhinein recht geben und mir vielleicht sogar dankbar sein, dass ich deinen Antrag nicht angenommen habe. Es tut mir leid, aber ich kann nicht deine Frau werden.«

Friedrich zerquetschte die Ameise mit einem kurzen Druck des Daumens, stand wortlos auf und stürmte davon. In seinem Inneren schien etwas kurz vor der Explosion zu stehen. Sie hatte seinen Antrag abgelehnt. Unfassbar. Und das nur wegen irgendwelcher romantischen, geradezu absurden Spinnereien. Am liebsten würde er zurückgehen und ihr eine schallende Ohrfeige geben, um sie auf den Boden der Realität zurückzuholen. Aber das hätte wahrscheinlich nur das Gegenteil bewirkt. Er blieb stehen und holte tief Luft. Nun, er würde einen anderen Weg finden, sie zur Vernunft zu bringen.

Mit der Gewissheit, dass Evelyn Geimers trotzdem seine Frau werden würde, drehte er sich um und ging zu ihr zurück. Er ließ sich an der gleichen Stelle nieder, an der er ihr schon zuvor gegenübergesessen hatte, und lächelte sie an.

»Ich bin dir nicht böse, Evelyn. Aber sei du mir bitte auch nicht böse, wenn ich dein Nein nicht einfach so akzeptiere. Du wirst es dir noch anders überlegen. Ganz bestimmt. Ich glaube fest daran.«

»Friedrich, ich kann dir nicht vorschreiben, was du glauben und denken sollst. Ich kann dir nur sagen, dass du dir keine Hoffnungen machen sollst, denn ich für meinen Teil bin mir ganz sicher, dass ich es mir nicht anders überlegen werde.«

Damit erhob sie sich, tauchte unter den Ästen durch und war wenige Sekunden später aus seinem Blickfeld verschwunden.

Das werden wir noch sehen, kleine Lehrerin!

Kurz vor neun Uhr am nächsten Morgen waren alle in der Aula versammelt. Neben den Abschlussklassen waren auch die Schüler anwesend, die im darauffolgenden Jahr Abitur machen würden. Sie empfanden es als große Ehre, Zeugen dieses geschichtsträchtigen Ereignisses zu sein: Dieser Tag war der Startschuss für die nächste Phase des Projekts »Simon«. Die ersten Simoner waren bereit auszuschwärmen, um die Saat der Bruderschaft in die Welt zu tragen.

Die Abiturienten trugen schwarze Anzüge, eine Mischung aus Frack und Uniform. Hermann von Settler hatte sie in Kimberley nach seinen persönlichen Vorstellungen schneidern lassen. Auf den Schultern blinkten je drei goldene Knöpfe wie die Rangabzeichen hoher Offiziere. Die schwarzen Fliegen auf den gestärkten weißen Hemden saßen perfekt. Ihre persönlichen »Begleiter« hatten ihnen beim Ankleiden geholfen und genau auf den akkuraten Sitz geachtet. Nun standen die jungen Männer in Grüppchen beisammen, manche lachend, andere in ernsthafte Gespräche vertieft. Es herrschte Aufbruchstimmung und das alberne Gelächter konnte ihre Aufregung nur teilweise verbergen.

Als Hermann von Settler den Raum betrat, war es augenblicklich still. Alle Augen waren auf den Magus gerichtet, verfolgten seinen Weg an den Stuhlreihen vorbei bis zu dem kleinen Podium, das vor der Wand mit dem übergroßen Symbol der Bruderschaft aufgebaut war. Dort angekommen, drehte von Settler sich um und betrachtete einige Sekunden stumm die jungen Männer in ihren dunklen Anzügen. Was er sah, schien ihn zufriedenzustellen.

»Ich bin stolz«, begann er schließlich seine Ansprache und nickte dabei bedächtig mit dem Kopf. »Ich bin stolz, mit dieser Feier heute die nächste Etappe auf unserem Weg nach oben einzuläuten. Mit dem heutigen Tage greifen wir aktiv in das Weltgeschehen ein. Zwar noch von allen unbemerkt, aber doch nicht ohne Auswirkungen.« Wieder nickte er mehrmals mit dem Kopf. »Und ich bin stolz auf Sie, meine Herren! Sie alle, die Sie hier festlich gekleidet vor mir stehen, haben bisher alle in Sie gesetzten Erwartungen erfüllt. Ein kleiner Schritt zwar erst auf einem langen Weg, aber ein enorm wichtiger Schritt.

In den nächsten Tagen werden Sie das schützende Nest verlassen. Sie werden nach Deutschland zu Ihren Studienorten reisen, um dort gemeinsam mit anderen jungen Männern Ihre Ausbildung zum Geistlichen zu beginnen. Von jetzt an wird es nicht mehr nur darum gehen, vielfältige Kenntnisse zu erwerben. Nein, von jetzt an müssen Sie selbst aktiv werden. Sie müssen wie Psychologen ein Gefühl dafür entwickeln, ob und wann einer Ihrer unwissenden Kommilitonen bereit ist, von unserer großen Sache zu erfahren. Sie werden zu Predigern, die unsere Ideologie verbreiten. Und Sie werden auch Soldaten sein, denn Sie müssen an vorderster Front für unsere Sache kämpfen. Ihre Intelligenz und der Rückhalt der Bruderschaft der Simoner werden dabei Ihre stärksten Waffen sein.«

Von Settlers Blick wanderte über die Gesichter der vor ihm stehenden jungen Männer. Als er Friedrich erblickte, hielt er einen Moment inne, nickte ihm kaum merklich zu und wandte sich dann wieder an alle.

»Wenn ich eben davon gesprochen habe, dass Sie in den nächsten Tagen Kimberley verlassen werden, so trifft das nicht ausnahmslos auf alle zu. Einer von Ihnen wird nicht nach Deutschland zurückgehen.«

Verwunderte Blicke wurden getauscht, man zuckte fragend mit den Schultern. Gesprochen wurde jedoch nicht, wie Hermann von Settler zufrieden registrierte, bevor er fortfuhr: »Es gibt jemanden in Ihrem Jahrgang, der alle Eigenschaften in sich vereinigt, die notwendig sind, um die bedeutende Aufgabe zu erfüllen, für die ich ihn auserwählt habe.«

Wieder machte er eine kurze Pause. Er schien die wachsende Neugier, die sich in den Gesichtern spiegelte, zu genießen.

»Meine Herren, einer aus Ihrer Mitte wird hier in Kimberley bleiben, damit ich ihn darauf vorbereiten kann, irgendwann die Führung der Simonischen Bruderschaft zu übernehmen. Ich bitte Friedrich von Keipen zu mir.«

Alle Augen hefteten sich auf Friedrich, als er sich jetzt aus der Menge löste und ohne Eile zum Podium schritt. Friedrich wirkte entspannt, fast schon gleichgültig. Doch der Eindruck täuschte. Während der wenigen Schritte nach vorne war er hoch konzentriert und lauschte auf eventuelle Bemerkungen seiner ehemaligen Mitschüler. Aber es blieb still.

Als er vor von Settler stand, fasste dieser ihn freundschaftlich lächelnd an der Schulter und drehte ihn mit leichtem Druck um, sodass die jungen Männer sein Gesicht sehen konnten.

»Meine Herren, mein zukünftiger Stellvertreter und Nachfolger: Friedrich von Keipen.«

Bis auf undeutliches Gemurmel zeigten die jungen Männer keine Reaktion. Sie hatten im Laufe der Jahre gelernt, dass die Entscheidungen des Magus weder diskutiert noch angezweifelt werden durften. Man hatte sie hinzunehmen. So fielen auch alle mit ein, als von Settler, den Blick wohlwollend auf Friedrich gerichtet, begann, Beifall zu klatschen.

Friedrich nickte allen mit ernstem Gesicht zu, flüsterte von Settler etwas ins Ohr und ging dann wieder zurück zu seinem Platz. Diejenigen seiner Klassenkameraden, die zuvor noch dicht neben ihm gestanden hatten, rückten unbewusst ein Stück von ihm ab. Friedrich registrierte es mit Genugtuung.

Hermann von Settler setzte daraufhin seine Rede fort, in der er der Bruderschaft der Simoner eine glänzende Zukunft prophezeite. Nachdem anschließend auch Gilmeier ein paar Sätze an die Abiturienten gerichtet hatte, reichten einige der »Begleiter« Champagner in hohen, schlanken Gläsern und es bildeten sich kleine Grüppchen, in denen man sich zuprostete.

Friedrich unterhielt sich gerade mit seinem ehemaligen Banknachbarn über dessen Studienplatz in Hamburg, als plötzlich Jürgen Dengelmann vor ihm stand. Den oberen Knopf seines weißen Hemdes hatte er geöffnet, die gelockerte Fliege sah unordentlich aus.

»Wir haben uns all die Zeit hier nicht sonderlich gemocht, von Keipen. Wenn ich auch eigentlich nicht verstehe, warum das so war. Ich finde von Settlers Entscheidung richtig. Ich will, dass du das weißt.«

Mit diesen Worten drehte er sich auf dem Absatz um und verschwand genauso schnell in der Menge der Feiernden, wie er aufgetaucht war.

Sieh an, Dengelmann. Es geht schon los. Sie fangen schon an sich einzuschmeicheln.

Für einen winzigen Moment huschte ein Lächeln über Friedrichs Gesicht. In seinen Fingerspitzen kribbelte es seltsam. Er war sicher, dass es nicht vom Champagner kam. Er sah sich im Saal um. Wo war Evelyn?

Evelyn Geimers stand zur gleichen Zeit in Hermann von Settlers Büro. Er hatte die junge Frau nach der Bekanntgabe, dass Friedrich sein Nachfolger würde, beobachtet und sie danach, von allen unbemerkt, in sein Büro geführt, kaum dass alle sich zugeprostet und zu reden begonnen hatten. Als direkte Folge dieser Unterredung, die eigentlich kein Gespräch, sondern ein Settler'scher Monolog gewesen war und in dessen Verlauf mehrmals die Namen von Evelyns Eltern fielen, stand Evelyn etwa eine Stunde später vor Friedrich. Ihr Gesicht zeigte eine Mischung aus Wut und Resignation, als sie ihm mit emotionsloser Stimme mitteilte, dass sie über seinen Antrag noch einmal nachgedacht habe. Wenn er sie noch wolle, würde sie seine Frau werden.

Friedrich nahm sie in die Arme. »Natürlich will ich dich noch, Evelyn. Ich habe es dir doch gesagt: Du wirst es dir noch anders überlegen.«

Fest drückte er sie an sich, sodass ihr Mund sich direkt neben seinem linken Ohr befand.

»Ich werde dich nie lieben, Friedrich, aber ich schätze, das ist dir egal«, zischte sie, machte sich los und rannte davon.

Siegessicher lächelnd setzte Friedrich das Glas an die Lippen und trank es in einem Zug leer.

Mich nie lieben? Sei dir da mal nicht so sicher.

»Ein Junge, Herr, es ist ein Junge! Ein Junge, und er sieht genauso aus wie Sie.«

Jasmine, von Settlers korpulente, schwarze Hausangestellte, kam so aufgeregt die Treppe vom ersten Stock heruntergelaufen, dass sie von der untersten Stufe abrutschte und fast auf den Hausherrn gefallen wäre, wenn er sie nicht aufgefangen hätte. Von der Wucht, mit der der massige Frauenkörper gegen ihn prallte, wurde Friedrich beinahe selbst zu Boden gerissen. Er stieß einen Fluch aus. Entsetzt riss Jasmine die Augen auf, wich hastig zwei Schritte zurück und hielt sich die Hand vor den Mund.

»O Gott, verzeihen Sie bitte, junger Herr. Es tut mir leid, ich bin vor Freude ganz aufgelöst. Bitte verzeihen Sie, es kommt bestimmt nicht wieder vor.«

»Schon gut, Jasmine.« Friedrichs Zorn war schon verflogen. »Ein Junge, sagst du? Ich habe es ja gewusst. Und? Ist er gesund? Nun rede schon!« Ungeduldig packte er sie an den Schultern; er musste sich beherrschen, um sie nicht zu schütteln.

»Ja, Herr, er ist so gesund und munter, wie so ein kleiner, kräftiger Stammhalter es nur sein kann. Er hat …«

Doch Friedrich hörte ihr schon nicht mehr zu. Immer zwei Stufen auf einmal nehmend, eilte er die Treppe hinauf.

»Und Ihrer Frau geht es auch gut«, fügte Jasmine hinzu, als der junge Herr schon nicht mehr zu sehen war.

Die zugezogenen schweren Samtvorhänge ließen nur durch einen schmalen Spalt über dem Fußboden die Nachmittagssonne herein. Gerade genug, um das Zimmer in ein schummriges Dämmerlicht zu tauchen, an das sich Friedrichs Augen erst einige Sekunden gewöhnen mussten. Alsdann streifte sein Blick kurz das große Bett, in dem Evelyn lag und ihm schweißüberströmt entgegensah. Auf dem Boden entdeckte er einen Haufen blutverschmierter Tücher. Direkt daneben stand das neue Dienstmädchen, dessen Namen Friedrich sich nicht merken konnte, und wiegte ein weißes Bündel in ihren Armen, wie zu einer Musik, die nur sie hören konnte.

Andächtig ging Friedrich auf das Mädchen zu, das sich etwas nach vorn beugte, sodass er das kleine, faltige Gesicht seines Sohnes sehen konnte.

»Ein prachtvoller Junge, Friedrich. Gratuliere!«

Friedrich zuckte zusammen, als er Dr. Fisslers Stimme hinter sich hörte. Ohne den Blick von seinem Sohn abzuwenden, antwortete er: »Danke. Ist er gesund?«

»Es ist alles so, wie es sein soll. Wie soll der Prachtbursche denn heißen?«

Der weißhaarige Arzt und enge Vertraute Hermann von Settlers war neben Friedrich getreten und betrachtete nun ebenfalls den Säugling, während er sich Hände und Unterarme mit einem Tuch abtrocknete.

»Hermann. Er soll Hermann heißen. Wie der Mann, dem ich so viel zu verdanken habe.«

»Da wird er sich bestimmt sehr freuen. Wann kommt er denn aus Deutschland zurück?«

»Nächste Woche«, antwortete Friedrich, während er seinem Sohn zärtlich über das Köpfchen strich.

Dr. Fissler nickte. »Deine Frau war übrigens sehr tapfer. Es war eine Steißlage. Sie hat viel Blut verloren, aber kräftig bis zum Ende mitgeholfen. Du kannst stolz auf sie sein.«

Friedrich riss den Blick endlich von seinem Sohn los und sah den Arzt an.

»Steißlage? Was heißt das?«

»Nun, dein Sohn hat es vorgezogen, erhobenen Hauptes auf die Welt zu kommen.«

Als Friedrich ihn noch immer verständnislos ansah, lächelte der Arzt nachsichtig. »Er hat falsch herum gelegen, Friedrich. Er kam mit den Füßen zuerst heraus. So etwas kann für Mutter und Kind schlimm ausgehen.«

Friedrich wandte sich von Dr. Fissler ab und trat endlich an das Bett. Er strich seiner Frau eine schweißverklebte Haarsträhne aus dem Gesicht und küsste sie flüchtig auf die Stirn, was sie ohne sichtbare Regung hinnahm.

»Ich danke dir, dass du mir einen gesunden Sohn geschenkt hast.«

Unter großer Anstrengung bewegte Evelyn die Lippen, doch er konnte kein Wort davon verstehen. Er beugte sich zu ihr hinunter, bis sein Ohr nur noch Zentimeter von ihrem Mund entfernt war.

»Was wolltest du mir sagen?«

»Ich habe ihn dir nicht geschenkt. Du hast ihn dir genommen.«

Fünf Tage nach der Geburt des kleinen Hermann von Keipen kehrte von Settler aus Deutschland zurück. Niemand wusste, was der Grund für seine Reise gewesen war. Nicht einmal Friedrich.

Eine knappe Stunde nach seiner Ankunft, die Sonne war gerade hinter dem Horizont verschwunden, ließ er Friedrich durch Jasmine ausrichten, dass er ihn sofort in seinem Arbeitszimmer zu sprechen wünsche.

Als Friedrich den mit dunklem Mahagoniholz vertäfelten Raum betrat, saß von Settler mit übereinandergeschlagenen Beinen in einem der drei schweren Ledersessel, die um einen kleinen Tisch gruppiert waren. In der Hand hielt von Settler einen Cognacschwenker. Er hob das Glas und deutete damit zu der Eckvitrine, die manch edlen Tropfen enthielt.

»Guten Abend, Friedrich. Ich gratuliere dir zu deinem strammen Jungen. Und ich freue mich über deine Namenswahl. Nimm dir etwas zu trinken und setz dich zu mir. Ich habe einige wichtige Dinge mit dir zu besprechen.«

Eine für von Settler durchaus nicht untypische Begrüßung, selbst nach längerer Abwesenheit. Er kam immer ohne große Umschweife zum Punkt, ob man sich nun fünf Minuten oder zwei Wochen nicht gesehen hatte.

Und doch war etwas anders. Ein seltsames Gefühl beschlich Friedrich, während er sich ebenfalls einen Cognac einschenkte, eine Art Vorahnung, dass an diesem Abend eine entscheidende Wende in seinem Leben eintreten würde. Er setzte sich in den Sessel rechts vom Magus und prostete von Settler zu, während er in dessen von Falten durchzogenem Gesicht nach einem Anzeichen suchte, nach irgendetwas, das sein Gefühl begründet hätte. Aber von Settlers Miene war undurchdringlich.

Nachdem sie einen Schluck des wunderbar weichen Cognacs genommen hatten, kam von Settler zur Sache.

»Der Grund meiner Deutschlandreise war neben Besuchen bei einigen wichtigen Geldgebern auch ein Termin bei einem alten Schulfreund von mir. Er ist Chefarzt eines großen Krankenhauses in Düsseldorf. Ich wollte mich von ihm untersuchen lassen, weil ich in letzter Zeit unter starken Schmerzen litt, für die ich keine Erklärung hatte.«

Friedrich beugte sich etwas nach vorn. »Warst du damit vorher bei Dr. Fissler?«

»Nein. Ich dachte mir gleich, dass es etwas Ernstes sein muss. Ich wollte nicht, dass in der Bruderschaft jemand auf den Gedanken kommt, ich wäre aus gesundheitlichen Gründen nicht mehr in der Lage, die Simoner zu leiten. Aber jetzt unterbrich mich nicht weiter, ich bin mit meinen Ausführungen noch nicht fertig.«

Friedrich nickte stumm und lehnte sich wieder in seinem Sessel zurück.

»Um es kurz zu machen: Ich habe Krebs. Nicht operabel. Endstadium sozusagen. Professor Diedler meinte, es blieben mir noch ein, zwei Monate, bis die Schmerzen unerträglich würden. Und dann vielleicht noch ein Monat, wobei ich keine große Lust habe, diese Zeit bis zum Schluss auszukosten, was du sicherlich verstehen kannst.«

Friedrich hatte bei dem Wort »Krebs« unwillkürlich die Luft angehalten und sagte nun leise: »Das tut mir sehr leid.«

Von Settler lachte auf. »Da ich weiß, dass eine solche Eröffnung dir bei jedem anderen höchstens ein gnädiges Lächeln entlockt hätte, bin ich eitel genug zu glauben, dass es dir in meinem Falle sogar wirklich leidtut. Aber das ist jetzt unerheblich. Konzentrieren wir uns auf das Wesentliche. Du wirst meine Nachfolge nun schneller antreten müssen, als wir gedacht haben. Uns bleiben mit etwas Glück knapp acht Wochen, um dich auf all das vorzubereiten, was als Magus der Simonischen Bruderschaft auf dich zukommen wird. Es gibt einige Dinge, die du schon weißt, aber du wirst sehen, dass dies nur die Spitze des Eisbergs ist. Wir beide werden von jetzt an Tag und Nacht miteinander verbringen. Du wirst mit mir essen und im gleichen Raum schlafen, maximal vier Stunden pro Nacht; mehr Zeit haben wir dafür nicht. Sobald ich nicht mehr aufstehen kann, wirst du mich pflegen und mir meine Schmerzmittel verabreichen, bis ich dir sage, dass es nicht mehr geht. Dann wirst du mir meine Pistole holen, dich von mir verabschieden und mich allein lassen. Das ist ein Befehl und ich erwarte von dir unbedingten Gehorsam. Ist das klar?«

Friedrich sah seinem Mentor lange in die Augen. Dann nickte er zögernd. Er wusste, es hatte keinen Zweck, mit diesem Mann zu diskutieren.

»Gut! Morgen früh fangen wir an. Ich erwarte dich um halb sieben in meinem Büro.«

Friedrich trank seinen Cognac in einem Zug aus und erhob sich. Als er den Raum gerade verlassen wollte, sagte von Settler: »Friedrich! Eins noch: Sorge dafür, dass du einen zweiten Sohn bekommst. Falls dem kleinen Hermann irgendwann einmal etwas zustoßen sollte. Du kannst dich nicht darauf verlassen, solches Glück zu haben wie ich.« Friedrich wollte schon etwas erwidern, doch von Settler winkte ab. »Geh jetzt und vergiss nicht, was ich dir gesagt habe. Gute Nacht.«

Schon vom ersten Tag ihrer Ehe an schliefen sie in getrennten Zimmern. Evelyn hatte darauf bestanden und er hatte keine Einwände erhoben, im Gegenteil, ihr Wunsch kam ihm sogar sehr entgegen. Abends im Bett mit den banalen Problemen einer Ehefrau belästigt zu werden, hätte ihm ganz und gar nicht gefallen. Es gab genügend wirklich wichtige Dinge, die man sich vor dem Einschlafen noch einmal in Ruhe durch den Kopf gehen lassen musste. Nur ab und zu, wenn er dieses Kribbeln in seiner Lendengegend spürte, klopfte er an ihre Tür. Er hatte noch nie so etwas wie Freude in ihrem Gesicht erkennen können, wenn er ihr Schlafzimmer betrat, aber sie hatte sich ihm auch noch nie verweigert. Im Grunde genommen war sie eine mustergültige Ehefrau. Sie war zurückhaltend und redete nicht viel. Wenn er etwas von ihr wollte, bekam er es kommentarlos. Seinen kleinen Sohn liebte sie voller Hingabe; sie schenkte dem Kleinen all die Liebe, die sie ihm versagte, was ihn hätte eifersüchtig machen können, wenn ihm ihre Liebe denn wichtig gewesen wäre. Doch das war sie nicht.

Als er sich nach dem Gespräch mit Hermann von Settler in seinem karg eingerichteten Schlafzimmer auf die Bettkante setzte, rasten die Gedanken mit einer Geschwindigkeit durch seinen Kopf, die ihn immer nur Bruchstücke davon bewusst erfassen ließ.

Die Eröffnung seines Förderers hatte ihn überrascht. Er durchforschte sein Inneres und suchte nach etwas, das sich wie Trauer anfühlte. Doch er konnte nichts dergleichen finden. Stattdessen hatte ihn eine innere Unruhe gepackt. Bald, viel eher als er es zu träumen gewagt hätte, würde er der mächtigste Mann der Simonischen Bruderschaft sein, die, über die ganze Welt verteilt, inzwischen fast eintausend Mitglieder hatte. Einfache Arbeiter genauso wie hochrangige Politiker und einflussreiche Wirtschaftsbosse. Sie alle waren bereit, sich für die große Sache einzusetzen, wann immer man es von ihnen verlangte. Von Settlers letzter Satz ging Friedrich nochmals durch den Kopf: *Sorge dafür, dass du einen zweiten Sohn bekommst.* Der Gedanke an Evelyn bereitete ihm ein wohliges Gefühl und er bedauerte, dass er so kurz nach der Geburt nicht zu ihr ins Bett schlüpfen konnte.

Das nächste Mal, Evelyn, schon in ein paar Wochen, wird dich der Magus aufsuchen. Du wirst dir dann hoffentlich der Ehre bewusst sein.

Er zog sich aus und legte sich hin. In dieser Nacht träumte er, dass ihm im Petersdom ein Papst ohne Gesicht eine goldene Krone auf den Kopf setzte.

Die Zeit arbeitete gegen sie. Schon nach vier Wochen konnte Hermann von Settler das Bett nicht mehr verlassen. Die Dosis der schmerzstillenden Mittel musste täglich erhöht werden.

Von Settler war mit Friedrich die Liste aller »Aktiven« durchgegangen. Ein »Aktiver« der Bruderschaft war man ab dem Moment, an dem man mit dem Theologiestudium begann. Danach hatte Friedrich die Namen aller wichtigen Mitglieder der Bruderschaft erfahren. Es überraschte ihn, wie viele bekannte Persönlichkeiten darunter waren. Noch mehr überraschte ihn aber, dass von Settler zwei Jahre zuvor einen großen Teil seines Vermögens in den Kauf einer kleinen Privatbank in Vaduz gesteckt hatte. Wie ihm von Settler erklärte, hatten Nazi-Größen während des Krieges bei der besagten Bank ihr illegales Vermögen deponiert; sie würde den Belangen der Bruderschaft sicherlich noch von Nutzen sein. Er erzählte ihm auch von der »Simonischen Steuer«, einer beträchtlichen Summe, die von den überwiegend deutschen Geldgebern jeden Monat auf ein Konto der Bank eingezahlt wurde. Auf diese Weise hofften sich die betuchten Herren einen Platz in der künftigen Riege der »globalen Führung« zu erkaufen.

Fünf Wochen und drei Tage nachdem er von der tödlichen Erkrankung seines Förderers erfahren hatte, saß Friedrich um die Mittagszeit an Hermann von Settlers Bett. Der todkranke Mann hatte die Augen geschlossen. Das Gesicht war grau und eingefallen und er atmete röchelnd. Plötzlich hob er jedoch die Lider und sah Friedrich mit erstaunlich klarem Blick in die Augen. Seine Stimme war zwar schwach, doch deutlich zu verstehen: »Im Keller gibt es einen Safe, in dem du alles finden wirst, was du bis dato noch nicht weißt. Unter anderem auch mein Tagebuch, das ich führe, seit ihr hier angekommen seid. Darin sind auch alle ›Aktiven‹ der Bruderschaft aufgelistet und mit Zahlen zwischen eins und fünf versehen; diese Zahlen stehen für ihre Bedeutung für die Bruderschaft. Hier und da wirst du auf Namen stoßen, die mit einem X gekennzeichnet sind. Das sind die Mitglieder, die einen entscheidenden Fehler gemacht hatten. Du kannst dir denken, dass diese Männer keine Möglichkeit mehr haben, weitere Fehler zu machen … Ich will, dass du dieses Tagebuch nach meinem Tod gewissenhaft weiterführst, Friedrich. Du wirst darin auch viele Einträge zu deiner Person entdecken. Vielleicht wirst du dich dadurch sogar selbst ein wenig besser kennenlernen.«

Mühsam befeuchtete von Settler mit der Zunge die

trockenen, aufgesprungenen Lippen. Dann legte er mit schmerzverzerrtem Gesicht eine Hand auf Friedrichs Arm, der dem ersten Reflex widerstand und stillhielt.

»Ich bin fest davon überzeugt, dass du die Simonische Bruderschaft zum Ziel führen wirst. An der Unterseite der Schublade meines Schreibtisches findest du die Kombination für den Safe. In der Schublade liegt meine Pistole. Hol sie mir jetzt.«

Als Friedrich sich nicht rührte, bekam die Stimme noch einmal ihren alten, befehlsgewohnten Klang und von Settlers Finger krallten sich in seinen Arm.

»Tu es! Jetzt!«

Friedrich erhob sich widerwillig und verließ den Raum. Auf dem Weg zum Arbeitszimmer, das nun schon bald sein eigenes sein würde, horchte er zum wiederholten Male in sich hinein. Er war im Begriff, dem Menschen zu helfen, seinem Leben ein Ende zu setzen, der aus ihm den Mann gemacht hatte, der irgendwann die Geschicke der Welt lenken würde. War es nicht seine Pflicht, von Settlers Freitod zu verhindern? War er es dem Magus nicht schuldig, ihn so lange wie möglich am Leben zu erhalten? *Nein, ich bin ihm nichts schuldig. Er glaubt, dass er mich zu dem gemacht hat, der ich jetzt bin. Soll er in diesem Glauben doch sterben, das ist mir egal. Ich weiß, dass es einzig und allein mein Wille war, der mich so weit gebracht hat. Ich wollte an die Spitze der Bruderschaft – und habe es geschafft. Ich werde sein Nachfolger. Er möchte es sofort – nun, den Wunsch kann ich ihm erfüllen.*

In von Settlers Büro sah er als Erstes nach, ob die Kombination für den Safe auch tatsächlich an der Unterseite der Schublade klebte. Als er den kleinen Zettel gefunden hatte, richtete er sich auf und steckte ihn in die Hosentasche. Dann zog er die Schublade auf. Darin lagen eine Menge Dokumente, aber keine Pistole. Erst als er sämtliche Papiere auf den Schreibtisch gelegt hatte, entdeckte er die P38. Die Verheißung unendlicher Macht, dachte er, als er sie herausholte. Dabei fiel sein Blick auf einen handgeschriebenen Brief, der daruntergelegen hatte. Absender war ein Rechtsanwalt aus Nürnberg, seiner Heimatstadt. Den Blick nicht von dem Brief abwendend, legte er die Pistole auf den Schreibtisch und griff nach dem Schriftstück. Es war an ihn adressiert, das Datum rechts oben in der Ecke war der 8. April 1954.

Sehr geehrter Herr von Keipen,

ich habe die traurige Pflicht, Sie davon in Kenntnis zu setzen, dass am gestrigen Tag Ihr Herr Vater, Oberst a. D. Peter von Keipen, nach einem Schlaganfall verstorben ist.

Ich möchte Ihnen mein tief empfundenes Mitgefühl und mein herzlichstes Beileid ausdrücken. Ihre verehrte Frau Mutter ist leider nicht mehr in der geistigen Verfassung, sich um die Nachlassangelegenheiten zu kümmern, sodass ich mich als langjähriger Freund der Familie der Sache angenommen habe.

Ich möchte Sie bitten, sich schnellstmöglich mit mir in Verbindung zu setzen, damit wir die notwendigen Formalitäten besprechen können.

Mit vorzüglicher Hochachtung
Dr. Julius Nolter
Rechtsanwalt

Friedrich ließ das Blatt langsam sinken. Sein Vater war tot. Gestorben vor nunmehr vier Jahren. Und er hatte es nicht erfahren. Eine unbändige Wut stieg in Friedrich hoch. Wie kam von Settler dazu, ihm den Tod des Obersts zu verheimlichen? Wie selbstherrlich musste man sein, um darüber zu befinden, ob ein Mensch den Tod des Vaters betrauern durfte oder nicht! Er packte die Pistole, während das Schreiben lautlos zu Boden schwebte wie ein Blatt, das im Herbst vom Baum fällt.

Hermann von Settler hatte die Augen geschlossen, als Friedrich ins Zimmer stürmte. Für einen Moment hatte er den Eindruck, ein Toter liege vor ihm in dem großen Bett. Dann jedoch hoben sich die Lider des Kranken.

»Warum hast du mir verschwiegen, dass mein Vater gestorben ist?«, schrie Friedrich mit bebender Stimme. »Was fällt dir ein, einen Brief zu öffnen, der an mich gerichtet ist, und ihn mir dann auch noch zu unterschlagen?« Mit zitternder Hand richtete er die Pistole auf von Settler.

»Du möchtest mich also erschießen, mein junger, jähzorniger Freund«, sagte von Settler ruhig. »Tu es! Du würdest mir einen großen Gefallen damit tun. Es ist ganz leicht. Du musst nur abdrücken.«

Einige Sekunden lang stand Friedrich regungslos da. »Sag mir, warum du mir den Tod meines Vaters verheimlicht hast, Hermann.«

Wieder fuhr die Zunge langsam über die aufgesprungenen Lippen.

»Weil der Zeitpunkt ungünstig war, Friedrich. Du standest kurz vor dem Abitur und ich wollte dich in der Zeit nicht mit derlei Dingen belasten. Dein Vater hat dir ein beträchtliches Vermögen hinterlassen. Das hätte dich damals vielleicht aus der Bahn geworfen. Dich dazu verleitet, alles hinzuwerfen. Wie du weißt, hätte ich dich dann töten müssen. Und das wollte ich unter allen Umständen vermeiden.«

»Du hättest mich wirklich umbringen lassen, wenn ich nach Deutschland zurückgekehrt wäre?«

»Sicher. Erinnerst du dich an unser erstes Gespräch? Du hast es schon mit vierzehn Jahren gewusst. Wie kannst du als erwachsener Mann daran zweifeln? Ja, ich hätte dich töten lassen, genauso, wie du ab jetzt jeden töten musst, der eine Gefahr für die Bruderschaft darstellt. Wenn du dazu nicht bereit bist, habe ich bei der Wahl meines Nachfolgers einen schweren Fehler begangen.«

»Egal, wie ich mich entschieden hätte, es hätte meine Entscheidung sein müssen und nicht deine. Du hast mich behandelt wie einen Schwachkopf. Was ist mit meiner Mutter? Lebt sie wenigstens noch? Oder gibt es noch mehr Briefe, die du in deiner maßlosen Selbstherrlichkeit unterschlagen hast?«

Friedrichs Worte waren wie spitze Pfeile, mit denen er dem kranken Mann tiefe Wunden beibrachte.

»Nein, Friedrich, deine Mutter lebt noch. Auch wenn sie wahrscheinlich nicht mehr weiß, was das ist: leben. Ich habe persönlich dafür gesorgt, dass sie in einem guten Heim untergebracht ist, wo sie erstklassig versorgt wird. Bezahlt wird es aus deinem Vermögen. Ich habe das Geld gut für dich angelegt. Die Unterlagen dazu findest du ebenfalls im Safe. Egal, wie du darüber denkst, Friedrich: Ich bin überzeugt, dass ich richtig gehandelt habe. Und noch etwas, Friedrich: Geisteskrankheiten scheinen bei euch in der Familie häufig vorzukommen. Du solltest bei den ersten Anzeichen einen Schlussstrich ziehen, bevor du wie dein Vater als sabbernder Fleischberg endest, der in seiner Schwachsinnigkeit nur noch eine Belastung für alle war. Und jetzt drück ab oder gib mir die Pistole und verschwinde aus meinem Zimmer. Ich halte diese Schmerzen nicht mehr länger aus.«

Friedrich starrte auf die P38, die er noch immer auf von Settler gerichtet hielt. Im gleichen Moment, in dem er den Zeigefinger krümmte, glaubte er Triumph in den Zügen des Kranken zu erkennen. Mit dem überlauten Knall spritzten eine Sekunde später Blut und Gehirnmasse nach allen Seiten. Fasziniert von dem Schauspiel konnte Friedrich sich erst nach einigen ihm endlos erscheinenden Sekunden von dem Anblick des Toten losreißen.

»Den Gefallen habe ich dir gerne getan«, murmelte er, während er von Settler die Waffe in die erkaltende Hand drückte. Dann ging er mit ruhigen Schritten aus dem Zimmer und fühlte dabei so etwas wie Genugtuung.

In Hermann von Settlers Nachttisch fand Dr. Fissler später einen Brief, in dem von Settler erklärte, er hätte den Freitod gewählt, weil er die Schmerzen nicht mehr ertragen habe. Des Weiteren befand sich in der Schublade ein versiegelter Umschlag, der das Testament des Magus enthielt. Friedrich von Keipen erbte den gesamten Besitz und wurde in einem zweiten Schreiben zum Oberhaupt der Simonischen Bruderschaft ernannt. Dieser »geheime« Teil des Testaments war auf einem gesonderten Blatt festgehalten, damit von Settlers letzter Wille gegebenenfalls auch offiziellen Stellen vorgelegt werden konnte.

In der folgenden Nacht lag Friedrich lange schlaflos im Bett und starrte durch das Fenster hinauf in den endlosen Sternenhimmel. Er hatte an einem einzigen Tag die beiden Männer verloren, die glaubten, sein Leben geprägt zu haben. Denn jetzt, ohne sie, war er überzeugter denn je, dass es, seit er in der Lage war, einen intelligenten Gedanken zu fassen, einzig und allein von ihm selbst bestimmt worden war.

Sein Vater war tot. Auch wenn es schon über vier Jahre her war, so war er für Friedrich doch erst heute gestorben. Oberst a. D. Peter von Keipen, der die Wehrmacht mehr geliebt hatte als seine Familie, war in die ewigen Jagdgründe eingegangen. Er war nicht ehrenvoll gefallen in einer ruhmreichen Schlacht und in Verteidigung des deutschen Vaterlandes. Nein, wahrscheinlich war er im Keller krepiert, während er mit seinen lächerlichen Zinnsoldaten spielte. In der Uniform einer Armee, die es längst nicht mehr gab. Welch ein Held! Und auch Hermann war tot. Er, Friedrich von Keipen, hatte ihm sogar über die

Schwelle des Todes geholfen. Er hatte ihn von seinem Leiden erlöst, wie man einem Pferd den Gnadenschuss gab, das sich während eines Rennens auf halber Strecke ein Bein brach.

War es ein Verlust? Gab es irgendeinen zwingenden Grund, warum einer dieser beiden Männer noch am Leben sein sollte? Nein! Die Knöchel traten weiß hervor, als Friedrich die Hand zur Faust ballte. Nein, es gab keinen Grund dafür! Also gab es auch keinen Grund zur Trauer. Trauer, dieses ausgeprägteste aller egoistischen Gefühle, mit denen der Mensch gestraft war, hätte er empfunden, wenn das Weiterleben von einem der Männer für ihn noch von Nutzen gewesen wäre.

Friedrich drehte sich auf die andere Seite. Die beiden nutzlos gewordenen Männer hatten sich zur rechten Zeit zurückgezogen und ihm das Feld überlassen. Ihm, Friedrich von Keipen, dem neuen Magus der Simonischen Bruderschaft, dem Führer in eine neue Weltordnung, dem zukünftigen Lenker der Geschicke der katholischen Kirche.

Es war später Nachmittag. Friedrich saß hinter seinem Schreibtisch, auf dem sich die Akten zu Bergen türmten. Seit Wochen schon arbeitete er sich durch Hermann von Settlers private Aufzeichnungen, die er ein gutes Jahr vor der offiziellen Gründung der Bruderschaft begonnen hatte. Es war erstaunlich, mit wem von Settler alles Kontakt gepflegt hatte. Mit einigen hatte Friedrich schon Verbindung aufgenommen, doch er war sicher, dass die Papiere noch viele Überraschungen für ihn bereithielten.

Motorengeräusch drang durch das gekippte Fenster zu ihm und riss ihn aus seinen Gedanken. Das musste dieser Gerald sein.

Gerald von Settler war ein Cousin von Hermann von Settler. Kurz vor seinem Tod hatte von Settler einen langen Brief nach Berlin geschrieben und seinem einzigen noch lebenden Verwandten von seiner Krankheit berichtet. Friedrich hatte er erzählt, dass der Kontakt zu seinem Cousin zwar schon vor vielen Jahren abgerissen sei, er aber trotzdem wolle, dass Gerald von seinem Tod erfahre, wenn es so weit sei. Er habe für Gerald in seinem Schreibtisch einen Umschlag deponiert, der eine kleine Summe enthalte. Friedrich musste ihm geloben, Gerald diesen Umschlag zu gegebener Zeit zukommen zu lassen. Friedrich hatte es damals als eine für von Settler zwar ungewöhnliche, aber in Anbetracht seines nahen Todes verständliche sentimentale Anwandlung gehalten und ihm das Versprechen gegeben. Nur drei Tage nachdem er Gerald vom Tod seines Cousins unterrichtet und gefragt hatte, wie er ihm die Hinterlassenschaft zukommen lassen solle, war Geralds Antwort telegrafisch bei ihm eingetroffen.

Werde voraussichtlich am 12. Januar in Kimberley ein-
treffen. Alles Weitere dann vor Ort.

Gerald von Settler

Alles Weitere dann vor Ort: Die letzten beiden Monate
war Friedrich das Gefühl nicht losgeworden, dass ihm
Gerald von Settler Schwierigkeiten machen würde.

In einem weiteren Telegramm vor wenigen Tagen hatte
Gerald dann seine genaue Ankunftszeit mitgeteilt und darum gebeten, vom Bahnhof in Kimberley abgeholt zu werden. Nun schien er angekommen zu sein. Friedrich erhob
sich mit einer Mischung aus Spannung und Neugierde und
trat ans Fenster.

Der Fahrer hatte den offenen Jeep in einer Staubwolke
direkt vor der Veranda zum Stehen gebracht. Neben ihm
saß ein älterer Mann, der Gerald sein musste. Er trug ein
khakifarbenes Hemd und einen Tropenhelm, als wäre er
zu einer Safari unterwegs. Das blasse, verkniffene Gesicht
stand in geradezu lächerlichem Gegensatz dazu. Soweit
Friedrich es vom Fenster aus beurteilen konnte, schien Gerald von Settler recht klein und stark übergewichtig zu sein.

Friedrichs Blick wanderte darauf zur Rücksitzbank
des Wagens, auf der ein deutlich jüngerer Mann saß. Er
mochte ein wenig älter als Friedrich sein und hatte ein
sehr markantes Gesicht. Gelangweilt blickte er sich um.
Friedrich fragte sich, wer dieser junge Mann sein mochte
und warum Gerald ihm nicht mitgeteilt hatte, dass er in
Begleitung kommen würde. Mit einem unguten Gefühl
wandte er sich vom Fenster ab und verließ das Arbeitszimmer, um seine Gäste zu begrüßen.

Als er die Veranda betrat, waren die beiden Männer
bereits aus dem Wagen gestiegen. Zwischen ihnen standen zwei kleine, vollkommen gleich aussehende Koffer im
Staub. Die Vermutung lag nahe, dass sie extra für diese
Reise gekauft worden waren.

»Willkommen in Kimberley«, sagte Friedrich mit einem Lächeln und stieg die Stufen zu ihnen hinunter. Hermanns Cousin war fast einen Kopf kleiner als Friedrich, wog aber mindestens das Anderthalbfache. Schweiß lief ihm in kleinen Rinnsalen über die fleischigen Wangen.

»Guten Tag. Herr von Keipen, nehme ich an? Ich bin Gerald von Settler.«

Der Dicke nahm dabei Haltung an und nickte kurz mit dem Kopf. Fehlt nur noch, dass er die Hacken zusammenschlägt, dachte Friedrich.

»Ich möchte Ihnen meinen Begleiter vorstellen.« Er wies mit dem Kopf zu dem Jüngeren, der Friedrich freundlich angrinste. »Kurt Scholler, einer der besten Rechtsanwälte Berlins.«

Ein Rechtsanwalt. Warum brachte von Settler einen Rechtsanwalt mit? Das ungute Gefühl in Friedrich verstärkte sich noch. Er schüttelte den Männern die Hand und lächelte Scholler zu. »Ich hoffe doch nicht, dass ich einen Rechtsanwalt brauchen werde.«

»Sie nicht«, sagte von Settler mit unbewegtem Gesicht.

Friedrich überging die Bemerkung und winkte einen Bediensteten herbei, der gerade die Treppe zur Veranda fegte. Er zeigte kurz auf die beiden Koffer und wandte sich dann wieder Gerald von Settler zu.

»Lassen Sie uns ins Haus gehen. Dort ist es etwas kühler als hier. Ich darf vorgehen?«

Er geleitete seinen Besuch in das große Wohnzimmer und bat sie, Platz zu nehmen. Kaum dass sie saßen, brachte Jasmine ein Tablett mit Gläsern voller Limonade. Ihr enormer Busen drohte bei jedem Schritt auf das Tablett zu plumpsen und die Getränke umzustoßen. Nachdem sie einen Schluck der kalten Limonade genommen hatten, erhob sich Gerald von Settler jedoch sofort wieder und wollte wissen, wo man seinen Koffer hingebracht habe. Er wirkte nervös und schwitzte auf einmal noch stärker als bei seiner Ankunft.

»Es ist an der Zeit, dass ich meine Medikamente nehme«, erklärte er.

Friedrich setzte eine besorgte Miene auf. »Ich hoffe, es ist nichts Ernstes, Herr von Settler. Ihr Zimmer ist in der ersten Etage. Gleich rechts neben der Treppe. Soll Sie jemand hinaufbegleiten?«

»Nein, danke«, antwortete von Settler knapp und verließ den Raum.

Friedrich sah Kurt Scholler an. »Ist er ernsthaft krank?«

Scholler grinste. »Alle fetten alten Männer sind ernsthaft krank, Herr von Keipen.«

Die Antwort überraschte Friedrich. »Das hört sich ja fast an, als täte er Ihnen gar nicht leid.«

Scholler antwortete ihm nicht gleich, sondern trank erst einmal genüsslich einen großen Schluck. Das Glas behielt er in der Hand, als er seinen Gastgeber ansah.

»Warten Sie ab, Herr von Keipen. Wenn Sie gehört haben, warum er hier ist, wird er Ihnen auch nicht mehr leidtun, dessen bin ich mir ganz sicher.«

Friedrichs Augen wurden zu Schlitzen. »Was meinen Sie damit?«

Schollers Grinsen wurde nun noch breiter. »Ich möchte nicht vorgreifen, das werden Sie verstehen; aber er hat mich nicht mitgenommen, um mir einen kostenlosen Urlaub zu bescheren. Sie werden es gleich selbst von ihm erfahren.«

Also doch. Sein Gefühl hatte ihn nicht getäuscht. Von Settlers Cousin war nach Kimberley gekommen, um ihm Ärger zu machen. Da er von Hermann von Settler wusste, dass Gerald von Settler von der Bruderschaft nichts ahnte, konnte es nur darum gehen, dass Friedrich als Alleinerbe eingesetzt worden war.

Als wolle er Friedrichs Gedanken bestätigen, kam Gerald im selben Moment wieder zur Tür herein und sagte, noch bevor er sich gesetzt hatte: »Herr von Keipen, ich bin kein Freund großer Reden. Ich möchte wissen, wie viel Hermann mir hinterlassen hat. Und dann will ich das Testament sehen. Es erscheint mir doch sehr seltsam, dass er Ihnen den gesamten Settler'schen Familienbesitz vermacht haben soll.«

Schwer ließ er sich in den Sessel fallen und blickte Friedrich in die Augen. Der lächelte bemüht freundlich.

»Herr von Settler, ich habe keine Ahnung, wie viel Hermann Ihnen hinterlassen hat. Das Geld liegt in einem versiegelten Umschlag für Sie bereit. Ich werde ihn gleich für Sie holen gehen. Selbstverständlich können Sie auch das Testament einsehen. Das ist Ihr gutes Recht. Dass Hermann mir den Familienbesitz vererbt hat, ist aber nicht so seltsam, wie es Ihnen erscheint. Ich lebe hier seit meinem vierzehnten Lebensjahr und war für Hermann so etwas wie der Sohn, den er nie hatte. Zudem verwalte ich seit einigen Jahren sein Anwesen und führe seine Unternehmen, und das recht erfolgreich. Es war Hermann wichtig, dass der Familienbesitz zusammengehalten wird. Und wenn Sie mir gestatten, noch etwas hinzuzufügen: Obwohl Sie ein Verwandter von ihm sind, war Ihr Verhältnis zueinander doch wohl eher lockerer Natur, um nicht zu sagen, es hat praktisch nicht bestanden. Vor diesem Hintergrund erscheint sein Entschluss, mich als Alleinerben einzusetzen, gar nicht mehr so seltsam, finden Sie nicht auch?«

Gerald von Settler schüttelte aufgebracht den Kopf, wobei seine fleischigen Wangen hin- und herschwabbelten.

»Nein, Herr von Keipen, das finde ich nicht. Und ich sage Ihnen gleich – ich glaube es auch nicht. Hermann hatte Sie in dem Brief, den er mir kurz vor seinem Tod geschickt hatte, als seinen Pflegesohn bezeichnet, das stimmt. Aber er hatte mir darin auch anvertraut, dass es ihm sehr schlecht gehe und er manches Mal das Gefühl habe, die Schmerzen würden ihn verrückt machen. Es war ein sehr persönlicher Brief, den er sicherlich nicht geschrieben hätte, wenn er sich von seiner Familie losgesagt hätte. Wer weiß, vielleicht haben Sie einen Moment geistiger Schwäche abgepasst, um ihm das Testament unterzuschieben, in dem Sie sich als Alleinerbe eingesetzt haben.« Friedrich wollte auffahren, doch Gerald von Settler winkte ab. »Immer mit der Ruhe, Herr von Keipen. Holen Sie mir zuerst einmal den Umschlag und das Testament. Zudem wäre es angebracht, wenn Sie mir auch gleich eine Auflistung des gesamten Vermögens geben würden. Bitte vollständig, mit Barvermögen und Immobilienbesitz sowie allen zum Settler'schen Familienunternehmen gehörenden Einzelfirmen. Danach sehen wir weiter.«

Friedrich spürte eine erneute Welle unbändigen Zorns durch seinen Körper jagen, die jedoch gleich darauf stoischer Ruhe Platz machte. Ohne sichtbare Regung sah er den Dicken nun an.

»Umschlag und Testament bekommen Sie, alles andere – nein. Ich bitte Sie um Verständnis dafür, dass ich einem Fremden keinen Einblick in meine Unternehmensführung gewähren kann.«

Von Settler fuhr mit einer für seine Leibesfülle überraschenden Geschwindigkeit wütend hoch. »Einem *Fremden*?« Seine Stimme überschlug sich. »Was maßen Sie sich an? Wir reden hier über den Familienbesitz der von Settlers. Und ich bin ein von Settler! Ich habe ein Recht ...«

»Nein, das haben Sie nicht, denn es handelt sich nicht mehr um den Familienbesitz der von Settlers, sondern um den von Friedrich von Keipen. Und der bin ich.«

Ohne ein weiteres Wort des dicken Mannes abzuwarten,

verließ Friedrich den Raum und ging in sein Arbeitszimmer, um den Umschlag und das Testament zu holen. Nachdem er den Tresor wieder verschlossen hatte, hielt er einen Moment inne. Von Settler hatte keine rechtliche Handhabe gegen ihn und ein Rechtsanwalt würde ihm wenig nützen, zumal er hier in Kimberley klagen müsste. Hermann von Settlers Testament war unanfechtbar. Was Friedrich allerdings Sorgen machte, war die Tatsache, dass vielleicht in den Finanzen seiner Firmen herumgeschnüffelt wurde, sollte von Settler klagen. Dabei könnten Dinge ans Tageslicht kommen, die Friedrich lieber im Dunkeln lassen wollte. Wenn es ihm nicht gelang, von Settler davon zu überzeugen, dass er einen Prozess auf jeden Fall verlieren würde, würde er zu anderen Mitteln greifen müssen. Er ärgerte sich, dass er Hermanns sentimentaler Bitte nachgekommen war und diesen Gerald benachrichtigt hatte. Mit einem leisen Fluch verließ er sein Arbeitszimmer.

Als er das Wohnzimmer betrat, hatten die Männer die Köpfe zusammengesteckt und waren anscheinend in eine Diskussion vertieft, die sie jedoch sofort abbrachen, als sie Friedrich hereinkommen sahen.

»Hier sind Umschlag und Testament, Herr von Settler. Wenn Sie möchten, gehe ich eine Weile nach draußen, damit Sie beides mit Ihrem Rechtsanwalt in Ruhe begutachten können.«

Friedrich ignorierte von Settlers ausgestreckte Hand und ließ die beiden Umschläge auf das Tischchen neben dessen Sessel fallen. Gerald von Settler warf einen kurzen Blick darauf und nickte.

»Ja, es wäre gut, wenn ich einen Moment allein sein und meines Cousins gedenken könnte. Herr Scholler wird Sie hinausbegleiten. Das Testament kann er sich, falls nötig, später ansehen.«

Kurt Scholler zog die Augenbrauen hoch, erhob sich dann aber wortlos und ging an Friedrich vorbei aus dem

Zimmer. Friedrich warf dem dicken Mann noch einen abschätzigen Blick zu und folgte dem Rechtsanwalt.

Scholler hatte im Schatten der Veranda bereits in einem der Korbsessel Platz genommen, als Friedrich aus der Tür trat.

»Wie sind Sie eigentlich nach Südafrika gekommen, Herr von Keipen?«, fragte der Rechtsanwalt rundheraus und deutete gönnerhaft auf den Sessel ihm gegenüber.

Friedrich sah Kurt Scholler in die Augen und stellte fest, dass er ihm sympathisch war, ohne dass er den Grund dafür hätte nennen können. Vielleicht war es sein offener Blick, der ihm dieses Gefühl vermittelte. Vielleicht war das aber auch der Grund, warum er als Rechtsanwalt so erfolgreich war. Friedrich beschloss, dass es besser war, sich vor dem Mann in Acht zu nehmen. Deshalb erzählte er ihm die Geschichte, die er sich noch zusammen mit von Settler ausgedacht hatte.

»Hermann von Settler und mein Vater kannten sich aus dem Krieg. Sie hatten zusammen als Offiziere gedient. Als der Krieg verloren war, hat mein Vater das nicht verkraftet. Er fand nicht mehr zurück ins normale Leben und erhängte sich kurz nach Kriegsende in seinem Keller, umgeben von Zinnsoldaten. Meine Mutter hatte sich schon Jahre vorher in ihre eigene Welt zurückgezogen. Eine Welt, in der mein älterer Bruder nicht gefallen war und die nur aus ihm und ihr bestand. Ich war damals gerade erst vierzehn Jahre alt. Zu jung, um alleine klarzukommen. Wahrscheinlich hätte ich meine Jugend in einem Internat verbracht, wenn nicht plötzlich Hermann vor der Tür gestanden hätte. Er wollte seinen Kriegskameraden besuchen und kam gerade rechtzeitig zu dessen Beerdigung. Hermann machte mir den Vorschlag, mit ihm nach Kimberley zu kommen, dort eine deutsche Schule zu besuchen und anschließend in seinem Unternehmen zu arbeiten. Ich sagte zu.«

Friedrich verstummte, scheinbar in seine Erinnerungen vertieft. Erst nach einer Weile sah er auf.

»Und wie ist es mit Ihnen, Herr Scholler? Woher kennen Sie Gerald von Settler? Und – wie gut kennen Sie ihn?«

Wieder das typische Scholler-Grinsen.

»Oh, wenn man einige Wochen als ›gut‹ bezeichnen möchte, dann kenne ich ihn gut. Ich habe ihn zufällig bei einer Feier kennengelernt. Als er hörte, dass ich Rechtsanwalt bin, hat er mich gleich gefragt, ob ich gerade sehr viele Mandanten habe, was nicht der Fall war. Daraufhin hat er mich gebeten, in einer Nachlassangelegenheit mit ihm nach Südafrika zu reisen. Vor der Abreise haben wir uns noch drei-, viermal gesehen.«

Friedrich nickte. »Was ich allerdings nicht verstehe, Herr Scholler: Wie ist es möglich, dass einer der besten Rechtsanwälte Berlins gerade nicht viele Mandanten hat? Gibt es keine Verbrecher mehr in Berlin? Keine Rechtsstreitigkeiten?«

Scholler musterte Friedrich einen Moment, dann grinste er wieder. »Das, Herr von Keipen, liegt daran, dass einer der besten Rechtsanwälte Berlins ein wenig mit dem Gesetz in Konflikt geraten ist, weil er einige Geldgeschäfte getätigt hat, die, sagen wir mal, nicht ganz astrein waren.«

Friedrich war verblüfft über die Offenheit, mit der Scholler ihm von seinen Machenschaften berichtete.

»Ihnen ist schon klar, dass Sie mir damit ein Ass in die Hand gegeben haben für den Fall, dass es zu einer gerichtlichen Auseinandersetzung kommt, oder?«

»Ja, Herr von Keipen, das ist mir völlig klar. Und ich verrate Ihnen noch etwas. Ich mag diesen geldgierigen Fettsack nicht und habe ihn nur aus einem Grund begleitet: Weil es eine gute Möglichkeit für mich war, erst einmal aus Deutschland zu verschwinden.«

Sekundenlang taxierten sie sich. Nach einer Weile erhob Friedrich sich. Er hatte beschlossen, auf der Hut zu sein, ließ sich aber nichts anmerken.

»Nun, dann lassen Sie uns doch einmal sehen, ob Herr von Settler sein Erbe schon gezählt hat.«

Gerald von Settler blickte den Männern finster entgegen. Neben ihm auf dem Tisch lag ein Bündel Geldscheine, auf das er nun deutete.

»Zehntausend Mark, Herr von Keipen. Zehntausend! Von einem Millionenvermögen. Was denken Sie sich eigentlich?«

Friedrich hob überrascht die Augenbrauen. »Zehntausend? Das ist eine enorme Summe. Ich hätte nicht gedacht, dass Hermann jemandem so viel Geld schenkt, mit dem er praktisch nichts zu tun hatte.«

Von Settler sog tief die Luft ein, entgegnete aber nichts, sondern warf einen Blick auf seine Uhr. »Ich denke, ich werde mich heute Abend früh zurückziehen, um mit Herrn Scholler das weitere Vorgehen zu besprechen. Aber ich kann Ihnen schon jetzt versichern, dass ich mich nicht mit dieser lächerlichen Summe abspeisen lasse. Vielleicht nutzen auch Sie den heutigen Abend und überlegen, wie wir zu einer für alle zufriedenstellenden Einigung gelangen können.« Wieder ein Blick auf die Armbanduhr. »Ich werde mich nun frisch machen gehen. Es war eine lange und anstrengende Reise. Für wann ist das Abendessen geplant?«

Friedrich rang sich ein höfliches Lächeln ab. »Ich schlage vor, in einer Stunde, damit Ihnen anschließend genügend Zeit für Ihre Besprechung bleibt. Sollten Sie noch etwas benötigen, wenden Sie sich bitte vertrauensvoll an Jasmine.«

Damit verließ er den Raum. In seinem Arbeitszimmer schenkte er sich einen Cognac ein und setzte sich damit in einen der wuchtigen Ledersessel. Gerald von Settlers Worte gingen ihm wieder durch den Kopf. *Vielleicht nut-*

zen auch Sie den heutigen Abend und überlegen, wie wir zu einer für alle zufriedenstellenden Einigung gelangen können. Das würde er tun. Allerdings würden seine Überlegungen in eine andere Richtung gehen, als Gerald von Settler sich das dachte.

Am nächsten Morgen war Friedrich schon früh auf. Das Essen am Vorabend hatte in einer unterkühlten Atmosphäre stattgefunden, in der sie es vermieden, von Settlers Testament noch einmal zu erwähnen. Sie hatten sich über Belanglosigkeiten unterhalten, zu denen Gerald von Settler nur hier und da ein paar Worte beisteuerte. Der Einzige, der in dieser Situation eine geradezu provozierend gute Laune an den Tag gelegt hatte, war Kurt Scholler gewesen. Gleich nach dem Essen hatten sich die beiden dann zurückgezogen. Friedrich selbst war in der Nacht einige Male aufgewacht, und als schließlich das erste Tageslicht die Einzelheiten in seinem Zimmer erkennen ließ, war er aufgestanden.

Mit einer dampfenden Tasse Kaffee in der Hand ging er auf die Veranda und setzte sich in einen der Korbsessel. Er liebte diese frühen Morgenstunden, wenn alle anderen noch schliefen. Die Stille gab ihm das Gefühl, alleine auf der Welt zu sein. Welch herrliche Utopie. So in seine Gedanken versunken, schrak Friedrich deshalb auch zusammen, als die Tür jäh aufgestoßen wurde und Kurt Scholler auf die Veranda trat.

»Ah, guten Morgen, Herr von Keipen«, sagte er gut gelaunt. Im Gegensatz zu Friedrich schien er keineswegs überrascht zu sein, den anderen um diese Uhrzeit schon wach zu sehen.

»Guten Morgen, Herr Anwalt. Ihrer ungezwungenen Stimmung zufolge scheint die gestrige Besprechung mit Herrn von Settler erfolgreich gewesen zu sein. Sie sind früh auf den Beinen. Möchten Sie eine Tasse Kaffee?«

Scholler schüttelte den Kopf und setzte sich neben Friedrich. »Nein, danke. Ich trinke nie Kaffee. Und was Ihre erste Bemerkung betrifft … Ich möchte es mal so formulieren: Ich habe in der vergangenen Nacht das gefunden, was Herr von Settler sich gewünscht hat, eine Lösung, die mit absoluter Sicherheit von beiden Parteien akzeptiert werden wird. Ich brauche für die letzten Einzelheiten zwar noch Ihre Hilfe, aber das sollte kein Problem darstellen.«

Friedrich setzte seine Tasse ab. »So, so, ›mit absoluter Sicherheit‹ also. Sie machen mich neugierig, Herr Anwalt.«

»Der arme Herr von Settler ist heute Nacht leider verstorben«, sagte Scholler in so ungezwungenem Plauderton, als würde er vom Wetter der nächsten Woche reden.

Friedrichs Muskeln spannten sich. Er sah Scholler mit großen Augen an.

»Was sagen Sie da? Von Settler ist tot? Wie ist das möglich? Was ist geschehen?«

Das Grinsen des Rechtsanwaltes wurde breiter. »Nun, der Bedauernswerte ist an einem Kissen erstickt, das auf sein Gesicht drückte. Vielleicht hat auch einfach sein Herz ausgesetzt, als er in Panik geriet. Sein Herz machte ihm schon länger Probleme, wissen Sie. Er musste regelmäßig Medikamente nehmen.«

»Sie haben …«

»Ich habe das getan, wofür Herr von Settler mich engagiert hat: Ich habe die Nachlassangelegenheit geregelt.« Er stieß ein kurzes Lachen aus. »Dummerweise wird mein Klient mich nicht mehr für meine Dienste bezahlen können. Aber vielleicht sind ja Sie so freundlich, das für ihn zu übernehmen.«

Friedrichs Augen verengten sich. »Ich weiß nicht, was ich sagen soll, Herr Scholler. Was veranlasst Sie zu glauben, ich würde einen Mord gutheißen und Sie dafür gar noch bezahlen?«

Scholler sah ihn gut gelaunt an. »Zwei Dinge, Herr von Keipen. Erstens meine Menschenkenntnis, die mir sagt, dass Sie solch innovativen Lösungen gegenüber aufgeschlossen sind. Und zweitens der Mut der Verzweiflung. Ich erwähnte schon, dass in Deutschland der Boden für mich zu heiß geworden ist. Ich würde gerne hierbleiben und für Sie arbeiten. Betrachten Sie meine schnelle ›Lösung‹ Ihres Problems einfach als eine Bewerbung.«

Lange sahen sie sich in die Augen. Schließlich nickte Friedrich. »Ich schätze Menschen, die im richtigen Moment die richtigen Entscheidungen treffen. Ich denke, ich werde Verwendung für Sie haben. Aber ich warne Sie: Auch ich scheue vor nichts zurück, wenn es darum geht, eine ›Lösung‹ für ein Problem zu finden. Und nun sagen Sie mir, was Sie mit den ›letzten Einzelheiten‹ gemeint haben, für die Sie meine Hilfe benötigen.«

»Nun, wie schon erwähnt, hat sein Herz ausgesetzt. Vielleicht kennen Sie einen Arzt, der das bescheinigen könnte ...«

Eine knappe Stunde später stand Dr. Fissler neben der Leiche und füllte den Totenschein aus, nachdem er sich von Settlers Medikamente angesehen hatte.

Gerald von Settler war offiziell an einem Herzinfarkt gestorben.

Bischof Dr. Gerhard Benning blickte sie stolz an.

»Liebe Brüder, der große Moment ist gekommen. Die ganze Gemeinde hat sich zur Feier eurer Priesterweihe versammelt. Darum frage ich euch: Seid ihr bereit, das Priesteramt als getreue Mitarbeiter des Bischofs auszuüben und unter der Führung des Heiligen Geistes die Herde Christi gewissenhaft zu leiten?«

Sie antworteten im Chor: »Ich bin bereit.«

Im Geiste fügte Jürgen Dengelmann hinzu: *Ich bin bereit, die Herde Christi zu leiten in eine Zukunft unter der Führerschaft der Simoner.*

»Seid ihr bereit, dem Wort Gottes im Bewusstsein eurer Verantwortung zu dienen, es zu verkünden und euren Pfarrkindern den katholischen Glauben vorzuleben?«

»Ich bin bereit.«

Ich werde ihnen den katholischen Glauben vorleben in einer Art und Weise, die Ihr Euch nicht zu träumen wagt.

»Seid ihr bereit, den Armen und Kranken beizustehen und den Notleidenden zu helfen?«

»Ich bin bereit.«

Wir werden ihnen den Beistand leisten, den sie wirklich brauchen.

»Seid ihr bereit, euch mit Christus täglich inniger zu verbinden, zur Ehre Gottes und zum Heil der Menschen?«

»Mit Gottes Hilfe bin ich bereit.«

»Versprecht ihr mir und meinen Nachfolgern Ehrfurcht und Gehorsam?«

»Ich verspreche es.«

Ich werde der gehorsamste Schüler sein, den Ihr Euch

denken könnt. Und was Eure Nachfolge angeht, so habe ich schon ganz konkrete Vorstellungen.

»Gott selbst vollende das gute Werk, das er in dir begonnen hat.«

Dann wurde die Allerheiligen-Litanei gebetet und anschließend streckten sich die jungen Diakone mit dem Gesicht nach unten auf dem Boden aus. Darauf folgten die Fürbitten. Und schließlich musste jeder einzeln vortreten.

Jürgen war der Zweite in der Reihe. Als er vor dem Bischof niederkniete und dieser ihm schweigend die Hand auflegte, eine rituelle Geste, mit der seit der Zeit der Apostel die Befähigung zum Priesteramt erteilt wird, hob Jürgen den Kopf und blickte dem Bischof in die Augen.

Merkt Euch meinen Namen, Exzellenz. Merkt Euch meinen Namen!

Nachdem ihnen Stola und Messgewand überreicht worden waren und sie sich angekleidet hatten, folgte die Salbung der Hände mit Chrisam. Wieder sah Jürgen den Bischof an, dieses Mal jedoch probierte er aus, was man ihnen in der Bruderschaft beigebracht hatte: Seine Augen mussten *sprechen*. Er konzentrierte sich völlig auf den Bischof und stellte sich vor, dass dieser Mann ihn binnen kürzester Zeit an das Ziel seiner Träume bringen würde. Tief blickte er dem Bischof in die Augen und dachte: *Ich bewundere dich.*

Er kannte die Wirkung. Bei entsprechender Konzentration spiegelte sich dieses Gefühl der Bewunderung in seinen Augen. Er hatte es anfangs selbst nicht glauben wollen, aber nachdem er es mit seinem »Begleiter« eingeübt hatte, konnte er die Sympathie förmlich spüren, die jeder, bei dem er die Technik anwandte, auf einmal für ihn empfand.

Der Bischof hielt einen Moment überrascht inne. Dann drückte er fest seine Hände, und Jürgen spürte eine warme

Welle der Zuneigung, die ihm der geistliche Würdenträger plötzlich entgegenbrachte. *Es hat besser funktioniert, als ich es erwartet habe.*

Nachdem ihnen Kelch und Patene mit Wein und Brot gereicht worden waren, feierten sie schließlich gemeinsam die Eucharistie.

Nach der Messe, sie standen vor dem Dom und nahmen die Glückwünsche der Verwandten und Bekannten entgegen, wurde Jürgen vom Sekretär des Bischofs ein Zettel zugesteckt. Mit der Vorahnung eines inneren Triumphes faltete er ihn auseinander. Bischof Benning forderte ihn auf, am nächsten Tag ins Ordinariat zu kommen.

Der Bischof sah von seinem Schreibtisch auf, als Jürgen vom Sekretär in sein Arbeitszimmer geführt wurde. Er verbeugte sich, Ehrfurcht heuchelnd, vor dem Bischof und küsste seinen Ring.

»Eure Exzellenz ...«

»Ah, da sind Sie ja, Dengelmann. Nehmen Sie bitte Platz.« Der Bischof deutete auf einen rot gepolsterten Stuhl vor dem Schreibtisch. Kaum saß Jürgen, kam er auch schon zur Sache: »Ich habe Sie zu mir gebeten, weil ich mit Ihnen über Ihre Zukunft im Dienste der Kirche sprechen möchte. Was stellen Sie sich vor? Haben Sie irgendeinen Wunsch?«

Mit einer Mischung aus Demut und Bewunderung sah Jürgen ihn an.

»Ich fände es schön, wenn Sie mir den Platz zuweisen würden, an dem ich Gott und der Kirche am besten dienen kann. Welche Aufgabe Sie auch immer für mich vorgesehen haben, ich werde sie gehorsam und voller Hingabe erfüllen.«

Benning nickte wohlwollend. »Erzählen Sie mir doch einmal, wann Sie Gottes Ruf vernommen haben.«

»Hm, wie soll ich das erklären, Exzellenz ... also ... Meine Eltern haben mich nicht sonderlich religiös erzogen. Während des Krieges hatte man in Deutschland, wie Sie wissen, andere Ideale. Vielleicht war es gerade die Gottlosigkeit dieser Zeit, die mich dazu gebracht hat, mich dem Herrn zuzuwenden. Ich habe in jungen Jahren viel Elend, Gewalt und blinden Hass gesehen. Als junger Mann wurde das Gefühl immer stärker, an der Schuld, die das deutsche Volk auf sich geladen hat, irgendwie teilzuhaben. So erwachte in mir der Wunsch, alles in meiner Macht Stehende zu tun, um mit Liebe wiedergutzumachen, was der Hass zerstört hat.«

»Und wie stellen Sie sich das konkret vor?«

Wieder schenkte Jürgen Bischof Benning einen langen Blick voller Demut.

»Eure Exzellenz, wie soll ein soeben erst zum Priester geweihter Diener Gottes wissen, wo er sich am sinnvollsten einbringen kann? Das wäre eine unglaubliche Anmaßung. Ich weiß nur eines: Geben Sie mir eine Aufgabe und ich werde sie gehorsam und voller Hingabe erfüllen.«

»Nun, Dengelmann, ich habe für meinen Sekretär ein neues Aufgabengebiet vorgesehen. Das heißt, seine Stelle wird frei. Und mein Gefühl sagt mir, dass Sie für diese Aufgabe wie geschaffen sind. Könnten Sie sich vorstellen, mir bei der Bewältigung meiner täglichen Obliegenheiten behilflich zu sein?«

Jürgen Dengelmann – der Sekretär des Bischofs? Und das unmittelbar nach der Priesterweihe? Nun hieß es, größtmögliche Dankbarkeit zu zeigen.

»Es würde mich mit großer Freude erfüllen, Ihnen zur Hand zu gehen, Exzellenz.«

Benning nickte zufrieden. »Ich freue mich über Ihre Zusage, Dengelmann. In einer Woche werden Sie Ihr Amt antreten.«

20. September 1961
Mainz

Der italienische Rotwein war süffig. Christian Gamper füllte zum vierten Mal sein Glas. Der Abend war einer von vielen spontanen Treffen mit Hans und Joachim, seinen beiden Mainzer Kommilitonen. Sie hatten sich Nudeln gekocht und dazu ein paar Flaschen Wein geöffnet. Nach dem Essen hatten sie sich gemeinsam um den kleinen Tisch aus Kiefernholz gesetzt. Die drei Kerzen darauf erzeugten an den Wänden bizarre Schattenmonster, die immer wieder durch das Flackern der Flammen zum Leben erweckt wurden.

An diesem Abend war zwischen ihnen wieder einmal eine hitzige Diskussion über die Bibel entbrannt, denn Hans hielt nichts von der Auslegung der Heiligen Schrift. Er vertrat die Ansicht, dass die Überlieferungen absolut wörtlich zu nehmen waren. Damit hatte er schon während des Studiums im Hörsaal immer wieder für lautstarke Diskussionen gesorgt. Aber er war durch nichts davon abzubringen und hielt auch an diesem Abend wieder einen flammenden Vortrag.

Christian nahm einen großen Schluck aus dem Weinglas. Dass seine Sinne sich immer mehr vernebelten, war ihm egal. Er trank sehr selten Alkohol und entsprechend schnell stellte sich die Wirkung ein. Nachdenklich betrachtete er die Schatten der Kerzenflammen, die über dem Sofa hin- und herzuckten. In wenigen Tagen würde er die Priesterweihe empfangen und damit einen weiteren Schritt in eine Richtung machen, die nicht die seine war. Schon zweimal wollte er während des Studiums alles hinwerfen. Alfred, sein »Begleiter«, hatte ihn davon abbringen können, indem er ihm unmissverständlich klargemacht hatte, welche Folgen diese Entscheidung haben würde. Aber vielleicht war der Tod besser als ein Leben, das nicht mehr als ein billiges Schmierentheater war, dachte er jetzt und nahm einen weiteren Schluck.

Oft hatte er in letzter Zeit an seine Kinderträume gedacht, die stets voller herrlicher, prunkvoller Bauwerke gewesen waren. Schon im Alter von acht Jahren, als Köln nur noch aus zerbombten Ruinen zu bestehen schien, war in ihm der Wunsch erwacht, einmal ein großer Architekt zu werden, ein Künstler, der einzigartige Gebäude erschuf, Denkmälern gleich und für die Ewigkeit konstruiert. Er wollte Häuser bauen und Brücken, wollte Gebäude erschaffen, wie man sie in Deutschland so noch nicht gesehen hatte. Er hatte geträumt von einer grenzenlosen Kreativität, für die es keine Tabus gab. Und was tat er stattdessen? Geknebelt durch die Regeln der Bruderschaft, lebte er das Leben einer Marionette und wurde das Gefühl nicht los, dass die Fäden, an denen er hing, sich immer mehr miteinander verknoteten. Bald würde die Marionette sich nicht mehr bewegen können.

Was ihn letztendlich bewogen hatte, das Studium der Theologie zu Ende zu bringen, waren seine Eltern. Streng katholisch, waren sie furchtbar stolz, dass aus dem verstockten Jungen, der sich als Kind nur für die Architektur der Gotteshäuser interessierte, nun ein Priester wurde. Sie wussten nichts von den wahren Zielen der Bruderschaft. Für sie war ihr kleiner Sohn in einem deutschen Eliteinternat darauf vorbereitet worden, den Anteil der deutschen Geistlichen in der katholischen Kirche zu erhöhen. Dennoch konnte die Bruderschaft zu dem Ergebnis kommen, dass sie zu viel wussten, wenn ihr Junge plötzlich aus dem Leben schied. Der Gedanke, dass seine Eltern durch ihn in Schwierigkeiten geraten könnten, war ihm unerträglich.

»He, Christian, sag doch auch mal was.«

Christian schreckte aus seinen Gedanken auf. Mit einer

Zunge, die mit jedem weiteren Schluck Wein schwerer wurde, fuhr er, wie schon öfter an dieser Stelle der immer wiederkehrenden Diskussion, sein schwerstes argumentatives Geschütz auf.

»Und was ist mit Adam und Eva, mein lieber Hans? Glaubst du allen Ernstes, dass Gott Adam aus einem Lehmklumpen geformt und ihm später eine Rippe entnommen hat, die sich dann, schwuppdiwupp, in unsere für Versuchungen so anfällige Übermutter Eva verwandelt hat? Glaubst du das wirklich?«

»Ja, das glaube ich.«

Christian schüttelte lachend den Kopf, wohl wissend, dass er Hans damit wütend machte. Doch an diesem Tag war er nicht zu bremsen.

»Dann glaubst du wahrscheinlich auch, dass die Kurie aus lauter gutherzigen, alten Männern besteht, denen ausschließlich am Wohl der Menschheit gelegen ist. Du armer Irrer. Diese elitären Pfaffen denken doch nur an ihren eigenen Vorteil.«

»Christian!«, rief Joachim in mahnendem Tonfall. »Hör sofort auf damit! Das grenzt ja schon an Blasphemie, was du da von dir gibst. Du bist stockbetrunken und solltest dich zurückhalten. Dein Verhalten ist eines Geistlichen nicht würdig.«

Wie zum Trotz trank Christian sein Glas in einem Zug leer und knallte es dann auf den Tisch.

»Blasphemie? Seit wann ist die Wahrheit Gotteslästerung, meine lieben angehenden Herren Pfarrer? Ihr habt ja keine Ahnung, was in Rom vor sich geht. Ich könnte euch Dinge erzählen, da würdet ihr ganz große Augen machen. Aber ihr wollt das ja alles nicht hören, ihr wollt lieber wie Kinder an den guten bärtigen Gottvater glauben. Ihr verschließt euch bewusst den Tatsachen.«

Hans schob seinen Stuhl zurück und stand energisch auf.

»Das reicht! Ich höre mir das nicht länger an, Christian. Wenn die Kirche so schlecht ist, warum hast du dich dann entschlossen, Priester zu werden? Wenn das wirklich deine Meinung ist, solltest du das Sakrament der Priesterweihe nicht empfangen. Es wäre besser für dich und sicher auch besser für die Kirche.«

Christians Gesicht wurde ernst. Er dachte einen Moment lang nach, während er wieder den gnomähnlichen Schatten an der Wand betrachtete, der gespannt zu verharren schien. Dann zeigte er auf den frei gewordenen Stuhl.

»Setz dich, Hans. Ich werde euch jetzt etwas über die Römische Kurie erzählen und was Männer wie ich zu tun beabsichtigen. Männer, die einer heiligen Bruderschaft angehören. Wir Brüder werden die katholische Kirche schon bald revolutionieren. Mit unserem Feuerschwert werden wir im Vatikan für Ordnung sorgen und die Greise ersetzen durch unsere Männer. Wir werden …«

»Das höre ich mir wirklich nicht mehr länger an, Christian!« Auch der bedächtige Joachim war nun aufgesprungen. So abrupt, dass sein Stuhl polternd nach hinten kippte. »Eine geheime Bruderschaft, die in Rom die Macht übernehmen will! So ein Schwachsinn! Schlaf deinen Rausch aus.«

Damit drehten sich die beiden Freunde um und gingen. Kaum hatten sie die Tür hinter sich zugeschlagen, blickte Christian wieder hinüber zu dem Schattengnom, den er mit einem Wedeln der Hand in neue Zuckungen versetzte.

»Sie wollen es nicht hören«, murmelte er. Dann legte er den Kopf auf die Tischplatte und begann hemmungslos zu weinen.

Hans und Joachim vergaßen nicht, was Christian ihnen erzählt hatte. Am nächsten Morgen saßen sie im Amtszimmer des Mainzer Bischofs, Erhard Dittler. Erst hatte es geheißen, Seine Exzellenz hätte keine Zeit, aber als Hans dem Sekretär erklärte, er befürchte, dass jemand, der in ein paar Tagen zum Priester geweiht werden sollte, einer Freimaurerloge angehöre, ließ man sie sofort vor.

Eine knappe halbe Stunde später wurde Christian durch einen persönlichen Anruf des Mainzer Bischofs aus dem Schlaf gerissen.

22. September 1961
Kimberley

Friedrich las mit steinernem Gesichtsausdruck das Telegramm aus Mainz, das sein ehemaliger »Begleiter« Hans ihm soeben gebracht hatte.

Problem mit Christian G. + hat geredet + Bischof weiß jetzt von S. + Was tun? + Alfred

Langsam ließ er das Papier auf den Schreibtisch sinken und starrte einige Sekunden ins Leere. Dann ballte er die Faust und ließ sie donnernd auf das Telegramm krachen, als könne er den Eidbruch damit ungeschehen machen.

»Ich hatte von Anfang an das Gefühl, dass dieser Christian Gamper für die Bruderschaft zu weich ist! Schon am ersten Tag, als er heulend das Bild seiner Familie aufgestellt hat, war mir klar, dass er irgendwann Probleme machen würde. Dass er allerdings mit einem Schlag die ganze Bruderschaft in Gefahr bringt, das hätte ich nicht erwartet.«

Auf Friedrichs Stirn hatte sich eine steile Falte gebildet, ein sicheres Zeichen dafür, dass er außer sich war. Er sprang auf. Hans wich unwillkürlich einen Schritt zurück.

»Setz dich sofort mit Alfred in Verbindung. Er soll dieses Problem auf der Stelle ›beseitigen‹. Jedes Zögern kann die Bruderschaft in ernsthafte Gefahr bringen. Aber er soll vorsichtig vorgehen. Ich verlasse mich auf ihn!«

Als Hans hinausstürmen wollte, wäre er beinahe mit Evelyn zusammengestoßen. Mit einer leichten Verbeugung hielt er der Frau des Magus die Tür auf, bevor er zum Telefon eilte.

»Was tust du hier, Evelyn? Du solltest dich ausruhen.«

Ihr Bauch wölbte sich unter dem blauen Kleid. Einmal mehr kamen Friedrich Hermann von Settlers Worte in den Sinn. *Sorge dafür, dass du einen zweiten Sohn bekommst.*

»Ich habe euer Gespräch mit angehört, Friedrich. Was ist geschehen? Was ist mit Christian Gamper? Und was meinst du mit der sofortigen ›Beseitigung‹ des Problems?«

Er sah sie sekundenlang stumm an, dann schob er sie zur Seite und wollte zur Tür hinaus. Doch sie hielt ihn am Arm fest.

»Friedrich, gib mir bitte eine Antwort. Was geht hier vor?«

Mit einem Ruck drehte er sich zu ihr um und packte sie mit beiden Händen an den Schultern. Sein Blick hatte etwas Wildes, sodass sie auf einmal Angst vor ihrem Mann verspürte. Unwillkürlich zuckte sie zusammen.

»Evelyn, kümmere dich nicht um Dinge, von denen du nichts verstehst. Lege dich hin und sorge dafür, dass unser zweites Kind gesund zur Welt kommt. Das ist deine Aufgabe. Alles andere geht dich nichts an. Weder werde ich dir über die Belange der Bruderschaft Rechenschaft ablegen noch werde ich mit dir über meine Entscheidungen diskutieren. Ich hoffe, ich habe mich ein für alle Mal klar genug ausgedrückt.«

Er ließ sie los, blieb aber dicht vor ihr stehen und betrachtete sie scharf.

Evelyn wollte ihm sagen, dass sie sich nicht wie eine Sklavin von ihm behandeln lassen würde, dass sie ein Recht darauf habe zu erfahren, was ihr Mann tat, und dass es sie sehr wohl etwas angehe, wenn er einen Mordauftrag erteilte. All das hätte sie ihm gerne an den Kopf geworfen und noch viel mehr, aber sie ahnte, dass sie damit nichts erreichen würde. Er würde nur noch wütender werden und Gott allein wusste, wozu er dann fähig wäre.

Nein, sie würde nicht mit ihm diskutieren. Sie würde seine Zurechtweisung wie schon so oft kommentarlos hinnehmen und den Groll tief in ihrem Innersten vergraben. Wie sich bei einem Schmied durch die permanente Arbeit mit dem schweren Hammer mit der Zeit Schwielen an den Händen bildeten, hatte sich in all den Jahren bereits eine schützende Hornhaut um ihre Seele gelegt. Je dicker diese Schicht wurde, umso weniger schmerzhaft war die nächste Demütigung. Irgendwann würde der Panzer so dick sein, dass Friedrich sie nicht mehr verletzen konnte. Wortlos ließ sie ihn stehen und ging in ihr Zimmer.

23. September 1961
Vatikan

In seinem Arbeitszimmer im zweiten Stockwerk des gro-
ßen Gebäudes neben dem Petersdom legte Seine Eminenz
Kardinal Benino Campisi das Dokument aus der Hand,
das er soeben überflogen hatte. Er schnaubte vor Ärger.
Manche Bischöfe schienen in ihm, dem Präfekten der
Sacra Congregatio Sancti Officii, die Sammelstelle für all
ihre kleinen Wehwehchen zu sehen. Über den Rand seiner
Lesebrille hinweg blickte er seinen jungen Untersekretär,
Pater Leonardo Corsetti, missmutig an.

»Dem Heiligen Offizium obliegt es, die Glaubens- und
Sittenlehre zu schützen und die Welt vor der Krankheit
des Kommunismus zu bewahren, aber nicht eine Hexenjagd auf einen kleinen angehenden Priester zu veranstalten, der in weinseliger Laune Unsinn von sich gibt, von
dem er am nächsten Tag schon nichts mehr weiß. Ist dieser junge Mensch Kommunist? Nein! Hat er kommunis-
tische Parolen verbreitet? Nein! Sagen Sie also diesem
Bischof Dittler, er soll mich in Zukunft nicht mehr mit
solchen Lappalien behelligen. Die Kirche hat sich um weitaus schwerwiegendere Probleme zu kümmern als um einen
jungen Priesteranwärter, der sich vor seinen Freunden ein
wenig aufspielen möchte. Kommen wir zum nächsten
Punkt ...«

Kurze Zeit später saß Pater Corsetti wieder hinter seinem Schreibtisch, die Augen auf das große, zweiflügelige
Fenster gerichtet. Ein eigenartiges Gefühl hatte ihn beschlichen, eine dunkle Ahnung von heraufziehendem Unheil.
Ohne Zweifel war der katholischen Kirche mit dem Kommunismus eine feindliche Macht erwachsen, die nicht zu
unterschätzen war. Ausgehend von der Sowjetunion, die

nach dem Zweiten Weltkrieg schnell zur Supermacht geworden war, hatte sich der Marxismus und mit ihm der Atheismus wie ein Lauffeuer verbreitet. Kardinal Campisi hatte deshalb das Heilige Offizium zu einer Art antikommunistischen Polizei ausgebaut. Er war besessen von dem Gedanken, den Kommunismus auszurotten. Übersah er so aber nicht andere, vielleicht nicht minder große Gefahren? Corsetti nahm sich vor, ein längeres Gespräch mit Bischof Dittler zu führen. Er griff zum Hörer.

23. September 1961
Mainz

Christian musste über Berge von Bruchsteinen und Holzbalken klettern, bevor er endlich die quietschende Tür zu dem Kabuff des alten Lagerhauses aufstoßen konnte, in dem Alfred auf einer Holzkiste saß und eine Zigarette rauchte.

Sein »Begleiter« hatte am Telefon sehr gelassen reagiert, als Christian ihm von dem Abend mit Hans und Joachim und dem Gespräch mit Bischof Dittler berichtet hatte. Er hatte Christian beruhigt und ihn gebeten, weiter nichts zu unternehmen. Die Bruderschaft würde sich darum kümmern.

Christian hatte sich am Morgen nach dem Gelage mit seinen beiden Kommilitonen bei Bischof Dittler demütig entschuldigt und ihm erklärt, dass das, was er gesagt habe, keinesfalls seiner Geisteshaltung entspräche und ihm bewusst sei, dass er sich an der Kirche versündigt habe, und das als angehender Priester …

Die Bruderschaft wird sich darum kümmern. Das konnte alles heißen. *Es kann zum Beispiel bedeuten, dass die Bruderschaft dich stumm macht, sodass du keine Möglichkeit mehr hast, in deiner einfältigen Art etwas über die Ziele der Simoner auszuplaudern.*

Schuldgefühle und Angst hatten Christian seit dem Telefongespräch am Vortag beherrscht. Als er auf Alfreds Rückruf hin seine kleine Wohnung verließ, um in das alte Lagerhaus zu gehen, war ein Gefühl der Endgültigkeit in ihm hochgestiegen; ihm war, als hätte er die Wohnungstür zum letzten Mal geschlossen.

Als er sich nun neben Alfred auf die Kiste setzte, forschte er im Gesicht des Mannes nach einem Anzeichen für das, was auf ihn zukommen würde, aber er konnte in seiner Miene nichts erkennen. Sein »Begleiter« zeigte sich wie immer sachlich und emotionslos.

»Ich habe eine Anweisung vom Magus.«

Christian zuckte zusammen. Wenn sich der Magus der Sache selbst annahm, war die Lage ernst. Es würde ihn auch nicht retten, in Südafrika mit Friedrich im gleichen Zimmer geschlafen zu haben. Er konnte sich noch genau daran erinnern, wie herablassend Friedrich ihn stets behandelt hatte. Eines Abends – Christian hatte wie so oft das Bild mit seinen Eltern und seiner Schwester Christine neben sich auf dem Kopfkissen liegen – war Friedrich sogar ausgerastet und hatte ihn angebrüllt, wenn er nicht bald mit der Gefühlsduselei aufhöre, würde er das große Ziel nie erreichen. Damals hatte er dem Ausbruch seines Zimmergenossen keine Bedeutung beigemessen. Nun stand die Warnung jedoch wieder so deutlich vor ihm wie ein Schild mit der Aufschrift »Du bist raus!«.

»Sie werden weitermachen wie bisher«, erklärte Alfred mit unbewegter Miene. »Wenn der Bischof oder sonst irgendjemand noch einmal auf den besagten Abend zurückkommt, werden Sie beteuern, dass Sie durch den vielen Alkohol nicht mehr Herr Ihrer Sinne gewesen seien und Ihre Kommilitonen mit der Mär von der Bruderschaft schockieren wollten … was Ihnen ja auch zweifellos gelungen ist.«

Eine Welle der Erleichterung jagte durch Christians Körper. Ungläubig starrte er Alfred an. Mehr passierte nicht? Hatte Friedrich von Keipen seinen Verrat als unwichtig abgetan? Er musste also lediglich jedem, der ihn fragte, versichern, dass ihm der Alkohol das Gehirn vernebelt hatte. Kein gutes Zeugnis für einen angehenden Priester, aber das hatte er sich selbst zuzuschreiben. Und verglichen mit dem, was er befürchtet hatte, konnte er damit sehr gut leben. In einem Anflug von Euphorie legte er Alfred die Hand auf den Arm.

»Richten Sie Herrn von Keipen bitte meinen ausdrücklichen Dank für sein Verständnis aus. Und sagen Sie ihm, dass so etwas sicher nie wieder vorkommen wird. Er kann sich auf mich verlassen.«

Alfred zog seinen Arm zurück und legte ihn freundschaftlich um Christians Schulter. Eine ungewöhnliche Geste für den sonst so sehr auf Distanz bedachten Mann.

»Ich werde es ausrichten.«

Alfred lächelte und plötzlich nahm Christian aus den Augenwinkeln wahr, dass etwas in dessen Hand metallisch blitzte. Das Letzte, was Christian spürte, war ein kalter Druck auf seiner Stirn. Als der laute Knall verhallte, lebte er schon nicht mehr.

Langsam ließ Alfred den leblosen Körper zu Boden gleiten. Gelassen zog er ein Paar Handschuhe aus der Hosentasche und wischte dann den Griff der Pistole mit einem Taschentuch ab, bevor er die Waffe in die schlaffe Hand des Toten drückte.

Minuten später verließ er ungesehen das Lagerhaus und schlenderte Richtung Mainmündung. Ein harmloser Spaziergänger, der eine Tüte bei sich trug und die warme Septembersonne genoss.

Zur selben Zeit las Bischof Dittler kopfschüttelnd die handschriftlichen Zeilen, die, wie ein späterer Schriftvergleich zeigen würde, zweifelsfrei von Christian Gamper stammten.

Eure Exzellenz,

wenn Sie diesen Brief lesen, werde ich schon bei unserem Herrn Jesus Christus sein und ihn um Vergebung bitten für meine Sünden.

Ich bin nicht würdig, die heilige Weihe zu empfangen,

weshalb ich Eure Exzellenz davor bewahren wollte, einen Unwürdigen in den Stand des Priesters zu erheben. Ich habe erkannt, den falschen Weg in meinem Leben eingeschlagen zu haben. Zu schwach ist mein Glaube, zu groß sind meine Zweifel.

Beflügelt durch den Rausch des Alkohols habe ich mich einer der niedersten menschlichen Geißeln hingegeben – der Lüge. Ich habe von einer Bruderschaft gefaselt, die die Kirche revolutionieren wolle – Wahngedanken eines schwachen Geistes, der weiß, dass er die strengen Forderungen der katholischen Kirche nach einem Leben voller Hingabe, Entsagung und Aufopferung nicht erfüllen kann.

Meine sterbliche Hülle wird man in der alten Gerberei finden. Bitte erfüllen Sie mir, auch zu Ehren meiner geliebten Eltern, einen letzten Wunsch und schenken Sie mir die Gnade eines christlichen Begräbnisses.

Christian Gamper

29. Oktober 1961
Kimberley

Franz von Keipen wurde um 3.16 Uhr geboren. Er wog 2400 Gramm und war 46 Zentimeter groß.

Dr. Fissler musste Friedrich mehrmals versichern, dass dem Jungen nichts fehlte. Trotzdem hielt er seinen zweiten Sohn so vorsichtig wie eine Puppe aus hauchdünnem Porzellan.

»Er wirkt so zerbrechlich«, raunte er dem Arzt zu und drückte ihm das kleine Bündel Mensch in den Arm. Dann trat er an Evelyns Bett und strich ihr stumm über den Kopf. Sie sah ihn nicht an und er verspürte auch keine Lust, sich bei ihr zu bedanken. Zu deutlich hatte er noch ihre Worte nach Hermanns Geburt im Ohr.

Er verließ das Schlafzimmer und warf noch einen kurzen Blick in Hermanns Kinderzimmer, wo Jasmine am Bett seines Erstgeborenen saß und den Finger auf die Lippen legte, da der Kleine schlief. Danach begab er sich in sein Büro. Wenn Franz auch ein schmächtiges Kerlchen war, so sollte seine Geburt doch mit einem guten Cognac begossen werden. Wenige Minuten später klopfte es an der Tür und Dr. Fissler streckte den Kopf ins Zimmer.

»Ah, Werner, komm nur herein.« Als der Arzt die Tür hinter sich geschlossen hatte, deutete Friedrich auf einen der großen Ledersessel. »Setz dich doch. Lass uns auf meinen zweiten Sohn anstoßen.«

Dr. Fissler ließ sich erschöpft in das Polster sinken. »Ist dir aufgefallen, wie sehr der Kleine deiner Frau gleicht? Es ist unglaublich.«

Friedrich hielt ihm einen Cognacschwenker hin und nickte.

»Ja, er ist so schön wie seine Mutter.« Mit einem Seufzer ließ er sich neben dem weißhaarigen Mann nieder und blickte versonnen auf die goldbraune Flüssigkeit in seinem Glas. »Fast zu schön für einen Jungen.«

Er nahm einen tiefen Schluck. Dr. Fissler beobachtete ihn dabei und wartete, bis Friedrich das Glas wieder abgesetzt hatte.

»Friedrich, es gibt da etwas, das ich mit dir besprechen möchte. Du wirst mir gleich sagen, ich solle mich aus deinen Angelegenheiten heraushalten, aber ich kenne dich schon so lange, dass ich mir heute einfach die Freiheit nehme, offen zu dir zu sein.«

Erstaunt hob Friedrich den Kopf und musterte das faltige Gesicht seines Gegenübers. Schließlich lächelte er.

»Sprich ruhig frei von der Leber weg, aber da du mich schon so lange kennst, weißt du auch, dass ich mir in meine Angelegenheiten nicht hereinreden lasse. Auch nicht von dir. Aber bitte …«

Der alte Mann nippte erst an seinem Glas, bevor sein Gesicht ernst wurde.

»Ich beobachte nun schon seit einiger Zeit, wie du mit Evelyn umgehst, und muss dir sagen, dass ich dein Verhalten nicht verstehen kann. Sie ist dir eine gute Frau, die dich achtet und umsorgt. Sie ist bildschön und warmherzig. Zwei gesunde Söhne hat sie dir nun geboren. Einen weiteren wird es nicht geben.«

Friedrichs Kopf fuhr augenblicklich hoch.

»Was heißt ›einen weiteren wird es nicht geben‹?«, fragte er scharf.

Der Arzt dachte einige Sekunden nach, bevor er antwortete: »Nach Hermanns schwerer Geburt war die zweite Schwangerschaft schon ein Risiko. Das hatte ich Evelyn auch gesagt, aber sie wollte davon nichts wissen. Ich musste ihr sogar versprechen, dir gegenüber nichts davon zu erwähnen.« Friedrich wollte schon aufbrausen, doch Dr. Fissler redete unbeirrt weiter. »Sie hatte großes Glück,

Friedrich, aber du musst wissen, dass sie bei einer weiteren Geburt verbluten würde.«

Friedrich sprang auf. »Und das sagst du mir so ohne Weiteres? Du bist ...«

»... ein Arzt, der sich normalerweise an seine Schweigepflicht hält«, wurde er unterbrochen.

Friedrich ließ sich wieder in den Sessel fallen und betrachtete stumm sein Glas.

»Aber lass uns noch einmal zu deinem Verhalten zurückkommen«, fuhr der Arzt fort. »Du benimmst dich Evelyn gegenüber unmöglich. Eine solche Missachtung hat sie nicht verdient. Warum tust du das?«

Friedrich schnaubte und blickte den Arzt dann mit verhaltenem Zorn an.

»Es geht dich zwar nichts an, aber ich verrate es dir trotzdem. Sie hätte alles von mir haben können, Werner. Meine Liebe, meine Zärtlichkeit und auch meine Achtung. Aber sie wollte das alles nicht. Sie wollte *mich* nicht. Sie hat mich abgewiesen! Erst nach Hermann von Settlers ›gutem Zureden‹ hat sie sich dazu überwunden, mich zu heiraten. Was kann sie da von mir erwarten?«

Der alte Mann sah ihn mit großen Augen an.

»Hermann hat sie zu der Heirat gezwungen?« Fassungslos schüttelte er den Kopf. »Warum? Und du, wie konntest du sie heiraten, obwohl du wusstest, dass sie es nicht freiwillig tut?«

»Weil ich sie haben wollte, ganz einfach. Ich bekomme immer, was ich will, Werner, und nur weil das so ist, sitze ich jetzt hier.«

»Weil du sie haben wolltest? Das ist ... das ist ...«

»Überlege dir gut, was du jetzt sagst, und vergiss dabei nicht, wen du vor dir hast, Werner.« Der drohende Unterton in Friedrichs Stimme war unüberhörbar.

Der Arzt sah Friedrich ungläubig an, bevor er mit einer Geschwindigkeit aufsprang, die man ihm nicht zugetraut hätte. Sein Gesicht war rot vor Zorn. Wild gestikulierte er mit den Händen und fegte dabei beinahe das Cognacglas vom Tisch.

»Und du überlege dir, wen *du* vor dir hast! Ich bin keiner deiner Lakaien und werde nicht wie die anderen zittern, wenn du die Stimme erhebst. Ich habe keine Angst vor dir, das solltest du dir gut merken, mein Junge. Ich weiß, dass ein Wort von dir genügt, mich umbringen zu lassen, aber das ist mir egal, denn ich habe mein Leben gelebt. Und ich habe ehrenwerte Männer gekannt. Einer davon war Hermann von Settler, dein Lehrer und Förderer. Er war rechthaberisch und starrsinnig, aber er hatte Charakter und hätte seine Frau geehrt!«

Mit diesen Worten verließ er den Raum. Friedrich sah ihm hinterher. Er war wütend. Was wusste dieser alte Mann von der Ehe? Er hatte nie geheiratet. Wie konnte er sich anmaßen, die Regeln des Spiels zu beurteilen, das er nur als Zuschauer kannte? Und das gegenüber dem Magus der Bruderschaft! Friedrich verspürte den unbändigen Drang, das Cognacglas gegen die Wand zu schleudern. Er tat es nicht, sondern stellte den Schwenker auf den kleinen Tisch. Er brauchte frische Luft.

Als er auf die Holzveranda trat, kündigte ein heller Streifen am Horizont den ersten Tag im Leben seines Sohnes Franz an. Tief sog er die klare, kühle Nachtluft in die Lungen und schloss für einige Sekunden die Augen. Als er sie wieder öffnete, war sein Zorn nahezu verflogen.

Die Hände in den Hosentaschen vergraben, stieg er die drei Stufen hinunter. Die beiden Gebäude links und rechts des Haupthauses erhoben sich als gewaltige Schatten in den Nachthimmel. Sie schienen über die Stille des sandigen Platzes zu wachen. Plötzlich bemerkte er aus den Augenwinkeln eine Bewegung vor der Aula. Er blieb stehen und kniff die Augen zusammen. Noch war es zu dunkel, um Einzelheiten erkennen zu können, aber dort gab es einen Fleck, der noch dunkler war als die Umgebung.

Vorsichtig überquerte Friedrich den Hof. Als er nur noch zwei Meter entfernt war, löste sich der Schatten von der Wand. Wimmernd kam er ihm entgegen und legte sich schließlich vor seinen Füßen auf den Rücken.

Es war ein deutscher Schäferhund. Er schien noch jung zu sein.

»Wer bist du denn?«

Friedrich ging langsam in die Knie, um das verängstigte Tier nicht zu erschrecken, und streichelte ihm dann zärtlich über den Bauch. Das Fell fühlte sich verfilzt an. Ein Streuner, dachte Friedrich und ließ seine Hand mit langsamen Bewegungen über den Bauch des Tieres gleiten. Der Hund dankte es ihm, indem er den Kopf hob und ihm die Hand leckte. Dabei stieß er wieder wimmernde Laute aus.

»Wo kommst du her? Wem gehörst du?«

Der Hund antwortete mit einem kurzen, freudigen Bellen und sprang auf, als Friedrich sich wieder aufrichtete. Mit erhobenem Kopf stand er vor ihm und wedelte mit dem Schwanz. Friedrich betrachtete das Tier noch einen Moment, dann sagte er: »Verschwinde.«

Doch der Hund reagierte nicht. Er stand nur da und blickte den Menschen, der ihn gerade noch gestreichelt hatte, treuherzig an.

»Los, geh weg!«

Als er sich noch immer nicht regte, machte Friedrich einen Schritt auf ihn zu, klatschte in die Hände und rief dabei laut: »Hau ab!«

Das wirkte. Jaulend ergriff das Tier die Flucht und war Sekunden später hinter der Aula verschwunden. Kopfschüttelnd wandte Friedrich sich ab und schlenderte wieder zurück zur Veranda. Dort ließ er sich in einem der bequemen Korbsessel nieder und musste kurz nachdenken, was ihn eigentlich nach draußen geführt hatte, bis ihm das Gespräch mit dem Arzt wieder einfiel.

Das war seltsam. Er hatte noch nie den Faden verloren, wenn ihn etwas Wichtiges beschäftigte. Selbst wenn er abgelenkt wurde, blieb zumindest ein Teil seiner selbst immer bei der Sache. In den letzten Minuten jedoch hatte er sich ausschließlich mit dem Hund beschäftigt und dabei seinen Ärger über Werner Fissler vollkommen vergessen.

Als wäre sein Stichwort gefallen, tauchte der Streuner wieder auf. Auf einmal stand er vor der Veranda und forderte mit heiserem Bellen Friedrichs Aufmerksamkeit. Sein zotteliger Schwanz wedelte dabei freudig hin und her.

»Da bist du ja wieder. Dir gefällt es hier wohl?« Friedrich klopfte sich gegen das Schienbein. »Na, komm her!«

Tatsächlich sprang der Hund mit einem Satz die Stufen hoch und ließ sich vor seinen Füßen nieder. Er trug kein Halsband und sah auch sonst nicht so aus, als hätte er einen Besitzer. Mit unterwürfigem Blick sah das Tier ihn an.

Plötzlich spürte Friedrich, wie eine dumpfe Leere sich in ihm breitmachte, und obwohl er sich nicht erinnern konnte, dieses Gefühl je in einer solchen Intensität gespürt zu haben, kam es ihm seltsam vertraut vor. Er fragte sich, warum er so empfand. Er war reich und mit einer schönen Frau verheiratet, die ihm soeben zum zweiten Mal einen gesunden Jungen geboren hatte. Mit 26 Jahren stand er an der Spitze einer mächtigen Organisation, und das war erst die unterste Sprosse auf einer Leiter, die bis in den Himmel ragte. Und doch erkannte er hier auf der Terrasse, in Gesellschaft des Streuners, dass er sich einsam fühlte. Fast war es, als lebte er auf einem fremden Planeten. Er legte dem Hund eine Hand auf den Kopf und kraulte ihn mit den Fingerspitzen hinter dem Ohr.

»Was würdest du davon halten, hierzubleiben? Würde

dir das gefallen? Ich glaube, wir beide könnten gute Freunde werden.«

Das Tier leckte Friedrichs Hand. Es schien einverstanden zu sein. Friedrich erhob sich.

»Dann komm.«

Er öffnete die Tür und ging ins Haus, dicht gefolgt von seinem neuen, einzigen Freund.

Das Essen war vorzüglich gewesen. Bernhard Weirich hatte Friedrich scherzhaft gefragt, was er ihm zahlen müsse, um die Köchin mit nach Hause nehmen zu dürfen. Mit einem Blick auf dessen enormen Bauch entgegnete Friedrich, dass Weirichs Köchin unmöglich schlecht sein könne.

Weirich war einer von fünf Deutschen, die zusammen mit ihren Gattinnen das Weihnachtsfest bei der Familie von Keipen feierten. Sie gehörten zum Kreise derer, die die Bruderschaft mit enormen finanziellen Mitteln förderten. Friedrich hatte sie auf Professor Glassmanns' Anregung hin mit eingeladen. Der Leiter einer großen Aachener Privatklinik und ehemalige Nazi-Arzt hatte Friedrich vier Wochen zuvor angerufen und ihm nahegelegt, den Kontakt zu ihren Geldgebern mehr zu pflegen; dadurch würden sie sich wichtig fühlen und ihnen auch weiterhin die Stange halten. Friedrich mochte den Alten nicht, mehr noch, er verachtete ihn. Aber Professor Glassmanns hatte Hermann von Settler gut gekannt und zudem vom ersten Tag an der Bruderschaft angehört. Glassmanns war holländischer Abstammung, tat aber so, als wäre er der nationalbewusste Deutsche schlechthin. Wahrscheinlich spielte auch er in seinem Keller mit Zinnsoldaten die ruhmreichen Schlachten des verlorenen Krieges nach. Trotzdem war Friedrich auf seinen Vorschlag eingegangen; er sah es als eine gute Gelegenheit, die Ziele einiger der finanzkräftigsten Mäzene der Bruderschaft besser einschätzen zu lernen.

Während die Gäste sich mit ihren Servietten den Mund abwischten, fütterte Friedrich Joss, der an seiner Seite lag, mit Resten des Rinderbratens. Der Schäferhund zeigte sich wie immer als dankbarer Abnehmer. Das Kratzen einer Gabel auf Porzellan ließ Friedrich aufblicken. Er schickte einen strafenden Blick zu Hermann. Der Junge saß am anderen Tischende neben seiner Mutter und stocherte lustlos in den Essensresten auf seinem Teller. Der Stubenwagen mit Franz stand auf der anderen Seite neben Evelyn. Sie trug an diesem Abend ein dunkelrotes, tief ausgeschnittenes Kleid und war ganz die perfekte Gastgeberin. Gerade unterhielt sie sich leise mit einer Frau, die ihr direkt gegenübersaß, und lächelte dabei dezent. Dieses Kleid trug sie nur zu besonderen gesellschaftlichen Anlässen. Für ihn allein würde sie es niemals tragen. Wozu auch? Er verscheuchte den betrüblichen Gedanken gleich wieder und klopfte mit dem silbernen Messer leicht gegen sein Weinglas.

»Meine Herren, darf ich Sie zu einem Cognac in das Herrenzimmer bitten?«

Ohne eine Antwort abzuwarten, stand er auf und ging voraus. Joss wartete, bis sein Herr sich an den Oberschenkel klopfte, dann sprang er gehorsam auf und lief ihm hinterher.

Fünf Minuten später hatten es sich die männlichen Gäste in den schweren Ledersesseln bequem gemacht. Hanno Behrend, Besitzer des größten deutschen Speditionsunternehmens, hatte sich eine dicke Zigarre angezündet. Ein dünner, weißer Rauchfaden schlängelte sich von ihrem rot glühenden Ende zur Decke empor. Die Cognacschwenker in den Händen, sahen die Männer Friedrich erwartungsvoll an. Er hob sein Glas und blickte feierlich in die Runde.

»Meine Herren, trinken wir auf das Gelingen unserer großen Sache. Weit über dreihundert unserer Schüler haben mittlerweile die Priesterweihe empfangen und Pfarreien in ganz Europa und auch einige in Übersee übernommen. Bei einigen von ihnen zeichnet sich schon jetzt eine vielversprechende Karriere innerhalb der katholischen Kirche ab. Wir hatten zwar einige wenige Ausfälle, aber insgesamt können wir sehr zufrieden sein mit dem, was wir bisher erreicht haben. Das verdanken wir nicht zuletzt Ihrer Großzügigkeit. Deshalb gilt mein Trinkspruch vor allem auch Ihnen. Auf die Bruderschaft der Simoner!«

Er hob das Glas an die Lippen, doch bevor er einen Schluck nehmen konnte, meldete sich Professor Glassmanns zu Wort.

»Herr von Keipen, es gibt da etwas, das wir mit Ihnen besprechen möchten.«

Friedrich ließ den Arm wieder sinken und sah Glassmanns an. Angetrieben von dem ihm eigenen Argwohn, begannen die Kombinationsrädchen in seinem Kopf sofort zu arbeiten. Klick. Die Einladung zum Weihnachtsfest war Glassmanns' Idee gewesen. Klick. Er hatte ihm auch die Namen derer vorgeschlagen, die er einladen sollte. Klick. Nun standen die Herren vor ihm und hatten etwas mit ihm zu besprechen. Klick, klick! Das roch nach einer abgekarteten Sache. Friedrich war alarmiert.

»Aber bitte, sprechen Sie«, sagte er so unverbindlich wie möglich.

Glassmanns räusperte sich. »Wie Sie gerade schon sagten, stehen mittlerweile über dreihundert Simoner im Dienst der Kirche. Das hört sich sehr gut an. Aber wir wüssten gern mehr über die Aktivitäten der Bruderschaft. Welcher Priester ist wo tätig? Was wird zu ihrer Unterstützung getan? Was passiert mit dem Geld, das von uns regelmäßig an die Bruderschaft gezahlt wird? Und wer hat welche Funktion innerhalb der Organisation? Wir wissen einfach zu wenig.«

Daher wehte also der Wind! Friedrich blieb äußerlich absolut ruhig.

»Nun, ich kann Ihnen gerne einige interne Berichte zur

Verfügung stellen. Darin sollten Sie auf die meisten Ihrer Fragen eine Antwort finden. Zumindest, was die Verwendung Ihrer Fördermittel betrifft. Was allerdings die genauen Aufgaben der Simoner anlangt, werden Sie sicher verstehen, dass ich mich da aus Sicherheitsgründen bedeckt halten muss. Ich halte es nicht für angebracht, Namen zu nennen, das Risiko, dass diese Informationen in falsche Hände geraten, ist viel zu hoch.«

»Wollen Sie damit sagen, Sie vertrauen uns nicht?«

Der Ton, in dem Günther Krollmann, Chef eines gewaltigen Bauimperiums, die Frage gestellt hatte, gefiel Friedrich überhaupt nicht. Die kurz zuvor noch lockere Stimmung hatte sich deutlich verändert. Auf einmal herrschte eine feindselige Atmosphäre im Raum.

»Nein, Herr Krollmann, ich möchte damit sagen, dass ich der Magus der Bruderschaft bin und als solcher die Verantwortung trage. Sie möchten wissen, was mit Ihrem Geld geschieht? Das ist Ihr gutes Recht. Alles andere – und verzeihen Sie mir bitte die direkten Worte – geht Sie nichts an.«

Die Männer sahen sich schweigend an und nickten dann Professor Glassmanns zu. Der wandte sich wieder an Friedrich. Seine Miene wirkte dabei wie die eines Pokerspielers, der gerade im Begriff war, das versteckte Ass aus dem Ärmel zu ziehen.

»Gut, dann nennen wir die Dinge eben beim Namen, Herr von Keipen. Sie sind noch ein junger Mann. Manch einer denkt, zu jung für diese verantwortungsvolle Aufgabe. Wir wollen Mitspracherecht. In Anbetracht der hohen Summen, die wir jedes Jahr spenden, ist das nicht zu viel verlangt. Wir fordern, dass ein Aufsichtsrat gebildet wird, ähnlich dem einer Aktiengesellschaft, der sich in regelmäßigen Abständen trifft und alle wichtigen Entscheidungen absegnet. Wir möchten, dass unsere Sache zügiger vorangeht.«

Auf Friedrichs Stirn bildete sich eine deutliche Falte.

»Sie möchten? Sie fordern? Denken Sie nicht, dass Sie Ihren Einfluss etwas überschätzen? Meine Herren, ich kann Ihnen versichern, dass Ihre finanzielle Beteiligung an unserer Sache sich eines Tages für Sie auszahlen wird. Aber wenn Sie Ihre Spenden mit nicht erfüllbaren Bedingungen verknüpfen, werden wir unser Ziel auch ohne Sie erreichen. Seien Sie sich bitte darüber im Klaren, dass Sie nur fünf von fast einhundert Gönnern sind, die uns unterstützen.«

Der Professor lächelte nachsichtig, als stünde er einem kleinen Kind gegenüber.

»Stimmt, wir sind nur fünf. Allerdings sind wir die fünf, die die Zustimmung eines Großteils der erwähnten Gönner haben, mit unserer Forderung an Sie heranzutreten. Seien Sie bitte nicht so naiv zu glauben, wir würden einander nicht kennen. Die meisten von uns standen schon hinter der Sache, als Friedrich von Keipen noch in kurzen Hosen die Schulbank drückte.« Kalt sah er Friedrich in die Augen. »Es ist keine Bitte, Herr von Keipen, es ist eine Forderung, und wir möchten Ihre Entscheidung jetzt haben.«

Nur mühsam konnte Friedrich dem Drang widerstehen, seine Hände um Glassmanns' faltigen Hals zu legen und so lange zuzudrücken, bis der Alte ihn winselnd um Verzeihung bitten würde. Unter Aufbietung seiner ganzen Selbstbeherrschung ging er in die Hocke und kraulte Joss bedächtig das Fell. Der körperliche Kontakt mit seinem Hund ließ ihn stets zur Ruhe kommen, egal, wie aufgewühlt er war. Und auch jetzt spürte er deutlich, wie der treue Blick aus den braunen Hundeaugen seine Wut besänftigte und sein Verstand wieder die Oberhand gewann.

Er konnte es zwar nicht so ganz glauben, dass sich über die Hälfte der Geldgeber gegen ihn verschworen haben sollte, aber er musste es zumindest in Betracht ziehen. Ein

Versiegen dieser Geldquellen würde zwar nicht zwangsläufig das Aus für die Bruderschaft bedeuten, aber es könnte ihre Mission unnötig in die Länge ziehen. Gerade jetzt, wo sie einen Punkt erreicht hatten, an dem zur Förderung der Priester-Karrieren größere Geldgeschenke an bestimmte Persönlichkeiten unerlässlich wurden, wäre dies besonders ärgerlich.

Entschlossen richtete er sich auf. Langsam ließ er seinen Blick von einem zum anderen wandern, verharrte bei jedem so lange, bis er die Lider niederschlug. Nur Glassmanns hielt ihm stand.

»Nun gut, Herr Professor Glassmanns, bilden wir also einen Rat. Er wird aus zehn Mitgliedern bestehen und ich werde den Vorsitz haben. Vier davon ernennen Sie, die restlichen vier bestimme ich. Ein anderes Angebot werde ich Ihnen jedenfalls nicht machen. Entweder Sie nehmen es an oder Sie stecken sich Ihr Geld sonst wohin. Sollten Sie es allerdings tatsächlich ablehnen, so wissen Sie ja, dass Sie ein Sicherheitsrisiko für die Bruderschaft darstellen. Gute Nacht, meine Herren!«

Als Friedrich zur Tür hinausging, registrierte er mit Genugtuung die unsicheren Blicke, die die Männer austauschten. Sie wussten, was diese Einstufung bedeutete.

Die erste Sitzung des neu gegründeten Rates der Simoner
fand knapp fünf Monate später in der Villa von Professor
Glassmanns statt. Das Anwesen, das inmitten eines park-
ähnlichen Grundstücks am Stadtrand von Aachen lag,
strahlte die prunkvolle Eleganz eines Herrenhauses der
Südstaaten zur Zeit des Bürgerkriegs aus. Acht hohe weiße
Säulen stützten das flache Dach des zweistöckigen Gebäudes, das einige Meter über die Vorderfront hinaus-
gezogen war und so die Veranda auf ihrer gesamten Breite
überspannte. Von einem großzügigen Vorplatz aus führ-
ten schmale, gepflasterte Wege an prachtvollen Blumenbeeten vorbei durch den Park.

Die zehn Männer hatten sich in der Bibliothek im Erdgeschoss versammelt, deren dunkle Wandvertäfelung ihr
eine altehrwürdige Ausstrahlung verlieh. Mit Friedrich,
der nun an der Stirnseite des langen Mahagonitisches Platz
nahm, waren vier weitere Männer aus Südafrika nach
Deutschland gereist. Dr. Fissler saß an Friedrichs rechter
Seite. Nach ihrer Auseinandersetzung wegen Evelyn war
ihr Verhältnis zwar etwas abgekühlt, doch Friedrich
wollte auf den Arzt nicht verzichten, da er in Fragen der
Bruderschaft auf jeden Fall zu ihm stehen würde. Ihm gegenüber saß Hans, Friedrichs ehemaliger »Begleiter«. Er
war im Laufe der Jahre zu einem seiner engsten Vertrauten geworden. Daneben setzte sich jetzt der ehemalige
Hauptfeldwebel Dietmar Krämer, der nach dem Krieg
Hermann von Settler nach Kimberley gefolgt und dessen
rechte Hand gewesen war. Der vierte Mann neben Krämer war Kurt Scholler. Der Anwalt hatte sich für Friedrich als Glücksgriff entpuppt. Er leitete ihre Vaduzer Pri-

vatbank und kümmerte sich darüber hinaus um alle juristischen Belange der Bruderschaft. Neben seinen Kenntnissen in der Auslegung von Gesetzestexten erwies sich Scholler als wahres Genie, wenn es um das Waschen größerer Geldsummen ging. Das hatte sich in gewissen Kreisen schnell herumgesprochen und der Bank einen wahren Geldsegen aus ganz Europa beschert.

Friedrich war zufrieden mit seiner Wahl. Mit diesen vier Getreuen konnte er das Gegengewicht zu dem Rest des Rates bilden und mit seiner anderthalbfachen Stimmkraft, die man ihm nach zähen Verhandlungen zugestanden hatte, in Pattsituationen letztendlich doch das Ruder in der Hand behalten. Er blickte in die Runde und räusperte sich.

»Hiermit eröffne ich die erste Sitzung des Simonischen Rates. Ich stelle fest, dass alle Ratsmitglieder anwesend sind, und beginne damit, Professor Glassmanns' Antrag auf vollständige Information zu entsprechen. Sie erlauben, dass ich dazu aufstehe.«

Er griff nach dem Stapel Papiere, der vor ihm lag, erhob sich und begann hinter den Stühlen der Ratsmitglieder den Tisch zu umrunden.

»Meine Herren, gegenwärtig sind genau 377 Simonische Priester in Amt und Würden. Weitere fünfzig bis sechzig werden in den nächsten ein bis eineinhalb Jahren folgen. Unser Internat in Kimberley haben wir vor zwei Jahren mangels Neuzugängen geschlossen. Aus den eigenen Reihen wird es also nur noch vereinzelten Priesternachwuchs geben. Damit haben wir unser Ziel aber mehr als erreicht. 430 Männer in Europa und Übersee werden genügen, als simonische Saat die katholische Kirche zu unterwandern.«

»Und wann werden diese Geistlichen endlich aktiv und treiben unsere Sache voran?«

Die Frage kam von Professor Glassmanns, der sich in

seinem Sessel zurückgelehnt hatte. Friedrich trat zwischen Krämer und Scholler und stemmte die Hände auf den Tisch. Mit stahlhartem Blick sah er den alten Mann an.

»Professor Glassmanns, ich wäre Ihnen sehr verbunden, wenn Sie mich nicht unterbrechen würden. Ihre Fragen können Sie stellen, sobald ich fertig bin.«

Ohne dem Mann die Chance einer Reaktion zu geben, fuhr Friedrich mit seinem Vortrag fort.

»Unsere Männer beobachten ihr Umfeld aufmerksam und entscheiden gemeinsam mit ihren ›Begleitern‹, wann und bei wem sie einen Vorstoß wagen können. Geeignete Kandidaten sind junge Reformer, die mit der erzkonservativen Einstellung der katholischen Kirche nicht einverstanden sind. Zum jetzigen Zeitpunkt können wir bereits beachtliche Erfolge verbuchen. Jeder ›bekehrte‹ Priester wirkt als Multiplikator, der unsere Ideen weiterträgt. Bald werden wir, gleich einer Lawine, mit rasender Geschwindigkeit wachsen. Einige unserer Männer haben sich in Dritte-Welt-Länder versetzen lassen, wo neue Ideen auf höchst fruchtbaren Boden fallen. Die Menschen dort sind dankbar für einen Priester, der ihnen nicht mit erhobenem Zeigefinger gegenübertritt, sondern sie mit finanziellen Mitteln in ihrem Kampf gegen den Hunger unterstützt. Auch dass ein Priester unter der Hand Verhütungsmittel austeilt, ist für sie wie ein Wunder. So schlagen wir zwei Fliegen mit einer Klappe.« Er lächelte zynisch in die Runde. »Wir finden neue Anhänger und gleichzeitig vermehren sich diese Leute nicht mehr so stark.«

Nach kurzem allgemeinem Gelächter fuhr er fort: »Es wird also nicht mehr lange dauern, bis die ersten Simoner verantwortungsvolle Ämter bekleiden. Ihr Einfluss wächst täglich. Vierundzwanzig unserer Priester befinden sich zurzeit in Rom und studieren an der Gregorianischen Universität. Parallel dazu knüpfen wir Kontakte zu Politikern in ganz Europa, wobei uns besonders die italienische Regierung am Herzen liegt. Einigen dieser Herren konnte meine Bank in Liechtenstein schon wertvolle Dienste leisten, was von ihnen einen hohen Grad an Dankbarkeit erwarten lässt.

Sie haben sicher nichts dagegen, wenn ich Ihnen unser Vorgehen am Beispiel Italien näher erläutere. Wir bedienen uns dabei eines einfachen, aber sehr effektiven Mittels. Von einflussreichen Männern, denen wir schon hilfreich unter die Arme gegriffen haben, erfahren wir die Namen der drei oder vier aussichtsreichsten Kandidaten auf eines der in Italien ständig frei werdenden politischen Ämter. Mit jedem von ihnen setzen wir uns in Verbindung und sagen ihm unsere Unterstützung zu. Gleichzeitig beginnen wir belastende Unterlagen zu sammeln. In der Regel ist es ein Leichtes, über jeden hochrangigen Politiker genügend kompromittierendes Material zusammenzutragen, um uns seine Loyalität dauerhaft zu sichern. So sichern wir uns nicht nur die Loyalität des neuen Amtsinhabers, sondern auch die seiner Konkurrenten. Diese Verbindungen können für unsere geistlichen Brüder sehr von Nutzen sein, um in Rom Fuß zu fassen.

Des Weiteren stehe ich in engem Kontakt zu dem ehemaligen Gestapo-Chef von Paris, Klaus Barion. Hermann von Settler hatte ihm nach dem Krieg zur Flucht verholfen, weshalb er sich der Bruderschaft sehr verbunden fühlt. Barion hat in Bolivien eine äußerst effiziente Kampftruppe zusammengestellt, auf die wir jederzeit zurückgreifen können, sollte es zu Problemen mit übereifrigen Politikern kommen. Sie sehen, wir sind für alle Eventualitäten gewappnet, was uns zuversichtlich in die Zukunft blicken lässt.«

Friedrich waren während seiner Ausführungen die anerkennenden Blicke nicht entgangen, die sich die finanzkräftigen Ratsmitglieder zuwarfen. Als er sich wieder setzte, war von der anfänglich frostigen Stimmung nichts mehr zu spüren. Selbst Professor Glassmanns schien zufriedengestellt.

Im weiteren Verlauf der Sitzung wurden noch verschiedene Anträge eingebracht. Die meisten waren unsinnig, einzig die Idee Krollmanns, aus Sicherheitsgründen die Namen der Ratsmitglieder durch Decknamen zu ersetzen, fand allgemeine Zustimmung. Man einigte sich auf den Buchstaben »S«, gefolgt von einer Zahl, wobei Friedrich die »S1« für sich beanspruchte.

Noch am gleichen Tag reiste Friedrich mit seinen vier Begleitern wieder ab. Er war mit der ersten Sitzung des Simonischen Rates vollauf zufrieden.

Es war eine Idee seines Bischofs, die Jürgen Dengelmann die Pforte zum Vatikan öffnen sollte.

Der junge Priester war in den eineinhalb Jahren seiner Tätigkeit als Sekretär zu Dr. Bennings engstem Vertrauten geworden. Der Bischof konnte sich über das organisatorische Talent seines Sekretärs oft nur wundern. Die Höhe der Spenden hatte sich im Bistum Trier verdreifacht. Dass ein Großteil der Gelder ursprünglich von einer Liechtensteiner Privatbank kam, war nach Eingang in den Kassen des Bistums nicht mehr nachvollziehbar. So war es nicht weiter verwunderlich, dass Bischof Benning seine Idee zuerst mit seinem Sekretär besprach.

Wie fast jeden Morgen saßen sie nach dem Frühstück im Arbeitszimmer des Bischofs und besprachen den Tagesablauf, als der rundliche Mann sich auf einmal zurücklehnte und Jürgen über den Schreibtisch hinweg musterte. Als dieser den eindringlichen Blick seines Vorgesetzen bemerkte, lächelte er.

»Eure Exzellenz, ich sehe Ihnen an, dass Sie über einem Problem brüten. Möchten Sie mir Ihre Gedanken nicht mitteilen? Vielleicht kann ich Ihnen bei der Lösung behilflich sein.«

Der Bischof zögerte einige Sekunden, als müsse er über das Angebot länger nachdenken. Wie geistesabwesend ließ er dabei sein schweres Brustkreuz immer wieder durch die Finger gleiten. In Wahrheit stand sein Entschluss jedoch schon lange fest, denn wenn jemand Geld für sein Projekt aufbringen konnte, dann war es dieser junge Mann.

»Es gibt da in der Tat etwas, das mir sehr am Herzen

liegt. Wir sprachen vor einigen Wochen schon über den desolaten Zustand unserer kirchlich geleiteten Altenheime. Es ist eine Schande, in welchen Verhältnissen die Menschen dort leben. Aber leider fehlt uns das Geld für umfassende Renovierungsarbeiten. Dem gegenüber stehen die neuen, privaten Heime, die in den letzten Jahren eröffnet worden sind. Sie sind mit modernster Technik ausgestattet, es gibt dort weder abblätternde Farbe noch rostige Heizungsrohre, und die Betreuung der Alten ist geradezu vorbildlich. Die kirchlich geführten Häuser verzeichnen deshalb immer weniger Neuzugänge. Nun denke ich darüber nach, eine großangelegte Spendenaktion ins Leben zu rufen. In unseren Pfarreien würde ich gern eine Sonderkollekte abhalten. Wir sollten aber auch versuchen, den einen oder anderen Mäzen dafür zu begeistern. Sie haben in der Vergangenheit bewiesen, dass die Menschen Ihnen gegenüber sehr freigebig sind, Dengelmann. Deshalb würde ich Sie gern mit dieser Aufgabe betrauen, die mir wirklich sehr am Herzen liegt.«

»Welcher Betrag wird denn für die erforderlichen Renovierungsarbeiten benötigt?«

Benning machte eine resignierte Handbewegung. »Die gesamte Summe, die dazu notwendig wäre, werden wir mit Spenden niemals auftreiben können.«

Wieder lächelte Jürgen den Bischof zuversichtlich an. »Würden Sie mir die Summe trotzdem nennen, Exzellenz?«

»Fast zwei Millionen Deutsche Mark.«

Völlig unbeeindruckt notierte sich der junge Sekretär die Zahl auf seinem Notizblock.

»Ich werde sehen, was ich tun kann, Eure Exzellenz. Wenn Sie mich im Moment nicht mehr benötigen, würde ich gern sofort damit beginnen.«

Der Bischof nickte nur. Jürgen beeilte sich, in sein Büro zu kommen. Als er sorgfältig die Tür schloss, lächelte er in sich hinein. Seine Chance war gekommen. Er spürte es ganz deutlich. Schnell trat er an seinen Schreibtisch. Er hatte ein wichtiges Telefonat mit Ulf zu führen, seinem Verbindungsmann zur Bruderschaft.

Zwei Wochen nach diesem Gespräch präsentierte Jürgen seinem Bischof einen Scheck über zwei Millionen Deutsche Mark. Er war von einem gewissen Dietmar Krämer ausgestellt worden, seines Zeichens Geschäftsmann aus Südafrika, der laut Jürgen ein entfernter Verwandter von ihm war.

Als Bischof Benning den Scheck in Händen hielt, schüttelte er immer wieder ungläubig den Kopf.

»Dengelmann, Sie werden mir langsam unheimlich. Mit Ihrem organisatorischen Talent werden Sie es jedenfalls noch weit bringen.«

Am gleichen Tag führte der Bischof ein längeres Telefonat mit Kardinal Bernhard Frenzen, dem stellvertretenden Leiter der Vatikanbank.

Kimberley

Friedrich hatte gerade ein Telefongespräch mit Kurt Scholler beendet, als die Tür aufgerissen wurde. Mit einem Satz schoss Joss unter dem Schreibtisch hervor und stieß ein wütendes Knurren aus. Wild gestikulierend stürmte Evelyn ins Zimmer. Dem Tier schenkte sie dabei keinerlei Beachtung.

»Das kannst du nicht tun, Friedrich! Ich werde das nicht zulassen. Der Junge ist erst neun Jahre alt!«

Mit einer Handbewegung schickte Friedrich den Schäferhund wieder unter den Schreibtisch. Dann sah er ihr gelassen ins gerötete Gesicht. Einen Moment dachte er, sie wolle ihn schlagen.

»Was kann ich nicht tun, Evelyn?«, fragte er mit unschuldiger Miene, obwohl er genau wusste, was sie meinte.

»Vor fünf Minuten kam Hans, um Hermann zu seiner ersten ›Übungsstunde‹ abzuholen. Der Junge solle lernen, mit einem Gewehr umzugehen. Das kann nicht dein Ernst sein.«

Friedrich lachte laut auf. Nicht, weil er die Situation komisch fand, sondern weil er wusste, dass Evelyn sich durch sein herablassendes Lachen gedemütigt fühlen würde.

»Liebste Evelyn, wie du schon treffend bemerkt hast, ist mein Sohn mittlerweile neun Jahre alt. Höchste Zeit, dass er lernt, sich zu verteidigen.«

Jetzt trat sie dicht an seinen schweren Schreibtisch heran. Ihre Brust hob und senkte sich schnell. Er konnte ihren Atem riechen und für einen kurzen Moment empfand er die Situation erregend.

»Er ist doch noch ein kleines Kind. Er kann sich verletzen, sich vielleicht sogar selbst töten. Willst du deinen eigenen Sohn derart gefährden? Ich jedenfalls werde das nicht zulassen!«

Erneut lachte er aus vollem Halse. Dann lehnte er sich entspannt zurück und verschränkte die Hände hinterm Kopf.

»Deine Meinung ist hier nicht gefragt, Evelyn. Hermann *ist* kein kleines Kind mehr, sondern bereits auf dem Weg zum Mann. Es ist an der Zeit, mit diesem Teil seiner Ausbildung zu beginnen. Das ist meine Aufgabe bei seiner Erziehung, und es wäre mir lieb, wenn du dich ausschließlich auf deine konzentrieren würdest. Ende der Diskussion!«

Wahllos griff er sich einen der auf dem Schreibtisch liegenden Aktenordner und begann interessiert darin zu lesen.

»Ich werde das nicht zulassen«, wiederholte Evelyn hartnäckig.

»Dir wird nichts anderes übrig bleiben«, sagte Friedrich, ohne den Blick zu heben. »Und jetzt geh und kümmere dich wieder um Franz. Ich zweifle noch sehr, dass mein Jüngster mit neun Jahren schon so weit sein wird. Er kommt zu sehr nach seiner Mutter.«

Evelyn starrte ihren Mann an, als könne sie nicht glauben, was da gerade geschah. Dann drehte sie sich auf dem Absatz um und verließ wütend das Zimmer.

Friedrich griff zum Telefon. Als kurze Zeit später in einiger Entfernung gedämpfte Schüsse zu hören waren, streckte er seine Hand unter dem Schreibtisch aus und kraulte Joss' Fell.

Evelyn stand unterdessen am Fenster ihres Zimmers in der ersten Etage und starrte auf den sandigen Vorplatz. Als Hans zum zweiten Mal gekommen war, um ihren Sohn zu holen, hatte sie sich vor ihr Kind gestellt. Hans hatte sie nur traurig angesehen.

»Frau von Keipen, machen Sie es sich doch nicht unnötig schwer. Hermann wird nichts geschehen, ich passe schon auf ihn auf. Er wird seine Freude daran haben, glauben Sie mir.«

Sie wollte ihn anschreien, sich auf ihn stürzen, ihren Sohn mit Zähnen und Klauen verteidigen – und hatte doch nur mit hängenden Schultern vor ihm gestanden und geflüstert: »Aber er ist doch noch ein Kind, Hans. Und er ist doch mein Kind.«

Als die beiden das Zimmer verlassen hatten, Hans mit steinerner Miene und Hermann in Vorfreude auf die Schießübungen, war sie zusammengebrochen. Sie hätte gerne geweint, aber alle Tränen, die es zu weinen gab, hatte sie in den letzten Jahren schon vergossen. Stattdessen umschloss eine kalte, eiserne Faust ihr Herz und drückte es mit unerbittlicher Kraft zusammen.

»Ich hasse dich«, flüsterte sie gegen die Fensterscheibe, »wenn du wüsstest, wie sehr ich dich hasse!«

18. Juli 1968
Vatikan

Giuseppe Leonardo Varetto, der nach seiner Wahl zum
Papst den Namen Klemens XV. angenommen hatte, betrachtete still die drei geistlichen Würdenträger, die vor
seinem Schreibtisch saßen. Er hatte die Hände so vor dem
Bauch gefaltet, dass nur die Spitzen seiner Finger sich berührten. Die beiden Kardinäle und der Bischof hielten
den Blick gesenkt und warteten geduldig. Das 71-jährige
Oberhaupt der katholischen Kirche galt als sehr besonnen und seine engeren Mitarbeiter kannten längst diese
Minuten des Schweigens, die jedem wichtigen Gespräch
mit ihm vorausgingen. Manch einer glaubte gar zu wissen, dass er ein Zwiegespräch mit Gott führte, um sich
von ihm leiten zu lassen.

Schließlich nickte der Heilige Vater kaum merklich und
legte die Hände in den Schoß.

»Wir werden eine neue Behörde einrichten, deren Aufgabe es sein wird, uns eine genaue Übersicht über das
vatikanische Vermögen zu verschaffen. Zu diesem Zwecke habe ich beschlossen, dass Sie dieser neuen Institution
vorstehen werden. Zu Ihrer Unterstützung wird schon
bald ein Finanzexperte hier eintreffen, ein junger Priester
aus Deutschland, der uns von Kardinal Frenzen wärms-
tens empfohlen wurde. Der Kardinal wollte ihn als seinen
persönlichen Sekretär einsetzen, aber ich glaube, dass der
junge Mann uns in der neuen Behörde bessere Dienste
leisten kann.«

Kardinal Ernesto Bertulli wartete einige Sekunden, um
sicher zu sein, dass der Papst nicht weitersprechen wollte,
dann beugte er sich etwas nach vorn.

»Eure Heiligkeit, es wird nicht leicht sein, die Präfekten der Administraturen von der Notwendigkeit einer Offenlegung ihrer Finanzen zu überzeugen.«

Es dauerte eine Weile, bis Klemens XV. antwortete. »Ich werde Ihnen dafür die entsprechenden Befugnisse erteilen. Sie können nun gehen.«

Die hohen Geistlichen verließen das päpstliche Arbeitszimmer. Der Heilige Vater hatte ihnen eine schwierige, wenn nicht gar unlösbare Aufgabe übertragen. Sie waren gespannt auf den jungen Priester aus Deutschland.

30. September 1968
Regensburg

Das junge Mädchen vor der Tür des Pfarrhauses schien verzweifelt. Einzelne Strähnen der blondierten Haare hingen ihr wirr ins Gesicht und die dunklen Ringe unter den Augen ließen auf wenig Schlaf schließen. Zudem waren die oberen Knöpfe ihrer hellblauen Bluse falsch geknöpft, was das Bild der Verwirrung komplett machte.

Pfarrer Gerhard Thielsen lächelte ihr freundlich zu.

»Meine Tochter, was kann ich für dich tun?«

Sofort schlug sie die Hände vors Gesicht und begann haltlos zu schluchzen. Der Pfarrer trat zur Seite.

»Komm herein und erzähle mir von deinem Problem.«

Sie zögerte einen Moment, betrat dann aber doch, immer noch schluchzend, das Pfarrhaus. Thielsen führte sie in sein Büro, wo er sie auf den ungepolsterten Besucherstuhl drückte und sich dann seinen eigenen holte und neben sie setzte. Mit geröteten Augen sah sie ihn an. Sie schien noch einmal zu überdenken, ob sie sich dem großen, blonden Geistlichen anvertrauen konnte.

»Herr Pfarrer, ich bin so verzweifelt.«

Er nickte: »Mein Kind, ich werde versuchen, dir zu helfen, aber dazu musst du mir erst einmal erzählen, was dich bedrückt.«

Umständlich zog sie ein Taschentuch aus der Handtasche und wischte sich damit die feuchten Wangen ab.

»Es ist … ich habe einen Verlobten, der ist bei der Marine. Ich sehe ihn nur alle zwei oder drei Monate und beim letzten Mal, da haben wir … wir sehen uns doch so selten, und da dachte ich, wenn ich nicht …«

»Du dachtest, wenn du dich ihm nicht hingibst, würdest du ihn verlieren?«

Sie lief rot an und nickte stumm.

»Wie alt bist du?«

»Siebzehn.«

»Hm … Bist du schwanger?«

Wieder schlug sie die Hände vors Gesicht und fing hemmungslos an zu weinen. Thielsen wartete, bis sie sich etwas beruhigt hatte. Dann beugte er sich vor und strich ihr über die Hand, in der sie das zerknäulte Taschentuch hielt.

»Und nun hast du es ihm gesagt und er möchte nichts mehr von dir wissen?«

Ihr Kopf ruckte hoch. »Nein! Ich meine – doch! Er hat sich sogar gefreut. Er hat gesagt, dass er mich heiraten möchte.«

Thielsen zog seine Hand zurück und sah sie etwas verständnislos an.

»Aber dann ist ja alles in Ordnung. Ich verstehe den Grund für deine Verzweiflung nicht. Und vor allem – wobei soll ich dir helfen?«

»Mein Vater möchte von einer Hochzeit nichts hören, weil Daniel – so heißt mein Verlobter – seiner Meinung nach nicht gut genug für mich ist. Er sagt, Daniel wolle nur mein Geld.«

»Weiß dein Vater, dass du ein Kind erwartest?«, fragte der Pfarrer mit ruhiger Stimme.

»Nein, um Gottes willen. Das würde die Sache nur noch schlimmer machen. Es ist ihm ganz egal, ob ich glücklich bin oder nicht. Hauptsache, Rainer Gebhards zukünftiger Schwiegersohn kommt aus gutem Hause. Aber ich liebe Daniel und es ist mir einerlei, dass seine Eltern arm sind.«

Wieder wischte sie sich mit dem Taschentuch über die Augen und bemerkte so den Ruck nicht, der bei der Nennung des Namens durch Thielsen fuhr.

»Gebhard? Vom Stahlwerk Gebhard?«

»Ja, das ist mein Vater.«

Thielsen nahm wieder ihre Hand und tätschelte sie fürsorglich. »Keine Sorge, mein Kind, ich werde mit deinem Vater reden. Es wird sich alles zum Guten wenden. Vertraue auf Gott.«

Deutlich konnte er die Hoffnung in ihrem Gesicht erkennen, als sie ihn ansah.

»Wirklich? Oh, ich danke Ihnen. Vielleicht wird er ja auf Sie hören. Er geht jeden Sonntag in die Kirche.«

Rainer Gebhard war nicht sehr überrascht, als seine Sekretärin ihm an diesem Nachmittag mitteilte, Pfarrer Thielsen wolle ihn sprechen. Thielsen hatte die Pfarrei erst vor Kurzem übernommen. Ein junger Mann, dessen Predigten einen recht progressiven Unterton hatten. Es war nur eine Frage der Zeit gewesen, dass der Geistliche bei ihm anklopfen und um Spenden bitten würde. Gebhard strich sich über die millimeterkurzen grauen Haare und bat ihn herein.

Als der Geistliche das geräumige Büro betrat, glaubte Gebhard einen Ausdruck von Bewunderung in seinen Augen zu erkennen, während er sich kurz umsah. Nicht ohne Stolz registrierte der Firmenchef, dass der Blick des jungen Pfarrers auf seiner kleinen Ölgemäldesammlung verharrte, die die Wände des Büros schmückte.

»Alles alte Meister«, erklärte er, während er sich erhob. »Haben mich ein kleines Vermögen gekostet, aber diese Sammlung ist eines meiner Steckenpferde. Guten Tag, Herr Pfarrer.«

Er ging mit ausgestreckter Hand auf Thielsen zu, der sie ergriff und den festen Druck erwiderte.

»Guten Tag, Herr Gebhard. Ich freue mich, Sie endlich persönlich kennenzulernen. Im Gottesdienst habe ich Sie ja schon öfter gesehen.«

»Ja, ich besuche die Sonntagsmesse, wann immer es meine Zeit erlaubt. Aber bitte, setzen Sie sich doch.«

Thielsen hatte das Gefühl, in den weichen Polstern zu versinken. Alles in diesem Büro schien edel zu sein. Als Gebhard wieder hinter seinem imposanten Schreibtisch Platz genommen hatte, faltete er die Hände.

»Also, Herr Pfarrer, was kann ich für Sie tun?«

Der Pfarrer sah ihn offen an. »Nun, es geht um Ihre Tochter.«

Rainer Gebhard war überrascht.

»Um Jessika? Was gibt es meine Tochter betreffend, das ein Priester mit mir besprechen will?«

»Sie hat mich heute Morgen im Pfarrhaus aufgesucht und war sehr verzweifelt«, begann Thielsen vorsichtig.

Mit einem Schlag war alle Freundlichkeit aus dem Gesicht des großen Mannes verschwunden.

»Geht es etwa um ihre fixe Idee, diesen Nichtsnutz zu heiraten? Darüber brauchen wir uns nicht zu unterhalten, das kommt überhaupt nicht infrage.«

Thielsen hob beschwichtigend die Hände.

»Einen Moment, Herr Gebhard. Es gibt da ein wichtiges Detail, das Sie noch nicht wissen.«

Gebhard schien einen Moment nachzudenken. Dann lief er rot an und schlug mit der Faust auf den Tisch.

»Erzählen Sie mir nicht, dass sie ein Kind von dem Kerl erwartet!«

Thielsen nickte. »Doch, das ist es, was ich Ihnen sagen wollte.«

Gebhard sprang auf und begann zu schreien: »Verdammte Sauerei! Dem drehe ich den Hals um! So ein Dreckskerl, der ...« Plötzlich schien ihm einzufallen, wer vor ihm saß. Er fuhr sich durch die Haare und ließ sich wieder in seinen Chefsessel fallen. »Entschuldigen Sie bitte, Herr Pfarrer, aber ich bin einfach fassungslos. Das hat dieser Erbschleicher mit Absicht getan!«

Gebhard griff zum Telefon, tippte auf eine Taste und sagte in den Hörer.

»Rufen Sie bei mir zu Hause an. Jessika soll sofort herkommen. Ich habe mit ihr zu reden.«

Als er aufgelegt hatte, sah er Thielsen wieder an.

»Herr Pfarrer, ich danke Ihnen für die Information. Ich weiß, was ich zu tun habe, und das wird sicherlich nicht in Ihrem Sinne sein. Deshalb ist es vielleicht besser, Sie gehen, bevor Jessika hier ist.«

»Sie unterschätzen mich, Herr Gebhard. Ich bin ein aufgeschlossener Mensch und vertrete einen modernen Zweig der Kirche. Darf ich fragen, wie die Lösung des Problems Ihrer Meinung nach aussieht?«

Gebhard legte die Unterarme auf die Tischplatte und faltete wieder die Hände. Sein Gesichtsausdruck vermittelte dem Priester eine Ahnung davon, was für ein schonungsloser Verhandlungspartner er sein konnte.

»Nun gut, wenn Sie es denn unbedingt wissen wollen: Ich werde dafür sorgen, dass es keinen Grund mehr für diese Hochzeit gibt. Bitte ersparen Sie mir jeglichen gottesfürchtigen Kommentar. Ich gehe regelmäßig in die Kirche und habe beträchtliche Summen gespendet, aber in solchen Dingen lasse ich mir nicht reinreden. Auch nicht von einem Mann Gottes.«

»Was wäre, wenn ich Ihnen raten würde, Ihre Tochter nicht zu irgendeinem Scharlatan zu schleppen, der sie vielleicht für immer unfruchtbar macht, sondern sie mir anzuvertrauen? Ich habe Beziehungen und kann dafür sorgen, dass der Eingriff professionell unter den besten medizinischen Bedingungen erfolgt.«

Gebhard riss die Augen auf.

»Sie haben *was*? Wollen Sie damit sagen, dass Sie, ein katholischer Priester, meiner Tochter zu einer Abtreibung raten wollen und diese dann auch noch in die Wege leiten? Ich muss Sie wohl falsch verstanden haben.«

Thielsen schüttelte lächelnd den Kopf und faltete die Hände.

»Ich sagte es bereits, ich vertrete eine zwar noch kleine, aber doch entschlossene Gruppe von Geistlichen, die die alltäglichen Probleme der Menschen verstehen, und ihnen helfen wollen, sie zu meistern. Nach unserer Auffassung kann es nicht im Sinne Gottes sein, vermeidbares Leid auf sich zu laden. Wenn wir entsprechende Unterstützung erhalten, werden wir schnell wachsen und immer mehr Menschen in Not wirklich helfen können. Ich bitte Sie, mir zu vertrauen und mich mit Jessika reden zu lassen.«

In Rainer Gebhards Blick lag eine Mischung aus ungläubigem Staunen und Misstrauen, doch schließlich nickte er.

»Mein lieber Herr Pfarrer Thielsen, Sie sehen mich mehr als überrascht. Aber wenn es Ihnen wirklich gelingen sollte, dieses Problem zu lösen, ohne dass meine Tochter mich anschließend dafür hasst, können Sie auf meine Unterstützung zählen, wo immer Sie sie benötigen.«

Nach einem etwa halbstündigen Gespräch mit Pfarrer Thielsen sah Jessika ein, dass es besser für alle Beteiligten war, wenn ihre Hochzeit nicht übereilt stattfand, sondern ihr Vater erst die Möglichkeit bekam, Daniel in Ruhe kennenzulernen. Erst hatte sie sich gegen eine Abtreibung gewehrt, aber dass sogar ein Geistlicher der katholischen Kirche ihr dazu riet, überzeugte sie schließlich.

Am gleichen Abend führte Thielsens Verbindungsmann ein Gespräch mit Dietmar Krämer in Südafrika, der dann seinerseits Professor Glassmanns in Aachen wegen eines Termins für Jessika Gebhard anrief.

Die Bruderschaft der Simoner hatte einen neuen und vor allem zahlungskräftigen Gönner gewonnen.

Jürgen Dengelmann drehte sich mit tief in den Nacken gelegtem Kopf um die eigene Achse. Sein Blick streifte den bronzenen Bernini-Baldachin über dem Altar und glitt dann über die lateinischen Worte am unteren Rand der Kuppel. *Du bist Petrus und auf diesen Felsen werde ich meine Kirche bauen. Dir werde ich die Schlüssel des Himmelreiches geben,* übersetzte er in Gedanken. Jürgen wusste, dass jeder dieser goldenen Buchstaben zwei Meter hoch war. Dass sie von unten betrachtet so klein erschienen, machte ihm einmal mehr die gewaltigen Ausmaße der Kirche bewusst. Sie war so gigantisch, dass er jegliches Gefühl für Entfernungen und Relationen verloren hatte. Schon beim Betreten des Petersdoms hatte er lange Zeit nur am Eingang gestanden und gestaunt. Er konnte die mit Ornamenten reich verzierten Bögen der Decke des Mittelschiffs in fünfundvierzig Metern Höhe sehen und hatte trotzdem das Gefühl, im Freien zu stehen.

Er wandte sich nach links und setzte sich im Seitenschiff vor einem der Altäre auf eine Holzbank. Es herrschte Hochbetrieb an diesem Morgen. In kleinen Herden trotteten die Menschen ihren Fremdenführern hinterher. Andere standen einzeln oder zu zweit staunend vor den kostbaren Statuen und Gemälden und erzeugten mit ihren Fotoapparaten wahre Blitzlichtgewitter. Dazwischen schritten Männer, wie er ganz in Schwarz gekleidet, besonnen über den Marmorboden. In ihren Gesichtern glaubte Jürgen zu erkennen, dass sie sich hier ihrem Herrn ganz nahe fühlten. Er lehnte sich zurück und ließ die Pracht auf sich wirken. Anders jedoch als wohl bei den meisten der anwesenden Geistlichen kreisten seine

Gedanken dabei nicht um Gott, sondern um seine neue Tätigkeit.

Er hatte einen entscheidenden Schritt getan. Einige Mitglieder der Bruderschaft waren schon vor ihm nach Rom gekommen, doch sie bekleideten überwiegend unbedeutende Posten. Er jedoch würde an diesem Tag seine Aufgabe als ranghohes Mitglied der neuen Behörde übernehmen. Ursprünglich hatte Bischof Frenzen ihn als Sekretär für die Vatikanbank vorgesehen, was Jürgen schon als absoluten Glücksfall empfand. Als Bischof Benning ihm jedoch kurz vor der Abreise nach Rom mitteilte, der Papst selbst habe ihn der neuen vatikanischen Finanzaufsichtsbehörde zugeteilt, konnte er sein Glück kaum fassen. Von Papst Klemens XV. höchstpersönlich würde er die Befugnis erhalten, die finanziellen Verhältnisse der einzelnen Administrationen zu prüfen. Und er würde sie prüfen!

Damit saß er an einer für die Bruderschaft unschätzbar wichtigen Stelle. Selbst sein Erzrivale Friedrich von Keipen hatte ihm durch seinen Kontaktmann zu dem Erfolg gratulieren lassen; für Jürgen eine innere Genugtuung. Nach einem Blick auf seine Armbanduhr erhob er sich und durchquerte den Dom in Richtung des hinteren Ausgangs. Immer wieder musste er dabei Touristen ausweichen, die nicht darauf achteten, wohin sie gingen, sondern wie hypnotisiert ihre Blicke staunend zur Decke oder auf einen der Kunstschätze richteten.

Endlich im Freien angelangt, passierte er eine nicht enden wollende Menschenmenge, die sich wie eine dicke Schlange mit buntem Leib auf den Petersdom zubewegte. Er wandte sich nach rechts und ging unter den Kolonnaden hindurch zu einem Nebeneingang des Vatikans, der nur wenige Meter vom Campo Santo Teutonico, dem geschichtsträchtigen deutschen Friedhof, entfernt war.

Der junge Schweizer Gardist ließ ihn passieren, nachdem Jürgen ihm ein Schreiben von Dr. Reinert, dem Leiter des Campo Santo, gezeigt hatte. Das Treffen war von Bischof Benning für ihn arrangiert worden. Dr. Reinert stammte aus Trier und sollte Jürgen während seiner ersten Tage im Vatikan ein wenig unterstützen.

Eine Minute später betrat er durch ein kleines, in die hohe Mauer eingelassenes, schmiedeeisernes Tor den Friedhof, der mit seinen farbenfrohen Blumenbeeten und den Zypressen und Palmen einem tropischen Garten ähnlicher sah als einer letzten Ruhestätte. Im Laufe der Jahrhunderte hatten hier Prälaten und Aristokraten ebenso wie Künstler und Pilger ihre ewige Ruhe gefunden. Mit ihrer kleinen Kirche, in deren intimer Stille Pilgergruppen ungestört vom Touristenstrom ihre Andacht feiern konnten, bildete diese nach dem Lateranvertrag von 1929 als exterritorial geltende Stätte einen Treffpunkt für Deutschrömer und Besucher aus deutschsprachigen Ländern.

Jürgen blieb für einen Moment stehen und genoss die Stille. Nach dem Gedränge im Petersdom erschien ihm dieser Platz wie eine andere Welt. Sein Blick glitt über verwitterte Grabplatten mit deutschen Inschriften, verweilte auf Gedenktafeln, die von einer bunten Pflanzenpracht eingerahmt waren, und richtete sich schließlich auf das zweistöckige Gebäude, das im rechten Winkel an die kleine Kirche gebaut worden war. Hinter einem der Fenster im ersten Stock nahm er eine schemenhafte Bewegung wahr. Er machte zwei Schritte auf das Gebäude zu und erkannte eine dunkle Gestalt, die sich gerade anschickte, das Fenster zu öffnen.

Ein älterer Mann mit silbergrauem Haar lehnte sich aus dem Fenster und winkte ihm zu.

»Moment, ich komme herunter und öffne Ihnen die Tür.«

Eine Minute später streckte der in Schwarz gekleidete Mann Jürgen freundlich lächelnd die Hand entgegen.

»Willkommen in Rom, Herr Dengelmann. Ich bin Günther Reinert. Ich hoffe, Sie hatten eine angenehme Reise.«

»Danke, ja.« Jürgen zeigte mit einer ausladenden Geste über den Friedhof. »Ein richtiges kleines Paradies haben Sie hier.«

Dr. Reinert sah Jürgen mit einem seltsamen Blick an.

»Aber genau das ist es doch, was uns nach dem Tod erwartet. Das Paradies. Oder nicht?«

Jürgen fühlte sich unter dem Blick dieser wachen grauen Augen plötzlich unbehaglich. Eine innere Stimme mahnte ihn zur Vorsicht.

»Ja, natürlich«, antwortete er schnell.

Noch zwei, drei Sekunden betrachtete Reinert ihn, dann nickte er, wie zum Zeichen, dass er mit der Antwort zufrieden war. Er legte Jürgen eine Hand auf den Arm und schob ihn sanft an sich vorbei, während er mit der anderen Hand auf die offene Tür zeigte.

»Aber bitte, gehen wir doch hinein.«

Den einzigen Luxus in Dr. Reinerts kleinem Büro bildete ein wandfüllendes Bücherregal, in dem dicke, meist in Leder gebundene Werke aufgereiht waren. Gegenüber des Schreibtischs, der für den Raum zu groß erschien, standen drei altmodische Polstersessel um einen niedrigen Holztisch. Während Jürgen sich in einen der Sessel setzte, dachte er sich, dass er unmöglich in diesen beengten Verhältnissen arbeiten könnte. Er fragte sich, ob sich in dem Gebäude kein größeres Zimmer für ein Büro hatte finden lassen.

Reinert nahm Jürgen gegenüber Platz.

»Tja, Herr Dengelmann, nun beginnt für Sie also ein neuer Abschnitt im Dienste der Kirche. Die meisten Priester betrachten den Ruf Roms als eine große Ehre. Wie denken Sie darüber?«

Wieder dieser seltsame Blick, forschend, fast lauernd, Überlegenheit ausstrahlend. Erneut beschlich Jürgen die

Ahnung, dass er sich vor diesem Mann in Acht nehmen musste, ohne dass er genau hätte beschreiben können, warum. Trotz dieses unbestimmten Gefühls gelang ihm ein Lächeln.

»Natürlich ist es eine große Ehre und ich weiß nicht, ob ich es wirklich verdient habe, hier zu sein. Aber ich werde mit Gottes Hilfe versuchen, meiner neuen Aufgabe im Sinne der Kirche gerecht zu werden.«

Reinert nickte, als hätte er genau diese Antwort erwartet.

»Im Sinne der Kirche, ja. Bischof Benning hat dafür gesorgt, dass Ihnen der Ruf eines Finanzexperten vorausgeeilt ist. Schon seit einiger Zeit taucht Ihr Name immer wieder einmal auf, wenn Geldangelegenheiten zur Sprache kommen, und es war nur eine Frage der Zeit, wann man Sie herbeordern würde. Ich muss gestehen, dass ich von finanziellen Dingen nur so viel verstehe, wie ich für meine Funktion als Leiter des Campo Santo wissen muss. Meiner Meinung nach liegt die Hauptaufgabe eines Geistlichen nicht im Beschaffen und Verwalten von Geld.« Er machte eine kurze Pause, als wolle er Jürgen die Möglichkeit geben, etwas dazu zu sagen. Als der ihn nur mit bemüht neutralem Blick ansah, fuhr er fort: »Aber natürlich müssen auch die Finanzen der Kirche verwaltet werden. Wie denken Sie über das ursprüngliche Wesen einer ›armen Kirche‹, Herr Dengelmann?«

Die Frage war nicht so überraschend, wie Reinert sich das vielleicht gedacht hatte, und diese Erkenntnis gab Jürgen neue Sicherheit. Er hatte mit etwas Ähnlichem gerechnet. Reinert versuchte seine Geisteshaltung herauszufinden und Jürgen würde ihn bedienen.

»Ich denke, eine ›arme Kirche‹ definiert sich nicht an dem Vermögen, das sie hat, sondern an dem Handeln ihrer Mitglieder. Solange wir als Diener dieser Kirche nicht in Reichtum leben und unsere finanziellen Mittel im

Sinne der Menschlichkeit und Nächstenliebe einsetzen, handeln wir nicht gegen die Gebote unseres Herrn, sondern in deren Sinne. Würde die Kirche heute alle ihre Kunstschätze und Immobilien verkaufen und die gesamten Mittel an die Bedürftigen dieser Welt verschenken, wäre vielen Menschen auf einen Schlag erst einmal geholfen. Doch nach kürzester Zeit – dann, wenn das Geld aufgebraucht wäre – würde es eben diesen Bedürftigen schlechter ergehen als jemals zuvor, denn wir hätten keine Möglichkeit mehr, sie zu unterstützen. Kindergärten, Sozialstationen und Krankenhäuser müssten geschlossen werden, Abertausende von Menschen auf der ganzen Welt würden hungern. Es würde keine Missionare mehr geben, denn wir könnten die Missionen nicht mehr unterhalten. Die Menschen würden uns letztendlich vorwerfen, sie im Stich gelassen und unverantwortlich gehandelt zu haben. Aus Gläubigen würden Zweifler, die sich schließlich abwenden würden, weil sie kein Vertrauen mehr in die Kirche und zu Gott hätten. Wir wären nur noch eine Ansammlung handlungsunfähiger Bettler, zum untätigen Zusehen verurteilt. Nein, Dr. Reinert, ich denke nicht, dass eine ›arme Kirche‹ das ist, was Gott von uns möchte. Ich glaube, wir sollten bemüht sein, das Vermögen der Kirche auszubauen, um Gutes zu tun, wo immer es nötig ist. Ich bin dem Ruf nach Rom mit Freude gefolgt, denn ich folge damit meinem Glauben.«

Eine lange Pause entstand. Dr. Reinert hatte den Kopf gesenkt. Es sah aus, als ob er in sich gekehrt ein Gebet sprach. Plötzlich stand er auf und ging zu dem kleinen Fenster, das über den tropischen Friedhof einen Blick auf den Petersdom erlaubte. Er verschränkte die Hände hinter dem Rücken.

»Im Vatikan gibt es eine Menge Geistlicher, die von der neuen Behörde, der Sie ja nun angehören, nicht sehr erbaut sind.«

Mit einem Ruck drehte er sich um und schenkte Jürgen wieder dieses freundliche Lächeln, das höchste Aufmerksamkeit in ihm auslöste. Jürgen sah ihn in gespannter Erwartung an. Er hatte das deutliche Gefühl, dass Reinert noch nicht fertig war. Die eigentliche Aussage, der Bezug zu ihm, fehlte noch.

Aber Reinert blieb sie ihm schuldig. Stattdessen kam er wieder zu der Sesselgruppe zurück und setzte sich.

»Ich wünsche Ihnen jedenfalls alles Gute für Ihre verantwortungsvolle Tätigkeit. Doch nun erzählen Sie mir ein wenig über Trier und Bischof Benning. Ich war lange nicht mehr dort. Darf ich Ihnen einen Kaffee anbieten?«

Es war unheimlich, wie schnell dieser Mann von substanziellen Fragen zu oberflächlicher Plauderei umschalten konnte. Jürgen erzählte ihm also von Dr. Bennings Magengeschwür und von neuen Projekten, die der Bischof in Trier vorhatte. Zwischendurch hatte Reinert immer wieder Fragen über Geistliche und Politiker in Trier, die er von früher kannte. Jürgens zukünftige Tätigkeit wurde mit keinem Wort mehr erwähnt und er war froh darüber. Als sie sich nach einer Stunde trennten, versicherte Dr. Reinert ihm, er könne sich jederzeit an ihn wenden, wenn er Hilfe benötigte. Dann händigte er ihm einen Passierschein aus, den er brauchen würde, um sich innerhalb der Vatikanstadt frei bewegen zu können. Bis er seinen eigenen Ausweis erhielte, würde es sicherlich noch einige Tage dauern.

Jürgen steckte das offizielle Schreiben in die Tasche und dankte dem Leiter des Campo Santo. Er ignorierte den wachsamen Blick, mit dem er dabei beobachtet wurde.

Als er den Friedhof durch das eiserne Tor verließ, sah er auf die Uhr und stellte fest, dass er bis zu seinem Antrittsbesuch bei dem Leiter der Behörde, Kardinal Bertulli, noch fast eine ganze Stunde Zeit hatte. Jürgen beschloss, einen Spaziergang durch die Vatikanischen Gärten zu machen, von deren Pracht er schon viel gehört hatte.

Er wandte sich nach links und ging an den gewaltigen Mauern des Petersdoms vorbei auf ein kleines Wachhäuschen zu, vor dem ein junger Mann in der farbenprächtigen, historischen Uniform der Schweizer Garde stand und ihm ernst entgegensah. Nachdem der Soldat einen kurzen Blick auf Dr. Reinerts Schreiben geworfen hatte, salutierte er und ließ Jürgen passieren.

Durch ein steinernes Tor mit Rundbogen betrat Jürgen kurz darauf die Vatikanischen Gärten. Der schmale Weg schlängelte sich in lang gezogenen Serpentinen einen flachen Hügel empor, der mit saftig grünem, frisch gemähtem Rasen bewachsen war. Farbigen Tupfern gleich waren Blumeninseln auf der Grünfläche verteilt, in deren Zentren sich hohe Palmen gegen den Himmel streckten. Im Vergleich zum kleinen Campo Santo mit seiner wild anmutenden Bepflanzung wirkte hier alles geordneter, gepflegter, künstlicher. Jürgen zog ein Taschentuch hervor und tupfte sich damit über die Stirn, auf der sich kleine Schweißperlen gebildet hatten. Das mediterrane Klima in Rom verlieh der Sonne schon im Mai eine enorme Kraft und die schwarze Kleidung sowie die ansteigende Straße trugen ihren Teil dazu bei, ihn außer Atem kommen zu lassen. Neben der ersten Biegung war eine etwas größere Blumeninsel angelegt worden und die im Schatten der Palme stehende Bank wirkte auf Jürgen wie eine willkommene Einladung.

Ächzend ließ er sich auf die Sitzfläche aus fein gehobelten Holzbrettern fallen, atmete tief ein und ließ den Blick über das Gelände schweifen. Wenn er nach links sah, hatte er eine herrliche Sicht auf die Rückseite des Petersdoms. Auf der rechten Seite ragte in etwa fünfhundert Metern Entfernung die Antennenspitze von Radio Vaticana hinter den Baumwipfeln hervor.

Jürgen lehnte sich zurück und betrachtete die lang gezogenen Gebäude auf beiden Seiten des Doms. Er musste lachen. Dort unten saßen sie, die Kurienkardinäle und

Bischöfe, die Priester und päpstlichen Räte, und brüteten darüber, wie sie sich und ihre Kirche vor der Ausbreitung des Kommunismus bewahren konnten, nicht ahnend, dass direkt hinter ihnen, im Grün der vatikanischen Gärten, einer der Männer saß, die eben diese Kirche zum Aufbau einer gottlosen Weltherrschaft benutzen würden. Er hatte einen Passierschein in der Tasche und würde in weniger als einer Stunde ein Amt antreten, das ihm Tür und Tor zur Zielgerade öffnen sollte. Sein Lachen wurde noch breiter. Er hatte von Anfang an gespürt, dass er eine Schlüsselrolle spielen würde, und wenn er es geschickt anstellte, würde selbst dieser überhebliche Friedrich von Keipen ihm ewig dankbar sein müssen. Jürgen schloss die Augen und stellte sich vor, wie der Papst ihn im Petersdom zum Bischof weihte. Das nächste Etappenziel ...

Seit Tagen schon regnete es ohne Unterbrechung. Das war ungewöhnlich um diese Jahreszeit. Meist erlebte man solche Regenfälle in den Sommermonaten.

Sie saßen im Wohnzimmer vor dem Kamin, in dem die Flammen sich gierig in die trockenen Holzscheite fraßen.

Friedrich betrachtete das Schauspiel mit entrücktem, glasigem Blick. Es schien, als habe er seine Umgebung vergessen, wüsste nicht mehr, dass Scholler, Krämer, Dr. Fissler und Hans seitlich von ihm saßen und darauf warteten, dass er ihnen den Grund für das abendliche Treffen verriet. Sein linker Arm hing seitlich herab, die Hand hatte er in das Fell seines Hundes vergraben. Langsam und monoton bewegte sie sich hin und her, als treibe ein mechanisches Werk sie an.

Friedrich beobachtete, wie die Flammen an der Rinde des obersten Scheits leckten, als wollten sie ihn umgarnen, ihn hypnotisieren mit ihrem wiegenden Tanz, bevor sie mit ihrem vernichtenden Werk begannen. Wie um ein letztes Aufbäumen vor dem unausweichlichen Ende zu demonstrieren, knackte das Holz laut, und unter der Kraft der Hitze schoss ein kleines Stück an Friedrichs Sessel vorbei in den Raum. Der Versuch, wenigstens einen kleinen Teil von sich vor dem Untergang zu bewahren.

Friedrichs Gesicht verzog sich bei dem Gedanken zu einem Grinsen, das seinem vom Widerschein des Feuers rötlichen Gesicht im Zusammenspiel mit den glänzenden Augen einen diabolischen Ausdruck verlieh.

Schließlich riss er sich von dem Bild los und sah die Männer an.

»Sehr interessant, so ein Kaminfeuer.«

Mit dem Kopf deutete er zu den Flammen hin.

»Jahrzehntelang ist der Baum gewachsen. Er hat Stürmen und sengender Hitze getrotzt, ist immer größer geworden und immer mächtiger. Als er so groß war, dass er sich vor keinem Unwetter mehr fürchten musste, und schon glaubte, bis in die Ewigkeit zu überdauern, da kamen plötzlich wir daher, fällten ihn und nutzten ihn für unsere Zwecke.«

Sein Blick wanderte über die Gesichter der Männer, die ihm interessiert zuhörten. Dann stand er auf und hob das Stück Rinde auf. Er warf es zurück in die Flammen und begann, vor dem Kamin auf und ab zu gehen.

»Wir haben uns heute getroffen, weil es an der Zeit ist, die Axt am Stamm der Kirche anzusetzen. In den letzten Jahren haben wir uns in akribischer Kleinarbeit in ihrem Blätterwerk verteilt und festgesetzt. Einige unserer Leute sind bis an ihr Wurzelwerk in Rom vorgedrungen. Gerade vor ein paar Wochen hat Dengelmann eine sehr wichtige Funktion im Vatikan übernommen und damit einen bedeutenden Schritt getan.

Immer mehr der jungen Priester lassen sich von unseren Leuten überzeugen, dass es an der Zeit ist, einen frischen Wind durch die staubigen Hallen der Kirche fegen zu lassen. Sie schließen sich uns an in dem festen Glauben, der Kirche etwas Gutes zu tun. Wenn sie irgendwann erkennen, *wie* sehr sich die katholische Kirche unter unserer Führung verändern wird, ist es zu spät für eine Umkehr. Aber ...« Friedrich blieb stehen und hob den Zeigefinger. »Aber wir müssen bedenken, diese Entwicklung bringt natürlich mit sich, dass immer öfter über unsere Priester als unerwünschte Reformer oder gar als Querulanten geredet wird. Man wird auch in Rom davon erfahren und sich dagegen zur Wehr setzen. Wir müssen uns darauf einstellen, dass die Kurie nicht untätig zusieht, wie ihre Kirche von innen heraus verändert wird. Aus diesem

Grunde habe ich mich mit Klaus Barion in Bolivien in Verbindung gesetzt. Er wird uns in den nächsten Tagen einige seiner besten Ausbilder schicken. Diese Männer werden uns dabei helfen, eine kleine Eingreiftruppe zusammenzustellen und zu trainieren, damit wir für alle Eventualitäten gerüstet sind.«

»Was genau soll die Aufgabe dieser *Eingreiftruppe* sein?« Es war Dr. Fissler, der diese Frage gestellt hatte.

Friedrich sah ihn an und lächelte, als hätte er sie erwartet.

»Nun, wie ich eben schon erwähnte, werden wir ab jetzt etwas aggressiver vorgehen und müssen damit rechnen, dass einige Traditionswahrer der Kirche beginnen, Fragen zu stellen. Vielleicht wird der eine oder andere so viele Fragen stellen, dass er uns Schwierigkeiten machen könnte. Für diese neugierigen Männer wird die Eingreiftruppe zuständig sein.«

Eine kleine Pause entstand, in der Dr. Fissler nachdenklich den tanzenden Flammen im Kamin zusah. Dann schüttelte er den Kopf.

»Ich verstehe es noch immer nicht, Friedrich. Wie sieht diese Zuständigkeit aus? Was wird die Truppe in einem solchen Fall unternehmen?«

Friedrich ging in die Hocke und kraulte Joss den Nacken, der ihm schwanzwedelnd dafür dankte. Ohne aufzusehen sagte er: »Die Truppe wird dafür zuständig sein, diese Männer aus dem Weg zu räumen.« Einige Sekunden lang herrschte Stille, nur unterbrochen vom Knistern der brennenden Holzscheite im Kamin. Dann sagte Dr. Fissler leise, so, als spreche er zu sich selbst: »Mord!«

»Ja, Werner. Mord! Was, hast du gedacht, würden wir tun, wenn die heiße Phase beginnt?« Friedrich ließ von Joss ab und richtete sich wieder auf. Er wandte sich direkt an den alten Arzt, dessen Gesicht Fassungslosigkeit ausdrückte.

»Was, glaubtest du, würden wir unternehmen, wenn der unausweichliche Moment kommt, in dem jemand auf uns aufmerksam wird? Dachtest du, wir würden mit der Schulter zucken und sagen: ›Schade, sie haben es gemerkt. Nun war alles umsonst. All die Jahre waren vergebens, alle Investitionen verschleudert, aber wir können es ja ein anderes Mal wieder versuchen?‹

So ganz nebenbei übernehmen wir die katholische Kirche samt Vermögen und Macht, und wenn jemand etwas dagegen hat, dann bieten wir ihm unsere Wange an, um uns zu schlagen? Nach dem Motto, liebe deine Feinde? Nein, Werner, das kannst du nicht wirklich geglaubt haben.

Wir haben ein großes Ziel. Ein unglaubliches Ziel. Enorme Summen sind für dieses Ziel geflossen und über zwei Jahrzehnte harter Arbeit investiert worden. Wir sind schon sehr weit gekommen und nun wird es ernst. Du kannst unmöglich so naiv gewesen sein, zu glauben, wir könnten unser Ziel ganz ohne den Einsatz von Gewalt erreichen. Die Kirche selbst hat früher die Menschen mit Folter und dem Schwert bekehrt, hat die Köpfe abgeschlagen, in die ihr Glaube partout nicht hineinwollte. Wir tun also nichts, was den hohen Herren im kostbaren Gewand nicht aus eigener Anwendung bekannt wäre.

Wir sind eine große Organisation, Werner. Jetzt schon mächtiger als mancher kleine Staat. Wir haben unsere eigenen Gesetze und diese Truppe wird unsere Polizei sein, die für die Durchsetzung unserer Gesetze sorgt. Wenn der Fall eintritt, wird es kein Mord sein, sondern die angeordnete Bestrafung von jemandem, der sich gegen unsere Gesetze gestellt hat. Das ist ebenso legitim wie jede Hinrichtung in den Vereinigten Staaten oder der Sowjetunion.«

»Und du, Friedrich, bist der oberste Richter, der die Todesstrafe nach eigenem Ermessen verhängt? Willst du uns das damit sagen?«

»Ja, Werner, der bin ich. Und ich werde sie verhängen, wenn es nötig ist. Über einen Gegner oder jemanden aus den eigenen Reihen, der unsere Gesetze gebrochen hat.«

Jeder der Männer vor dem Kaminfeuer hatte die deutliche Drohung verstanden.

Scholler, Krämer und Hans sahen intensiv den Flammen zu, erleichtert, dass nicht sie selbst gemeint waren, und tunlichst darauf bedacht, es auch dabei zu belassen.

Nur Dr. Fissler trotzte ruhig Friedrichs Blick.

»Mein Junge, ich habe es dir schon einmal gesagt, aber ich wiederhole mich gerne, falls du es vergessen hast: Es ist mir egal, wie sehr die anderen zittern, ich habe keine Angst vor dir. Mir ist klar, dass wir Druck ausüben müssen, um das Ziel der Simoner zu erreichen. Aber mir gefällt der Gedanke nicht, dass du eine Horde Männer befehligst, die nach deinem Gutdünken Menschen morden. Ich werde dich nicht daran hindern können, das ist mir klar. Aber auf keinen Fall werde ich dich dabei unterstützen.«

Der alte Mann stand auf und ging langsam, mit gesenktem Kopf auf die Tür zu. Sein gebeugter Körper drückte Resignation aus. Als er die Hand auf die Türklinke legte, drehte er sich noch einmal um und sah Friedrich an. »Für mich wirst du deine Mörderbande nicht brauchen, Friedrich. Ich bin ein alter Mann.«

Dann verließ er den Raum und schloss leise die Tür hinter sich.

Als er auf die Veranda trat, blieb er einen Moment stehen. Er blickte über den sandigen Vorplatz hinweg auf das große Gebäude, das sie die Aula nannten, und dachte an die Zeit zurück, als Hermann von Settler die Bruderschaft gegründet hatte. Es hatte ein anderes Klima geherrscht zu dieser Zeit. Hermann war von Anfang an sehr zielstrebig vorgegangen. Auch er hatte einige Menschenleben auf dem Gewissen, aber, so widersinnig es auch erscheinen mochte, Fissler hatte das Gefühl, dass Hermann verantwortungsvoller gehandelt hatte, als Friedrich es tat. Er hatte den folgenschweren Befehl nur dann gegeben, wenn es wirklich keinen anderen Ausweg mehr gab. Und zum ersten Mal stellte Werner Fissler die Bruderschaft infrage, überlegte, ob das, was sie taten, nicht ein gewaltiges Verbrechen war. Nachdenklich ging er zu seinem Wagen und ließ sich schwer in den Sitz fallen.

Den Weg zu seinem zehn Kilometer entfernten Haus legte er wie in Trance zurück. Als er in der Einfahrt den Motor abstellte, hätte er nicht sagen können, wer ihm unterwegs begegnet war, ob er angehalten oder was er am Straßenrand gesehen hatte. Seine Gedanken kreisten einzig um die Bruderschaft und Friedrich von Keipen. Achtlos warf er den Schlüssel auf die schwere Holztruhe in der Eingangshalle und ging auf direktem Weg in sein Arbeitszimmer, wo er hinter seinem Schreibtisch Platz nahm. Er legte die Hände an die Schläfen und schloss die Augen.

Die Worte Hermann von Settlers klangen ihm im Ohr, als er ihm zum ersten Mal von seiner Idee erzählt hatte.

Wir werden die Völker unter unserer Führung vereinen, Werner. Nicht mit einem Krieg, sondern mit Intelligenz. Wir bedienen uns der mächtigsten Organisation, die es auf diesem Planeten gibt, der Kirche.

Und er, Werner Fissler, hatte daran geglaubt. Er hatte den Plan für durchführbar gehalten und ihn unterstützt, auch wenn beiden Männern vollkommen klar gewesen war, dass sie den Erfolg keinesfalls mehr miterleben konnten. Aber vielleicht war es gerade diese Tatsache gewesen, die Werner davon überzeugt hatte, dass es seinem Freund nicht um persönliche Macht ging, sondern um einen Weg, seinem Heimatland die verdiente Führungsrolle zukommen zu lassen und der Welt einen dauerhaften Frieden zu ermöglichen.

Nun war Hermann tot und sein Nachfolger begann, die

gleichen Fehler zu machen wie der selbst ernannte größte Feldherr aller Zeiten dreißig Jahre zuvor.

Du kannst unmöglich so naiv gewesen sein, zu glauben, wir könnten unser Ziel ganz ohne den Einsatz von Gewalt erreichen.

Doch, so naiv war er in der Tat gewesen. Nicht ganz ohne Gewalt, aber mit deren überlegtem und kontrolliertem Einsatz. Keinesfalls hätte Hermann von Settler jemals in Betracht gezogen, eine Mördertruppe zusammenzustellen, die nach seinem alleinigen Gutdünken auf jeden losgelassen worden wäre, der ihm nicht passte.

Dass Friedrich von Keipen ein ganz anderer Mensch war als Hermann, war Werner von Anfang an klar gewesen. Aber niemals hätte er damit gerechnet, dass der Junge sich zu einer solchen Bestie entwickeln würde. Friedrich von Keipen war gefährlich, und Werner hatte das sichere Gefühl, dass er noch weitaus gefährlicher war, als irgendjemand auch nur annähernd ahnen konnte.

Hermanns Vision würde scheitern, wenn Friedrich mit seiner Mördertruppe den Boden vergiften würde, auf dem das neue Weltreich errichtet werden sollte. All die Jahre der Mühe und Arbeit wären umsonst.

Fissler atmete tief durch und nahm einen Bogen Briefpapier aus der Schreibtischschublade.

»Der gute Doktor wird alt«, sagte Friedrich und zuckte mit den Schultern, als wolle er damit ausdrücken: Schade, aber nicht weiter tragisch.

Innerlich jedoch war er aufgewühlt. Er hatte mit einem Einwand Fisslers fast gerechnet, war aber von dessen strikter Ablehnung überrascht worden. Doch damit würde er sich später beschäftigen.

»Aber gut, wenden wir uns wieder der Sache zu. Herr Krämer, wie schnell können Sie eine erste Mannschaft zusammenstellen?«

Dietmar Krämer war der einzige im Raum, den Friedrich mit ›Sie‹ anredete. Er hätte keinen bestimmten Grund dafür angeben können. Es hatte sich so ergeben.

Krämer lehnte sich zurück. »Ich werde alte Verbindungen wieder aufleben lassen. Es gibt einige Männer in den Reihen der Bundeswehr, hohe Offiziere, die mir viel zu verdanken haben. Dort werde ich ansetzen. Wenn wir unsere Truppe aus den Reihen der Soldaten rekrutieren, hat das den großen Vorteil, dass die Männer bereits eine Grundausbildung hinter sich haben. Ich lasse mir Listen geben mit Kandidaten, die geeignet erscheinen. Die werden in Deutschland überprüft und ich suche mir die Besten aus. Doch den Kontakt werde ich selbst herstellen. Ich vertraue dabei auf mein Gefühl, aber eben nur auf meines.«

Friedrich nickte. »In Ordnung. Wie lange?«

Krämer wackelte mit dem Kopf hin und her. »Ich rechne damit, in zehn bis zwölf Wochen die ersten Männer hier zu haben.«

Wieder quittierte Friedrich die Antwort mit einem kurzen Nicken, dann wandte er sich an den Anwalt. »Kurt, wie sieht es mit der Finanzierung aus?«

Scholler schürzte die Unterlippe. »Ich werde ein separates Konto eröffnen und einen monatlichen Betrag von der Simonischen Steuer dafür abzweigen. Wir könnten die Männer als Sicherheitsmannschaft für die kleinen Minen ausgeben, die wir in letzter Zeit gekauft haben. So stehen sie auf den Lohnlisten und wir brauchen nur den Differenzbetrag zu dem niedrigen, offiziellen Lohn von diesem Konto zu bezahlen. Damit wären dann auch eventuelle Nachfragen über die Existenz der Männer vom Tisch.«

»So machen wir es. Ergreife sofort alle notwendigen Maßnahmen und lass es mich wissen, wenn die Vorbereitungen abgeschlossen sind.«

Dann wandte er sich an Hans.

»Die Ausbilder, die Barion uns schickt, werden zusammen mit der Mannschaft im ehemaligen Internat wohnen. Barions Männer im Lehrertrakt, die Truppe in den Schülerräumen. Du kümmerst dich darum, dass dort alles vorbereitet wird. Sie bekommen einen eigenen Koch und Uniformen. Ich möchte, dass sie dort absolut autark agieren und sich nur innerhalb des Internatsgeländes aufhalten. Zumindest während der ersten Wochen. Sie sollen sich kennenlernen und aneinander gewöhnen. Es wird eine Eliteeinheit werden, um die uns jede Armee beneiden würde.«

Friedrich ließ den Blick über die Gesichter der drei Männer schweifen. »Wer weiß, vielleicht wird es irgendwann notwendig, dass ich einige von ihnen zu meinem eigenen Schutz abziehen muss. Das war alles, meine Herren.«

Die drei Männer erhoben sich schweigend und verließen den Raum.

Als sie ins Freie traten, sagte Scholler: »Eine eigene Schutztruppe – wieso erinnert mich das an einen Mann aus Deutschlands jüngerer Vergangenheit?«

Es sollte ein Scherz sein, aber niemand konnte so recht darüber lachen.

Mit einem Ruck blieb Scholler plötzlich stehen und fasste sich an den Kopf. »Nun habe ich etwas vergessen. Ich muss noch einmal kurz zu Friedrich.«

Er drehte sich um und ging wieder ins Haus, noch bevor einer der anderen Männer eine Frage stellen konnte.

Friedrich stand mit dem Rücken zu ihm am Fenster und wandte sich überrascht um, als er das Arbeitszimmer nach kurzem Anklopfen wieder betrat.

»Ja, was gibt es noch?«

Der Anwalt ging auf Friedrich zu und versuchte ein Lächeln.

»Friedrich, mir ging da noch etwas durch den Kopf,

das ich gerne loswerden möchte. Gestattest du, dass ich dir eine Frage stelle?«

»Solange es nur noch eine Frage ist, ja. Ich muss über Fisslers Auftreten hier nachdenken. Also, was ist noch?«

Scholler stand nun unmittelbar vor ihm und sah ihm fest in die Augen. »Diese Truppe, die du eben erwähnt hast. Die ist doch sicher nur für den absoluten Notfall gedacht, nicht wahr? Ich meine, du würdest doch nicht ...«

»Ich würde was nicht?«, unterbrach Friedrich ihn scharf. »Ich würde nicht wahllos jeden umbringen lassen, der mir unbequem ist? Ist es das, was dir durch den Kopf geht, Kurt?«

Scholler hielt dem eisigen Blick nicht länger stand und blickte zur Seite. »Ja, so ungefähr.«

Dann sah er ihn wieder an.

Friedrich betrachtete ihn einige Sekunden nachdenklich, dann verzogen sich seine Mundwinkel zu einem Lachen. Erst war es nur ein Lächeln, dann wurde es immer lauter, bis er schließlich schallend loslachte.

Kurt Scholler war verwirrt. »Warum lachst du über diese Frage?«

Es dauerte eine Weile, bis Friedrich wieder zu Atem kam und ihm antworten konnte. »Ich lache, weil ich es zum Brüllen komisch finde, dass jemand, der mit seinen eigenen Händen einen Menschen mit einem Kissen erstickt, es sich leistet, ein Gewissen zu haben. Ich lache, weil dieser eiskalte Mörder hier vor mir steht wie ein Pennäler, der sich vor Angst in die Hose genässt hat, Herr Rechtsanwalt.«

Scholler senkte den Blick und sagte leise: »Das war etwas anderes, Friedrich. Das habe ich getan, weil es um meine Existenz ging.«

»Ach! Und was, denkst du, tue ich hier? Ich tue das, was getan werden muss, um die Existenz von über eintausend Menschen zu schützen. Wer von uns beiden ist nun der Schlimmere? Derjenige, der jemanden um des eigenen Vorteils willen umbringt, oder der, der eine Schutztruppe zusammenstellt, die das Leben von tausend Menschen schützen soll? Was sagt Ihr Rechtsempfinden dazu, Herr Anwalt?«

Scholler nickte und sah wieder auf. Erneut trafen sich ihre Augen und dieses Mal hielt er dem Blick stand. Mit fester Stimme sagte er: »Ja, du hast wohl Recht. Ich wollte einfach nur wissen, ob diese Männer wirklich nur im absoluten Notfall eingesetzt werden. Ich wollte wissen, ob ich das, was du vorhast, noch mit dem Gewissen vereinbaren kann, das ich nach deiner Meinung nicht mehr haben dürfte. Aber es ist noch existent. Abgestumpft vielleicht, aber nicht tot.«

Friedrich bemerkte, dass sich Schollers Stimmung innerhalb von Sekunden gewandelt hatte. War der Anwalt gerade noch ängstlich erschienen, glaubte Friedrich nun so etwas wie Trotz in diesen Augen zu erkennen. Sein Kopf arbeitete auf Hochtouren. Es war ihm zuwider, mit einem Angestellten über seine Entscheidungen zu diskutieren. Andererseits konnte er es sich nicht leisten, nach Fissler nun auch noch Scholler gegen sich zu haben.

Sein Gesicht verzog sich wieder zu einem Lächeln, als er Scholler die Hand auf die Schulter legte.

»Mach dir keine Sorgen, Kurt. Die Truppe ist nur für den äußersten Notfall gedacht. Wer weiß, vielleicht werden wir sie nie einsetzen müssen. Ich möchte einfach nur auf Nummer sicher gehen. Wir sind schon zu weit, als dass wir ein Risiko eingehen können. Das verstehst du doch hoffentlich, oder?«

Langsam nickte Scholler. Er war noch nicht ganz überzeugt, das merkte Friedrich, aber beruhigt war er.

»Gut! Dann hoffe ich, ich konnte dein ›Gewissen‹ beruhigen und wir können nun wie geplant weitermachen. Ich wünsche dir noch einen Guten Abend.«

Damit wandte er sich ab und sah wieder aus dem Fenster.

Als Scholler gegangen war, legte Friedrich ein paar Holzscheite nach, nahm aus dem schweren Vitrinenschrank neben dem Kamin eine reich verzierte Glaskaraffe und goss sich daraus ein Glas französischen Rotwein ein. Damit setzte er sich vor den Kamin und starrte in die Flammen.

Seine Gedanken kreisten wieder um Dr. Fissler.

Schon mehrfach hatte der alte Arzt ihm in letzter Zeit klargemacht, dass er mit Friedrichs Art der Führung nicht immer einverstanden war. Selbst zu seiner Ehe hatte er schon seine Kommentare abgegeben.

Und nun das. Im Beisein seiner engsten Vertrauten hatte er ihn offen kritisiert. Nicht nur das, der alte Fuchs hatte mit seinem theatralischen Abgang vorgebaut. Wenn Friedrich nun etwas gegen ihn unternahm, wusste jeder der Anwesenden, was und vor allem wer dahintersteckte. Die Männer waren ihm ohne Zweifel treu ergeben, aber wenn er einen aus ihren Reihen beseitigen ließ, könnte das zu Missstimmung und sogar Misstrauen führen. Das konnte er im Moment weniger gebrauchen denn je. Die Eingreiftruppe war ein heikles Thema, denn letztendlich war sie genau das, was Werner gesagt hatte: ein Mordkommando, das Friedrichs alleinigem Befehl unterstand. Wenn nun …

Das Geräusch der sich öffnenden Tür und Joss' gleichzeitiges Knurren rissen Friedrich aus seinen Gedanken. Wütend fuhr er herum, fest der Meinung, Scholler wäre noch einmal zurückgekommen.

Es war Evelyn.

»Störe ich dich?« Sie warf einen kurzen, unsicheren Blick auf den Hund, der ihr mit hochgezogenen Lefzen leise knurrend entgegensah.

Friedrich richtete sich auf und schlug Joss mit einer

schnellen Bewegung auf die Nase, woraufhin er sofort verstummte und sich mit eingezogenem Schwanz wieder zu seinen Füßen legte.

»Nein, nein, komm nur, setz dich zu mir.« Er stand auf. »Möchtest du ein Glas Wein?«

Sie nahm in dem Sessel Platz, in dem kurz zuvor noch der Arzt gesessen hatte. »Ja, gerne.«

Während Friedrich die rote Flüssigkeit einschenkte, fiel ihm auf, dass er so etwas wie verhaltene Freude über Evelyns Anwesenheit empfand. In letzter Zeit kamen sie recht gut miteinander aus, was nicht zuletzt daran lag, dass sie sich nicht mehr in die Belange der Bruderschaft einmischte. Auch redete sie ihm nicht mehr in seinen Teil der Kindererziehung hinein, zumindest was Hermann betraf.

Franz war für Friedrichs Geschmack zu weich und er sah schon den nächsten Kampf mit Evelyn auf sich zukommen, wenn er damit beginnen würde, einen richtigen Jungen aus ihm zu machen.

»Gab es Probleme?«

Sie fragte es beiläufig, als hätte sie sich nach dem Wetter erkundigt, und sah dabei in die Flammen.

Friedrich hielt ihr das halbvolle Glas entgegen.

»Probleme? Nein. Wie kommst du darauf?«

»Ach, ich dachte nur. Eben sah ich Werner aus dem Haus gehen. Ich habe ihn gerufen, aber er reagierte nicht. Er machte auf mich einen ziemlich geistesabwesenden Eindruck, ganz anders als sonst.«

»Nun ja, wir hatten eine kleine Meinungsverschiedenheit, nichts von Bedeutung. Du kennst ihn, er kann manchmal sehr aufbrausend sein. Er hat sich geärgert und unsere Sitzung früher verlassen.«

Zur Unterstreichung der Unwichtigkeit und auch um das Thema zu beenden, winkte Friedrich ab. »Morgen wird es wieder vergessen sein.«

Er erhob sein Glas und prostete ihr zu. Evelyn lächelte und hob die Hand in Augenhöhe. Friedrich registrierte unterschwellig, dass ihre Augen nicht mitlächelten, aber das war auch nicht nötig. Sie war höflich ihm gegenüber und erfüllte – wenn er es wollte – nach wie vor ihre ehelichen Pflichten. Sie zog seine Söhne groß und kümmerte sich um alle Belange des Hauses.

Und wie er in diesem Moment wieder einmal feststellte, war sie noch immer eine attraktive Frau.

Während er trank, betrachtete er über den Rand des Glases hinweg ihren Körper. Die beiden Schwangerschaften hatten keine erkennbaren Spuren hinterlassen. Ihre Taille war nach wie vor schlank, die Haut ihres Dekolletés ohne Falten.

Sie strahlte eine kühle Schönheit aus, von der sich Friedrich plötzlich prickelnd berührt fühlte. Schon öfter war er nachts in ihr Schlafzimmer gegangen, nachdem es irgendwelchen Ärger mit der Bruderschaft gegeben hatte. Es war, als würden Probleme ihn stimulieren. Evelyn hatte nie ein Wort darüber verloren, aber Friedrich war sicher, gerade in solchen Situationen ein guter Liebhaber zu sein.

Er stellte sein Glas auf dem kleinen Tisch neben seinem Sessel ab und stand auf.

»Ich stelle wieder einmal fest, dass du eine sehr schöne Frau bist, Evelyn.«

Er stand vor ihr und sah auf sie herab, beobachtete, wie ihr Gesicht sich veränderte. Das Lächeln war verschwunden und hatte einem Ausdruck der Unsicherheit Platz gemacht.

Er ging in die Knie und nahm ihre Hand, legte sie in eine Handfläche und streichelte mit der anderen zart über ihren Handrücken.

Sie ließ es geschehen, aber er spürte die leichten Zuckungen ihrer Finger, als versuche sie, ihre Hand zurückzuziehen.

»Wir haben uns noch nie hier im Wohnzimmer geliebt, Evelyn. Vor dem offenen Kamin und der Wärme des Feuers. Findest du das nicht auch schade?«

Das Grinsen, zu dem sich sein Gesicht verzog, gefiel Evelyn nicht. Mit einem Ruck zog sie ihre Hand zurück und griff nach ihrem Glas.

»Bitte lass das, Friedrich. Ich mag das nicht.«

Als hätten ihre Worte ihn nicht erreicht, ergriff er die Hand wieder und zog sie daran langsam aber bestimmt hoch, bis ihre Gesichter nur noch Zentimeter voneinander entfernt waren. Ohne den Blick von ihr abzuwenden, nahm er ihr das Glas aus der anderen Hand und stellte es ab.

»Ich möchte, dass du mir hier und jetzt zeigst, dass du meine Frau bist, Evelyn.«

Er legte ihr die Arme um die Taille und zog sie noch näher zu sich heran.

»Friedrich, nein, ich …«

»Du bist meine Frau«, unterbrach er sie beharrlich und seine Finger begannen an den Knöpfen ihres Kleides zu nesteln, die in einer langen Reihe über dem Rücken angebracht waren.

»Friedrich, hör auf! Ich möchte das nicht. Nicht jetzt. Bitte!«

Sie schob die angewinkelten Arme zwischen ihre Körper und versuchte ihn mit den Unterarmen zurückzudrücken, aber er hielt sie wie in einem Schraubstock. Sein Grinsen wurde breiter.

»Du bist so störrisch wie Werner, meine Liebe. Aber genau wie ich Werner letztendlich immer wieder bezwinge, werde ich auch über dich immer wieder siegen. Und ich habe das Gefühl, dass dir das sogar gefällt.«

Ein Arm reichte ihm, ihren Körper weiter an sich zu pressen, sodass er die andere Hand frei hatte, um sich weiter an den Knöpfen zu schaffen zu machen.

Sie ballte die Hände zu Fäusten und trommelte damit gegen seine Brust. Kraftlos, denn sie standen sich so dicht gegenüber, dass sie nur wenige Zentimeter Platz hatte. Sie wand sich unter seinem Griff. Ohne Erfolg.

»Hör auf, Friedrich, du tust mir weh.«

Es half nichts. Als wäre er nicht mehr für ihre Worte empfänglich, zerrte er unbeirrt weiter an den Knöpfen. Sie spürte, wie sich der obere Teil des Kleides lockerte und ihr auf einer Seite bereits über die bloße Schulter rutschte. Er musste die meisten der Knöpfe schon offen haben.

Plötzlich fühlte sie Panik in sich aufsteigen. Sie musste aus seiner Umklammerung heraus. Sofort. Sie wand sich mit ruckartigen Bewegungen und stöhnte dabei vor Anstrengung. Friedrich lachte nun laut. Auf seiner Stirn hatten sich Schweißtropfen gebildet, sein Gesicht war gerötet, aber er lockerte seinen Griff nicht um einen Millimeter.

»Ich bin dein Mann, Evelyn«, keuchte er. »Und ich habe ein Recht darauf.«

»Nein«, schrie sie ihm wütend entgegen. »Das hast du nicht!« Ohne darüber nachzudenken, winkelte sie das rechte Bein an und trat mit aller Kraft zu. Sie traf ihn mit der Spitze ihres Schuhs am Schienbein und sofort lockerte sich der Griff. Friedrich stieß einen Schmerzensschrei aus und krümmte sich zusammen.

Evelyn nutzte den Moment und entwand sich seinem Griff. Noch während sie einen schnellen Schritt rückwärts machte, sah sie seitlich einen Schatten auf sich zufliegen.

Joss! Er wollte seinem Herrn helfen. Der schwere Hundekörper prallte gegen sie und ließ sie einen weiteren Schritt rückwärtstaumeln. Halt suchend griff sie zur Seite. Ihre Hand bekam einen festen, schlanken Gegenstand zu fassen und packte zu. Es war einer der Schürhaken, die schräg vor dem Kamin an einem Ständer lehnten. Sie riss den Eisenstab mit sich und stolperte einen weiteren Schritt zurück. Plötzlich stießen ihre Waden gegen etwas Weiches, und sie kippte, mit dem freien Arm rudernd, nach hinten und landete im Sessel. Joss stand geduckt, zum Sprung bereit, vor ihr und stieß ein dunkles Knurren aus. Die Lefzen hatte er so weit hochgezogen, dass die kräftigen Fangzähne frei lagen. Seine dunklen Augen blitzten sie bösartig an. Evelyn verspürte nackte Angst. »Friedrich«, stieß sie aus. »Nimm den Hund weg. Bitte!«

Friedrich stand noch immer gebückt und rieb sich das Schienbein. Als er den Kopf hob, war sein Gesicht zu einer Fratze aus Wut verzerrt.

»Joss, fass!«

Er spuckte die Worte förmlich aus und Evelyn konnte den Hass fast körperlich spüren, der in dem Satz mitschwang.

Noch während sie versuchte, das Unglaubliche zu verstehen, nahm sie aus den Augenwinkeln wahr, wie der Hundekörper sich kurz tiefer an den Boden drückte. In dem Moment, in dem er zum Sprung ansetzte, hob sie den Schürhaken an, der neben ihr auf dem Sessel lag. Joss sprang mit unglaublicher Kraft mit der Brust dagegen. Die Stange ruckte ein wenig zurück und fand an der Rückenlehne des Sessels Halt. Wie in Zeitlupe beobachtete Evelyn, wie sich der Eisenstab direkt vor ihr tief in den Hundekörper bohrte, bevor er ihr seitlich aus der Hand gerissen wurde und ihr dabei am Unterarm eine Schürfwunde beibrachte. Mit einem hässlich klatschenden Geräusch fiel Joss neben dem Sessel auf den Steinboden und blieb dort auf der Seite liegen. Sekundenlang zuckte er wild mit den Läufen, als würde er sich verzweifelt gegen etwas wehren, ohne jedoch eine Chance zu haben. Dann war es plötzlich vorbei. Bewegungslos lag er da, die Zunge weit aus dem aufgesperrten Rachen hängend, die glanzlosen Augen in Panik aufgerissen. Unter seiner Brust bildete sich ein langsam größer werdender Blutfleck.

Evelyn sah von dem toten Tier auf zu ihrem Mann. Ihr Atem ging stoßweise, sie konnte ihn überdeutlich in der plötzlich entstandenen Stille hören.

Ganz langsam richtete Friedrich sich auf, den Blick stur auf Joss gerichtet. Die Wut war aus seinem Gesicht verschwunden, hatte einem kindlichen Ausdruck von Ungläubigkeit Platz gemacht. So stand er sekundenlang mit hängenden Armen da. Und dann passierte etwas, das Evelyn nie für möglich gehalten hätte, und es überraschte sie noch mehr als der Befehl, den er kurz zuvor dem Hund gegeben hatte.

Aus den Augenwinkeln lösten sich Tränen und rannen über sein Gesicht, hinterließen eine glänzende Spur auf den Wangen und sammelten sich am Kinn, um von dort auf seine Brust zu tropfen. Friedrich von Keipen weinte.

Erst lautlos, ohne jegliche Regung. Dann machte er zwei unsichere Schritte und ließ sich auf die Knie sinken, beugte sich unendlich langsam nach vorne und vergrub sein Gesicht im Fell seines toten Hundes.

Seine Schultern begannen zu zucken und plötzlich stieß er einen Schrei aus, der, obwohl er durch den Tierkörper gedämpft wurde, Evelyn durch Mark und Bein fuhr und ihr selbst Tränen in die Augen trieb. Sie horchte in sich hinein, wartete wie ein unbeteiligter Beobachter darauf, was sie fühlen würde. Aber da war nichts.

Es war wohl der Angriffsbefehl gewesen, den Friedrich seinem Hund gegeben hatte, der jeglichen Rest eines Gefühls ihm gegenüber endgültig ausgelöscht hatte. Sie fühlte nur eine endlos große Leere in sich.

Evelyn stand auf, ging an ihm vorbei und verließ den Raum, ohne sich noch einmal umzudrehen.

Als sie die Tür hinter sich geschlossen hatte, hörte sie

aus dem Raum einen erneuten Schrei. Es klang wie das verzweifelte »Neiiiin« eines misshandelten Kindes.

Evelyn ging auf direktem Weg in ihr Zimmer und schloss ab, sie warf nicht einmal den obligatorischen Blick in die Kinderzimmer.

Erst dort, als sie auf ihrem Bett lag, fing sie hemmungslos an zu weinen. Sie weinte nicht um Friedrich, der seinen Hund auf sie gehetzt hatte, und auch nicht um Joss, den sie aus Versehen in Notwehr getötet hatte.

Evelyn weinte um Evelyn.

5. August 1969
Vatikan

Leonardo Corsetti betrachtete die bunte Briefmarke in der oberen rechten Ecke des weißen Kuverts, das ihm der Botendienst soeben vorbeigebracht hatte. Es war eine südafrikanische Marke, abgestempelt zwei Wochen zuvor in Kimberley.

Zwei Wochen! Corsetti schüttelte den Kopf. Es war ihm unverständlich, wie es in der heutigen Zeit mit ihren modernen Verkehrsmitteln möglich war, dass ein Brief aus Südafrika zwei Wochen benötigte, bis er in Rom eintraf, wo doch ein Flugzeug diese Strecke in wenigen Stunden zurücklegen konnte.

Er drehte den Brief zum wiederholten Male um, aber die Rückseite war leer. Ein Brief ohne Absender an die Kongregation für die Glaubenslehre.

Corsetti dachte daran, wie viele Briefe auch jetzt noch, über vier Jahre nach Beendigung des zweiten Vatikanischen Konzils, an das Heilige Offizium adressiert wurden. Es war unglaublich, wie viele Menschen noch nicht mitbekommen hatten, dass es das Offizium nicht mehr gab.

Corsetti lehnte sich zurück und ließ seine Gedanken noch einmal zu dem denkwürdigen Abend vor der Beendigung des Konzils zurückwandern.

Als Papst Klemens XV. das Ende der 400 Jahre alten römischen Inquisition in ihrer veralteten Form verkündete, waren die Reaktionen der Kurienmitglieder darauf sehr unterschiedlich gewesen.

Die meisten Kardinäle und Bischöfe zeigten offen ihre Zufriedenheit über diesen Schritt, doch einige Konservative, allen voran Corsettis Vorgesetzter und Präfekt eben jenes Offiziums, Kardinal Benino Campisi, waren entsetzt.

Das Offizium war nicht mehr die »Suprema Congregatio«, vor der selbst die Päpste Angst hatten. Es wurde auf eine ganz normale Kongregation herabgestuft und bekam einen neuen Namen: Kongregation für die Glaubenslehre.

Für Kardinal Campisi war es das Ende seiner kirchlichen Laufbahn. Er wurde zwar noch immer als Präfekt der Kongregation eingesetzt, aber er konnte oder wollte sich in die neue Zeit nicht einfügen. Nach nur einem halben Jahr bat er den Papst um den Ruhestand, den dieser ihm auch gewährte.

Seitdem hatte Corsetti einen neuen Chef, der ihn schließlich im vergangenen Jahr zum Sekretär der Kongregation gemacht hatte.

Kardinal Jan de Riemer war ein noch recht junger, dynamischer Niederländer, der neue Prioritäten für die Nachfolgeorganisation der Inquisition gesetzt hatte. Oberstes Ziel war zwar immer noch, den Kommunismus zu bekämpfen, wo immer und so gründlich es möglich war, aber de Riemer war davon nicht so besessen, wie es sein Vorgänger gewesen war. Er schaffte Raum für andere Belange.

Corsetti nahm den Brieföffner und schlitzte das Kuvert auf. Das schlichte weiße Blatt, das er herauszog, war nur einseitig beschrieben. Sein erster Blick galt der Unterschrift, aber die machte das Schreiben eher noch geheimnisvoller.

Jemand, der es gut meint, stand am unteren Ende. Die Handschrift war etwas zittrig, aber trotzdem gut zu entziffern und so begann er, den Brief zu lesen.

Wer immer diese Zeilen auch lesen mag, möge sie sehr ernst nehmen, denn es handelt sich um eine Angelegenheit, die über die Zukunft der katholischen Kirche und das Leben vieler ihrer Mitglieder entscheiden wird.

In die Reihen der Kirche hat sich eine Bruderschaft eingeschlichen, deren Ziel eine Reformation ist, die die katho-

lische Kirche bis in ihre Grundmauern erschüttern wird.
Sie wollen selbst die Mitglieder der Kurie durch ihre eige-
nen Männer ersetzen. Sie breiten sich mit rasch wachsen-
der Geschwindigkeit aus und werden auch vor Rom nicht
haltmachen. Einige befinden sich bereits im Zentrum des
Vatikans.

Sie haben eine Truppe aus Söldnern zusammengestellt,
die den Auftrag haben, jeden umzubringen, der sich der
Organisation in den Weg stellt.

Seien Sie auf der Hut und denken Sie an diesen Brief,
wenn Sie in Ihren Reihen von mysteriösen Todesfällen
hören.

Mehr kann ich Ihnen nicht mitteilen, denn ich verrate
schon hiermit fünfundzwanzig Jahre meines Lebens.

Jemand, der es gut meint.

Corsetti ließ das Blatt sinken und blickte nachdenklich auf das grobe Holzkreuz, das über der Tür hing.

Während des Lesens hatte ihn ein eigenartiges Gefühl beschlichen. Eine Art Déjà-vu. An irgendetwas erinnerten ihn diese Zeilen, aber es wollte ihm nicht einfallen, was es war.

Es war nicht das erste Mal, dass er ein solches Schreiben in Händen hielt. Meist stellte es sich als Verschwörungstheorie eines geistig verwirrten Menschen heraus, aber eine innere Stimme sagte ihm, dass dieser Brief anders war. Wenn ihm nur einfiele, was ihm daran so bekannt vorkam.

Corsetti faltete das Blatt zusammen und stand auf. Er musste es Kardinal de Riemer zeigen. Danach würde man weitersehen.

In diesem Moment wurde die Tür ohne vorheriges Anklopfen geöffnet und Pater Simone Allessino, der neue Untersekretär der Glaubenskongregation, betrat mit aschfahlem Gesicht den Raum.

Corsetti spürte sofort, dass etwas Bedeutendes geschehen sein musste. So hatte er den jungen, lebhaften Italiener noch nie gesehen. Er stand einfach nur da mit hängenden Schultern und glasigem Blick, als hätte er geweint.

Corsetti ging auf ihn zu und fasste ihn an der Schulter. »Was ist mit Ihnen? Ist etwas geschehen? So reden Sie doch.« Allessino senkte den Kopf und sagte mit leiser Stimme: »Der Heilige Vater. Er hatte einen Herzinfarkt. Er ... er ist tot.«

Der Brief fiel zu Boden und blieb vor dem Schreibtisch liegen. Corsetti fasste sich an die Stirn und tastete mit der anderen Hand nach der Lehne des Sessels, der neben ihm an der Wand stand. Als er sie zu fassen bekam, stützte er sich daran ab und ließ sich unendlich langsam nieder.

»Aber wann ... wie ist das möglich ... wie kann ...«, stammelte er. Er hatte das Gefühl, ein glühender Pfeil bohre sich in sein Herz. Er merkte nicht, dass Allessino den Raum wieder verlassen hatte.

Papst Klemens XV. tot.

Zwei Tage zuvor war er noch mit Kardinal de Riemer bei ihm gewesen. Sie hatten sich mit ihm über Professor Krull unterhalten, einen deutschen Theologen, der sich zur so genannten »Befreiungstheologie« bekannt hatte. Der Heilige Vater hatte seinen Unmut über Krull ausgedrückt und de Riemer gebeten, eine Untersuchung einzuleiten, was noch fünf Jahre zuvor einen »Inquisitionsprozess« nach sich gezogen hätte.

Klemens XV. hatte viele Neuerungen eingeführt, war aber in Glaubensfragen konservativ geblieben und hatte keine Ausreißer in den eigenen Reihen geduldet. Seine größte Sorge galt stets dem Zusammenhalt und geschlossenen Auftreten der Kirche.

Nun war er tot. Wer würde folgen? Was würde folgen? Leonardo Corsetti barg das Gesicht in beide Hände. Den Brief aus Südafrika hatte er erst einmal vergessen.

7. August 1969
Aachen

Die Atmosphäre in dem großen Raum in Professor Glassmanns Haus war gespannt. Die Dringlichkeit, mit der die
Ratssitzung der Bruderschaft einberufen worden war,
schlug sich auch jetzt noch in der Stimmung der Männer
nieder.

Aufgeregt wurde in Zweier- oder Dreiergruppen getuschelt und es ging dabei stets um das gleiche Thema: den
Tod des Papstes und die Folgen, die sich für die Bruderschaft daraus ergaben.

Nur Friedrich beteiligte sich nicht an der allgemeinen
Aufregung. Als Einziger saß er an seinem Platz, hatte einen
Stift in der Hand und ließ ihn immer wieder zwischen
Daumen und Zeigefinger hindurchgleiten, bis die Spitze
mit einem leisen »Klick« auf der Tischplatte aufschlug. Es
hatte den Anschein, als würde ihn das alles nicht im Geringsten interessieren.

Als der Professor schließlich den Raum betrat, setzten
sich auch alle anderen. Der Platz an Friedrichs rechter
Seite blieb frei. Dr. Fissler war in Kimberley geblieben. Er
fühle sich nicht wohl, hatte er Friedrich durch Hans mitteilen lassen, und traue sich die weite Reise im Moment
nicht zu.

Friedrich hatte es zur Kenntnis genommen und sich
nicht weiter dazu geäußert. Es interessierte ihn nicht, ob
der alte Mann dabei war oder nicht.

In den letzten Wochen zeigte er im Allgemeinen wenig
Interesse an dem Geschehen um sich herum. Der Tod seines Hundes hatte nicht nur die Kluft zwischen Evelyn und
ihm unüberwindbar groß werden lassen, er hatte auch
dazu geführt, dass Friedrich seitdem das zurückgezogene

Dasein eines Einsiedlers fristete. Selbst Hans kam nur an ihn heran, wenn er mit Nachdruck glaubhaft machen konnte, dass es unabdingbar war.

Das Stimmengemurmel hatte sich gelegt und eine fast greifbare Stille breitete sich in dem Raum aus.

Alle Augen richteten sich auf Friedrich, der immer noch den Stift dabei beobachtete, wie er durch seine Finger glitt. Er schien die Blicke nicht zu bemerken.

Professor Glassmanns räusperte sich. »Herr von Keipen, können wir beginnen?«

Keine Reaktion.

»Herr von Keipen? Fühlen Sie sich nicht wohl? Soll ich die Sitzung leiten?«

Plötzlich ruckte Friedrichs Kopf nach oben und er sah sich irritiert um, als wäre er aus einem Traum erwacht und müsse sich erst orientieren, um in die Realität zurückzufinden.

»Was?«

»Soll ich die Leitung der Sitzung für Sie übernehmen? Fühlen Sie sich nicht wohl?«, fragte der Professor noch einmal.

»Nein! Die Sitzung leite ich.«

Er stand auf und stützte die Hände auf der Tischplatte ab. Der Blick, mit dem er die Männer bedachte, ließ in Hans die Hoffnung aufkeimen, dass plötzlich der alte Friedrich wieder da war.

»Meine Herren, hiermit eröffne ich die Dringlichkeitssitzung des Rates der Simonischen Bruderschaft. Erster und einziger Tagesordnungspunkt: der Tod von Papst Klemens XV. vor zwei Tagen.«

Dann begann seine gewohnte Wanderung um den Tisch.

»Herr Professor Glassmanns hat dieses Treffen kurzfristig einberufen, um die Folgen, die das Ableben des Papstes für die Bruderschaft hat oder haben könnte, zu erörtern. Lassen Sie mich dazu einige Worte vorwegschicken, bevor wir die einzelnen Meinungen dazu hören. Der anstehende Wechsel auf dem Petrusstuhl hat für uns keinerlei Folgen. Vorerst wird alles bleiben, wie es ist.«

Stimmengemurmel folgte.

»Ich denke schon …«, setzte Professor Glassmanns an, wurde aber durch eine herrische Handbewegung Friedrichs abgewürgt.

Hans unterdrückte ein Grinsen. Das war, zumindest im Augenblick, wieder der Friedrich von Keipen, den er kannte.

»Ich sagte es bereits, wir werden *anschließend* alle Meinungen dazu hören. Wenn ich mit meiner Eröffnungsrede fertig bin.«

Unbeirrt setzte er seine Runde fort.

»Wir haben noch keinerlei Möglichkeit, die Wahl des Papstes zu beeinflussen. Die wenigen Männer, die wir bisher im Vatikan haben, verfügen noch nicht ansatzweise über den Einfluss, der dazu nötig wäre. Wir können im Moment nichts tun. Unsere Zeit ist noch nicht gekommen.«

Damit ging er zurück zu seinem Platz und setzte sich.

Sofort hob Glassmanns die Hand und bat um das Wort, das Friedrich ihm mit einer Handbewegung auch erteilte.

»Mit Verlaub, Herr von Keipen, ich sehe das ein wenig anders. Wie Sie selbst sicherlich wissen, sind mit Beginn der Sedisvakanz alle Leiter der Dikasterien, einschließlich des Kardinalstaatssekretärs, der Kardinalpräfekten, der erzbischöflichen Präsidenten, wie auch die Mitglieder derselben Dikasterien zurückgetreten. Das heißt im Klartext, außer dem Kardinal-Camerlengo, dem Großpönitenziar, dem Kardinalvikar für Rom und ein paar anderen gibt es kaum noch jemanden in der Kurie, der sich seines bisherigen Amtes unter einem neuen Papst sicher sein kann. Das Konklave kann frühestens am sechzehnten Tag nach dem Tode des Papstes beginnen. Das wäre heute in vierzehn Tagen. Wir haben also vierzehn Tage Zeit, uns mit den Kardinälen ohne Ämter zu befassen. Wenn wir es geschickt anstellen und wohldosiert, je nach Bedarf, entweder Geldgeschenke, Drohung oder Erpressung einsetzen, könnte es uns gelingen, sowohl einen aus unserer Sicht geeigneten Kandidaten zu finden, als auch dafür zu sorgen, dass er genügend Stimmen bekommt. Der jetzige Tod des Papstes ist ein Wink des Schicksals. Wir sollten die Chance ergreifen und zuschlagen. Wer weiß, wann oder ob sich uns überhaupt jemals wieder eine solche Gelegenheit bieten wird.«

Beifall heischend sah er sich um und registrierte zufrieden ein allgemeines Kopfnicken.

Plötzlich schlug Friedrich mit der flachen Hand auf den Tisch und sprang auf. Auf seiner Stirn zeichnete sich deutlich eine steile Falte ab.

»Nun habe ich aber endgültig genug von Ihnen und Ihren realitätsfremden Ansichten, Herr Professor Glassmanns. Sie würden jedes Risiko in Kauf nehmen, wenn sich daraus auch nur die geringste Chance ergeben würde, dass Sie es noch erleben, wie die Bruderschaft die Kirche übernimmt und Ihnen das gibt, wonach Sie sich in Ihrer Gier so sehr sehnen. Macht! Es geht Ihnen nicht um die Bruderschaft, sondern einzig um sich selbst. Glauben Sie denn allen Ernstes, Sie könnten den Mitgliedern der Kurie drohen? Oder sie mit Geld locken? Mein Gott, so dumm können Sie einfach nicht sein. Das sind alles Männer, deren gesamtes Leben sich um die katholische Kirche dreht, deren Leben die Kirche ist. Diese Männer glauben an das, was sie tun, wenn das für Sie vielleicht auch schwer nachvollziehbar ist. Es würde keine zwei Tage dauern, und man würde eine offene Jagd auf die Simoner beginnen.

Die Kurie mag innerlich noch so sehr zerstritten sein,

aber wenn es ein Problem von außen gibt, rückt sie zusammen.

Nein, nein, nein! Auf keinen Fall werden wir irgendetwas unternehmen. Es wird mindestens noch fünfzehn bis zwanzig Jahre dauern, bis wir so weit sind, dass wir unsere eigenen Männer im Vatikan an entsprechenden Posten haben. Dann, und keinen einzigen Tag früher, können wir daran denken, zuzuschlagen. Finden Sie sich damit ab, dass Sie es selbst wahrscheinlich nicht mehr erleben werden, Herr Professor. Aber es hätte Ihnen von Anfang an klar sein müssen, dass Ihr Engagement für die Simoner nicht mehr Ihnen selbst, sondern erst Ihren Söhnen zugutekommen wird. Ich bin nicht bereit, darüber weiter zu diskutieren.«

Das Gesicht des Professors war während Friedrichs Zornausbruch rot angelaufen und man sah ihm an, dass er um Beherrschung rang.

»Herr von Keipen. Dies ist eine Ratssitzung. Beschlüsse werden miteinander gefasst aufgrund einer mehrheitlichen Abstimmung und nicht, weil eine Person etwas festsetzt. Ich beantrage die Abstimmung darüber, ob wir zum jetzigen Zeitpunkt aktiv werden oder nicht, und diese Abstimmung können Sie mir nicht verwehren. So viel dazu. Bevor es aber zu besagter Abstimmung kommen wird, möchte ich noch etwas verlesen, was für alle Ratsmitglieder von größtem Interesse sein dürfte.«

Er zog einen Zettel aus der Innentasche seines Jacketts und faltete ihn auseinander. Dann setzte er die Brille auf, die vor ihm auf dem Tisch lag, und las vor.

Verehrter Herr Professor Glassmanns,
ich wende mich an Sie mit der Bitte, dieses Schreiben dem Rat der Simoner vorzutragen. Die Mitglieder haben ein Recht darauf, den Inhalt zu erfahren:
Ich sehe es als meine Pflicht an, Sie darüber zu informie-

ren, dass S1 im Begriff ist, eine Truppe aus Söldnern zusammenzustellen, die in seinem Auftrag Mordaufträge an Menschen ausführen sollen, die nach dem alleinigen Befinden von S1 der Bruderschaft im Wege stehen. Ich weiß, dass es in Zukunft die Notwendigkeit dazu geben kann, aber eine solche Truppe unter dem alleinigen Befehl eines einzigen Mannes erachte ich als höchst bedenklich.

Da nun der Rat darüber informiert ist, hoffe ich, dass ein Einsatz dieses Mordkommandos nur noch mit Zustimmung des Rates erfolgen wird.

Dr. Werner Fissler

Als Glassmanns das Papier sinken ließ, richteten sich alle Blicke auf Friedrich.

»Möchten Sie uns dazu etwas sagen, Herr von Keipen?«

Der Triumph leuchtete deutlich in den Augen des alten Mannes. Friedrichs Gedanken gingen rasend schnell, aber trotzdem strategisch geordnet.

Er brauchte nur Sekunden, um zu der Überzeugung zu gelangen, dass er den vermeintlichen Erfolg für Glassmanns zu einer niederschmetternden Niederlage machen konnte. Mehr noch, mit der Flucht nach vorne konnte er endgültig Klarheit darüber schaffen, wer das alleinige Sagen innerhalb der Bruderschaft hatte.

Grinsend sah er nach links und rechts, nickte »seinen« Männern, Krämer, Scholler und Hans, zu und lehnte sich dann nach vorne.

»Allerdings möchte ich etwas dazu sagen, Herr Professor. Es stimmt alles, was Dr. Fissler Ihnen geschrieben hat. Fast alles! In einer Kleinigkeit muss ich seine Ausführungen korrigieren. Ich bin nicht im Begriff, diese Truppe zusammenzustellen, sondern ich habe sie bereits zusammengestellt. Die Männer sind einsatzbereit und können jederzeit und an jedem Ort der Welt zuschlagen.

Und nun hören Sie mir alle gut zu, verehrte Ratsmitglieder, denn die Information, die ich Ihnen jetzt gebe, könnte sehr wichtig für Sie sein. Ich habe vor Jahren der Bildung dieses Rates zugestimmt, weil ich es für interessant und auch für wichtig halte, verschiedene Meinungen zu wichtigen Themen zu hören. Zu keinem Zeitpunkt habe ich je in Betracht gezogen, Entscheidungen, die ich treffe, durch diesen Rat infrage stellen, geschweige denn, sie mir ausreden zu lassen. Sie haben ein gewisses Mitspracherecht und das werde ich Ihnen auch weiterhin zugestehen, sofern mir Ihre Argumente vernünftig erscheinen. So war es bisher und daran wird sich auch nichts ändern. Wenn nun der eine oder andere von Ihnen der Meinung sein sollte, damit nicht leben zu können, so lässt sich das ohne Probleme bewerkstelligen. Wie ich eben schon erwähnte: jederzeit und an jedem Ort der Welt. Ich hoffe um Ihretwillen, dass wir uns verstanden haben, und wiederhole noch einmal meinen Satz von eben: Ich bin nicht bereit, darüber weiter zu diskutieren.«

Er machte eine kurze Pause, in der er jeden der Männer nacheinander ansah. Dann sagte er: »Kommen wir nun zur Abstimmung. Wer von Ihnen der gleichen Meinung ist wie Professor Glassmanns und denkt, wir müssten sofort und ohne jegliche Aussicht auf Erfolg die Existenz der Bruderschaft riskieren, um einem machtgierigen alten Mann Befriedigung zu verschaffen, der hebe bitte die Hand.«

Keiner der Männer regte sich. Nicht einmal Professor Glassmanns selbst stimmte für seinen Antrag. Friedrich nickte. »Gegenprobe: Wer wie ich der Meinung ist, dass es noch verfrüht ist, aktiv zu werden, der hebe jetzt die Hand.« Alle außer Glassmanns hoben den Arm.

»Ich stelle also fest, dass der Antrag Professor Glassmanns bei einer Enthaltung einstimmig abgelehnt ist. Die Sitzung ist beendet.«

Als die junge Frau den Espresso vor ihm abstellte, ließ
Jürgen seinen Blick einen Moment zu lange auf ihrem
Dekolleté ruhen. Sie bemerkte es und sah ihn sichtlich
verwirrt an. Dann wandte sie sich schnell ab und verschwand kopfschüttelnd im Inneren des kleinen Cafés.
Wie sehr hatten die Zeiten sich doch verändert, wenn sogar ein Geistlicher einer Frau ganz unverhohlen in den
Ausschnitt starrte. Und das, nachdem gerade der Papst
gestorben war.

Jürgen stieß einen gedanklichen Fluch aus und schalt
sich einen unprofessionellen Narren.

Trotz der vielen Jahre, die er nun schon das Priester-
gewand trug, passierte es ihm immer wieder, dass seine
Augen dem Anblick weiblicher Rundungen nicht widerstehen konnten.

Es war ein Reflex, der jeder schauspielerischen Leistung
widerstand und konsequent auf seinem Recht beharrte,
aus einem durchaus weltlichen Gedankengut entstanden
zu sein.

Jürgen ließ zwei Stück Zucker in die kleine Tasse fallen.
Der schwarze Inhalt reichte nicht aus, die Würfel völlig
zu bedecken.

Er rührte kurz um und nahm einen kleinen Schluck.
Dann lehnte er sich zurück und betrachtete das Treiben
auf dem kleinen Platz, an dessen Rand er an einem Bistro-
tisch saß und auf seinen Kontaktmann wartete.

Die Hitze war mörderisch, und Jürgen war froh, noch
einen Platz im Schatten gefunden zu haben.

Eine Gruppe Asiaten trottete fast im Gleichschritt hinter einer Frau her, die ohne Unterlass an einer Stange ein

buntes Fähnchen über dem Kopf schwenkte. Jeder aus der Gruppe hatte mindestens einen Fotoapparat um den Hals hängen. Bei manchen hatten sich die Gurte von zwei oder mehreren Geräten zu einem Bündel synthetischer Würmer vor der Brust ineinander verschlungen.

»Guten Morgen!«

Er drehte sich, in seinen Betrachtungen gestört, zur Seite und blickte in ein ernstes Gesicht unter kurzen blonden Haaren. Jürgen lächelte verkrampft seinem Kontaktmann zu und streckte ihm die Hand über den Tisch entgegen. »Hallo, Guido, du bist pünktlich wie immer.«

Guido schob sich einen Stuhl zurecht und setzte sich. Der ernste Gesichtsausdruck blieb. »Es ist ein seltsamer Anblick, so kurz nach dem Tod des Papstes einen Priester lachend in einem Café sitzen zu sehen.«

Zum zweiten Mal an diesem Morgen musste Jürgen sich einen Fehler eingestehen. Er musste wirklich besser aufpassen. Das Lächeln verschwand sofort. »Du hast recht, entschuldige.«

Guido ging nicht darauf ein. »Kommen wir zur Sache. Warum wolltest du mich treffen?«

Jürgen verfluchte Krämer in Kimberley, der ihm diesen arroganten Kerl zugeteilt hatte, als er nach Rom gekommen war. »Um die neue Situation zu besprechen, die sich nach dem Tod des Papstes ergeben hat«, erklärte er.

Sein Gegenüber zog eine Augenbraue hoch. »Warum sollte sich die Situation durch einen neuen Papst ändern?«

Ebenso unbewusst und eigenständig, wie sein Blick Minuten vorher vom Ausschnitt der Bedienung angezogen worden war, ballte sich Jürgens Hand unter dem Tisch zur Faust und seine Stimme bekam einen aggressiven Unterton.

»Das kann ich dir sagen. Weil Klemens XV. die Behörde, in der ich tätig bin, gegen den Widerstand vieler Kardinäle ins Leben gerufen hat. Kaum einer dieser Herren möchte sich bei den finanziellen Angelegenheiten ihrer Abteilungen in die Karten sehen lassen. Zurzeit werden hinter vorgehaltener Hand zwei Männer als potenzielle Nachfolger gehandelt: Der erste ist der Präsident des Päpstlichen Rates Cor Unum, Kardinal Simone Benigni, der zweite Kardinal Fernando Rebantos. Er ist Präfekt der Kongregation für die Evangelisierung der Völker. Ein Portugiese.

Beide gelten als Gegner jeglicher Finanzaufsicht und Kardinal Frentzen geht davon aus, dass im Falle der Wahl einer der beiden unsere Behörde aufgelöst wird. Du kannst dir vielleicht vorstellen, dass wir innerhalb der Kurie nicht sehr beliebt sind und infolgedessen meine Karriereaussichten sich zurzeit stark verdüstern. Dies wiederum könnte unsere Bemühungen um einiges zurückwerfen. Genügt dir das als Begründung für meine Bedenken?«

Bevor Guido etwas erwidern konnte, stand die Bedienung neben ihrem Tisch. Sie warf dem lüsternen Geistlichen einen langen, verächtlichen Blick zu. Dann erst nahm sie die Bestellung des neuen Gastes auf.

Als sie wieder alleine waren, beugte sich Guido nach vorne. Er sprach so leise, dass Jürgen ihn gerade noch verstehen konnte. »Es geht nicht darum, was *mir* als Begründung genügt und was nicht. S1 erwartet von euch allen, dass ihr jede Möglichkeit nutzt, die uns dem Ziel ein Stück näher bringt. Du hast es zweifellos bisher am weitesten gebracht, aber es wäre ein Trugschluss zu glauben, dass du dich jetzt auf deinen Lorbeeren ausruhen kannst. Man erwartet von dir, dass du dich jeglicher Situation anpasst und die nötigen Schritte unternimmst, deine Position zu festigen. Du glaubst zu wissen, wer als Papst infrage kommt? Bestens! Warum sitzt du dann hier herum und jammerst, anstatt etwas zu tun?«

»Hast du vielleicht auch einen schlauen Vorschlag, was genau ich tun soll?«, fragte Dengelmann gereizt.

Guido umfasste seine Tasse und trank sie in einem Schluck leer, dann erhob er sich und sah kalt auf Jürgen herab. »Nein, aber ich gebe die Frage gerne an S1 weiter, wenn du möchtest.«

Jürgen kämpfte um Beherrschung. Der Drang, in dieses überhebliche Gesicht zu schlagen, wurde fast übermächtig. Seine Stimme hörte sich an, als hätte er eine große körperliche Anstrengung hinter sich. »Nein!«, und nach einer kurzen Pause fügte er leise hinzu: »Irgendwann, Guido. Irgendwann ...«

Guido sah ihm einige Sekunden mit regloser Miene in die Augen, dann sagte er: »Ich schlage keine Pfaffen. Die Rechnung kannst du aus dem Klingelbeutel bezahlen.«

Damit wandte er sich ab und ließ einen schwarzgekleideten Mann zurück, der das Gefühl hatte, an seiner Wut ersticken zu müssen.

8. August 1969
Kimberley

Dr. Fissler saß im gleichen Sessel wie an jenem Abend, als er sich mit Friedrich über dessen Eingreiftruppe gestritten hatte.

Es war auch der gleiche Sessel, in dem kurz danach Evelyn sich in Todesangst gegen Joss verteidigen musste. Im Polster der Rückenlehne war noch immer deutlich die Einkerbung des Schürhakens zu sehen, durch den der Hund gestorben war.

Evelyn saß dem Arzt gegenüber vor dem kalten Kamin. Nun, da keine Flammen darin loderten, wirkte die Feuerstelle bedrohlich, wie ein großes, düsteres Maul. Der Regen, der in monotonem Stakkato gegen die Fensterscheibe prasselte, unterstrich die ungemütliche Atmosphäre.

Sie hatte dem alten Arzt von dem Abend erzählt, von dem unglaublichen Befehl, den Friedrich dem Hund gegeben hatte.

»Du musst ihn verlassen, Evelyn«, sagte Fissler zum wiederholten Mal.

Sie schlug die Augen nieder und schüttelte den Kopf. »Das kann ich nicht, Werner, und das weißt du. Wo sollte ich hin? Und was wäre mit den Jungs? Er würde niemals zulassen, dass ich sie mitnehme.«

»Du darfst ihm keine Möglichkeit geben, es zu verhindern. Pack dir deine Kinder und verschwinde von hier. Er kommt frühestens heute Abend aus Deutschland zurück. Bis dahin könnt ihr schon weit weg sein. Ich helfe dir! Ich habe noch gute Kontakte.«

Sie hob den Kopf, und obwohl Tränen in ihren Augen schimmerten, sah sie ihn mit festem Blick an. Nur ihre Stimme klang eine Nuance dunkler als sonst.

»Er würde mich finden, egal, wohin ich gehe. Du weißt selbst, wie weitverzweigt die Bruderschaft mittlerweile ist. Und wenn er merken würde, dass du mir geholfen hast, würde er sich an dir dafür rächen. Nein! Ich werde nicht vor ihm weglaufen.«

Der Arzt atmete schnaubend aus und schüttelte den Kopf.

»Wenn die Sitzung in Aachen so verlaufen ist, wie ich denke, wird er sowieso den Wunsch haben, mich zu töten. Ich habe mein Leben gelebt und nicht mehr viel zu verlieren. Aber bei dir und den Kindern ist das etwas anderes. Du weißt, dass sowohl seine Mutter als auch sein Vater wahnsinnig geworden sind. Ich erkenne bei Friedrich immer öfter Anzeichen dafür, dass auch er langsam die Kontrolle über sich verliert, und ich möchte nicht, dass ihr noch hier seid, wenn es irgendwann wirklich so weit ist.«

»Ich bleibe«, beharrte sie. »Ich glaube nicht, dass …«

»Dass dein Mann den Verstand verliert? Das solltest du auch nicht glauben, denn dieser Verstand arbeitet so präzise wie eh und je.«

Evelyn hatte das Gefühl, etwas presse ihr die Luft aus den Lungen. Gleichzeitig mit Fissler warf sie den Kopf herum und starrte Friedrich an, der grinsend im Eingang stand. Er schien den Anblick ihrer überraschten Gesichter einen Moment auszukosten, bevor er sich in Bewegung setzte und auf sie zuging.

»Sieh an! Der alte Arzt und die hübsche Lehrerin. Hocken zusammen und schmieden Pläne gegen den wahnsinnigen Ehemann.« Er ging an beiden vorbei und ließ sich auf einen freien Sessel fallen.

»Du hast recht, Evelyn. Ich würde dich überall finden. Aber ihr enttäuscht mich. War das, was ich gehört habe, wirklich alles, was euch eingefallen ist? Weglaufen?«

Es klang nicht wütend, eher belustigt.

»Seid ihr noch nicht auf den Gedanken gekommen,

dass es viel besser wäre, mich umzubringen? Das Naheliegendste ist euch nicht eingefallen? Könnt ihr denn gar
nichts alleine?«

Er schüttelte lachend den Kopf und sah Evelyn an, und
unvermittelt kam ihr der Gedanke, dass Werner recht
hatte. In diesen Augen schien wirklich ein Schimmer von
Wahnsinn zu leuchten.

Sie hielt seinem Blick stand und stellte dabei überrascht
fest, dass sie keine Angst mehr vor ihm verspürte. Es war
keine Panik, sondern eine Schlinge aus Wut, die sich ihr
um den Hals legte und das Atmen erschwerte. Vielleicht
war es sogar Hass. Sie rechnete damit, dass sie nur ein
Krächzen herausbringen würde, doch ihre Stimme klang
fest und bestimmt. Kalt.

»Doch, Friedrich, der Gedanke ist mir schon gekommen. Aber du hast uns unterbrochen, bevor ich es Werner
vorschlagen konnte.«

Die plötzliche Veränderung in Friedrichs Gesicht ver-
schaffte ihr eine Genugtuung, wie sie sie lange Zeit nicht
mehr verspürt hatte. Die übertriebene Fröhlichkeit war
aus diesem Gesicht gewichen und schien alle Farbe mit
sich genommen zu haben. Zurück blieb eine wächserne
Maske aus ehrlicher Verblüffung.

»Es wäre ein Leichtes für mich, euch beide umzubringen«, zischte er. »Aber das werde ich nicht tun.«

Mit einem Ruck war er aus dem Sessel und ging langsam vor den beiden hin und her, wobei er sie abwechselnd
betrachtete. »Ich werde euch sagen, was ich tue. Du, meine
mordlüsterne Gattin, wirst ab jetzt meine Söhne nur noch
einmal pro Tag zu Gesicht bekommen. Die Gefahr, dass
du sie gegen mich aufwiegelst, ist mir zu groß. Sie werden
ab sofort von einer Kinderfrau erzogen, die ich aussuchen
werde. Und von mir natürlich.«

»Das kannst du nicht …«, wollte Evelyn aufbrausen,
aber weiter kam sie nicht.

»Halt den Mund, du eiskaltes Aas. Du hast Joss getötet«, fuhr Friedrich sie an, und da spürte Evelyn, dass die Angst nicht verflogen war. Sie hatte sich nur für kurze Zeit hinter einer dunklen Wolke aus Wut verborgen, die sich nun unter Friedrichs Stimme schnell verzog.

»Sollte es dir noch einmal einfallen, mir zu widersprechen, wirst du sie überhaupt nicht mehr zu Gesicht bekommen.«

Dann wandte er sich dem Arzt zu. »Dir, lieber Werner, möchte ich danken. Dein netter Brief hat in Aachen endgültig für klare Verhältnisse zwischen dem Rat und mir gesorgt. Alle Mitglieder, nein, fast alle Mitglieder, haben sich entschlossen, hinter der Führung der Simoner zu stehen. Es war ein Erfolg auf der ganzen Linie. Du siehst, es gibt für mich keinen Grund, wütend auf dich zu sein. Du hast mir einen großen Gefallen getan. Trotzdem möchte ich vermeiden, dass du dir noch einmal etwas Derartiges einfallen lässt, um den Erfolg der Simoner zu sabotieren. Deshalb gilt für dich das Gleiche wie für meine liebe Frau. Auch wenn *du* mir in die Quere kommen solltest, wird sie die Kinder nicht mehr sehen. Damit ist euer Handeln eng miteinander verbunden. Das wolltet ihr doch, oder?«

Das Grinsen kehrte wieder zurück.

»Ist das in seiner Einfachheit nicht genial? Niemandem geschieht etwas und trotzdem kann ich sicher sein, dass ihr euch ab jetzt so benehmt, wie ich es erwarte. Was sagt ihr? Klingt das nach einem Verstand, der nicht mehr sauber funktioniert?«

24. August 1969
Vatikan

Etwas mehr als achtundfünfzig Stunden nachdem der Kardinal-Camerlengo gemeinsam mit dem Substituten des Staatssekretariats die Tür der Sixtinischen Kapelle verschlossen hatte, stieg weißer Rauch hinter der Kapelle auf.

Nach nur fünf Wahlgängen hatte die katholische Kirche einen neuen Papst.

Er nahm für sein Pontifikat den Namen Klemens XVI. an, für Insider ein sicheres Zeichen, dass er die Kirche im Sinne seines Vorgängers weiterführen wollte.

Sein weltlicher Name war Ernesto Bertulli, und bis zum Tod Klemens' XV. war er der Leiter der noch jungen Vatikanischen Finanzaufsichtsbehörde und Jürgen Dengelmanns Chef gewesen.

Die Kardinäle, die bisher die Funktionen als Leiter der verschiedenen Kongregationen und Päpstlichen Räte innehatten und nicht als Bertullis Freunde galten, waren in der Unterzahl und mussten sich dem Mehrheitsentscheid beugen.

Wenige Tage nachdem Klemens XVI. sein Amt übernommen hatte, teilte er Jürgen in einem persönlichen Gespräch mit, dass er vorgesehen habe, ihn bald zum Bischof zu weihen. Er solle das Amt des stellvertretenden Leiters der Finanzbehörde übernehmen.

Als Jürgen die Tür hinter sich schloss, durchflutete ihn ein Glücksgefühl von selten gespürter Intensität.

Er würde bald einer der jüngsten Bischöfe der katholischen Kirche sein. Einundzwanzig Jahre nach ihrer Gründung hatte die Bruderschaft der Simoner durch ihn, Jürgen Dengelmann, einen Fuß in der Tür zur Chefetage der mächtigsten Organisation dieser Welt.

Kimberley

Friedrich stand im Schatten der Aula und sah zum wiederholten Mal auf seine Armbanduhr. Vier Minuten nach neun.

Auf der Liste der Dinge, die er am meisten hasste, stand Unpünktlichkeit zweifellos ganz weit oben. Er hatte Frau Müller am Vorabend ausdrücklich gesagt, sie solle dafür sorgen, dass die Jungs um Punkt neun abmarschbereit waren.

Gerade wollte er sich wütend in Bewegung setzen, um nachzusehen, wo sie blieben, als die ehemalige Lehrerin seine Söhne vor sich her auf die Veranda schob.

Beide hatten khakifarbene, kurze Hosen und ein Hemd mit Schulterklappen an. Sie erinnerten Friedrich an die Uniform, die er während seiner Zeit im Internat getragen hatte.

Auf den Rücken trugen sie Rucksäcke, die ihre Kinderfrau mit allerlei Proviant gefüllt hatte.

Friedrich stellte zufrieden fest, dass Hermann aussah wie ein kleiner Soldat. Der Junge hatte mit elf Jahren schon einen erstaunlich muskulösen Körperbau. Sein jüngerer Bruder Franz daneben wirkte klein und zierlich mit seinen schmalen Schultern, die sich unter der Last des Rucksacks nach hinten bogen, als würde er jeden Moment umkippen.

Friedrich konnte deutlich Evelyns Züge in ihm erkennen. Es schien, als wäre das Kindergesicht nur eine Maske, die mit zunehmendem Alter immer durchsichtiger wurde und mehr und mehr den Blick auf das Antlitz seiner Mutter freigab, das sich dahinter verbarg.

Dich werden wir auch noch hinbiegen, mein Sohn, dachte er, als er lächelnd auf die beiden zuging.

»Seid ihr bereit für einen kleinen Fußmarsch?«

»Ja, bereit«, antwortet Hermann sofort und sprang samt Gepäck mit einem Satz von der Veranda auf den staubigen Boden. Er schien sich auf den Tag zu freuen.

Franz nestelte an den Riemen herum und sagte: »Ja, schon. Aber der Rucksack ist so schwer. Müssen wir das alles mitnehmen? Ich kann das nicht tragen.«

Friedrich legte seinen Arm um Hermanns Schulter und betrachtete Franz, der noch immer auf der Veranda stand, mit heruntergezogenen Mundwinkeln.

»Hör auf zu jammern wie ein Mädchen. Deine Mutter hat dir viel zu viel nachgetragen. Du bist nun fast zehn Jahre alt und es wird Zeit für dich zu lernen, dass das Leben eines Mannes nicht nur aus dummen Spielereien besteht. Ich erwarte von dir, dass du dich zusammenreißt. Nimm dir ein Beispiel an deinem Bruder.«

»Aber Hermann ist älter und viel größer als ich. Außerdem bin ich erst acht. Das ist nicht fair.«

Seine Stimme klang weinerlich und Friedrich spürte Wut in sich aufsteigen. Lauter als zuvor sagte er: »Das Leben ist nicht fair, Franz. Je eher du das begreifst, umso besser wirst du damit zurechtkommen. Und jetzt möchte ich nichts mehr davon hören. Komm jetzt.«

Damit wandte er sich ab und zog Hermann mit sich zum Eingangsbereich der Aula. Dort setzte er sich auf die niedrige Stufe und wartete, bis auch Franz heran war. Dann klatschte er in die Hände und sah seine Söhne an.

»Also, wir werden jetzt gleich zu dem ehemaligen Internat aufbrechen. Es ist nur ein kleiner Fußmarsch bis dahin. Ihr wisst, dort bin ich zur Schule gegangen. Jetzt wird es als Lager für unsere Sicherheitsmannschaft benutzt. Hermann wird dort bald ein regelmäßiges Training beginnen, in dessen Verlauf er verschiedene Kampftechniken und den sicheren Umgang mit Waffen aller Art lernt. Du, Franz, wirst in zwei, drei Jahren dran sein. Es wird anstrengend werden, aber was ihr dort lernt, wird euch euer ganzes Leben lang von Nutzen sein. Ein richtiger Mann muss sich zur Wehr setzen können.«

»Aber Mama hat gesagt, Waffen wären nicht gut! Sie werden benutzt, um Menschen zu töten«, wand Franz ein.

»Deine Mutter ist eine Frau, Franz. Frauen verstehen davon nichts. Und nun lasst uns gehen.«

Er stand auf und ging los, ohne sich noch einmal umzudrehen. So konnte er nicht sehen, dass Evelyn hinter einem der Fenster im Erdgeschoss stand. Sie hatte eine Hand auf die Scheibe gelegt, als könne sie ihre Söhne durch das Glas spüren. Mit traurigem Gesicht sah sie ihnen nach, bis sie hinter dem Personalgebäude verschwunden waren. Hermann ging direkt neben seinem Vater, Franz einige Schritte schräg hinter ihnen. Immer wieder beugte er den schmalen Oberkörper nach vorne, um den Rücken zu entlasten. Als sie die Gebäude hinter sich gelassen hatten, sah Hermann seinen Vater von der Seite an und fragte: »Papa, warum können wir nicht mehr Zeit mit Mama verbringen?«

Friedrich warf einen kurzen Blick über die Schulter. Franz ging weit nach vorne gebeugt und starrte auf den Boden. Bei jedem Schritt trat er mit der Schuhspitze gegen kleine Sandklumpen, die daraufhin zu Staubwolken zerfielen. Er schien damit so sehr beschäftigt zu sein, dass er ihnen nicht zuhörte.

Leise sagte er zu Hermann: »Weil deine Mutter krank ist. Unberechenbar. Sie hat vor nicht allzu langer Zeit Joss getötet, wie du weißt. Eiskalt. Mit einem Schürhaken hat sie das arme Tier aufgespießt. Ich habe mir vorgestellt, was passieren würde, wenn sie wieder einen solchen Anfall bekäme, und ihr wäret in ihrer Nähe. Sie kann nichts dafür, aber das Risiko ist mir zu groß.«

Hermann dachte einen Moment nach, dann schüttelte

er den Kopf. »Aber wenn wir mit ihr zusammen sind, ist sie immer sehr nett zu uns. Sie kommt mir gar nicht krank vor.«

»Das ist ja das Heimtückische daran. Wenn ich vorher gemerkt hätte, was mit ihr los ist, wäre das mit Joss nicht passiert. Der arme Hund ...«

»Aber sie fehlt uns.«

Mit einem Ruck blieb Friedrich stehen, packte Hermann mit beiden Händen hart an der Schulter und schüttelte ihn. »Sie ist eine Hundemörderin. Sie ist krank, hast du verstanden?«

Hermann blickte ihn mit großen Augen erschrocken an und auch Franz war stehen geblieben und sah ängstlich zu seinem Vater.

Friedrich lockerte sofort den Griff und strich das zerknitterte Hemd seines Sohnes wieder glatt. »Sie ist nicht gut für euch«, fügte er deutlich leiser hinzu, dann setzte er sich wieder in Bewegung.

Den Rest des Weges legten sie überwiegend schweigend zurück. Ab und zu machte Friedrich einen Ansatz, seinen Söhnen eine der kargen Pflanzen zu erklären oder ein Tier, das vor ihren Füßen vorbeihuschte, aber er erntete stets nur ein stummes Kopfnicken und gab es schließlich auf. Zweimal mussten sie kurz pausieren, weil Franz behauptete, nicht mehr weiter zu können. Bei der ersten Rast redete Friedrich auf ihn ein, erklärte, er müsse sich zusammenreißen, sonst würde er sein ganzes Leben lang allem Unangenehmen ausweichen. Als sie zum zweiten Mal stoppen mussten, weinte Franz. Friedrich warf ihm einen geringschätzigen Blick zu, nannte ihn einen Weichling und setzte sich nach knapp zwei Minuten wieder in Bewegung, ohne sich darum zu kümmern, ob sein jüngster Sohn ihnen folgte.

Nach einer halben Stunde sahen sie das ehemalige Internat vor sich. Sie waren noch etwa zweihundert Meter von dem Gebäude entfernt, als plötzlich eine Gestalt in schwarzer Uniform aus einem Gebüsch trat und ihnen den Weg versperrte.

Der Mann hielt eine Maschinenpistole im Anschlag, die er jedoch sofort sinken ließ, als er erkannte, wer vor ihm stand. »Entschuldigen Sie bitte, Herr von Keipen, ich habe Sie nicht sofort erkannt.«

Friedrich lachte und schüttelte den Kopf. »Schon gut. Sie tun nur Ihre Pflicht und es gefällt mir, dass Sie so wachsam sind. Nur weiter so! Solange Sie uns nicht erschießen ...«

Stolz sah er seine Söhne an und sagte: »Seht ihr, wie gut unsere Sicherheitsmannschaft aufpasst? Sie haben rund um die Gebäude Wachen aufgestellt. Tag und Nacht. Ein Fremder hätte keine Chance, in das Lager zu kommen.«

Hermann betrachtete den Mann einen Moment, dann legte er den Kopf etwas schief. »Aber was bewachen die Männer hier?«

Er hat den gleichen analytischen Verstand wie ich, dachte Friedrich stolz. *Nimmt nichts einfach hin, sondern hinterfragt alles, was ihm nicht auf Anhieb klar ist. Mein Sohn! Er wird einmal ein würdiger Führer der Bruderschaft werden.*

»Nichts, mein Sohn. Sie trainieren ihre Fähigkeiten, damit sie bereit sind, wenn sie uns einmal schützen müssen.«

Er sah Hermanns Gesicht an, dass die Antwort ihn nicht zufriedenstellte, aber der Junge war klug genug, nicht weiter nachzufragen.

Im Lager wurden sie von einem der Männer empfangen, die Barion aus Bolivien geschickt hatte. Es war der Kommandeur der noch kleinen Truppe, ein drahtiger, schwarzhaariger Kerl mit wachsamen Augen.

Er grüßte militärisch und stellte sich als Oberst Wolff vor. Dann bat er sie in das Gebäude, in dem früher die

Klassenräume untergebracht waren. Trotz seines südländischen Aussehens schien er ein Deutscher zu sein.

Seit Friedrichs letztem Besuch vier Wochen zuvor hatte sich einiges verändert.

Im Eingangsbereich waren einige der Schränke aus den ehemaligen Schlafräumen aufgestellt worden. Dicke, massive Schlösser hingen an den Türen und Friedrich fragte sich, ob man an dieser für jedermann zugänglichen Stelle tatsächlich Waffen untergebracht hatte. Er nahm sich vor, den Mann danach zu fragen. Einer der Klassenräume im Erdgeschoss diente als eine Art Konferenzraum.

In der Mitte waren mehrere der ehemaligen Schülertische zu einem großen Rechteck zusammengestellt worden, das von Holzstühlen umringt war.

Über den Tischen an der Decke blähte sich ein grüner Fallschirm auf. Teile davon hingen bis über die Wände und gaben dem Raum die Atmosphäre eines großen Zeltes.

Entlang der Rückwand standen mehrere dunkelbraune Holzkisten nebeneinander. Eine davon war offen und Friedrich sah, dass sie mit großen Rollen gefüllt war, vermutlich Landkarten.

Während sich die Männer an die Tische setzten, zogen die Jungen ihre Rucksäcke aus und wanderten mit großen Augen in dem Raum umher. Friedrich sah zu ihnen herüber und hob die Hand. »Ihr fasst nichts an, habt ihr verstanden?«

Beide nickten und betrachteten fasziniert den Fallschirm über ihren Köpfen. Friedrich wandte sich dem Schwarzhaarigen zu. »Krämer sagte mir, in zwei Tagen kämen fünfunddreißig Männer aus Deutschland hier an. Ist alles für ihre Unterbringung vorbereitet?«

Der Mann nickte. »Die Mannschaftsräume sind hergerichtet. Auch den Dienstplan für die ersten Wochen habe ich schon erstellt. Ich hoffe, die Männer sind in guter körperlicher Verfassung. Sie haben ein hartes Programm.«

»Wie sieht dieses Programm aus?«

»In den ersten Wochen werden wir sie konditionell auf Vordermann bringen. Danach beginnt die eigentliche Ausbildung. Nahkampf, Sprengstoffkunde, Waffenkunde. Sie werden lernen, Schmerzen zu ertragen und lautlos zu töten.«

Friedrich nickte, dann fragte er: »Aber was ist, wenn einige von ihnen der Belastung nicht gewachsen sind?«

»Das gibt es nicht. Die Männer sind alle untersucht worden und bringen die nötigen körperlichen Voraussetzungen mit. Alles andere werden sie lernen. So oder so.«

Friedrich wollte es genau wissen.

»Wenn sich nun einer der Männer strikt weigert, die Strapazen auf sich zu nehmen?«

Oberst Wolff warf einen kurzen Blick auf die beiden Jungen. »Vielleicht möchten sich Ihre Söhne ein wenig draußen umsehen? So lange die Mannschaften noch nicht hier sind, ist das kein Problem.«

Hermann sah seinen Vater fragend an, und als der nickte, zog er Franz mit sich aus dem Raum.

Als er sicher sein konnte, dass die Jungen außer Hörweite waren, entspannte sich Wolff.

»Die Männer haben die freie Wahl und wissen, worauf sie sich einlassen. Herr Krämer hat dafür gesorgt, dass ihre Familien, sofern sie welche haben, davon überzeugt sind, sie hätten sich zur Legion gemeldet. Jeder weiß, dass die Fremdenlegion in Krisengebieten überall auf der Welt eingesetzt ist. Wenn jemand es sich anders überlegt, nachdem er hier angekommen ist, werden die Familien einen Brief von der Legion bekommen. Einen schwarzumrandeten, traurigen Brief! Damit muss man rechnen, wenn jemand in der Legion ist.«

Wieder nickte Friedrich zufrieden. »Sehr gut!«

Genau das war es gewesen, was er hören wollte. Plötzlich fiel ihm noch etwas ein. »Sagen Sie, ich habe am Eingang einige Schränke gesehen. Was bewahren Sie darin auf?«

Der Oberst verzog das Gesicht zu einem schiefen Grinsen. »Was, glauben Sie, könnte sich darin befinden?«

Friedrich war überrascht, er hatte nicht mit einer Gegenfrage gerechnet, aber er spielte mit. »So wie die Schränke gesichert sind, schätze ich, dass Waffen darin aufbewahrt werden.«

Das Grinsen wurde breiter, als der Oberst erklärte: »Die Schränke sind leer. Es ist zwar nicht damit zu rechnen, dass jemand gewaltsam versuchen könnte, in das Lager einzudringen, aber man kann nie vorsichtig genug sein. Wenn jemand uns hier überfallen sollte, wird er wahrscheinlich den gleichen Gedanken haben wie Sie und versuchen, an die Waffen zu kommen. Das verschafft uns zusätzliche Zeit.«

Friedrich hielt den Gedanken eines Überfalls auf das Lager zwar für absolut unsinnig, aber ihm gefielen Männer, die alle Eventualitäten in Betracht zogen.

Nach einer halben Stunde verließen sie das Lager wieder, allerdings entgegengesetzt der Richtung, aus der sie gekommen waren. Friedrich hatte einen Weg ausgesucht, der sie in einem großen Bogen um das ehemalige Internat herumführen würde. Einem Bogen von etwa zehn Kilometern.

Als sich Franz nach einer guten Stunde Fußmarsch weinend in den Staub fallen ließ, gab Friedrich schließlich nach und stimmte einer Mittagspause zu.

Während er auf einem Stück Wurst aus Hermanns Rucksack kaute, dachte er, dass dieser Marsch mit seinen Söhnen eine gute Idee gewesen war und dass er es zu einer regelmäßigen Einrichtung machen sollte.

Es war höchste Zeit, dass Franz ein wenig abgehärtet wurde.

Dann dachte er an Joss, und die Trauer wallte erneut in ihm auf. Sie formte sich zu einem Pfeil und stach ihm mitten ins Herz.

Evelyns Blick blieb noch lange, nachdem Franz um die Ecke des Gebäudes verschwunden war, auf die gleiche Stelle gerichtet. Ein Gefühl der Haltlosigkeit hatte sich in ihr ausgebreitet. Ihr Körper schien nichts weiter zu sein als eine leere Hülle, deren Innenwände sich taub anfühlten. Sie hatte Heimweh und wusste nicht, wonach.

Der sandige Platz, die Gebäude, die ihn einrahmten, selbst der Raum hinter ihr – all das kam ihr vor wie ein Ort, den sie vor langer Zeit schon einmal gesehen hatte und an den sie nun zurückgekehrt war, um festzustellen, dass er sich verändert hatte und sie nichts mehr an das erinnerte, was sie zu kennen geglaubt hatte.

Evelyn riss sich von dem Bild los und ging in die Küche, um sich ein Glas Limonade zu holen. Auf dem Weg dorthin kam ihr Hildegard Müller entgegen. Die ehemalige Geografielehrerin und derzeitige Kinderfrau ihrer Söhne lächelte sie unsicher an. Seit sie ihre neue Stellung angetreten hatte, waren sich die einstigen Kolleginnen aus dem Weg gegangen, und das war Evelyn auch recht so. Sie hatte sich früher mit Hildegard recht gut verstanden, doch die jetzige Situation war mehr als schwierig. Was sollte sie mit der Frau reden, die auf Friedrichs Wunsch hin ihre Rolle bei der Erziehung ihrer Söhne übernommen hatte? Was durfte Hildegard mit ihr reden, ohne sich selbst damit in Schwierigkeiten zu bringen?

»Hallo Hildegard«, sagte Evelyn und lächelte kurz zurück. Die füllige Frau sah beschämt zu Boden und ging schnell an ihr vorbei, wobei auch sie sich ein »Hallo« abringen konnte.

Evelyn beließ es dabei. Letztendlich machte Hildegard nur den Job, für den sie bezahlt wurde. Bei ihr glaubte Evelyn ihre Söhne zumindest in guten Händen. Wenn Friedrich sie entlassen würde, weil sie seiner Meinung nach zu viel geredet hatte, konnte man nicht wissen, wer danach folgen würde.

Sie war gerade dabei, sich aus der Karaffe ein Glas Limonade einzuschenken, als sie das Geräusch eines ankommenden Wagens auf dem Vorplatz hörte. Sie warf einen Blick aus dem Fenster und erkannte den Geländewagen von Kurt Scholler. Was mochte der Anwalt um diese Uhrzeit wollen? Er musste doch wissen, dass Friedrich den ganzen Tag unterwegs war.

Evelyn ließ das Glas auf dem Tisch stehen und ging nach draußen.

Scholler kam ihr auf der Veranda entgegen und strahlte sie an. »Hallo, Frau von Keipen«, rief er ihr fröhlich entgegen.

»Guten Morgen, Herr Scholler. Es tut mir leid, aber mein Mann ist heute den ganzen Tag außer Haus.«

»Ich weiß«, antwortete er und sein Lächeln wurde noch strahlender. »Ich habe heute frei und wusste nicht, was ich mit diesem wunderschönen Tag anfangen sollte. Also dachte ich mir, wenn Sie nichts dagegen haben, könnte ich Ihnen vielleicht ein wenig Gesellschaft leisten. Wir haben selten die Gelegenheit, uns zu unterhalten. Das finde ich sehr schade.«

Zum ersten Mal bemerkte Evelyn, dass seine Zähne von einem unglaublichen Weiß waren. Sie bildeten einen starken Kontrast zu der Gesichtshaut, die mit der Zeit eine gesunde, milchkaffeebraune Farbe angenommen hatte.

Bewusst abweisend sagte sie: »Ich glaube zwar nicht, dass ich eine sehr unterhaltsame Gesprächspartnerin für Sie bin, Herr Scholler, aber wenn Sie möchten, können Sie sich gerne setzen. Ich habe mir gerade eine Limonade eingeschenkt. Möchten Sie auch ein Glas?«

»Limonade ist mein absolutes Lieblingsgetränk«, antwortete Scholler. »Und was Ihre Qualitäten als Gesprächspartnerin betrifft – nun, ich habe die Eigenart, mich nie auf fremde Einschätzungen zu verlassen, sondern meine Erfahrungen stets selbst zu sammeln. Also nehme ich Ihr Angebot gerne an.«

Damit wandte er sich ab und setzte sich auf einen der Korbsessel, die neben dem Eingang auf der Veranda um einen niedrigen Tisch standen.

Evelyn sah ihn verwirrt an und wandte sich dann ab, um ins Haus zu gehen und zwei Minuten später mit zwei gefüllten Gläsern zurückzukommen. Schollers Lächeln hatte sich in ein Grinsen verwandelt, das Evelyn ein wenig anzüglich erschien. Sie setzte sich und sah ihn mit kritischem Blick an.

»Sie sind nun schon so lange hier. Wie kommt es, dass Sie ausgerechnet jetzt die Idee haben, sich mit mir unterhalten zu wollen?«

Sein Gesicht wurde schlagartig ernst und er starrte sekundenlang auf das Glas in seiner Hand, bevor er Evelyn mit einem Blick ansah, in dem sie einen Anflug von Traurigkeit zu erkennen glaubte.

»Weil ich noch nie so deutlich das Gefühl hatte, dass Sie unglücklich sind.«

Evelyn war von der Antwort überrascht. Hastig griff sie nach ihrem Glas und nahm einen Schluck. Dann fuhr sie sich mit der Hand durch die schulterlangen Haare und überlegte krampfhaft, wie sie darauf reagieren sollte.

Seltsamerweise begann ihr Mund zu sprechen, bevor sie zu einem Resultat gekommen war.

»Sie haben eine gute Beobachtungsgabe«, sagte sie kühl. »Allerdings denke ich nicht, dass ein mir vollkommen Fremder, der außerdem noch zu den engsten Vertrauten meines Mannes zählt, ein Ansprechpartner für mich ist, wenn es um meine Gefühle geht. Sie werden sicher verstehen, dass es mir lieb wäre, wenn wir uns über das Wetter unterhalten könnten.«

Der Anwalt hob die Schultern. »Es gehört keine besonders ausgeprägte Beobachtungsgabe dazu, das zu erkennen. Und nein, ich verstehe nicht, dass Sie über das Wetter reden möchten. Was ist es, das Sie so unglücklich macht, Evelyn? Ihre Ehe?«

Sie schnappte nach Luft angesichts dieser Unverfrorenheit, schaffte es aber dennoch, in ruhigem Ton zu antworten: »Meine Ehe geht Sie nichts an, Herr Scholler.«

Er nickte verständnisvoll. »Ja, das stimmt. Ihre Ehe geht mich nichts an. Aber Ihre Gefühle gehen mich schon etwas an. Ich habe ein Recht darauf, Ihnen helfen zu wollen.«

Evelyn brauste auf: »Was haben Sie? Ein Recht? Warum denkt eigentlich jeder Mann, er hätte alle Rechte, die er sich gerade vorstellt? Kommt es nie einem Vertreter Ihrer Spezies in den Sinn, dass es Dinge gibt, auf die er kein Recht hat?«

Ihre Stimme war lauter geworden, und als sie erneut die Hand nach ihrem Glas ausstreckte, konnte Scholler sehen, dass sie zitterte. Er sah ihr lange in die Augen und nickte schließlich. »Sie haben mich überzeugt. Reden wir vom Wetter.«

Es lag etwas in der Art dieses Nickens und dem Tonfall, mit dem er geantwortet hatte, das Evelyn sagte, dass sie ihn nicht überzeugt hatte, aber sie war trotzdem froh, das Thema wechseln zu können.

Einige Zeit schwiegen sie sich an, dann klopfte Scholler sich auf den Schenkel, als wolle er damit das Kapitel »unglücklich sein« endgültig abschließen.

»Nun, da das Wetter scheinbar doch nicht ein solch ergiebiges Gesprächsthema bietet, wie wir angenommen haben – wie wäre es, wenn Sie mir ein wenig aus Ihrer

Vergangenheit erzählten? Wie sind Sie hierhergekommen? Wo haben Sie Friedrich kennengelernt und – hoppla, nun bewege ich mich schon wieder auf gesperrtem Gebiet, richtig?«

Evelyn schüttelte den Kopf. »Ich mache Ihnen einen anderen Vorschlag: Erzählen Sie mir doch etwas über sich. Was mich brennend interessieren würde: Was ist es für ein Gefühl, eiskalt einen Menschen zu töten, um des eigenen Vorteils willen?«

Entgegen ihrer Erwartung schien ihn ihre Frage nicht im Geringsten zu überraschen.

»Ich weiß es nicht«, antwortete er.

»Sie wissen es nicht? Haben Sie es vergessen? So viele Jahre ist es doch noch nicht her, dass Sie Hermann von Settlers Verwandten getötet haben.«

Scholler lehnte sich zurück und legte die Fingerspitzen gegeneinander. Er betrachtete sie mit einer Mischung aus Belustigung und Interesse.

»Ich werde Ihnen ein Geheimnis verraten, Evelyn, das mich den Kopf kosten kann, wenn Sie es Friedrich erzählen. Aber in den Tiefen meines Herzens weiß ich, dass es bei Ihnen gut aufgehoben ist.«

Er machte eine Pause und trank noch einen Schluck, bevor er weitersprach. »Ich habe den Kerl nicht getötet. Ich bin nachts noch einmal zu ihm ins Zimmer gegangen, weil ich ihm raten wollte, Friedrich gegenüber einen anderen Ton anzuschlagen. Ich hatte gemerkt, dass auf seine Art nichts zu holen war. Er lag in seinem Bett und rührte sich nicht. Zuerst dachte ich, er schlafe, aber er war mausetot. Ich witterte meine Chance auf einen lukrativen Job und erfand die Geschichte mit dem Gefallen, den ich Friedrich getan habe. Er hat es geglaubt, wie Sie wissen. Aber ich habe den Mann nicht getötet. Ich habe noch nie einen Menschen getötet und kann mir auch nicht vorstellen, es jemals zu tun.«

Wieder trank er an seinem Glas. Als er es abgestellt hatte, hob er die Schultern. »Nun haben Sie mich in der Hand.«

Evelyn sah ihn mit zweifelndem Blick an. »Warum sollte ich Ihnen das glauben? Wer sagt mir, dass Sie mir nicht eine Lügengeschichte auftischen und den Mann doch getötet haben?«

»Das sagt Ihnen die Tatsache, dass mir eine Lüge Ihnen gegenüber keinen Vorteil verschaffen würde, gegenüber Friedrich aber sehr wohl.«

Sie dachte einen Moment über seine Worte nach, dann sagte sie leise: »Ja, es ist meine Ehe, die mich unglücklich macht. Es ist dieser Mann, bei dem Sie sich einen Vorteil verschaffen konnten, indem Sie angeblich einen Menschen töteten. Und die Sorge um meine Kinder, die von mir ferngehalten werden. Die nach dem Willen dieses Mannes zu den gleichen gefühllosen Wesen erzogen werden sollen, wie er selbst eines ist. Ich bin mir noch immer nicht sicher, ob ich Ihre Geschichte glauben soll. Aber selbst wenn Sie mich angelogen haben, selbst wenn Friedrich Sie geschickt hat, um mich auszuhorchen, ist es mir egal. Es gibt kaum etwas, das er mir noch antun könnte.« Und nach einer Pause fügte sie leise hinzu: »Er hat mich schon getötet.«

Scholler schien über ihr Geständnis nicht sehr überrascht zu sein. »Wissen Sie, was ich nicht verstehe? Wie ist es möglich, dass eine Frau wie Sie, die Gewalt so sehr verabscheut, trotzdem von Anfang an die Bruderschaft unterstützt hat? Sie waren Lehrerin und haben mitgeholfen, den Grundstein für den Erfolg der Bruderschaft zu legen. Genau genommen haben Sie sogar Ihren Teil dazu beigetragen, Ihren Mann zu dem zu machen, was er jetzt ist. Warum?«

Evelyn lächelte nachsichtig, so wie man einem Kind zulächelt, das fragt, warum Erwachsene aufhören, an alles zu glauben, das die Welt eines Kindes so wunderbar macht.

»Weil ich eine junge Frau war, die im Schatten des Nationalsozialismus erzogen wurde. Die an das Ideal der Vereinigung aller Völker unter einer Führung geglaubt hat und an eine Welt, in der es keine Kriege mehr geben muss. Ich dachte damals, das wäre ein lohnenswertes Ziel.«

»Glaubten Sie ernsthaft, dass dieses Ziel ohne jegliche Gewalt zu erreichen wäre?«

Auf ihrer Stirn bildeten sich Falten, als sie die Brauen hob.

»Sie haben diese Zeit doch selbst als Kind mitgemacht. Haben nicht auch Sie gelernt, dass man nur an die großen Ziele zu glauben hat und sich um den Rest besser nicht kümmert? Ich wollte nichts davon wissen, wie die Bruderschaft ihr Ziel erreichen würde. Ich habe nicht ein einziges Mal darüber nachgedacht. Und wenn Friedrich mich nicht gezwungen hätte, ihn zu heiraten, hätte sich daran wahrscheinlich bis heute nichts geändert.«

Mit einem Ruck straffte sich Schollers Körper und er sah sie ungläubig an. »Was? Er hat Sie gezwungen, ihn zu heiraten?«

Evelyn schien einen Moment selbst über das überrascht zu sein, was sie gerade gesagt hatte. Schnell schüttelte sie den Kopf. »Vergessen Sie es.« Sie stand auf und strich mit einer fahrigen Bewegung ihr Kleid glatt.

»Ich weiß nicht, was in mich gefahren ist. Ich habe Ihnen mehr von mir erzählt als jemals zuvor einem Menschen. Bitte fragen Sie nicht weiter.« Nach einer kurzen Pause fügte sie noch einmal leise hinzu: »Bitte!«

Schnell drehte sie sich um, ging zur anderen Seite der Veranda und blickte in die Richtung, die Friedrich mit den Jungen eingeschlagen hatte. Nach einigen Sekunden legten sich Hände vorsichtig auf ihre Oberarme und drehten sie sanft um. Nur zögernd gab sie dem Druck nach. Schollers Gesicht war nur Zentimeter von ihrem entfernt und Evelyn glaubte in den dunklen Augen ehrliches Mitgefühl erkennen zu können.

»Schon gut. Ich werde keine Fragen mehr stellen. Ich möchte dich nicht quälen, sondern dir helfen.«

»Warum?« Es war nur ein Flüstern.

»Möchtest du das wirklich wissen?«

Nein, nicht, schrie ihr Verstand. »Ja«, sagte ihr Mund.

Lange sah er ihr in die Augen. Dann ließ er sie plötzlich los, schüttelte den Kopf und drehte sich abrupt um.

Eine Minute später startete er den Motor seines Wagens und fuhr zügig los. Zurück blieb eine Wolke aus aufgewirbeltem Staub.

Pater Allessino legte den handgeschriebenen Brief vor Corsetti ab und ließ sich mit einem Seufzer auf den einfachen Holzstuhl vor dem Schreibtisch nieder. Seine Aktentasche stellte er neben sich auf dem Boden ab.

Es war acht Uhr dreißig am Mittwochmorgen, und wie jede Woche um diese Zeit war er zu einer kurzen Vorbesprechung im Arbeitszimmer des Sekretärs der Glaubenskongregation erschienen. Sie gingen stets die Punkte vorher durch, die in der um neun Uhr beginnenden Besprechung mit Kardinal de Riemer anstanden.

Als Corsetti erst das Papier und dann Allessino mit einem fragenden Blick musterte, nickte der junge Mann zu dem Blatt hin und sagte: »Dieser Brief kam heute Morgen an.«

Corsetti griff sich das Papier und warf einen Blick darauf. Die Handschrift war krakelig und unleserlich, und nur mit Mühe gelang es ihm, hier und da ein Wort zu entziffern. Nach kurzer Zeit sah er wieder auf und legte den Brief vor sich auf den Schreibtisch.

»Es tut mir leid, aber ich kann diese Schrift beim besten Willen nicht lesen. Erzählen Sie mir doch einfach, worum es geht.«

»Der Brief ist von einem Bischof aus Bayern. Er schreibt über einen Priester, der erst seit Kurzem in seinem Bistum tätig ist. Dieser Geistliche würde seltsame Predigten halten, in denen er von einer modernen Kirche redet und von einem ›toleranten Christentum‹. Er soll sogar einen geschiedenen Mann in seiner Kirche nochmals getraut haben.«

Corsetti dachte einige Zeit nach, bevor er sagte: »Ich

gehe davon aus, dass der Bischof schon ein persönliches Gespräch mit dem Gemeindepfarrer geführt hat?«

Allessino nickte. »Ja, aber wie es scheint, sieht der junge Mann keine Veranlassung, sein Verhalten zu ändern. Ich möchte Ihnen noch etwas anderes zeigen.«

Er griff in seine Aktentasche und zog mehrere Blätter Papier hervor, legte sie auf dem Schreibtisch ab und tippte mit dem Zeigefinger darauf.

»Das ist eine Auswahl von Briefen, die wir in den letzten Monaten erhalten haben. Sie kommen von besorgten Bischöfen und Generalvikaren aus allen Teilen Europas. Selbst von Gemeindemitgliedern sind Briefe dabei. Und alle diese Schreiben drehen sich um das gleiche Thema: Geistliche, die über Reformen predigen, die Abtreibungen befürworten und von ihrer Kanzel aus die Kurie und sogar den Heiligen Vater auffordern, umzudenken und sich dem Zeitgeist anzupassen.« Seine Stimme klang erregt und die Bewegung wirkte hektisch, als er sich nach vorne beugte und die obersten Blätter vom Stapel griff.

»Hier«, wieder tippte sein Zeigefinger auf das Papier, als er aus dem ersten Brief vorlas: »›... bleibt mir nichts anderes, als mich an die Kongregation zu wenden, um dem unglaublichen Handeln dieses Geistlichen Einhalt zu gebieten.‹«

Mit einer schnellen Bewegung legte er das Blatt ab und las in dem nächsten. Erst still, dann laut: »... hat er meiner Schwester gesagt, es wäre im Grunde nicht nötig, ihren kleinen Jungen taufen zu lassen. Sein Gott liebe die Menschen auch, ohne dass man ihnen Wasser über den Kopf schüttet.«

Das nächste Blatt, die gleiche Prozedur. Erst ein kurzes, stilles Überfliegen der Zeilen, dann: »Oder hier: ›Dieser Priester ist eine Schande für die Kirche und ich hoffe, die Kongregation wird ihm Einhalt gebieten. Jemand, der es gut mit der Kirche meint.‹«

Bei diesen Worten ging ein Ruck durch Corsettis Körper. Ein Bild war vor seinem geistigen Auge aufgetaucht. Wie ein buntes Schild, das ihm nur für den Bruchteil einer Sekunde hingehalten worden war. Viel zu kurz, um es wirklich erkennen zu können.

Jemand, der es gut meint!

Woran erinnerte ihn diese Formulierung? Wo hatte er sie schon einmal gelesen? »Monsignore Corsetti? Ist alles in Ordnung?«, fragte der junge Geistliche und sah ihn mit besorgtem Blick an.

»Ja. Es ist nur … Der Schluss dieses letzten Briefes. ›Jemand, der es gut mit Ihnen meint.‹ Das erinnert mich an etwas und ich überlegte gerade, was das war.«

»Jemand, der es gut mit der *Kirche* meint!«, korrigierte ihn Allessino.

Corsetti winkte ab. »Ja, Sie haben ja recht. Aber es geht mir nicht um dieses eine Wort, sondern um den Satz. Wenn ich mich nur erinnern könnte …«

Wieder zuckte das Bild durch sein Bewusstsein. Nein, es war kein Bild. Es war etwas Kleines, Buntes. Ein Foto … eine Karte … ein … eine Briefmarke! Das war es! Eine bunte Briefmarke aus Südafrika!

Dieser merkwürdige Brief, den er im letzten Jahr erhalten hatte. Von einer Bruderschaft hatte der Unbekannte geschrieben, von der Infiltration der Kirche und von einer großen Gefahr. Schon dieser Brief hatte ihn an etwas erinnert und im Gegensatz zu damals fiel ihm seltsamerweise nun sogar ein, woran. Es musste schon fast zehn Jahre her sein. Die Kongregation hieß damals noch »Heiliges Offizium« und der Präfekt war Seine Eminenz Kardinal Benino Campisi gewesen. Auch damals war von einer Bruderschaft die Rede und von der Infiltration der Kirche.

Gab es einen Zusammenhang? Über diesen langen Zeitraum? Es schien sehr unwahrscheinlich, und doch war da wieder dieses Gefühl. Vor zehn Jahren schon hatte er sich – aus dem gleichen Gefühl heraus – vorgenommen, der Sache nachzugehen. Aber nachdem es ein Einzelfall geblieben war, dachte er, sich getäuscht zu haben. Dann dieser Brief aus Südafrika im letzten Jahr. Im Sommer. Nun fiel ihm auch der genaue Tag wieder ein. Es war der Todestag Klemens' XV. gewesen. Und Pater Allessino hatte ihm die Nachricht vom Tod des Heiligen Vaters überbracht, als er den Brief gerade in den Händen hielt.

Aber was hatte er mit dem Schreiben getan? Wo war es hingekommen? Gab es in den Briefen noch deutlichere Parallelen?

De Riemers Arbeitszimmer strahlte eine Atmosphäre würdiger Schwere aus. Wie eine dicht gewobene Decke lagen die Jahrzehnte über den Möbeln und Regalen; an manchen Stellen mochten es gar Jahrhunderte sein. Doch anders als sonst gelang es der Vergangenheit an diesem Morgen nicht, Corsetti in ihren Bann zu ziehen. Die Vorstellung, dass der Blick *seiner* Augen über Gegenstände strich, die auch große, historische Kirchenmänner schon betrachtet hatten, sandte ihm ausnahmsweise keinen Schauer über den Rücken.

Wie an jedem Mittwoch ließ de Riemer sie einige Minuten warten, bevor er schließlich den Raum betrat und sie kurz, aber herzlich begrüßte.

Der Schreibtischstuhl gab einen ächzenden Laut von sich, als das Gewicht des Kardinals auf die Holzverbindungen drückte. Der Kardinal liebte gutes Essen und guten Wein.

Mit einer für ihn untypischen inneren Unruhe wartete Corsetti, bis der Kardinal einige Papiere auf seinem Schreibtisch nach kurzer Durchsicht zur Seite gelegt hatte und ihn auffordernd ansah.

»Eure Eminenz, bevor wir zu den Tagesordnungspunkten kommen, möchten wir Ihnen etwas zeigen, das wir für bedenklich halten.«

Ohne eine Reaktion de Riemers abzuwarten, griff Corsetti in seine Aktentasche und bemerkte dabei, dass seine Hand ein wenig zitterte.

Warum nur regten ihn diese Briefe so sehr auf? Die Kongregation bekam immer wieder Schreiben dieser Art. Besorgte Schreiben, in denen das vermeintliche Fehlverhalten eines Geistlichen aufgezeigt wurde. Fast immer grundlos. Und immer waren die Absender Menschen, die es gut mit der Kirche meinten.

Aber sie schreiben es nicht als letzten Satz unter ihre Briefe!

»Dies sind Briefe, die wir in letzter Zeit erhalten haben. Sie alle betreffen das gleiche Thema, Eure Eminenz.« Corsetti stand auf und reichte die Blätter über den Schreibtisch.

»Es geht darin um seltsame Verhaltensweisen von Gemeindepfarrern. Meist junge Geistliche, die ihr Amt gerade erst übernommen haben. Bemerkenswert sind die Parallelen. In jedem dieser Briefe geht es um eine ›Modernisierung‹ der Kirche, die angeblich von den Priestern gefordert wird.«

Corsetti bemerkte, dass er noch immer stand. Schnell ließ er sich wieder auf dem Holzstuhl nieder und beobachtete, wie sein Gegenüber die Seiten nacheinander überflog. Dabei nickte der Kardinal nach jedem Blatt, als hätte er das, was er dort las, genau so erwartet.

»Es mutet verwunderlich an, wie die Ereignisse manchmal zusammentreffen.« De Riemer legte die Blätter vor sich ab und faltete die Hände vor seinem beachtlichen Leib, was ihm nicht ohne Mühe gelang. Für einen Moment wurde sein Blick abwesend, als halte er innere Einkehr. Dann schien er Corsetti wieder wahrzunehmen und sah ihm offen in die Augen.

»Und doch wieder nicht, denn es zeigt uns, dass der Herr zu jeder Zeit über uns wacht und unsere Geschicke lenkt.«

Der Kardinal musste die Verwirrung an Corsettis Gesicht ablesen können, denn im Blick seiner braunen Augen lag Verständnis. Es war der nachsichtige Blick, mit dem man ein Kind ansieht, das eine Frage gestellt hat, zu der es die Antwort noch nicht verstehen kann.

»Ich hatte gestern Abend ein ausführliches Gespräch mit Erzbischof Herrera«, erklärte der Kardinal.

Corsetti nickte. Er kannte den Erzbischof von Santiago und wusste, dass er zurzeit in Rom war. Fast neunzig Prozent der über zehn Millionen Einwohner Chiles waren Katholiken. Die Kirche hatte großen Einfluss auf das Leben der Menschen und die Politik in Chile. Entsprechend groß war die Verantwortung der Geistlichen dort.

»Er hat sich sehr besorgt über einige junge Priester in Chile geäußert, die Reformen predigen und die Menschen zum Umdenken auffordern. Auch erwähnte er, ähnliche Dinge aus anderen lateinamerikanischen Ländern gehört zu haben.«

Der Kardinal machte eine kurze Pause. Vielleicht, um Corsetti die Gelegenheit zu geben, etwas zu sagen. Der saß jedoch nur stumm da und spürte, wie sich sein Herzschlag deutlich beschleunigte. Sein Gefühl hatte ihn also nicht getäuscht. Es schien etwas Ungeheuerliches innerhalb der Kirche vor sich zu gehen.

»Monsignore, ich möchte, dass Sie sich dieser Sache annehmen. Unterhalten Sie sich mit dem Erzbischof. Gehen Sie diesen Briefen nach. Wenn es notwendig erscheint, zitieren Sie die betreffenden Geistlichen her. Gehen Sie dabei aber bitte behutsam vor, denn ich möchte keine Hexenjagd heraufbeschwören. Jedoch erscheint diese Anhäufung ähnlicher Vorfälle auch mir mehr als seltsam. Ich werde dem Heiligen Vater darüber berichten.«

Die Besprechung war nach einer knappen Stunde beendet. Nachdem Corsetti die Unterlagen in seinem Büro abgelegt hatte, stellte er sich vor das Fenster und blickte nach draußen, ohne dabei etwas von dem wahrzunehmen, was auf der anderen Seite der Scheibe vor sich ging. Seine Gedanken kreisten um die Briefe und das beklemmende Gefühl, das ihn seit dem Morgen beschlichen hatte.

Der Herr wacht über uns und lenkt unsere Geschicke, hatte der Kardinal gesagt. Auch Corsetti ließ sich vom Willen Gottes lenken, indem er auf seine innere Stimme hörte. Diese Stimme, die keine Worte brauchte, um sich mitzuteilen, und von der Corsetti wusste, dass es *seine* Stimme war.

Mit einem Ruck wandte er sich ab und verließ den Raum. Ein Spaziergang durch die Vatikanischen Gärten würde ihm guttun und ihm helfen, seine Gedanken zu ordnen.

Während er zwischen prächtigen Blumenbeeten und gepflegten Palmen spazierte, überlegte er, wie er nun vorgehen würde. Als Erstes musste er sich mit Bischof Herrera unterhalten, denn der würde sich nur noch zwei Tage in Rom aufhalten. Danach würde er sich mit diesen Briefen befassen und mit den Absendern in Kontakt treten, sofern es sich dabei um Geistliche handelte. Nachfragen der Glaubenskongregation bei besorgten Gemeindemitgliedern würden nach außen einer Vorverurteilung der beschuldigten Priester gleichkommen, was Corsetti auf jeden Fall vermeiden wollte. Was auch immer die Untersuchungen ergeben würden, die Anschuldigungen richteten sich gegen Männer, die ihr Leben Gott gewidmet hatten, und diese Menschen hatten ein Recht darauf, unter dem Schutz der Kirche zu stehen, solange ihnen keine groben Verfehlungen nachgewiesen wurden.

Nicht zum ersten Mal empfand Corsetti Bedauern über

die Tatsache, dass es einer Institution wie der Glaubenskongregation bedurfte. Er verstand sich nicht als »Glaubenswächter«, wie die Mitglieder der Kongregation oft genannt wurden. Corsetti sah seine Aufgabe darin, auf menschliche Schwächen einzugehen und Geistlichen zu helfen, die von ihrem Weg abgekommen waren. Die Vergangenheit hatte gezeigt, dass ein einfühlsames und verständnisvolles Gespräch fast immer zu einer Besinnung führte. Seit er der Kongregation angehörte, war es überhaupt erst einmal vorgekommen, dass das religiöse Verständnis und das Handeln eines Priesters sich so weit von den Grundsätzen der katholischen Glaubenslehre entfernt hatten, dass er sein Amt nicht weiter ausüben konnte.

Etwas in ihm sagte ihm jedoch, dass eine schwere Zeit bevorstand.

Der Herr wacht über uns und lenkt unsere Geschicke.

Corsetti wusste, dass es so war, und diese Gewissheit machte ihm trotz aller Vorahnungen Mut und gab ihm Kraft.

Er ging am Campo Santo Teutonico vorbei und ließ die Sakristei von St. Peter, das Gästehaus des Heiligen Stuhls und einige Dienstgebäude hinter sich. Nachdem er schließlich den Vatikanischen Bahnhof und den Gouverneurspalast passiert hatte, stieg der Weg steil zum Vatikanischen Hügel mit seinen Kunstgärten und Wappenanpflanzungen an.

Als er den schmalen, gewundenen Weg entlangging, der nahe an der Leoninischen Stadtmauer vorbeiführt, in deren nordwestlichem Turm sich Radio Vatikan befindet, kam ihm ein noch sehr junger Bischof entgegen und lächelte ihm schon zu, als sie noch zwanzig Meter voneinander entfernt waren. Corsetti kannte dieses Gesicht und überlegte, wo er dem Mann schon begegnet war. Bevor es ihm einfiel, standen sie sich schon gegenüber und Corsetti nickte.

»Guten Morgen, Eure Exzellenz.«

»Guten Morgen, Monsignore Corsetti. Ich freue mich, Sie an diesem wunderschönen Morgen zu treffen. Darf ich Sie ein Stück auf Ihrem Spaziergang begleiten?«

Er war überrascht. Woher kannte dieser Bischof seinen Namen? Und wo waren sie sich schon begegnet? Warum wollte er ihn begleiten? Etwas mahnte ihn zur Vorsicht, doch entgegen seiner Gewohnheit tat er das Gefühl ab. Vor ihm stand ein Bischof der Kurie!

»Gerne, Eure Exzellenz«, antwortete er nach einer etwas zu langen Pause und zeigte zur Unterstreichung mit ausgestrecktem Arm nach vorne. Der Bischof drehte sich um, und gemeinsam setzten sie sich in Bewegung.

Nachdem sie einige Schritte schweigend nebeneinander hergegangen waren, sah Corsetti den Bischof an. »Entschuldigen Sie, Exzellenz, ich bin ein wenig verwirrt. Ich …«

»Sie wundern sich, dass ich Sie kenne?«, fiel der Bischof ihm lächelnd ins Wort. »Monsignore, wir hatten einmal ein Gespräch über die Finanzverwaltung der Glaubenskongregation. Das ist schon einige Zeit her, es war noch vor meiner Bischofsweihe. Es wundert mich nicht, dass Sie sich nicht mehr an mich erinnern. Diese Unterhaltungen sind nicht sehr beliebt. Mein Name ist Dengelmann.«

Corsetti dachte darüber nach und konnte sich erinnern, ein solches Gespräch geführt zu haben. Allerdings fiel es ihm noch immer schwer, dieses Gesicht oder den Namen damit in Verbindung zu bringen. Entschuldigend hob er die Schultern.

»Mein Personengedächtnis ist nicht sehr gut, Exzellenz. Zahlen und Fakten kann ich mir gut merken, doch wenn es um Gesichter geht, habe ich meine Schwierigkeiten mit der Zuordnung.«

Bischof Dengelmann nickte verständnisvoll. »Bei Ihrer

Aufgabe sind Fakten sicherlich von größerer Bedeutung als Gesichter. Bei meiner Tätigkeit verhält es sich eigentlich ebenso, aber mein angeborenes Interesse für die Menschen führt dazu, dass ich niemanden vergesse, mit dem ich einmal zu tun hatte.«

Corsetti wunderte sich über diese Erklärung und überlegte, ob das im Umkehrschluss bedeuten solle, er hätte kein Interesse an den Menschen. Dieser Tag war sehr seltsam.

»Vor Kurzem noch hatte ich Gelegenheit zu einer längeren Unterredung mit Seiner Eminenz Kardinal de Riemer«, wechselte der Bischof zu Corsettis Erleichterung das Thema. »Ich interessiere mich nicht nur für Finanzen, müssen Sie wissen. Die Aufgaben der Kongregation für die Glaubenslehre gehören sicherlich zu den wichtigsten der Kurie, und wann immer meine Zeit es mir erlaubt, verfolge ich ihr Tun mit großem Interesse.«

Dieses Gespräch wurde immer ungewöhnlicher. Was wollte der Bischof von ihm? Fast schien es, als dienten seine Ausführungen als Vorbereitung, ihn auszuhorchen. Aber wozu? Welches Interesse konnte ein Bischof, der sich mit den Finanzen der Kurie beschäftigte, an den Aufgaben der Glaubenskongregation haben? Wahrscheinlich war er durch diese Briefe und die Berichte von Bischof Herrera so aufgewühlt, dass er unter einem Anflug von Verfolgungswahn litt. Aber seltsam war es schon.

»So, Monsignore, hier muss ich Sie leider verlassen.« Bischof Dengelmann blieb stehen und deutete auf einen Pfad, der von ihrem Weg abzweigte und zwischen in kubische Formen geschnittenen Hecken hindurch zurück zu den Verwaltungsgebäuden führte.

»Ich danke Ihnen für die nette Unterhaltung. Vielleicht findet sich bald wieder die Gelegenheit zu einem gemeinsamen Spaziergang. Ich würde mich sehr freuen.«

»Die Freude wäre ganz auf meiner Seite, Exzellenz«,

antwortete Corsetti, vom abrupten Ende ihres Gespräches überrascht und auch erleichtert. Der Bischof nickte ihm noch einmal zu und wandte sich ab. Sekunden später war er hinter dem grünen Blätterwald verschwunden.

Corsetti sah noch eine Zeit lang auf die Hecken, hinter denen Dengelmann verschwunden war, dann setzte er seinen Weg fort. Wie um sich selbst zu bestätigen, dass er an diesem Tag wirklich unter Verfolgungswahn zu leiden schien, schüttelte er den Kopf. Bischof Dengelmann hatte sich lediglich ein wenig unterhalten wollen. Er hatte sich als Akt der Höflichkeit nach der Kongregation erkundigt, das war alles. Und er war ein interessanter Mann, dieser unglaublich junge Bischof. Corsetti nahm sich vor, den Spaziergang mit ihm wirklich irgendwann zu wiederholen und dabei mehr Interesse an dessen Aufgaben zu zeigen.

14. Februar 1970
Warschau

Pfarrer Leszek Karnickich betrachtete nacheinander die Gesichter der sieben jungen Männer, Priester wie er, die sich im stickigen Nebenzimmer eines Cafés um einen großen, runden Holztisch gruppiert hatten.

»Ich kann eure Bedenken verstehen, aber wir werden nichts erreichen, wenn wir uns verstecken. Nur wer den Mund auftut, kann seine Botschaft verkünden. Und unsere Botschaft lautet: Gott hängt nicht an Regeln, die von Menschen einer anderen Zeitepoche mit dem begrenzten geistigen Horizont und der Menschenverachtung der damaligen Zeit aufgestellt wurden. Es kann nicht in Gottes Sinne sein, Dogmen als unumstößliche Wahrheit anzusehen, die die Menschen nötigen. Gott ist Liebe. Und Liebe ist Verständnis. *Das* ist unsere Botschaft! *Unsere* katholische Kirche ist eine verständnisvolle Kirche *für* die Menschen.«

21. Februar 1970
ein kleiner Vorort von Madrid

Pfarrer Gil-Robles beendete seine Predigt mit ruhiger, sanfter Stimme: »Und darum trete ich für eine katholische Kirche der Menschen ein. Für eine katholische Kirche, die sich frei davon macht, die Menschen zu quälen, von denen sie geliebt werden möchte. Für eine Kirche, die Not lindert, indem sie zum Beispiel Menschen die Möglichkeit gibt, dafür Sorge zu tragen, dass sie keine Kinder mehr in die Welt setzen müssen, die sie nicht ernähren können.«

Sie standen vor der Kirche und der Priester hatte Daniele, einen Bauern Anfang Fünfzig, aus der Reihe der Gläubigen gezogen, die sich wie jeden Sonntag nach dem Gottesdienst von ihrem Pfarrer verabschiedeten.

Nachdem er auch der letzten Familie die Hand geschüttelt hatte, wandte er sich Daniele zu, der nervös und schuldbewusst von einem Bein auf das andere trat.

»Mein Sohn, sage mir, warum nimmst du nicht an der Kommunion teil?« Danieles Augen wurden groß. »Aber Sie wissen doch, ich bin geschieden.« Beschämt senkte sich sein Blick.

Der Priester schüttelte den Kopf und legte ihm eine Hand auf die Schulter. »In meiner Kirche wird dir niemand das Abendmahl verwehren. Und nun gehe nach Hause und freue dich auf den nächsten Gottesdienst. Ich werde euch dann mehr von meiner Kirche erzählen.«

1. März 1970
Kimberley

Drei Wochen war der seltsame Tag nun fast her. Dieses Gespräch mit Kurt Scholler, das so tiefe Spuren in Evelyn hinterlassen hatte. Die Hände, die sie berührt hatten und deren sanften Druck sie jedes Mal an ihren Armen zu spüren glaubte, wenn sie daran dachte. Jeden Tag.

Sie waren sich seitdem nur ein paar Mal begegnet, und immer in Friedrichs Beisein. Evelyn hatte den Anwalt verstohlen beobachtet, seinen Blick gesucht, um darin vielleicht etwas zu erkennen. Dabei wusste sie selbst nicht, was sie darin finden wollte. Scholler hatte sich ihr gegenüber verhalten, als hätte es diesen Tag nie gegeben.

Die Begrüßungen zwischen ihnen waren höflich, doch danach galt seine Aufmerksamkeit ausnahmslos Friedrich.

Einmal – es war erst wenige Tage her – war sie nahe daran gewesen, ihn anzurufen. Sie wollte ihn fragen, was er mit seinem Besuch bei ihr wirklich bezweckt hatte. Warum er ihr Freundschaft und Interesse vorgeheuchelt hatte, wenn er gleich danach wieder so tat, als wäre sie nicht existent.

Sie hatte ihn nicht angerufen, obwohl alles in ihr danach drängte. Eine verheiratete Frau telefonierte keinem Mann hinterher, weil der sie einmal an den Armen berührt und ihr ein angebliches Geheimnis verraten hatte, an das sie mittlerweile sowieso nicht mehr glaubte. Erst recht nicht, wenn sie die Frau Friedrich von Keipens war.

An diesem Morgen war Friedrich überraschend zu einer zweitägigen Reise nach Deutschland aufgebrochen, über deren Zweck er sich in Schweigen hüllte. Eine Sitzung des Rates konnte es nicht sein, denn Hans war genau wie Krämer und auch Kurt Scholler in Kimberley geblieben.

Dr. Fissler nahm nicht mehr an den Ratssitzungen teil. Er hatte sich nach der letzten Auseinandersetzung mit Friedrich völlig zurückgezogen und wollte von den Belangen der Bruderschaft nichts mehr hören. Friedrich hatte als Ersatz für ihn einen ehemaligen »Begleiter« eingesetzt, der sich wie Hans von der ersten Stunde an der Bruderschaft verschrieben hatte und Friedrich bedingungslos folgte. Der Name des Arztes durfte in Friedrichs Gegenwart nicht mehr erwähnt werden. Es war, als hätte es nie einen Dr. Werner Fissler in der Bruderschaft gegeben. Nur den Kontakt zu Evelyn hatte der alte Mann aufrechterhalten. Sie trafen sich regelmäßig, und bei jedem dieser heimlichen Treffen redete Werner auf sie ein, sie solle mit ihren Söhnen zusammen diesen Mann und Südafrika verlassen. Bei ihrem letzten Treffen – es war erst drei Tage her – hatte sie selbst ihm auch noch zusätzliche Argumente geliefert, indem sie ihm von dem Nachmittag mit Kurt Scholler erzählte. Sie musste einfach mit jemandem darüber reden und der Arzt war der Einzige, dem sie vertraute.

Werner hatte ihr zugehört, ohne sie zu unterbrechen, und nur mit dem Kopf genickt, um sie zum Weiterreden zu ermuntern, wenn sie stockte. Am Ende ihres Berichtes hatte Fissler nur gesagt: »Evelyn, ich freue mich für dich.« Dann war er aufgestanden und gegangen, bevor sie ihn hätte fragen können, was er damit meinte. Er war seltsam geworden in den letzten Wochen. Seltsam und alt.

Friedrich war noch keine Stunde aus dem Haus, als Schollers Anruf kam. Er müsse unbedingt mit ihr reden, hatte er gesagt und sich nicht abwimmeln lassen. Evelyn hatte ihm – schärfer, als sie es eigentlich wollte – geraten, er solle sie in Ruhe lassen. Ihn gefragt, was er sich dabei denke, sie erst mit intimsten Fragen zu quälen und anschließend wochenlang so zu tun, als kenne er sie nicht.

Vergebens! Nach einer kurz in den Hörer gerufenen Uhrzeit war die Leitung tot gewesen. Kurt Scholler hatte aufgelegt!

Nun saß sie auf der Veranda und wartete auf ihn. Sie bemerkte, dass ihr Herz schneller schlug als sonst und ärgerte sich darüber. Gerade wollte sie ihre Gedanken auf etwas anderes konzentrieren, als sein Wagen auf den Vorplatz fuhr und in einer Staubwolke nur wenige Meter vor ihr zum Stehen kam.

Er stieg aus und kam grußlos die Stufen hoch. Stand dann vor ihr und zog sie aus dem Korbsessel zu sich hoch. Sah ihr lange ernst in die Augen und sagte schließlich mit sanfter Stimme: »Weil ich dich liebe.«

Sie brauchte einige Sekunden, bis ihr Verstand begriff, was sie gerade gehört hatte.

»Was?«, flüsterte sie. Zu mehr war sie nicht fähig.

»Deine Frage, Evelyn. Du hast mich gefragt, warum ich dir helfen möchte, und das ist die Antwort. Weil ich dich liebe.«

Mit einem Ruck stieß sie sich von ihm ab und machte einen Schritt zur Seite. Mit beiden Händen stützte sie sich auf dem Holzgeländer ab und blickte über den sandigen Vorplatz. »Sie sind ja völlig verrückt!«

Wieder spürte sie seine Hände an ihren Oberarmen, genau wie drei Wochen zuvor. Und wieder drehte er sie sanft zu sich um.

Plötzlich berührten sich ihre Lippen. Evelyn ließ es geschehen. Erst passiv, ohne den Kuss zu erwidern, doch dann schlangen sich ihre Arme um seinen Nacken, als hätten sie ein Eigenleben entwickelt. Ihr Körper drängte ihm entgegen und eine nie gekannte Sehnsucht öffnete ihren Mund. Evelyn von Keipen spürte dieses brennende Verlangen zum ersten Mal in ihrem Leben und ließ sich völlig fallen. Sekundenlang. Dann stieß sie Kurt plötzlich wieder von sich und fuhr sich instinktiv mit der Hand durch das Haar, als wäre es durch den Kuss durcheinander geraten. Ihr Atem ging keuchend, als sie sich umdrehte. »Wenn uns jemand sieht ... Das wäre das Ende.«

»Nein, Evelyn. Das ist nicht das Ende. Im Gegenteil, es ist ein Anfang.«

1. März 1970

Aachen

Friedrich traf sich mit Professor Glassmanns in dessen Haus.

Grund für das Treffen war ein erregter Anruf, den Friedrich von Glassmanns erhalten hatte.

Der Professor hatte ihm am Telefon gesagt, es gäbe einige höchst bedenkliche Entwicklungen. So bedenklich, dass ein persönliches Gespräch unter vier Augen unumgänglich sei.

Erst hatte Friedrich abgelehnt, doch als Glassmanns ihm sagte, er hätte einen alarmierenden Bericht seines Mannes im Vatikan bekommen, nach dem die Bruderschaft in größter Gefahr war, hatte Friedrich plötzlich das Gefühl, eine Faust drücke sich in seinen Magen.

Die Bruderschaft in Gefahr? Laut eines Berichtes »seines Mannes im Vatikan«? Wie war es möglich, dass Glassmanns einen Mann im Vatikan hatte? Ohne Friedrichs Wissen? Oder war es lediglich Geschwätz des Alten gewesen, um die Bedeutung seines Anliegens zu unterstreichen, was immer es auch sein mochte? Wahrscheinlich war es so, aber Friedrich konnte es sich nicht leisten, sich auf Annahmen zu verlassen. Er musste der Sache auf den Grund gehen.

Sie saßen sich im gleichen Raum, in dem sonst die Sitzungen des Rates stattfanden, an dem großen Tisch gegenüber. Glassmanns hatte eine Flasche Rothschild geöffnet, und nachdem sie sich zugeprostet hatten, kam Friedrich sofort zum Thema.

»Professor, Sie sagten am Telefon etwas von Ihrem ›Mann im Vatikan‹. Was habe ich mir bitte darunter vorzustellen?«

Der Arzt nickte zum Zeichen, dass er die Frage erwartet hatte. »Herr von Keipen, wie Sie selbst wissen, gab es in der Vergangenheit einige – wie soll ich sagen –, einige Situationen, in denen wir nicht einer Meinung waren.«

Friedrich bemerkte, dass Glassmanns eine Reaktion darauf erwartete, und genoss es, ihn weiter mit unbewegter Miene anzusehen. Nach einigen Sekunden fuhr der Professor fort: »Ich schicke voraus, dass sich meine Einstellung in vielen, ja, in den meisten Punkten geändert hat. Dahingehend, dass ich Ihnen zugestehe, dass Sie im Nachhinein betrachtet fast immer recht behalten haben.«

»Nicht nur *fast* immer, Herr Professor!«, unterbrach ihn Friedrich, doch Glassmanns ließ sich nicht irritieren.

»Worauf ich hinausmöchte: Ich hielt es in der Vergangenheit für vorteilhaft, einen zusätzlichen Mann im Vatikan zu haben, dem vielleicht Dinge zu Ohren kommen, die unsere Mitglieder nicht bemerken. Bevor Sie mir nun vorwerfen, ich hätte Sie hintergangen, betone ich nochmals: Wir hatten in vielen Punkten so elementar unterschiedliche Auffassungen, dass es für mich eine Frage der Sicherheit für die Bruderschaft war. Und nur um die Bruderschaft ging es mir dabei, Herr von Keipen. Wie sich jetzt herausstellt, zu Recht.«

Friedrich dachte einen Moment nach, wobei er seinem Gegenüber unentwegt in die Augen sah. »Gut, Professor. Über Ihr eigenmächtiges Handeln werden wir uns noch unterhalten. Nun berichten Sie mir erst einmal, worin die angebliche Gefahr für die Simoner besteht.«

Glassmanns schien über Friedrichs Reaktion erleichtert zu sein. Er atmete schnaubend aus, als wäre er gerade einer großen Gefahr um Haaresbreite entkommen.

»Unser Mann – Peter – ist Schweizer. Er ist außerdem der Bruder des stellvertretenden Kommandeurs der Schweizer Garde. Als er seine Anstellung in einem Schweizer Elektronikunternehmen verlor, hat sein Bruder ihm geholfen, eine Stelle als ziviler Sachbearbeiter im Vatikan zu bekommen. Dort hat er sich im Laufe der Zeit mit einem jungen Geistlichen angefreundet, der wiederum gute Kontakte zum Untersekretär der Kongregation für die Glaubenslehre hat, weil sie zusammen an der Gregorianischen Universität studiert haben.

Nun, Peter und der junge Geistliche treffen sich oft zum Essen und haben auch schon viele gemütliche Abende miteinander verbracht. Sie plaudern bei diesen Treffen über alles, was sie bewegt, und die Dinge, die sie täglich erleben. Eines dieser Treffen war vor drei Tagen. Dieser Untersekretär hat seinem Studienfreund einige Dinge aus der Kongregation erzählt, die der während dieses letzten Treffens an Peter weitergab. Er sagte, der Vorgesetzte des Untersekretärs, ein Monsignore Soundso, habe eine groß angelegte Untersuchung begonnen, bei der es unter anderem um Briefe geht, die die Kongregation in letzter Zeit erhalten hat. Briefe, deren Thema Priester sind, die öffentlich von einer Modernisierung der Kirche reden. Die der Kurie und dem Papst vorwerfen, an verstaubten Dogmen und Grundsätzen festzuhalten.«

Glassmanns machte eine kurze Pause, um die Wirkung der folgenden Worte zu erhöhen.

»Diese Untersuchung, Herr von Keipen, richtet sich gegen die Simonische Bruderschaft!«

In Erwartung einer Reaktion beobachtete Glassmanns Friedrich mit stechendem Blick.

Der war über das, was er gerade gehört hatte, nicht wirklich überrascht. Er hatte sich, augenscheinlich anders als Professor Glassmanns, nicht der Illusion hingegeben, die Aktivitäten der Bruderschaft könnten dem Vatikan ewig verborgen bleiben.

Allerdings hatte er sehr gehofft, es würde noch einige Zeit dauern, bis die Hinweise in Rom sich so häuften, dass die Kongregation Handlungsbedarf sah. Dass schon zum jetzigen Zeitpunkt eine offizielle Untersuchung eingeleitet wurde, war denkbar ungünstig und erforderte eine kurzfristige Änderung des bisherigen Ablaufplanes. Aber noch etwas anderes beschäftigte Friedrich.

»Woher kennen Sie diesen Peter eigentlich und wie kommt es, dass er Ihnen Informationen aus dem Vatikan weitergibt?«

Plötzlich wirkte der Professor nervös. Sein Blick wanderte unruhig an Friedrich vorbei, als wäre irgendwo hinter ihm ein Schild angebracht, auf dem die Antwort stand.

Als seine Augen sich wieder auf Friedrich richteten, hatte der das deutliche Gefühl, Glassmanns sei verunsichert.

»Ich kenne ihn von früher und er ist mir verpflichtet. Können wir es dabei bitte belassen? Es ist eine sehr private Angelegenheit, über die ich nicht reden möchte.«

»Eines muss ich wissen, Professor: Weiß der Mann von der Bruderschaft?«

Glassmanns schüttelte heftig den Kopf. »Nein, nein, auf keinen Fall. Er denkt, mein Interesse an den Vorgängen im Vatikan hinge ausschließlich damit zusammen, dass ich ein Gegner der Kirche bin und es mich freut, wenn es interne Querelen gibt.«

Die Erklärung stellte Friedrich zwar nicht zufrieden, aber angesichts der Situation wollte er es erst einmal dabei belassen. Wenn das, was dieser Peter aus dem Vatikan berichtete, sich als Tatsache herausstellte, musste sofort reagiert werden.

Er nickte seinem Gegenüber zu. »Gut, Professor. Wir werden zu gegebener Zeit noch einmal das Thema ›Vertrauen‹ aufgreifen müssen, aber ich danke Ihnen für diese wichtigen Informationen. Es war richtig, mich sofort zu kontaktieren und den Rat in diesem Fall außen vor zu lassen. Wir sollten gerade jetzt alles vermeiden, was innerhalb der Bruderschaft zu Unsicherheit führen könnte. Die nächsten Schritte müssen durchdacht sein. Ich werde mich in ein paar Tagen wieder mit Ihnen in Verbindung setzen und das weitere Vorgehen mit Ihnen besprechen.«

Damit stand er auf. Eine knappe Viertelstunde später verließ er Glassmanns' Villa.

Corsetti hielt einen Moment mit dem Packen seines Koffers inne und wischte sich über die Stirn. Er fühlte sich müde, fast krank.

Kurz nachdem diese Untersuchung begonnen hatte, war der Albtraum gekommen.

Abends sank er völlig erschöpft ins Bett und schlief sofort ein, doch schon nach kurzer Zeit plagten ihn schlimme Bilder.

Oder waren es Visionen?

Er erlebte den Untergang der katholischen Kirche. Wie in einem gigantischen Monumentalfilm wurde er Zeuge, wie in allen Teilen der Welt die Geistlichen verfolgt wurden. Heerscharen von Teufeln, in bunte Priestergewänder gehüllt und die Gesichter zu grellen Fratzen geschminkt, verhöhnten und misshandelten die gläubigen Kirchenmänner. Bischöfe wurden von der Meute durch die Straßen der großen Städte gejagt. Priester, die sich dem Kult der modernen Kirche nicht anschließen wollten, wurden aus ihren Gemeinden geprügelt.

Am schlimmsten war es im Vatikan. Der Papst und die Kurienkardinäle waren in Verliese in den Katakomben unter der Engelsburg gesperrt worden. An ihre Stelle waren Männer in grauen Anzügen getreten, mit grauen Haaren und grauen Gesichtern. Sie hatten keine Nasen und keine Münder, diese Gesichter, nur zwei schwarze Knöpfe, die kalt ihre Umgebung musterten. Der Oberste der Grauen trug als Zeichen seiner Macht eine blutrote Tiara aus Pappe.

Das Innere des Petersdoms war mit grauen Girlanden geschmückt worden und unter dem Baldachin erzeugte eine Rockband ohrenbetäubenden Lärm. Die Reihen waren bis auf den letzten Platz besetzt, und mit jeder Minute, die die Gläubigen länger im Dom blieben, wurden ihre Gesichter grauer und verloren mehr und mehr ihre Konturen.

Die Welt stand am Abgrund und er sah das alles und konnte nichts dagegen tun. Seine Verzweiflung löste sich in einem langen Schrei. Er schrie den Gläubigen im Petersdom seinen Schmerz zu und den Priestern und Bischöfen, die vor ihren Peinigern durch die Straßen flüchteten. Sein Schrei ließ die Köpfe der Grauen zu ihm herumfahren und selbst das formlose Gesicht des Obergrauen ruckte so heftig zu ihm herum, dass die Dreifachkrone aus Pappe ihm vom Schädel fiel.

Und dann begannen sie zu lachen.

Erst die Männer in den grauen Anzügen, dann die Menschen im Petersdom. Zuletzt blieben auch die flüchtenden Priester und Bischöfe stehen und verbündeten sich mit ihren Verfolgern. Sie zeigten mit den Fingern auf ihn und lachten ihn aus. Corsettis Schrei wurde immer heller und immer lauter. So laut, dass er davon aufwachte und schweißgebadet und mit pochendem Herzen, aufrecht in seinem Bett sitzend, versuchte, die Dunkelheit seines Zimmers zu durchdringen. Ein Blick auf die Uhr zeigte ihm dann meist, dass es erst zwei oder drei Uhr war. Einschlafen konnte er danach jedoch nicht mehr.

Während er seine Toilettenartikel zusammenpackte, dachte er an die bevorstehende Reise. Vier Stationen hatte er allein in Deutschland zu bewältigen. Es würden Gespräche mit vier Bischöfen stattfinden und mit vier jungen Geistlichen, denen schwere Verfehlungen im Sinne der Kirche angelastet wurden.

Auch das Umfeld der Priester würde er miteinbeziehen müssen. Er würde in Privatsphären einbrechen und Menschen befragen, die die Männer kannten, mit ihnen be-

freundet waren. Zum ersten Mal, seit er der Glaubenskongregation angehörte, würde er eine Untersuchung leiten, deren Ergebnis das Schicksal junger Priester auf eine
Art beeinflussen konnte, die ihm großes Unbehagen bereitete. Nicht, weil er die Institution der Kongregation infrage stellte. Sollten die Vorwürfe sich bewahrheiten, hätte
das für die Geistlichen weitreichende und aus Sicht der
Kirche sehr schlimme Folgen. Und er, der Sekretär der
Kongregation für die Glaubenslehre, hätte sie zu verant-
worten.

Mit einem leisen Seufzer legte er den Toilettenbeutel ab,
verharrte für einen kurzen Moment vor dem geöffneten
Koffer und wandte sich schließlich der Wohnungstür zu.

Er brauchte Kraft und Zuspruch für die Dinge, die nun
vor ihm lagen, und er wusste, wo er beides bekommen
würde.

Er war der einzige Besucher der kleinen Kapelle im Erdgeschoss des Gebäudes. Wandlampen tauchten den knapp
einhundert Quadratmeter großen Raum in sanftes, gelb-
liches Licht, das die Seele zu streicheln schien. Links und
rechts standen, durch einen schmalen Mittelgang ge-
trennt, jeweils drei Holzbänke hintereinander.

Langsam ging der Geistliche an den Bänken vorbei auf
den schreibtischgroßen Steinblock an der Stirnseite zu,
der als zentrales Element den Altar bildete. Er achtete dabei darauf, das Geräusch seiner Schritte zu dämpfen, um
die Stille nicht zu stören. Ein frischer Blumenstrauß war
in der Mitte des Altars aufgestellt worden, zu beiden Seiten flankiert von dicken Kerzen, auf denen bewegungslos
kleine Flammen standen.

Corsetti verbeugte sich tief vor dem hölzernen Kreuz,
das an Ketten über dem Altar hing, bevor er sich direkt vor
dem Steinblock auf die Knie sinken ließ und die Hände
vor dem Körper faltete.

Demütig senkte er den Kopf.

Mit geschlossenen Augen ließ er seinen Gedanken freien Lauf und öffnete die Pforten seines Geistes, damit die Seele sich selbst ihren Weg suchen konnte. Minutenlang verharrte er so. Regungslos, gedankenlos.

Als er sich schließlich frei fühlte von allen weltlichen Dingen, als er seinen Körper nicht mehr bewusst spürte, begann sein langes Zwiegespräch mit Gott.

»Meine Herren, ich sehe keinen Grund zur Panik, aber unsere nächsten Schritte müssen gut überlegt sein.«

Friedrich legte den letzten Bericht auf den Stapel vor sich, ließ seinen Blick aber weiter über das Papier wandern.

Kurt Scholler, Dietmar Krämer und Hans nickten zustimmend und sahen Friedrich erwartungsvoll an. Der hatte sie zu dem Gespräch in sein Arbeitszimmer zitiert, und die drei Männer gingen davon aus, dass Friedrich ihnen nun einen Plan für die weitere Vorgehensweise präsentieren würde. Die letzten Tage waren von hektischer Aufregung bestimmt gewesen.

Nachdem Friedrich aus Deutschland zurückgekehrt war, hatten sie sich noch am gleichen Abend getroffen und von Glassmanns Verbindung zum Vatikan und den alarmierenden Aktivitäten innerhalb der Glaubenskongregation erfahren. Alle hatten sich von der plötzlichen Entwicklung schockiert gezeigt, jedoch darauf verzichtet, spontane Vorschläge oder Kommentare zum Besten zu geben. Die Männer wussten, dass von Keipen unüberlegte Äußerungen hasste und diese mit bissigen Bemerkungen abstrafte.

Friedrich hatte sie an diesem Abend nach nur zehn Minuten mit der Vorgabe entlassen, den Kontakt zu allen Verbindungsmännern herzustellen, ihnen kurz die Situation zu schildern und sie in »Alarmbereitschaft« zu versetzen. Eine Fleißarbeit, denn weltweit standen zu diesem Zeitpunkt etwa einhundertfünfzig Männer den Aktiven der Bruderschaft zur Seite. Die meisten von ihnen betreuten gleich drei oder vier der Geistlichen. Zudem sollte jeder einen Statusbericht mit seiner Einschätzung der Lage anfertigen, wie sie sich nach dem Kontakt mit den Verbindungsmännern darstellte.

Friedrich sah von dem Blatt auf. »Wie ich Ihren Berichten entnehme, gibt es noch keinen Hinweis auf eine direkte Gefahr. Wir wissen weder, wie diese Untersuchung des Vatikans sich gestaltet, noch, welche Informationen Rom vorliegen. Es ist jedoch äußerst wichtig, dass wir auf alle Eventualitäten gefasst sind und schnell reagieren können.«

Er ergriff einen Zettel mit handschriftlichen Notizen, der am äußeren Rand des Schreibtisches gelegen hatte, warf einen Blick darauf und nickte Krämer zu. »Ihr Büro wird für die nächste Zeit zur Informationszentrale umfunktioniert. Suchen Sie sich eine Gruppe zuverlässiger Männer aus. Ich möchte, dass Ihr Büro von nun an rund um die Uhr besetzt ist. Geben Sie die Order an alle Verbindungsmänner, dass jede Besonderheit, jede noch so kleine Begebenheit, die ungewöhnlich erscheint, sofort an Sie gemeldet wird. Die Männer sollen ihre Priester entsprechend instruieren. Sollte etwas Ihren Verdacht erregen, informieren Sie mich umgehend. Zu jeder Tages- oder Nachtzeit.«

Krämer nickte, doch das sah Friedrich nur noch aus den Augenwinkeln, denn seine Aufmerksamkeit galt nun Kurt Scholler.

»Du, Kurt, erstellst mir bitte eine Übersicht unserer momentanen Finanzlage. Dabei interessieren mich hauptsächlich die Mittel, die wir kurzfristig einsetzen könnten, ohne dafür erst langatmige Scheinprojekte aufbauen zu müssen.«

Eine leichte Drehung des Kopfes, und Hans' Körper straffte sich.

»Du, Hans, fliegst nach Rom und nimmst persönlich den Kontakt zu Dengelmann auf. Ich möchte wissen, was der Kerl im Vatikan treibt und wie es möglich ist, dass ein kleiner ziviler Sachbearbeiter die Bruderschaft vor einer Gefahr warnt, von der der Herr Bischof keine Ahnung hat. Mach ihm mit Nachdruck klar, dass sein Leben als träger Kirchenfürst nun ein Ende hat. Ich erwarte, dass er innerhalb kürzester Zeit Kontakte zu allen wichtigen Stellen innerhalb der Kurie aufbaut. Wenn er dazu nicht in der Lage ist, habe ich ihn doch überschätzt, was aber nicht bedeutet, dass diese Fehleinschätzung nicht zu korrigieren wäre. Sage ihm, es ist mir ernst damit.«

Langsam ließ er sich in seinem Stuhl zurücksinken und blickte in die Runde. »Das war alles für heute, meine Herren. Sie können nun mit Ihrer Arbeit beginnen. Und gehen Sie sorgfältig vor, es kann viel davon abhängen.«

Die Männer standen auf und verließen den Raum mit dem deutlichen Gefühl, gerade wieder eine eindrucksvolle Demonstration der Entschlossenheit Friedrich von Keipens erlebt zu haben, die Bruderschaft zu ihrem Ziel zu führen.

Als sich die Tür hinter ihnen schloss, griff Friedrich zum Telefon und wählte die Nummer des ehemaligen Internats.

Er wurde zweimal verbunden und hatte schließlich Oberst Wolff am Apparat.

»Von Keipen hier«, bellte er in den Hörer. Er hatte sich einen militärisch knappen Ton angewöhnt, wenn er sich mit Oberst Wolff unterhielt. Nach einer kurzen Begrüßungsfloskel kam er gleich zur Sache.

»Oberst, ich möchte, dass Sie ab sofort nach Einsatzstufe gelb verfahren.«

Am anderen Ende herrschte kurze Stille. Nur für eine Sekunde, die dem Oberst genügte, seine Überraschung über die plötzliche Entwicklung zu verarbeiten.

»Gelb eins oder gelb zwei?«, fragte er.

Friedrichs Mundwinkel zuckten kurz. »Gelb eins. Alles

Weitere in einer Stunde in meinem Büro.« Damit legte er auf.

Tatsächlich gab es keine Einsatzstufen gelb eins oder gelb zwei, aber Oberst Wolff hatte auf diesem Code bestanden. Gelb zwei würde bedeuten, dass Friedrich bedroht wurde und die Einsatzstufe nicht aus freien Stücken befohlen hätte. Oberst Wolff war ein sehr vorsichtiger Mann, der alle Eventualitäten einkalkulierte. Eine Eigenschaft, die Friedrich schätzte.

Die tatsächliche Einsatzstufe gelb hatte zur Folge, dass speziell ausgebildete Männer sich nun innerhalb kürzester Zeit auf den Weg in die großen Städte Europas und zu einigen Zielen in Latein- und Südamerika machen würden, um von dort aus schnell und effizient agieren zu können, wenn es nötig wurde. Die Männer nahmen speziell dafür konstruierte Identitäten an und hatten sich schon mehrfach an ihren Zielorten aufgehalten. Friedrich warf einen Blick auf seine Armbanduhr und entschloss sich, noch eine Kleinigkeit zu essen, bevor Oberst Wolff eintraf.

Er war mit sich zufrieden. Alle nötigen Knöpfe waren gedrückt.

Die Sicherheitsmaschinerie im Hintergrund der Bruderschaft war angelaufen.

Corsetti saß am Schreibtisch des geräumigen Zimmers, das der Münchener Erzbischof Kardinal Büchler ihm zur Verfügung gestellt hatte. Er wartete auf Pfarrer Kurt Strenzler. Der Gemeindepfarrer eines etwa sechzig Kilometer von München entfernten Dorfes war für zehn Uhr herbestellt worden. Auf dem Schreibtisch lag der Bericht über den Pfarrer. Er enthielt den Lebenslauf des Mannes sowie Aufzeichnungen über die vorangegangenen Gespräche. Pfarrer Strenzler wurde darin als Seelsorger beschrieben, der sein Leben bisher mit Hingabe in den Dienst Gottes und der Menschen gestellt hatte. Mit fünfunddreißig war er um einige Jahre älter als die drei Geistlichen, mit denen Corsetti in den vergangenen Tagen geredet hatte. Doch das waren nicht die einzigen Unterschiede. Pfarrer Strenzler schien im Gegensatz zu den anderen keine offene Konfrontation mit der Kirche zu suchen. Er prangerte in seinen Predigten weder Dogmen an, noch sprach er in der Öffentlichkeit von einer ›neuen Kirche‹. Der Grund, warum Pfarrer Strenzler in diese Untersuchung einbezogen wurde, waren mehrere Gespräche, die er mit seinem Erzbischof geführt und um die er selbst gebeten hatte. Im Laufe dieser Unterredungen beschrieb er, dass es ihm, je länger er im Dienste der katholischen Kirche stehe, immer schwerer falle, sich im Bereich des strengen Reglements zu bewegen, das ihm auferlegt war. Er sei der Meinung, mehr für die Menschen tun zu können, wenn er öfter seinem Herzen folgte. Das würde ihn jedoch häufig zu Handlungen drängen, die einen Konflikt mit den Grundsätzen der Kirche darstellten. Und – und das hatte den Ausschlag für Corsettis Anwesenheit in

München gegeben – er spüre mit großer Angst, dass die Bereitschaft in ihm von Tag zu Tag wachse, sich der neuen Bewegung innerhalb der Kirche anzuschließen. Auch wenn er das im Grunde nicht wolle, könne es vielleicht die einzige Möglichkeit für ihn sein, den Menschen so zu dienen, wie Gott das nach seiner Überzeugung von ihm erwarte.

Corsetti hatte die Hoffnung, dass die Unterhaltung mit diesem Geistlichen etwas mehr Licht in das Dunkel bringen könnte.

Er warf einen Blick auf die schlichte Uhr, die vor ihm an der Wand hing. Es war kurz vor zehn. Pfarrer Strenzler musste jeden Moment eintreffen.

Das trockene Ticken, das jeden Sprung des Sekundenzeigers begleitete, erschien ihm plötzlich laut und störend. Wie seltsam die Sinne des Menschen doch reagierten.

Er hatte das monotone Geräusch erst nach seinem Blick auf das weiße Ziffernblatt wahrgenommen und fragte sich, wie es möglich gewesen war, dieses laute Ticken vorher zu überhören.

Die Parallelen hatten Symbolcharakter. Wie war es möglich gewesen, in den vergangenen Monaten nichts von diesen Vorgängen zu bemerken? Die betroffenen Priester machten keinen Hehl aus ihrer Überzeugung, die Kirche müsse von Grund auf verändert werden. Sie predigten es jeden Sonntag vor ihren Gemeinden. Der Priester, den er in Kassel getroffen hatte, war sogar so weit gegangen, einer lokalen Zeitung ein Interview zu geben und dort seine Theorien darzulegen.

Doch lange Zeit hatte niemand im Vatikan etwas davon wahrgenommen. Es war wie mit dieser Uhr, die mit ihrem Ticken die Zeit in winzige Portionen zerhackte. Sie war die ganze Zeit da, aber er musste einen Blick darauf werfen, um sich bewusst zu werden, dass sie tickte.

Wie laut sie tickte! Kurz vor seiner Abreise aus Rom hatte er noch gehofft, seine Befürchtungen bezüglich einer Verbindung zwischen den einzelnen Fällen würden sich im Laufe der Untersuchung als falsch erweisen. Selbst nach den ersten Gesprächen in Kassel dachte er noch an einen Zufall.

Doch die letzten Tage hatten ihn schockiert. Die Priester waren uneinsichtig und hatten die helfende Hand abgewiesen, die er ihnen immer wieder angeboten hatte. Vielleicht würde dieses Gespräch anders verlaufen ...

Die Tür wurde nach kurzem Anklopfen einen Spalt weit geöffnet und ein Mann mit ebenmäßigen Gesichtszügen streckte vorsichtig den Kopf in das Zimmer. Die Klinke hielt er dabei in der Hand, als wolle er sichergehen, die Tür schnell wieder schließen zu können.

»Monsignore Corsetti?«

»Ja, der bin ich. Treten Sie doch bitte ein, Pfarrer Strenzler.«

Corsetti erhob sich und ging dem Mann entgegen, der mit einem Schritt in den Raum trat und die Tür hinter sich schloss.

»Entschuldigen Sie die Verspätung, Monsignore, ich ...«

Corsetti warf einen schnellen Blick über die Schulter auf die laute Uhr und winkte ab. »Aber warum Verspätung? Es ist gerade fünf Minuten nach zehn. Kein Grund also für eine Entschuldigung. Bitte, setzen Sie sich doch.«

Mit einladender Geste deutete er auf einen der beiden Stühle, die an einem quadratischen Tischchen in der Ecke standen.

Der junge Geistliche nahm Platz und sah sein Gegenüber mit offenem Blick an.

Dieser Mann war anders als die drei Priester, mit denen der Sekretär es in den letzten Tagen zu tun gehabt hatte, das spürte er deutlich. Seine Augen strahlten eine Art schüchterne Ehrlichkeit aus. Und Güte. Keinerlei Kampfeslust lag darin, sondern … *Liebe?*

»Sie sprechen sehr gut Deutsch, Monsignore.«

Corsetti nickte und stellte dabei fest, dass dieser Pfarrer tatsächlich keinerlei Ähnlichkeit mit den anderen aufwies. Auch mit denen hatte er sich in fließendem Deutsch unterhalten, doch *sie* hatten sich darüber keineswegs gewundert.

»Ich bin zwar in Sizilien aufgewachsen, aber meine Mutter war Deutsche und hat darauf bestanden, mich zweisprachig zu erziehen.«

Kurt Strenzler lächelte. »Ich muss gestehen, erleichtert zu sein, denn ich hatte schon befürchtet, unser Gespräch würde in Gegenwart eines Dolmetschers stattfinden.«

Corsetti entschloss sich zu einem ersten Vorstoß.

»Der Charakter dieser Unterhaltung ist zwar offizieller Natur, Herr Pfarrer, und das Ergebnis kann weitreichende Konsequenzen haben. Aber wir werden auch über einige sehr persönliche Dinge reden müssen. Daher bin auch ich froh, dass dieses erste Gespräch unter vier Augen stattfinden kann.«

Er machte eine kurze Pause und erwartete eine Reaktion auf seinen deutlichen Hinweis, dass ihr Treffen einen sehr ernsten Hintergrund hatte.

Pfarrer Strenzler nickte nur stumm und mit traurigem Gesicht und richtete seinen Blick auf die Tischplatte zwischen ihnen.

Corsetti betrachtete noch einmal eingehend das Gesicht des Pfarrers, das auf eine natürliche Art Offenheit ausstrahlte. Er war neugierig auf diesen Mann.

»Herr Pfarrer, die Vorgeschichte, die dazu geführt hat, dass wir nun hier zusammensitzen, ist Ihnen bekannt, aber es ist wichtig, dass Sie den Modus unseres Gespräches richtig verstehen. Ich sitze hier nicht über Sie zu Gericht. Der Glaubenskongregation obliegt es, die Wahrheit der Lehre von Glaube und Sitte zu fördern und zu schützen. Eine Wahrheit, die über jeden Zweifel erhaben ist. Ich bin hier, um den fördernden Aspekt dieser Aufgabe wahrzunehmen, denn ich habe den Eindruck, ein leichter Schleier hat sich für Sie über die Wahrheit der römisch-katholischen Kirche gelegt.«

Pfarrer Strenzler dachte einige Sekunden über die Worte nach und sah Corsetti dabei ernst, aber offen an. Schließlich atmete er tief durch und sagte mit ruhiger Stimme: »Monsignore, ich kann mir kein anderes Leben vorstellen als ein Leben im Dienste unseres Herrn. Ich glaube fest daran, dass Gott für jeden Menschen eine Aufgabe vorgesehen hat. Er gibt uns alles an die Hand, was wir zur Erfüllung unserer Bestimmung brauchen. Aber die Entscheidung, ob und wie wir dieses Geschenk nutzen, müssen wir selbst treffen. Die Kirche ist für mich direkt und untrennbar mit Gott und der Bestimmung verknüpft, die er für uns vorgesehen hat. Vielleicht kann ein Mensch an Gott glauben, ohne einer Kirche anzugehören. Aber es wird schwer für ihn sein, die Geschenke Gottes zu erkennen und sie in seinem Sinne einzusetzen. Um das Potenzial, das jedem Menschen mitgegeben ist, im Sinne Gottes nutzen zu können, brauchen wir eine Anleitung. Und die kann nur die Kirche geben.«

Corsetti wartete einige Sekunden, ob der Pfarrer weiterreden würde, aber dessen Blick war wieder auf die Tischplatte zwischen ihnen gerichtet. In seinen Gesichtszügen glaubte Corsetti eine Art inneren Kampf ablesen zu können. Er stand auf und ging zu dem Schreibtisch auf der anderen Seite des Zimmers. Dort griff er sich den Bericht und kehrte damit zum Tisch zurück. Nachdem er wieder saß, legte er die Papiere vor sich und zeigte darauf. »Das sind Notizen zu den Gesprächen, die Sie mit Seiner Eminenz Kardinal Büchler geführt haben. Dort steht, dass Sie von Zweifeln geplagt sind. Was Sie mir gerade gesagt haben, hört sich für mich nicht nach Zweifeln, sondern eher nach einem Plädoyer für die Kirche an und ich teile Ihre Ausführungen dazu voll und ganz. Aber nun erzählen Sie mir doch bitte ein wenig über das, was in diesen Berichten steht.«

Nach einem flüchtigen Blick auf das Deckblatt des Berichtes atmete der Pfarrer wieder tief aus. Dabei wiegte er den Kopf hin und her.

»Ich muss gestehen, es fällt mir sehr schwer, die richtigen Worte zu finden, Monsignore. Die sind aber wichtig, damit Sie verstehen, was mich beschäftigt, denn ich möchte vermeiden, dass ein falscher Eindruck entsteht.

Was ich gerade sagte, ist meine feste Überzeugung, und es steht mir als Priester auch nicht zu, die katholische Kirche zu kritisieren. Aber ich bin nicht nur Priester, sondern auch ein Mensch, der sich mit seinen Gefühlen auseinandersetzt. Diese Gefühle sind es, die mir in manchen Situationen sagen, ich müsse zum Wohl eines Menschen anders handeln, als ich das im Sinne meiner Kirche tun kann. Ich spreche dabei nicht von richtigem oder falschem, sondern von einem situationsgebundenen Handeln. Was in einem bestimmten Moment für einen Menschen richtig ist, kann an einem anderen Tag für einen anderen Menschen das Falsche sein.

Ich bin Geistlicher der katholischen Kirche, und wie ich es eben schon erwähnte, sehe ich meine Aufgabe als Pfarrer darin, den Menschen eine Anleitung zu geben. Aber Menschen sind so unterschiedlich wie die Nöte, in die sie geraten. Wie kann da immer die gleiche Regel angewandt werden? Die Aufgaben und Prüfungen, die Gott für uns bereithält, sind so individuell, dass die Hilfe, die ich einem Menschen geben möchte, nicht starren Regeln folgen kann. Können Sie in etwa verstehen, was ich meine?«

Corsetti nickte. »Ja, ich kann Sie verstehen. Und ich denke, Sie haben die Gespräche mit Seiner Eminenz gesucht, um von ihm diese Anleitung zu bekommen, von der Sie eben sprachen.«

Pfarrer Strenzler hob die Schultern. »Ja, vielleicht. Ich brauche Rat und Hilfe, und wo sonst soll ich in Gewissensfragen danach suchen?«

»Aber warum glauben Sie, von Kardinal Büchler – oder von mir – individuelle Hilfe bekommen zu können, wo doch gerade wir diesen ›starren‹ Regeln folgen, die nach Ihren Überlegungen nicht dazu geeignet sind, auf die speziellen Bedürfnisse eines Einzelnen einzugehen?«

Sie sahen sich in die Augen, und dieses Mal senkte der Pfarrer den Blick nicht.

»Weil ich Angst habe und mir erhoffe, von meinen Zweifeln befreit zu werden«, sagte Strenzler.

»Wovor haben Sie Angst?«, wollte Corsetti wissen.

»Ich habe Angst davor, der menschlichen Schwäche zu unterliegen und den einfacheren Weg zu gehen. Ich habe Angst, mich irgendwann doch den Geistlichen anzuschließen, die sich – noch im Kleinen – einfach über manche Dinge hinwegsetzen.« Ein Ruck ging durch den Körper Corsettis.

»Sind Sie diesbezüglich schon konkret angesprochen worden?«

Strenzler nickte. »Schon mehrfach. Es scheint eine noch relativ kleine Gruppe zu sein, aber ich spüre an mir selbst, dass ihre Ideen leicht auf fruchtbaren Boden stoßen. Das könnte dazu führen, dass ihre Anzahl sehr schnell wächst.«

Corsetti nickte. Er war vom Verlauf des Gespräches sehr überrascht und spürte, dass er aufgeregt war angesichts der Offenheit, mit der dieser Priester mit ihm sprach. Er hatte das deutliche Gefühl, durch ihn endlich mehr über die Vorgänge zu erfahren, die der Grund für seine Anwesenheit in Deutschland waren. Aber er durfte nichts überstürzen. Zudem befand sich dieser Priester in einer seelischen Not und hatte Zweifel an den Lehren der katholischen Kirche. Corsetti wollte und konnte das nicht einfach übergehen, auch wenn es nicht direkt den Grund seiner Reise betraf. Es war seine Pflicht und auch sein Bedürfnis, diese Zweifel auszuräumen. Und – dieser Pfarrer interessierte ihn.

»Ich würde gerne später noch einmal auf diese Priester zu sprechen kommen, wie Sie sicher verstehen. Aber zuerst möchte ich versuchen, Ihnen Antworten auf die Fragen zu geben, die Sie beschäftigen.«

Kurt Strenzler hob die Schultern, als wolle er zum Ausdruck bringen, dass ihm alles recht war, wenn ihm nur geholfen wurde. »Gerne, Monsignore.«

Corsetti schob demonstrativ den Bericht ein wenig zur Seite und legte die Hände übereinander an der Stelle auf den Tisch, wo gerade noch der Ordner gelegen hatte.

»Ihre Gedanken sind nicht so ungewöhnlich für einen Geistlichen, wie Sie vielleicht denken. Gerade Theologen, die sich lange und intensiv mit der Lehre Christi befassen, werden immer wieder an dem Punkt angelangen, an dem sie Gottes Wort hinterfragen. Es war richtig, sich damit an Seine Eminenz zu wenden. Dass ich als Mitglied der Kongregation für die Glaubenslehre nun vor Ihnen sitze, ist Gottes Wille. Vielleicht ist es wichtig für die Aufgabe, die er für Sie vorgesehen hat.

Ich stimme Ihnen zu, dass jedem Einzelnen von uns eine Rolle im alles umfassenden göttlichen Plan zugedacht ist. Wir müssen immer wieder Entscheidungen treffen, und manchmal stehen wir an einer Gabelung unseres Lebensweges, die die Straße, auf der wir wandern, in zwei ganz verschiedene Richtungen weiterführt. Beides sind Einbahnstraßen. Wir können nur einen Weg nehmen, und haben wir uns einmal entschieden, gibt es keine Möglichkeit zur Umkehr. Die Zweifel, von denen Sie geplagt werden, sind eine solche Gabelung.

Auf der einen Seite ist der Weg steinig und führt stetig bergauf. Die Wanderung darauf wird beschwerlich, denn immer wieder werden Sie innehalten und Steine aus dem Weg räumen müssen, um weiterzukommen. Der andere Weg scheint viel leichter zu sein. Er ist eben und frei von allen Hindernissen. Aber Sie können nur ein kurzes Stück davon sehen, dann macht er eine Biegung und Sie wissen nicht, wie er dann weitergeht. Vielleicht endet er direkt hinter der Biegung in einem Abgrund.

Schauen Sie sich im alltäglichen Leben um. Sie finden überall das gleiche Schema. Das Essen, das uns besonders gut schmeckt, ist das ungesündeste. Das Nichtstun, die leichteste Lebensart, führt zu Trägheit und einer Verarmung des Geistes. Es ist oft der scheinbar schwerere Weg, der der bessere für uns Menschen ist.

Sie hätten nun, dem allzu menschlichen Drang folgend, den zweiten, leichteren Weg einschlagen und einfach abwarten können, wo er Sie hinführt. Ich weiß nicht genau, wohin er Sie gebracht hätte, aber ich weiß sicher, dass dieser Weg von der Kirche und letztendlich auch von Gott wegführt. Aber Sie haben etwas anderes getan. Sie sind an der Gabelung stehen geblieben und fragen nun um Rat, bevor Sie Ihren Weg fortsetzen. Das spricht dafür, dass es Ihnen nicht darum geht, auf einem möglichst einfachen Weg zu wandern, sondern darum, ein bestimmtes Ziel zu erreichen, und sei die Reise dorthin auch noch so beschwerlich. Dieses Ziel heißt Gott.

Im Grunde genommen haben Sie sich damit schon selbst die Antwort auf alle Ihre Fragen gegeben.

Es stimmt! Wollen wir nach dem Wort Gottes leben, sind wir an bestimmte Regeln gebunden. Aber die sind nicht so starr, wie es den Anschein hat, und man wird bei genauem Hinsehen immer feststellen, dass Gott sie nicht für sich, sondern für den Menschen und für das Leben gemacht hat, weil er die Menschen liebt.

Wir können einer jungen Frau nicht dazu raten, heranwachsendes Leben in ihrem Leib zu töten, auch wenn das für sie der leichtere Weg wäre. Das würde der Liebe zu den Menschen widersprechen.

Vertrauen Sie auf Gottes Stimme, wenn Sie helfen möchten. Gehen Sie in sich und hören Sie auf das, was er Ihnen in Ihrem Innersten sagt, wenn der Weg steinig wird. Für die Menschen, die Ihren Rat suchen, ist es vielleicht nicht immer einsichtig, warum sie einen schweren Weg gehen sollen, wenn der leichte doch direkt vor ihnen liegt. Dann müssen Sie der Lotse sein, der ihnen hilft, die richtige Entscheidung zu treffen.«

Das Gespräch dauerte noch über eine Stunde und Corsetti hatte am Ende neben den Namen von drei »Reformern« das sichere Gefühl, diesem Priester geholfen zu haben. Pfarrer Strenzler war ein interessanter und intelligenter Mann und Corsetti nahm sich vor, den Kontakt mit ihm aufrechtzuerhalten.

Als Kurt Strenzler die Tür hinter sich schloss, atmete er tief die frische, kalte Luft ein. Dann machte er sich auf den Weg zu seinem Wagen, den er in einer Seitengasse geparkt hatte.

Ein Lächeln umspielte seine Lippen.

Rom

Die Tische des kleinen Straßencafés in der Via della Conciliazione, jener breiten Prachtstraße, die direkt zum Petersdom führt, waren alle besetzt, als Bischof Jürgen Dengelmann zum verabredeten Zeitpunkt dort ankam. Die Sonne hatte die Luft auf fast dreißig Grad erwärmt und so war es kein Wunder, dass die Touristen es vorzogen, im Freien unter einem Sonnenschirm zu sitzen. Die Luft im Inneren der Cafés musste unerträglich stickig sein.

Er war in schlichtes Schwarz gekleidet und unterschied sich für einen Touristen nicht von Scharen anderer Priester und Pater, die stets im Umkreis des Petersdoms anzutreffen sind.

Dengelmann schaute auf seine Armbanduhr. Fünf Minuten nach sechzehn Uhr. Hans hatte Verspätung.

Er wandte sich nach links und hatte freien Blick entlang der breiten Straße auf den Petersdom. Seine Augen waren auf die riesige Kirche gerichtet, doch er nahm das Bild des monumentalen Bauwerkes nicht wahr. Seine Gedanken kreisten wieder und wieder um die gleiche Frage: Warum schickte von Keipen Hans nach Rom, um sich mit ihm zu treffen? Setzte sein Kontaktmann Guido ihm nicht schon genug zu mit den permanenten Forderungen und Vorgaben? Was war geschehen, wovon er noch nichts wusste?

Ein erneuter Blick auf die Uhr zeigte, dass der Minutenzeiger erst eine Position weitergesprungen war.

Jürgen schrak zusammen, als ihm von hinten auf die Schulter getippt wurde und eine dunkle Stimme sagte: »Guten Tag, Eure Exzellenz.«

Er drehte sich um und sah sich Hans gegenüber. Er

war alt geworden, der gute Hans. Die Jahre an der Seite dieses von Keipen hatten ihm zugesetzt und ihre Spuren tief unter den Augen und auf der Stirn eingegraben. Jürgen stellte fest, dass diese Erkenntnis ihm Genugtuung bereitete.

»Sie sind spät«, bemerkte er mürrisch und hielt Hans demonstrativ den Arm mit der Uhr am Handgelenk unter die Nase.

»Ich weiß, Dengelmann, aber wir hoffen alle, es ist noch nicht zu spät.«

Jürgen wusste nicht, worüber er sich mehr ärgern sollte. Über die saloppe Anrede – schließlich war er Bischof der katholischen Kirche – oder die unüberhörbare Drohung, die in dem Satz mitschwang. Er hatte es langsam satt, von Friedrichs Aufpassern bei jeder sich bietenden Gelegenheit bedroht zu werden.

Mit dem Kopf nickte er zu den besetzten Tischen hin. »Hier werden wir keinen Platz bekommen. Ich schlage vor, wir gehen bis zur nächsten Seitenstraße, dort gibt es einige Cafés, die nicht so überfüllt sind, weil sie etwas abseits liegen.«

Hans nickte wortlos und sie gingen los. Schon nach ein paar Schritten hielt Jürgen es nicht mehr aus. »Vielleicht können Sie mir schon sagen, was der Grund Ihres Besuches in Rom ist?«

»Sie«, war die knappe Antwort. »Alles Weitere gleich. Ich unterhalte mich nicht gerne über wichtige Dinge, wenn ich alle zwei Meter von einem Touristen angerempelt werde.«

Das Gefühl einer Hand, die ihm die ganze Zeit über schon auf den Magen drückte, verstärkte sich und die Hand wurde zur Faust.

Tatsächlich hatten sie nach knapp fünfminütigem Fußmarsch einen freien Tisch vor einem Café abseits der Hauptstraße erreicht. Die Fassaden der alten Gebäude waren hier meist unrenoviert und strahlten den Charme einer vergangenen Epoche aus, doch Jürgen Dengelmann hatte kein Auge für die Schönheit der Bauwerke.

Sie bestellten Cappuccino bei einem jungen Kellner und sahen eine lange Minute den Menschen nach, die an ihnen vorbeigingen.

Nachdem der Kellner die dampfenden Tassen vor ihnen abgestellt hatte, sah Hans den Bischof mit einem seltsamen Blick an und begann dann endlich mit seiner Erklärung.

»Dengelmann, S1 schickt mich, weil die Bruderschaft sich in einer sehr gefährlichen Situation befindet. Und er gibt Ihnen zumindest eine Teilschuld daran, dass es so weit kommen konnte.«

Jürgen sog die Luft hörbar ein, doch bevor er etwas erwidern konnte, hob Hans die Hand und stoppte damit einen eventuellen Einwand.

»Warten Sie, bis ich fertig bin, dann haben Sie ausgiebig Gelegenheit, sich dazu zu äußern. In den letzten Monaten sind in der Kurie, in der *Sie* Mitglied sind, Briefe eingegangen, deren Inhalt die Glaubenskongregation ernst und wichtig genug nimmt, um ihn näher zu untersuchen. Nach unserem letzten Kenntnisstand ist der Sekretär der Kongregation damit betraut. Er hält sich im Moment in Deutschland auf, wo er mehrere Priester über Reformwünsche von Geistlichen befragt. S1 ist über diese Vorgänge sehr besorgt. Was sagen Sie dazu – *Eure Exzellenz?*«

Die letzten Worte klangen aus seinem Mund wie blanker Hohn. Jürgen spürte, wie die Faust um seinen Magen zupackte und ihn auf die Größe einer Zitrone zusammenquetschte. »Das … ist ja furchtbar. Ich habe das nicht gewusst, das müssen Sie mir glauben, Hans. Wenn ich etwas davon erfahren hätte, wäre S1 doch sofort von mir informiert worden.«

Hans nickte mit versteinertem Gesicht.

»Genau da liegt das Problem, Dengelmann. Was nützt es uns, einen Bischof in der Kurie sitzen zu haben, der von nichts weiß? Da sich Ihnen die naheliegendste Frage scheinbar gar nicht stellt, gebe ich Ihnen ungefragt die Information: Wir haben einen weiteren Mann im Vatikan, und dieser Mann – ein kleines Licht gegenüber einem Würdenträger wie Ihnen – ist besser informiert als Sie. Sollte Ihnen das nicht zu denken geben, so lassen Sie mich Ihnen versichern, dass es S1 sowie dem gesamten Rat sehr wohl zu denken gibt. Die Bruderschaft hat eine Menge in Sie investiert, Dengelmann. Ich denke da neben Ihrer Ausbildung und den jahrelangen monatlichen Beträgen zu Ihrer Unterstützung auch an die nette kleine Spende für den Trierer Bischof. Sollte sich das alles als Fehlinvestition herausstellen, möchte ich wirklich nicht in Ihrer Haut stecken.«

»Es ist doch nicht meine Schuld, wenn ich nichts von den Vorgängen innerhalb der Glaubenskongregation mitbekomme«, brauste Dengelmann auf. »Ich sitze in der Finanzbehörde und die Mitglieder der Kongregationen, Büros und Räte reden mit uns kein einziges Wort mehr, als sie unbedingt müssen.« Sein Kopf war rot angelaufen.

»Reißen Sie sich gefälligst zusammen«, zischte Hans ihm zwischen den Zähnen zu. Mit einem schnellen Seitenblick bemerkte Jürgen, dass einige der anderen Gäste zu ihrem Tisch herübersahen. »Entschuldigung«, sagte er kleinlaut und zog aus einem Reflex heraus den Kopf ein wenig ein.

Hans ließ einige Minuten verstreichen, bis die Menschen um sie herum das Interesse an dem laut redenden Geistlichen wieder verloren hatten. Dann fuhr er fort: »Meine Nachricht von S1 an Sie lautet: Er möchte innerhalb von vier Wochen von Ihnen eine Liste mit Namen aus der Kurie. Namen von Personen, mit denen Sie Kontakt geknüpft haben und die Sie anzapfen können. Das ist Ihre letzte Chance, Dengelmann.«

Etwas in Jürgen zerriss. Ein Band, das um die Wut in seinem Inneren gelegt war und sie im Zaume gehalten hatte. Er beugte sich nach vorne und spuckte die Worte Hans förmlich ins Gesicht: »Sagen Sie Ihrem Herrn S1: Nun ist Schluss! So lasse ich nicht mehr mit mir umspringen. Ich habe es als Einziger so weit gebracht. Die Bruderschaft ist auf mich angewiesen, das soll Herr S1 nicht vergessen. Sagen Sie ihm, ich verlange, dass diese Drohungen mir gegenüber sofort eingestellt werden. Sonst könnte es passieren, dass ich meinerseits zu dem Entschluss gelange, die Bruderschaft sei eine Fehlinvestition von mir gewesen. Sagen Sie ihm das, Hans. Sagen Sie es ihm.«

Den letzten Satz hatte er nach einer kurzen Pause nur noch heiser geflüstert. Bevor Hans etwas entgegnen konnte, fügte er noch schnell hinzu: »Und sagen Sie ihm auch, ich habe mich für alle Eventualitäten abgesichert. Er soll seine Schlüsse daraus ziehen.«

Sekundenlang sahen sie sich stumm und unbewegt in die Augen. Sekunden, in denen Jürgen sich sehr zusammenreißen musste, den Blick nicht zu senken.

Hans nickte schließlich und sagte: »Ich werde es wortgetreu so weitergeben. Seien Sie doch so nett und zahlen für mich mit.«

Damit schob er seinen Stuhl zurück und war Sekunden später um die nächste Ecke gebogen. Zurück blieb ein Bischof, der sich die Frage stellte, ob er nicht gerade einen nicht wiedergutzumachenden Fehler begangen hatte.

31. Mai 1970
Kimberley

Ganz kurz nur zeichnete sich die Falte auf Friedrichs Stirn ab, dann hatte er sich gefangen und atmete tief durch.

»Es ist gut, Hans. Wir warten ab, ob Dengelmann uns in vier Wochen Namen geben kann.«

Hans sah ihn irritiert an. »Und seine Drohung?«

Friedrichs Gesicht verzog sich zu etwas, das ein Lächeln sein sollte. »Vergiss es. Und kein Wort darüber. Zu niemandem!«

»Aber ...«

Friedrich unterbrach ihn mit einer raschen Handbewegung.

»Ich weiß, was du sagen möchtest. Aber wir werden nichts unternehmen. Er hat recht. Er ist bisher am weitesten gekommen und sitzt in einer Schlüsselposition im Vatikan. Wir brauchen ihn. Geh jetzt!«

Als Hans nach kurzem Zögern den Raum verlassen hatte, dauerte es nur einige Sekunden, bis die Beherrschung von Friedrich abfiel wie ein zu großer Umhang. Mit der geballten Faust schlug er auf den Schreibtisch und stieß einen Fluch aus.

Dengelmann!

Die vier Männer blickten in das sorgenvolle Gesicht Klemens' XVI. Die Augen des Papstes schienen auf einen Punkt in weiter Ferne fixiert zu sein. Der Bericht über die alarmierenden Vorgänge hatte ihn augenscheinlich sehr mitgenommen.

Gegenüber Kardinal de Riemer und Corsetti saßen der Präfekt der Kongregation für den Klerus, Kardinal Guillaume Deacon, und sein Sekretär, Bischof Bernardetto Carvallas, an dem großen, ovalen Tisch. Die blankpolierte Oberfläche reflektierte das Licht des schweren Kronleuchters, der genau über dem Mittelpunkt der Tischplatte hing.

Der Papst schien tief in seinen Sessel eingesunken zu sein. Er wirkte zerbrechlich.

Über dem großen Besprechungsraum lag eine Stille, die Corsetti unter anderen Umständen als feierlich empfunden hätte. In diesem Moment wirkte sie bedrückend. Corsetti hatte, anders als Kardinal de Riemer, nicht oft die Gelegenheit, den Heiligen Vater zu sehen. Er hatte Klemens XVI. schon vor seiner Wahl zum Papst flüchtig gekannt, konnte aber kaum noch eine Ähnlichkeit mit dem Mann feststellen, der nun am Kopfende des Tisches saß.

In seiner Erinnerung war Kardinal Bertulli ein großer, drahtiger Mann, der mit seinem forschen Auftreten eher an den Manager eines Wirtschaftsunternehmens erinnerte als an ein hohes Mitglied der Römischen Kurie.

Doch zusammen mit seinem weltlichen Namen schien Ernesto Bertulli, der jetzt Klemens XVI. hieß, auch seinen Aktivismus abgelegt zu haben.

Die wenigen Male, die Corsetti in jüngerer Vergangenheit die Gelegenheit hatte, ihn zu sehen, hatte der Papst zart gewirkt und in sich gekehrt. Er wusste, dass man das auch innerhalb der Kurie bemerkt hatte und sich Gedanken machte. Schon wurden hinter vorgehaltener Hand erste Befürchtungen geäußert, der Neunundsechzigjährige würde an der Bürde seines Amtes zerbrechen.

Mit einer kaum wahrnehmbaren Bewegung des Kopfes kehrte die Aufmerksamkeit des Papstes zurück.

»Ich mache mir große Sorgen.«

Nacheinander sah er die vier Männer an und Corsetti hatte dabei das Gefühl, der Blick ruhe auf ihm länger als auf den anderen Anwesenden.

Kardinal de Riemer wartete respektvoll, bis er sicher war, dem Heiligen Vater nicht ins Wort zu fallen. Als der nach mehreren Sekunden nicht weitersprach, räusperte der Kardinal sich und sagte: »Fast alle Geistlichen, mit denen wir uns bisher unterhalten haben, zeigten sich sehr unnachgiebig. Sie möchten mit Traditionen brechen, die nach ihrer Auffassung den Ergebnissen neuester wissenschaftlicher Exegese nicht mehr standhalten können. Bemerkenswert ist die Tatsache, dass eine Kernaussage bei allen Priestern gleich war, mit denen wir gesprochen haben. Sie alle sind der Meinung, dass die Theologie immer der modernen Schriftauslegung folgen muss und die Heilige Schrift nicht unter dem Zwang einer Tradition zu interpretieren ist. Sie erheben die Exegese zur absoluten Autorität. Da die Aussagen der Geistlichen an die Grundlagen des Glaubens und des sakramentalen Lebens der Kirche rühren, werden wir ein Verfahren gegen sie einleiten müssen.«

Eine lange Pause entstand, bis Klemens XVI. kaum merklich nickte.

»›Jedermann sei untertan der Obrigkeit, die Gewalt über ihn hat. Denn es ist keine Obrigkeit ohne von Gott;

wo aber Obrigkeit ist, ist die von Gott verordnet.‹ So lehrt uns das Neue Testament, Römer 13,1.« Er sprach leise, ohne einen der Anwesenden dabei anzusehen, als führe er ein Selbstgespräch.

»Aber Eure Heiligkeit, in der Offenbarung steht geschrieben: ›Wer Ohren hat, der höre, was der Geist der Gemeinde sagt‹! Sind unsere jungen Priester nicht auch unsere Gemeinde?«

Es war Kardinal Deacon, der mit seiner hohen, fast weiblichen Stimme diesen Einwand brachte und die Blicke der anderen damit auf sich zog. Deacon war dafür bekannt, ein unbequemer Gesprächsteilnehmer zu sein. Aus seinem direkten Umfeld war sogar schon die These aufgestellt worden, es ginge dem Kardinal bei Gesprächen und Diskussionen weniger um sachliche Beiträge als vielmehr darum, zu widersprechen und zu widerlegen. Obwohl Deacon den Heiligen Vater direkt angesprochen hatte, antwortete ihm stattdessen de Riemer.

»Es ist richtig, Kardinal Deacon, dass der Geist der Gemeinde gehört werden muss. Aber nicht, um sich nach ihm zu richten, sondern um rechtzeitig zu erkennen, wenn er in eine Richtung lenkt oder gelenkt wird, die von unserer Glaubenslehre abweicht. Und um rechtzeitig darauf reagieren zu können. Deshalb sitzen wir hier zusammen.«

Papst Klemens XVI. hob die rechte Hand, langsam, als bereite es ihm große Anstrengung.

»Kardinal de Riemer, ich bitte Sie, die entsprechenden Verfahren einzuleiten und mich über deren Fortgang zu informieren. Gott sei mit Ihnen.«

Das war für die Anwesenden das Zeichen, dass die Unterhaltung beendet war.

1. Oktober 1970
Rom

Für die rund dreißig Kilometer vom Flughafen Leonardo da Vinci bis zum Petersplatz hatte sich Pfarrer Strenzler für ein Taxi entschieden, was er allerdings schon nach wenigen Minuten bereute.

Nachdem der Priester seine Tasche in dem mit Werkzeugen aller Art übersäten Kofferraum des verrosteten Fiat untergebracht und auf der zerschlissenen Rückbank Platz genommen hatte, war der Wagen mit quietschenden Reifen losgefahren und hatte gleich die erste Kurve in bedenklicher Schräglage genommen. In halsbrecherischem Tempo navigierte der Fahrer sein Taxi dann zwischen den Autos hindurch, wobei er alle paar Sekunden die Seite auf der zweispurigen Schnellstraße wechselte. Der daraus resultierende Slalom schlug sich recht schnell auf Strenzlers Magen nieder. Die stickige Hitze im Innenraum des Wagens tat ihr Übriges dazu. Mit einem Taschentuch tupfte er sich die Schweißperlen von der Stirn und hielt es dann bereit, um es gegebenenfalls schnell vor den Mund pressen zu können.

Um sich vom halsbrecherischen Fahrstil des jungen Italieners abzulenken, blickte er durch das Seitenfenster nach draußen. Große, hässliche Fabrikgebäude flogen vorbei und Schornsteine, die dunkelgraue Wolken in den blauen Himmel bliesen.

Es war keine schöne Gegend, durch die sie fuhren, und Strenzler hoffte, dass sich dieses Bild bald ändern würde, wenn sie näher an Rom herankamen.

Zwischenzeitlich wechselte der Fuß des Fahrers immer wieder das Pedal und tauschte Vollgas gegen eine Vollbremsung aus, um gleich danach den Wagen wieder mit aller Kraft zu beschleunigen. Fast war Strenzler versucht, ein Stoßgebet zum Himmel zu schicken, musste aber im gleichen Moment über den Gedanken schmunzeln.

Als sie die Ausläufer Roms erreichten, geriet der Verkehr ins Stocken. Immer wieder mussten sie vor Ampeln halten, was es dem Fahrer unmöglich machte, seinen rasanten Fahrstil fortzusetzen. Strenzler war darüber sehr erleichtert.

Nach knapp halbstündiger Fahrt sah der Pfarrer aus München den Obelisken vor sich, der den Petersplatz zierte. Dankbar, die Fahrt hinter sich zu haben, gab er dem Taxifahrer ein kleines Trinkgeld und wandte sich dem Petersplatz zu, dessen Bild von dem gigantischen Bauwerk des Doms beherrscht wurde.

Er dachte an seinen ersten und bisher einzigen Besuch in Rom, der nun schon über zehn Jahre zurücklag. Damals war der junge Priester Kurt Strenzler wie trunken durch Petersdom und Vatikan gewandelt und hatte diesen einen brennenden Wunsch in sich gespürt, irgendwann nach Rom zurückzukehren, um dann für lange Zeit im Zentrum der katholischen Kirche zu bleiben.

Er ließ sich auf einer Bank am Rande des Petersplatzes neben einer Gestalt in zerlumpter Hose und fleckigem Shirt nieder, die ihn mit einem unverständlichen Gebrummel aus ihrem verfilzten Bart begrüßte.

Er hatte es geschafft!

Der Sekretär der Kongregation für die Glaubenslehre persönlich hatte ihn nach Rom geholt.

Zweimal noch hatten sie sich in München getroffen und lange Gespräche geführt. Es war dabei hauptsächlich um die *Reformer* gegangen, und Strenzler hatte bereitwillig Auskunft erteilt. Seine Aussagen waren mit ausschlaggebend für den Ausschluss von zwei Priestern aus der Kirche und die Beurlaubung von vier weiteren jungen Geistlichen.

Wie Corsetti ausdrücklich betont hatte, war aber nicht Strenzlers Hilfe der Grund für seine Berufung nach Rom, sondern seine besonnene Art im Umgang mit der katholischen Glaubenslehre. Man brauche auch in der Kurie junge Geistliche, die sich mit ihrem Glauben auseinandersetzten, die hinterfragten, ohne an der absoluten Wahrheit zu zweifeln, um dann gestärkt aus diesem inneren Konflikt hervorzugehen.

Nun war er hier, zehn Jahre nach seinem ersten Besuch, saß auf einer Bank am Rande des Petersplatzes und war ab diesem Tag ein Mitglied der mächtigen Römischen Kurie.

Nur mühsam konnte er unterdrücken, dass die Welle aus Euphorie, die seinen Körper durchzog, sich mit einem lauten Freudenschrei brach.

Ein kurzer Blick auf die Armbanduhr zeigte ihm, dass es Zeit wurde, sich auf den Weg zu machen.

Wie rund eineinhalb Jahre vorher schon ein anderer deutscher Priester hatte Kurt Strenzler als erste Anlaufstelle im Vatikan einen Termin bei Dr. Reinert im Campo Santo.

Als er sich von der Bank erhob, wurde er wieder von dem Bärtigen angebrummt, dieses Mal jedoch streckte sich ihm dabei eine schmutzige Handfläche entgegen, begleitet von einem flehenden Blick aus wässrigen Augen.

Strenzler schüttelte den Kopf und sagte: »No.«

Dann wandte er sich ab und machte sich auf den Weg zu seinem Antrittsbesuch bei Dr. Reinert.

Während er den Petersplatz schräg überquerte, um zu dem links neben den Kolonnaden gelegenen Nebeneingang des Vatikans zu gelangen, rezitierte er im Geiste, was er in den letzten Tagen über die deutsche Einrichtung gelesen hatte. Sein ausgeprägt gutes Gedächtnis machte es ihm leicht, einmal intensiv Gelesenes jederzeit wieder abrufen zu können.

Der Sammelbegriff »Campo Santo« bezeichnet verschiedene Einrichtungen des innerhalb der Vatikangrenzen liegenden Gebäudekomplexes. Die seit 1450 bestehende »Erzbruderschaft zur Schmerzhaften Muttergottes am Campo Santo der Deutschen und Flamen« hat unter anderem die Aufgabe, die Feier des deutschsprachigen Gottesdienstes zu gewährleisten, deutschsprachige Pilger zu betreuen und für studierende Priester Mitsorge zu tragen.

In den Gebäuden der Erzbruderschaft ist das 1876 entstandene Deutsche Priesterkolleg Collegio Teutonico di Santa Maria in Campo Santo untergebracht.

Das 1888 gegründete Römische Institut der Görres-Gesellschaft, ebenfalls eine Einrichtung des Campo Santo, richtet einmal monatlich deutschsprachige Vorträge mit kirchenbezogener Thematik aus. Es verfügt über eine bedeutende Bibliothek und ist eng mit dem Priesterkolleg am Campo Santo verbunden.

Dem Schweizer Gardisten am seitlichen Eingang zum Vatikan genügte Strenzlers Hinweis, er habe einen Termin im Campo Santo. Er deutete auf eine Mauer etwa zweihundert Meter hinter sich und sagte nur: »Da vorne links«, um sich gleich darauf wieder dem salopp gekleideten jungen Mann zuzuwenden, mit dem er sich unterhalten hatte, als der Pfarrer am Eingang angekommen war.

Strenzler ging seitlich am Petersdom vorbei zu der schmiedeeisernen Eingangstür des Campo Santo.

Fünf Minuten später saß er dem grauhaarigen Leiter in dessen kleinem Arbeitszimmer gegenüber.

4. Februar 1971
Vatikan

Pater Allessino saß rechts neben Corsetti, Kurt Strenzler zu seiner Linken. Ihnen gegenüber hatte Kardinal de Riemer die Unterarme auf der Schreibtischplatte abgelegt und die Hände gefaltet wie zum Gebet.

Man sah dem Kardinal die Anstrengung der vergangenen Monate an. Seine sonst stets leicht rosigen Wangen wirkten blass und eingefallen.

Er hatte viele Verfahren gegen Priester in der ganzen Welt einleiten müssen. Der Kardinal war fest entschlossen, diese »Reformationswelle«, wie er es nannte, einzudämmen und nach Möglichkeit ganz auszumerzen. Eine große Hilfe war ihm dabei neben Corsetti auch der Geistliche aus München gewesen. Er konnte zum einen durch den ehemaligen Kontakt zu einigen der »Reformer« wertvolle Hinweise geben, zum anderen schien er geheime Quellen zu haben, die ihn immer wieder mit neuen Informationen versorgten.

Corsetti dagegen hatte sich durch Monate und Jahre an archivierten Akten und Briefen gearbeitet und alles zusammengetragen, was relevant erschien.

Das Ergebnis war erschreckend. Insgesamt waren sie auf über einhundert Fälle gestoßen, gegen die sie ein Verfahren eröffnen mussten.

Die einschlägige Presse stürzte sich mit der ihr eigenen Mentalität auf die Kongregation. In Leitartikeln auf den ersten Seiten wurde von einer neuen Inquisition geschrieben, Karikaturen zeigten Kardinal de Riemer, wie er sich in einer Sänfte durch ein Meer aus gekreuzigten Priestern tragen ließ.

Der ließ sich davon jedoch nicht beirren. Corsetti fühlte

sich bei dem Eifer, mit dem de Riemer die Untersuchungen vorantrieb, an die Kommunistenjagd erinnert, die sich dessen Vorgänger zehn Jahre zuvor zum Lebensziel gemacht hatte.

Der Kardinal hob kurz die Hände und ließ sie dann wieder auf den Schreibtisch zurückfallen.

»Ich danke Ihnen für Ihre Berichte. Es scheint fast, als hätten wir einen Großteil der aktiven Reformer ausfindig machen können.«

»Was ich nicht verstehen kann, Eminenz.«

De Riemer zog eine Braue nach oben und sah Corsetti an. »Wie meinen Sie das, Monsignore?«

Eine Pause von mehreren Sekunden entstand, in denen Corsetti nach den richtigen Worten suchte.

»Ich bin froh, dass es uns in relativ kurzer Zeit gelungen ist, die, ich nenne sie einmal ›Drahtzieher‹, ausfindig zu machen. Aber es gibt mir auch ein wenig zu denken. Welcher Reformator, welcher Revolutionär riskiert eine offene Konfrontation in einem Stadium, in dem seine Gefolgsmänner noch völlig unorganisiert sind? Wenn man sich wirklich etwas von diesem Reformversuch versprochen hat, warum haben diese überwiegend noch recht jungen Männer nicht erst im Geheimen operiert und sich organisiert, bevor sie lautstark ihre Vorstellungen von den Kanzeln gepredigt haben? Warum haben sie nicht versucht, einflussreiche Persönlichkeiten der Kirche für ihre Sache zu gewinnen? Es musste ihnen doch vollkommen klar sein, dass es nicht lange dauert, bis wir auf sie aufmerksam werden und reagieren. Was sind das für Menschen und was ist oder war ihr Ziel?«

»Ihr Ziel war es, die Einheit innerhalb der Kirche zu stören.«

Es war der Deutsche, der Corsetti antwortete. »Ich denke nicht, dass es sich hier um eine geplante ›Revolution‹ handelt. Ich glaube eher, und dieses Gefühl hatte ich schon bei meinem ersten Kontakt mit einigen dieser Männer, es war der berühmte Schneeball, der von einigen wenigen geworfen wurde und der dann, wahrscheinlich für die Initiatoren selbst völlig überraschend, zu einer Lawine angewachsen ist. Nein, Monsignore, ich denke nicht, dass wir uns darüber Gedanken machen müssen. Es war Zufall.«

»Das sehe ich ebenso«, stimmte der Kardinal dem neuesten Mitglied der Glaubenskongregation zu.

Corsetti hatte noch immer ein ungutes Gefühl, aber schließlich nickte er und sagte: »Das wäre natürlich eine Möglichkeit. Vielleicht hat mich die erschreckende Selbstverständlichkeit, mit der alle Betroffenen ihre Auffassung einer katholischen Kirche geäußert und unbeirrbar vertreten haben, verwirrt. Ich hätte erwartet, dass wenigstens einige wenige Einsicht zeigen und auf den rechten Weg zurückfinden würden.«

»Wie dem auch sei. Hoffen wir, dass nun bald wieder Ruhe einkehren wird.«

Kardinal de Riemer nickte ihnen zu, stand auf und verließ den Raum.

Während Corsetti seine Unterlagen zusammenlegte, dachte er, dass auch er das hoffte. Jedoch konnte er sich nicht gegen das Gefühl wehren, dass diese Ruhe vielleicht trügerisch war.

19. März 1971
Kimberley

»Ich bin zufrieden!«

Die drei Männer blickten aus ihren Sesseln zu Friedrich von Keipen auf, der, die Hände hinter dem Rücken verschränkt, mit durchgedrücktem Kreuz vor ihnen stand wie ein Spieß vor seiner Kompanie.

»Lassen Sie mich ein kurzes Resümee ziehen: Die Simonische Bruderschaft war vor wenigen Monaten zum ersten und auch letzten Mal in Gefahr. Die Gründe dafür sind vielfältig. Es war mir von Anfang an klar, dass der Vatikan irgendwann auf uns aufmerksam werden würde. Wann das geschehen würde, konnte ich nicht absehen, denn die Auswirkungen der gezielten Werbemaßnahmen unserer Priester innerhalb der Kirche waren nicht vorhersehbar. Die schnelle Eskalation ist jedoch der beste Beweis für uns, dass unsere Argumente bei den jungen Geistlichen auf fruchtbaren Boden stoßen. Es war quasi eine Generalprobe. Wären wir schon in der Lage gewesen, die Kurie nach unserem Willen zu lenken, hätte sich unser Gedankengut wie ein Lauffeuer bei den Priestern auf der ganzen Welt verbreitet. Trotz des massiven Einschreitens der Kurie und im Besonderen der Kongregation für die Glaubenslehre werden vor allem die jüngeren Priester unsere Ideologie im Gedächtnis behalten. Nach den letzten Zahlen, die mir vorliegen, sind fast einhundertfünfzig Geistliche vom Kirchendienst ausgeschlossen oder beurlaubt worden. Aber nur ganze achtzehn dieser Männer sind Simoner! Alle anderen sind normale, junge Priester, die die Zeichen der Zeit erkannt haben.

Dass diese Männer gleich die offene Konfrontation gesucht haben, war von mir zwar nicht geplant, aber ich habe es von Anfang an mit Interesse beobachtet und bewusst nichts dagegen unternommen. Wie sich jetzt zeigt, war dieser Schachzug absolut richtig. Die Glaubenskongregation hat ihren Kreuzzug gehabt und kann Erfolge vorweisen. Wenn unsere Männer sich ab jetzt etwas zurückhalten, wird man sich in Rom selbstzufrieden die dicken Bäuche reiben und sich in der Sicherheit wiegen, die Aufwiegler aus dem Verkehr gezogen und damit die Ruhe in der Kirche wiederhergestellt zu haben. Das ist genau die Situation, die ich mir wünsche. Ich weiß nun definitiv, wenn es so weit ist, werden wir Erfolg haben.«

Nach einigen Sekunden der Stille sagte der ehemalige Hauptfeldwebel Dietmar Krämer: »Aber was ist mit unseren achtzehn Männern?«

Friedrich grinste: »Der Herr Hauptfeldwebel. Denkt stets zuerst an seine Männer. Recht so! Nun, für sie ist gesorgt. Sie haben ihren Teil zum Erfolg unserer großen Sache erst einmal geleistet und gehen aus Sicht der Bruderschaft in den vorzeitigen Ruhestand. Sie werden in Unternehmen angestellt, die Mitgliedern der Bruderschaft gehören. Am Tag X werden sie reaktiviert und selbstverständlich wieder in den Dienst einer dann modernisierten katholischen Kirche übernommen. Wenn es sonst keine Fragen mehr gibt, können Sie sich nun wieder Ihren Aufgaben widmen.«

Die Männer standen auf und Krämer und Scholler verließen den Raum. Hans wartete, bis sich ihre Schritte entfernt hatte und schloss die Tür.

Er drehte sich um und sah Friedrich an, der mittlerweile hinter seinem Schreibtisch saß.

»Darf ich eine unangenehme Frage stellen?«

Friedrich musterte seinen ehemaligen »Begleiter« und ältesten Vertrauten kurz und nickte mit ernstem Gesicht.

»Ja, aber ich kann dir nicht versprechen, dass ich darauf antworten kann.«

»Was ist mit Dengelmann?«

Das kurze Zucken in Friedrichs Gesicht wäre jemandem, der ihn nur flüchtig kannte, nicht aufgefallen. Hans jedoch bemerkte es und befürchtete schon, einen Wutausbruch Friedrichs zu erleben.

Zu seiner Überraschung antwortete der jedoch mit ruhiger Stimme.

»Dengelmann ist selbstherrlich. Seit seinem Ausbruch dir gegenüber hat er so gut gearbeitet wie nie zuvor. Dass ich nicht auf seine Drohung reagiert habe, deutet er als Schwäche und als Zeichen, dass er der wichtigste Mann der Bruderschaft ist. Er hat jetzt das Gefühl, seine Anstrengungen nicht mehr für die Bruderschaft, sondern nur noch für sich persönlich zu unternehmen. Sein Ehrgeiz ist geweckt, der mächtigste Mann in der katholischen Kirche zu werden. In diesem Glauben werden wir ihn lassen.«

»Wie lange?«

»So lange wir ihn brauchen.«

»Und dann?«

Einige Sekunden sahen sie sich stumm in die Augen, dann sah Hans ein, dass er auf diese Frage keine Antwort erhalten würde. Er nickte kurz und verließ den Raum.

Friedrich lehnte sich zurück.

Dann wird es Jürgen Dengelmann sehr leidtun, mir gedroht zu haben!

12. Mai 1971
Kimberley

Evelyn riss verstört die Augen auf und schwebte sekundenlang in einem beängstigenden Zustand zwischen dem Albtraum, der sie noch gefangen hielt, und dem endgültigen Zurückgleiten in die Realität. Die Dunkelheit um sie herum verstärkte ihre Angst und Orientierungslosigkeit noch und sie stieß einen spitzen Schrei aus. Der Klang ihrer eigenen Stimme gab ihr schließlich den Halt, an dem sie sich in die Wirklichkeit ziehen konnte.

Es war Nacht und sie lag in ihrem Bett. Die schrecklichen Bilder gehörten zu dem Traum, der sie schon so oft verfolgt hatte. War es die Angst, die sie hatte aufwachen lassen? Wie zum Widerspruch hörte sie ein klackendes Geräusch vom Fenster her. Instinktiv zog sie die Decke bis unter ihr Kinn und hielt sie dort mit beiden Händen fest umklammert. Da war das Geräusch schon wieder. Etwas klopfte gegen ihr Fenster. Oder es wurde etwas gegen die Scheibe geworfen. Steine, ja, das musste es sein. Jemand warf kleine Steine gegen ihre Fensterscheibe. Aber wer sollte …

Zögernd schob sie die Beine aus dem Bett, verharrte noch einen Moment in dieser verkrümmten Position und stand schließlich auf. Mit vorsichtigen Schritten näherte sie sich dem Fenster und zog den Vorhang am Rand ein kleines Stückchen nach vorne, gerade so weit, dass sie einen vorsichtigen Blick nach draußen werfen konnte. Ihr Zimmer lag im ersten Stock und der Blick durch die Scheibe zeigte ihr nichts als unzählige Sterne, die an einem schwarzen Himmel leuchteten. Sie legte die Stirn gegen das kalte Glas, um nach unten sehen zu können. Im Licht des Mondes, der über dem Haus stehen musste, erkannte sie eine Männergestalt, die zu ihrem Fenster hochblickte. Er schien ihr Gesicht zu sehen, denn er winkte ihr jetzt mit beiden Armen zu.

War das Kurt? Was tat er um diese Zeit unter ihrem Fenster? Wenn Friedrich ihn dort sah.

Evelyn schob einen Teil des Vorhangs zur Seite und öffnete einen Fensterflügel.

»Evelyn, du musst sofort kommen!«

Es war eine Mischung aus Flüstern und Rufen.

»Was um Himmels willen tust du hier mitten in der Nacht? Wenn dich jemand sieht!«, flüsterte sie zurück.

»Bitte, du musst sofort mitkommen. Dr. Fissler! Er stirbt!«

Evelyn hatte das Gefühl, ein Eiskristall lege sich auf ihr Herz. »Was?« Sie flüsterte es so leise, fast tonlos, dass Kurt Scholler sie nicht hören konnte.

»Evelyn, bitte. Es ist nicht mehr viel Zeit. Bitte komm mit mir.« Sie glaubte Ja zu sagen, doch kein Ton kam über ihre Lippen.

Bewegungslos stand sie an dem offenen Fenster, bis Kurts Stimme sie schließlich aus dem schockähnlichen Zustand riss. »Evelyn, bitte!«, rief er zum wiederholten Mal.

Plötzlich zuckte sie zusammen. Im Umdrehen rief sie noch: »Ich komme«, und dachte in diesem Moment nicht darüber nach, ob Friedrich sie vielleicht hören konnte.

Knappe fünf Minuten später schlich sie auf Zehenspitzen die Treppe hinunter und ging nach draußen, wo Scholler sie schon erwartete.

»Was ist geschehen, Kurt? Wie kann das sein?«

»Ich weiß es nicht genau, Evelyn. Seine Haushälterin rief mich eben an und sagte, Dr. Fissler liege im Sterben und wollte dich noch einmal sehen. Sie hat es nicht gewagt, hier anzurufen.«

Tränen liefen über Evelyns Wangen.

»Aber Friedrich! Müssen wir ihn nicht wecken?«

Scholler hob die Schultern. »Wozu?«

Sie zögerte nur kurz, dann nickte sie. »Du hast recht. Wozu? Lass uns fahren.«

Mit wenigen Schritten waren sie an Schollers Wagen.

Anna, die Haushälterin des Arztes, hatte das Motorengeräusch gehört und öffnete schon die Tür des Hauses, als sie gerade ausstiegen.

»Kommen Sie bitte schnell«, rief sie ihnen aufgeregt entgegen. »Es geht ihm nicht gut! Ich durfte nur Sie benachrichtigen.«

Evelyn hauchte ihr im Vorbeigehen ein Danke zu.

Werner Fissler lag nicht in seinem Bett, sondern auf dem Sofa im Wohnzimmer. Im Kamin brannte ein riesiges Feuer und hüllte den großen Raum in eine beträchtliche Hitze. Trotzdem hatte der Arzt eine Wolldecke auf sich liegen.

Er sah ihnen mit fiebrigem Blick entgegen.

Evelyn ging langsam auf ihn zu, kniete sich vor das Sofa und sah den alten Mann durch einen Schleier aus Tränen an. Dann legte sie ihm die Hand vorsichtig auf die Stirn. Sie war schweißnass, und doch spürte Evelyn, dass Werner am ganzen Körper zitterte.

Das faltige Gesicht verzog sich zu einem schwachen Lächeln.

»Schön, dass du gekommen bist, Evelyn. Ich wollte einen lieben Menschen bei mir haben, wenn ich gehe.«

Das Sprechen bereitete ihm sichtlich Mühe, und es war schwierig, ihn zu verstehen.

»Die Lunge, Evelyn. Sie ist entzündet«, beantwortete er die Frage, die sie noch nicht gestellt hatte.

Evelyn wischte sich mit dem Rücken der freien Hand die Tränen fort. »Du musst ins Krankenhaus, Werner. Dort kann man dir helfen. Eine Lungenentzündung ist doch ...«

Mit mildem Lächeln unterbrach er sie.

»Nein, Evelyn, kein Krankenhaus. Zu spät. Ich habe genug vom Leben.«

Mit einem Ruck zog sie ihre Hand von seiner Stirn zurück und sprang auf. Laut, lauter als sie es selbst wollte, sagte sie: »Genug vom Leben? Was redest du da? Ich habe aber noch lange nicht genug von dir. Das lasse ich nicht zu! Ich werde jetzt im Krankenhaus in Kimberley anrufen.«

Bevor sie sich abwenden konnte, hob der alte Mann mit aller Kraft, die ihm noch zur Verfügung stand, eine Hand und sagte: »Evelyn, eines noch.«

Sie stockte einen Moment, dann ging sie wieder zu ihm und kniete sich hin. Dabei sah sie ihm ununterbrochen in die Augen.

Mit zittriger Bewegung nahm er ihre Hand, dann sagte er langsam, jede Silbe wie ein eigenes Wort aussprechend: »Bitte«, und fügte nach einer kurzen Pause hinzu: »Lass mich in Frieden gehen!«

Etwas brach in Evelyn auf und der dünne Faden, an dem ihre Beherrschung hing, riss endgültig. Laut schluchzend ließ sie sich nach vorne fallen, umarmte den alten Mann fest und vergrub ihr Gesicht neben seiner Wange.

Kurt Scholler, der zusammen mit Anna im Hintergrund geblieben war, wandte sich mit zuckenden Schultern ab.

»Evelyn.« Fisslers Stimme wurde immer dünner. Sie hob langsam den Kopf. Ihr Gesicht war ganz nah vor seinem, als er weitersprach. »Ich habe dich als meine Erbin eingesetzt. Anna wird dir die Unterlagen geben.« Sie schüttelte den Kopf. »Ich möchte davon jetzt nichts hören, Werner. Sprich nicht weiter. Du musst dich schonen.«

Er ließ sich dadurch nicht beirren. »Das Geld ist in Dänemark. Dort leben Verwandte von mir. Die Adresse – in den Unterlagen.« Das Sprechen strengte ihn sehr an, doch er sprach weiter. »Nimm deine Söhne und geh mit ihnen nach Dänemark, Evelyn. Du musst von ihm weg.«

Wieder beugte sie sich nach vorne und legte ihr Gesicht auf seine knochige Schulter. »Werner, du darfst mich nicht alleine lassen. Was soll ich denn ohne dich tun? Gib bitte nicht auf, hörst du?« Ihre Stimme klang so gedämpft, dass sie kaum zu verstehen war.

Werner antwortete nicht.

Langsam hob Evelyn den Kopf und sah ihn an.

Ihr Freund würde nie wieder antworten.

Friedrich wurde von einem dumpfen Geräusch aus dem Schlaf gerissen. Innerhalb einer Sekunde war er hellwach.

Jemand hämmerte gegen seine Zimmertür. Im gleichen Moment erkannte er die Stimme von Hans, die seinen Namen rief.

Er knipste die Nachttischlampe an und warf einen Blick auf seine Armbanduhr, die er auch nachts nicht ablegte.

1.20 Uhr. Er hatte noch nicht lange geschlafen.

Wieder wurde gegen die Tür gehämmert.

»Ja, ja, ich komme ja schon!«

Er stand auf, nahm seinen Hausmantel vom Herrendiener und zog ihn im Gehen über. Mit zwei Drehungen des Schlüssels öffnete er die Tür. Der Flur lag im Dunkeln und die Lampe aus Friedrichs Zimmer ließ die Haut des nächtlichen Besuchers wächsern erscheinen. Stirn und Wangen wurden von Falten durchzogen, die wie tiefe Gräben wirkten.

Friedrich verschränkte die Arme vor der Brust und fragte misslaunig: »Was ist los?«

»Es geht um Dr. Fissler! Er ist tot!«

Friedrich legte den Kopf ein wenig schief. »Und deshalb weckst du mich mitten in der Nacht?«

Hans kannte Friedrich von Keipen schon zu lange, um von seiner Reaktion überrascht zu sein. »Frau von Keipen ist im Moment dort. Zusammen mit Kurt Scholler.«

Ein Ruck ging durch Friedrichs Körper. »Was? Wieso ist meine Frau dort? Und was hat Scholler damit zu tun?«

Hans hob die Schultern. »Ich weiß es nicht. Unser Stallbursche kam eben zu mir und sagte, Anna habe ihn angerufen und ihm erzählt, Dr. Fissler sei gerade gestorben und Frau von Keipen sei mit Herrn Scholler dort. Mehr weiß ich auch nicht.«

»Warte hier!«

Friedrich knallte Hans die Tür vor die Nase und wirbelte herum.

In kürzester Zeit war er fertig angezogen und stürmte aus dem Zimmer. Dabei hätte er Hans fast umgerannt, der noch immer an der gleichen Stelle direkt vor der Tür stand.

»Was tust du hier, Evelyn?«

Friedrich betrat Dr. Fisslers Wohnzimmer und betrachtete das Bild, das sich ihm bot. Seine Frau stand mit Kurt Scholler eng umschlungen inmitten des großen Raumes und hatte den Kopf an seine Schulter gelegt. Scholler streichelte ihr über das Haar. Beide zuckten zusammen, als sie seine Stimme hörten. Evelyn hob den Kopf und sah ihn mit schreckgeweiteten Augen an.

»Friedrich«, sagte sie leise.

Er ging auf die beiden zu und fixierte dabei Kurt Scholler. »Scholler, lassen Sie sofort meine Frau los. Sie scheinen zu vergessen, wen Sie da im Arm halten.«

Zögernd löste Scholler sich von Evelyn und trat einen Schritt zurück. Mit hängenden Armen stand sie nun alleine da und starrte Friedrich an.

»Er ist tot!«

Zur Unterstreichung ihrer Worte deutete sie auf das Sofa, auf dem der Tote lag. Friedrich würdigte den toten Arzt keines Blickes. Stattdessen sah er Scholler an. »Und was haben Sie damit zu tun, Scholler?«

Der Anwalt hatte sich gefangen und ging auf Friedrich zu. »Ich habe den letzten Wunsch eines sterbenden Mannes respektiert.«

In Friedrichs Augen blitzte es kurz auf. »Dann respektieren Sie jetzt den Wunsch eines noch sehr lebendigen Mannes und fahren nach Hause.« Und an Evelyn gewandt: »Da ich nicht das Vergnügen hatte, dich hierherzubegleiten, würde es mich außerordentlich freuen, wenn ich dich nun nach Hause bringen dürfte.«

Friedrich registrierte den kurzen Blick, den Evelyn und Scholler sich zuwarfen, bevor sie sich noch einmal zu dem Toten umdrehte und ihn lange ansah. Er ließ sie einige Sekunden gewähren und sagte dann: »Komm jetzt.«

Während sie das Haus verließen, nahm Friedrich sich vor, seinen Finanzverwalter im Auge zu behalten.

Den nächsten Tag hatte Friedrich für seine Söhne reserviert. Die Gewaltmärsche, die er »Ausflüge« nannte, waren schon lange zu einer festen Einrichtung geworden. Einmal im Monat verbrachte er den ganzen Tag mit den beiden Jungen im Freien. Sie hatten drei verschiedene Strecken, die sie abwechselnd an diesen Tagen zurücklegten. Zwei davon waren etwa zwanzig Kilometer lang, die dritte, die er ihnen und auch sich selbst nur selten abverlangte, betrug über dreißig Kilometer. Sie führte durch eine steppenähnliche Landschaft und überwiegend unbewohnte Gebiete bis an die äußere Stadtgrenze von Kimberley heran.

An diesem Tag musste es der lange Weg sein.

Friedrich hatte in der Nacht nicht mehr schlafen können. Dass Scholler ohne sein Wissen seine Frau geweckt und zu Fisslers Haus gebracht hatte, ließ ihm keine Ruhe. Friedrich hatte Scholler als vertrauenswürdig angesehen, zumindest im Rahmen der engen Grenzen, in denen man anderen Menschen überhaupt vertrauen konnte.

Mit der vergangenen Nacht hatte der Anwalt sich viel verspielt. Die Gefühle, die Friedrichs Inneres so aufwühlten, hatten nichts mit Enttäuschung zu tun. Nein, es war blanke Wut, die ihn um drei Uhr nach über einer Stunde des Herumwälzens im Bett veranlasst hatte, wieder aufzustehen und die Zeit bis zur Morgendämmerung in seinem Arbeitszimmer zu verbringen. Er war wütend über Schollers Dreistigkeit. Wie konnte dieser Anwalt annehmen, ungestraft die Frau des Magus ohne das Wissen ihres Mannes nachts aus dem Bett holen zu können? Die Nacht in diesem Haus und der Schlaf seiner Frau gehörten einzig ihm, Friedrich von Keipen.

Er würde sich die Konsequenzen für Scholler noch überlegen, aber dazu brauchte er einen freien Kopf, und der beste Weg, die Gedanken frei zu bekommen, war ein langer, anstrengender Marsch mit seinen Söhnen.

Hermann entwickelte sich prächtig. Der fast Dreizehnjährige hatte bald die Größe seines Vaters erreicht. Das regelmäßige Training im Lager der Schutzmannschaft hatte seinen Körper athletisch geformt. Er war zu einem hervorragenden Scharfschützen geworden, dem selbst aus Wolffs Mannschaft kaum jemand das Wasser reichen konnte. Der Oberst hatte Friedrich zu diesem prächtigen Jungen gratuliert.

Franz dagegen schien ein hoffnungsloser Fall zu sein. Die Trainingseinheiten für den Neunjährigen mussten sie aufgeben, nachdem er mehrmals weinend zusammengebrochen war. Immer wieder hatte er sich während der Körperertüchtigung übergeben müssen, einmal war er sogar ohnmächtig geworden. Er war ein schmalbrüstiger Weichling mit dem Gesicht seiner Mutter. Nicht nur, dass er ihr verblüffend ähnlich sah, nein, Friedrich konnte sogar weibliche Züge an ihm entdecken. Wie er sich bewegte, wie er lief ... weibisch.

Friedrich kam der Gedanke, dass es nicht verwunderlich gewesen wäre, wenn Evelyn ihren Weichling letzte Nacht mit zu dem alten Arzt genommen hätte. Dort hätten sie dann gemeinsam weinen können.

Aber das hatte sie nicht gewagt. Sie wusste, welche Konsequenzen es für sie gehabt hätte, sich über seine strikten Anweisungen in Bezug auf die Jungen hinwegzusetzen.

Wie immer begann Franz schon nach einer Stunde zu jammern, er wolle eine Pause machen.

Friedrich schüttelte wortlos den Kopf. Seine Hoffnung, die Wut über die vergangene Nacht würde während des Marsches abklingen, hatte sich als trügerisch erwiesen. Ganz im Gegenteil wuchs sein Ärger mit jedem Blick, den er auf den keuchenden Jungen neben sich warf. Die Ähnlichkeit mit Evelyn sprang ihn an und erinnerte ihn an das unverschämte Benehmen seiner Frau.

Statt eine Pause einzulegen, würde er dem Jungen endlich einmal wieder zeigen, was einen Mann ausmachte. Grimmig zog er das Tempo an. Nur Minuten später blieb Franz stehen.

»Vater, ich kann nicht mehr«, jammerte er. »Die Brust tut mir weh und ich bekomme keine Luft mehr. Bitte, lass uns eine Pause machen. Bitte!«

Friedrich ging zwei Schritte zurück und stand vor seinem Sohn. »Ich möchte nichts mehr hören von deiner Brust und deiner Luft. Dir wird viel zu oft nachgegeben, mein Junge. Du bist es nicht gewohnt, dich durchzubeißen, wenn es schwierig wird.«

Von hinten legte sich eine Hand auf Friedrichs Rücken. Hermann stand hinter ihm und sagte mit ruhiger Stimme: »Vater, lass ihn doch einen Moment ausruhen. Er ist noch klein und schafft das nicht.«

»Hermann, du bist ein guter Junge, aber rede mir nicht in Dinge rein, von denen du noch nichts verstehst. Wir werden weitergehen. Mit deinem Bruder.«

»Aber Franz klagt in letzter Zeit oft über Schmerzen

in der Brust. Vielleicht ist etwas mit ihm nicht in Ordnung?«

»Du hast recht, mein Sohn. Es ist etwas nicht in Ordnung mit Franz. Er ist kein Mann und wird nie zu einem werden, wenn alle stets Rücksicht auf ihn nehmen. Wir gehen jetzt weiter und ich möchte darüber nicht mehr diskutieren.«

Er wandte sich wieder seinem jüngsten Sohn zu.

»Los jetzt, Franz. Reiß dich zusammen!«

Damit wandte er sich ab und ging los. Nach einigen Metern warf er einen Blick zurück, um sicherzugehen, dass Franz ihm folgte.

Der Junge setzte einen Fuß vor den anderen und hatte die tränenden Augen blicklos nach vorne gerichtet.

»Na also, es geht doch«, stellte Friedrich zufrieden fest und zog grimmig das Tempo wieder an.

Es waren etwa fünfzehn weitere Minuten vergangen, als Franz wortlos vornüberkippte und reglos im Staub liegen blieb.

Friedrich bemerkte es erst, als Hermann plötzlich »Vater!« rief und neben ihm verschwand.

Er sah sich um. Hermann kniete neben seinem jüngeren Bruder und drehte ihn auf den Rücken. Mit zwei schnellen Schritten war Friedrich bei seinen Söhnen. Wütend sah er auf Franz herab.

Er dachte an Joss. An seine Frau, die seinen treuen Freund getötet hatte. An Schollers unverschämtes Verhalten. Dort lag Evelyns Abbild am Boden und ruhte sich aus, statt seinem Befehl zu gehorchen und zu marschieren. Machte denn jeder plötzlich, was er wollte? Galt eine klare Anweisung Friedrich von Keipens nichts mehr? Er spürte, wie das Blut durch seinen Kopf rauschte.

»Steh sofort auf«, schrie er zu seinem Sohn herunter. Als der nur ein leises Wimmern von sich gab, bückte Friedrich sich und zog Franz mit aller Kraft am Arm nach oben. Der

Junge hing schlaff an ihm, doch Friedrichs harter Griff verhinderte, dass er wieder zusammensacken konnte.

»Vater, hör auf!«, schrie Hermann.

»Sei ruhig! Er wird jetzt weitermarschieren.«

Hermann zog an dem Arm, der Franz halbwegs aufrecht hielt.

»Vater, bitte. Lass ihn.«

Mit der freien Hand stieß Friedrich seinen Ältesten so fest zurück, dass er stolperte und zu Boden fiel.

Mit rotem Kopf brüllte Friedrich nun auf Franz ein: »Na los! Tu, was ich dir gesagt habe. Sofort. Los, beweg dich. Du wirst dich mir nicht widersetzen wie deine Mutter, das schwöre ich dir.«

Er ließ den Arm des Jungen los und Franz konnte sich tatsächlich schwankend aufrecht halten. Die Augen hatte er geschlossen.

Unsanft stieß Friedrich ihn in den Rücken und der Junge taumelte vorwärts.

Hermann war wieder auf den Beinen und wollte seinem Bruder zu Hilfe eilen, doch Friedrich stellte sich ihm in den Weg und sagte mit schneidender Stimme: »Du hilfst ihm nicht!«

Hermann erkannte, dass er so keine Chance hatte, und warf seinem vorwärtsstolpernden Bruder einen verzweifelten Blick zu. Seine Stimme wurde flehend. »Bitte, Vater, bitte lass uns eine Pause machen. Franz kann nicht mehr. Bitte!«

Friedrich schüttelte den Kopf und versetzte Franz wieder einen Stoß in den Rücken. Der Neunjährige taumelte, fing sich wieder und setzte nach Luft ringend einen Fuß vor den anderen. Er weinte nicht. Die Kraft zum Weinen hatte er nicht mehr.

Fünf Meter stolperte er weiter. Zehn Meter. Dann blieb er einen Moment stehen, schwankte einmal zurück und wieder nach vorne und fiel der Länge nach auf die Erde.

Ungeachtet der Rufe seines Vaters hechtete Hermann zu ihm hin, drehte ihn um und erstarrte beim Anblick seines kleinen Bruders.

Die Augen des Jungen waren unnatürlich weit aufgerissen. Der Glanz der Kindheit war aus ihnen gewichen, der Blick schien gebrochen.

»Vater! Komm schnell, Vater.«

Friedrich spürte instinktiv, dass eine Grenze überschritten war, und lief zu seinen Söhnen. Noch bevor er den Kopf auf die schmale Brust des Kindes legte, wusste er, was geschehen war.

Franz von Keipen, der neunjährige Sohn des Magus, war tot.

Mit steinerner Miene setzte Friedrich sich neben das tote Kind in den Staub und starrte ins Leere. Die Luft um ihn herum schien aus Milliarden kleiner Mücken zu bestehen. Alles war erfüllt von einem hohen Summen. Das Tageslicht flackerte, wurde für Bruchteile von Sekunden immer wieder zu schwärzester Nacht, um dann mit gleißender Helligkeit wieder zurückzukehren.

Wie war das möglich? Ein Junge konnte doch nicht von einem kleinen Marsch sterben? Das konnte doch nicht sein. Er hätte eine Pause machen müssen. Ja, das hätte er tun müssen. Warum hatte er dem Jungen keine Pause gegönnt? Weil er so schrecklich wütend gewesen war. Aber was war der Grund für seine Wut? Ja, richtig, Evelyn! Evelyn, die seinen Freund Joss getötet hatte. Und dieser Anwalt.

Friedrich nahm eine Berührung an seiner linken Seite wahr. Etwas drückte kurz gegen seine Hüfte, dann streifte ihn ein Gegenstand. Was war …

»Du Monster! Du hast meinen Bruder getötet.«

Friedrich zuckte zusammen und starrte Hermann verständnislos an.

Die Pistole! Hermann hatte die Pistole, die Friedrich bei

diesen Märschen stets mit sich trug, aus dem Halfter gezogen und richtete die Waffe nun tränenüberströmt gegen seinen Vater. Seltsamerweise wunderte sich Friedrich zuerst über die Tatsache, dass Hermann weinte, bevor er begriff, in welcher Gefahr er sich befand. Der Junge war außer sich.

»Hermann, nein, warte.« Friedrich hob beschwichtigend die Hand und redete mit leiser Stimme auf seinen Sohn ein.

»Hermann, gib mir die Waffe zurück. Bitte. Lass mich dir erklären …«

»Was? Was möchtest du mir erklären? Warum du meinen Bruder umgebracht hast?«

»Nein, Hermann, ich habe deinen Bruder nicht getötet. Er muss krank gewesen sein. Das konnte ich doch nicht wissen. Gib mir jetzt bitte die Waffe.«

Der Junge schluchzte. Die Pistole in seiner Hand zitterte kurz, dann senkte sie sich nach unten. Mit einer schnellen Bewegung ergriff Friedrich die Waffe und riss sie seinem Sohn aus der Hand.

Ohne darüber nachzudenken richtete er den Lauf auf den Jungen. Hermann reagierte erst überhaupt nicht darauf. Er stand nur da, weinend und mit hängenden Schultern, und sah den Mann an, der gerade den Tod seines kleinen Bruders verursacht hatte.

Schließlich regte er sich. Ohne erkennbare Angst sah er Friedrich in die Augen und hob dann trotzig den Kopf ein wenig, sodass sein Kinn auf die Waffe zeigte. »Schieß ruhig – *Vater*.« Das Wort »Vater« spuckte er förmlich aus. Tief in seinem Inneren hörte Friedrich plötzlich die Stimme Hermann von Settlers. *Sorge dafür, dass du einen zweiten Sohn bekommst. Du brauchst einen Nachfolger.*

Die Hand mit der Waffe senkte sich.

Friedrich von Keipen trug seinen toten Sohn auf den Armen. Sie waren noch gut zehn Meter von der Veranda entfernt, als die Tür aufflog und Evelyn ihnen entgegenstürzte. »Franz, o Gott! Franz! Was ist mit ihm? Ist er verletzt?«

Als sie die drei erreicht hatte und sich über den leblosen Körper ihres Kindes beugte, blieb Friedrich stehen. Sein Blick ging an Evelyn vorbei, die Stimme klang monoton. »Franz ist tot.«

Als hätte man sie mit einem Ruck aller Knochen beraubt, sackte Evelyn einfach in sich zusammen.

Hermann sah seine Mutter im Staub liegen und war zu keiner Bewegung fähig. Seine Muskeln bekamen den dazu nötigen Befehl vom Gehirn nicht. Immer wieder formten seine Gedanken die gleichen Worte. Sie sollten sich für immer in seine Seele einbrennen.

Evelyn hatte ihren Sohn an den Schultern gepackt. »Hermann, ich bitte dich. Du musst mit mir kommen.«

Der Junge, der in den vergangenen drei Wochen gewaltsam erwachsen geworden waren, strich seiner Mutter mit einer zärtlichen Geste über die Wange.

»Nein, Mutter. Solange ich zurückdenken kann, war meine Erziehung darauf ausgerichtet, einmal Vaters Platz in der Bruderschaft einzunehmen. Und ich werde die Simoner anführen, wenn es nötig wird. Geh du nur. Ich kann dich verstehen. Aber ich kann nicht mit dir kommen. Nach dem, was geschehen ist, erst recht nicht. Ich werde in seiner Nähe bleiben.« Dabei sagte er sich im Geiste wieder und wieder *die Worte* vor und fügte dann laut hinzu: »Ich habe eine Aufgabe!«

Evelyn konnte den Gesichtsausdruck ihres Sohnes nicht sehen, als er das sagte. Deshalb deutete sie seinen letzten Satz anders, als er von Hermann gemeint war. Sie senkte den Blick und betrachtete ihre Hände, die sie nur schemenhaft in der Dunkelheit des Zimmers erkennen konnte. Es war fast Mitternacht, und wenn es wahrscheinlich auch unnötig war, wollte sie trotzdem vermeiden, dass Friedrich Licht in ihrem Zimmer sah.

Seit dem Tod ihres jüngeren Sohnes hatte sie Friedrich fast nicht zu Gesicht bekommen. Nachdem der Arzt bei dem Jungen einen Herzstillstand aufgrund eines angeborenen Herzfehlers festgestellt hatte, war Friedrich abends in ihrem Zimmer aufgetaucht, den Totenschein in der Hand. »Hier steht es, ich konnte nichts dafür«, war sein einziger Kommentar, dann war er wieder gegangen.

Zwei Tage nach der Beerdigung hatte er sich von irgendwo einen Schäferhundwelpen besorgt. Seitdem war er nur noch mit dem jungen Hund zusammen. Die Tür seines Arbeitszimmers war stets verschlossen und er antwortete niemandem, der an die Tür klopfte. Nicht einmal Hans konnte an ihn herankommen.

Evelyn war täglich mit Hermann zusammen. Sie trösteten sich gegenseitig und erzählten sich Dinge, die sie mit Franz erlebt hatten. Manchmal mussten sie dabei lachen, doch meist waren ihre Wangen tränennass.

Sie war auch mehrere Male mit Kurt zusammen gewesen. Evelyn wusste selbst nicht, warum, aber sie hatte sich für diese Treffen den Baum hinter dem ehemaligen Internat ausgesucht, unter dem Friedrich ihr als Abiturient seinen Heiratsantrag gemacht hatte. Kurt wusste nichts von der symbolischen Bedeutung dieses Platzes.

Ein paar Mal hatte er versucht, sie zu umarmen, aber sie war jedes Mal erschrocken zurückgewichen. Sie konnte außer von ihrem Sohn von niemandem mehr eine Berührung ertragen.

Es waren nun zwei Tage, die Kurt von ihrem Entschluss wusste, nach Dänemark zu gehen. Kurt hatte sie gefragt: »Wann brechen wir auf?«

Sie war über die Frage nicht überrascht.

»Es gibt kein wir, Kurt, nie wieder. Ich werde nur mit meinem Sohn gehen. Ich habe nur noch die Liebe für Hermann in mir. Alles, was es da sonst noch gab, ist einfach nicht mehr da.«

Sie hatte ihn damit schwer getroffen, bekam aber trotzdem sein Versprechen, ihr zu helfen.

Nun saß sie in der schummrigen Dunkelheit ihres Zimmers vor ihrem Sohn, und ihre Befürchtungen waren Realität geworden. Hermann würde in Kimberley bleiben.

Wieder strich er ihr über das Gesicht und konnte unter seiner Hand den deutlich hervortretenden Wangenknochen spüren.

»Wann wirst du gehen?«

Sie sah auf. »Morgen Nacht. Wir werden uns also morgen Abend zum letzten Mal sehen.« Nach einer kurzen Pause nahm sie seine Hände in ihre. »Hermann, ich weiß noch nicht, wie, aber ich werde mich irgendwie mit dir in Verbindung setzen. Achte darauf, dass dein Vater nichts davon bemerkt. Er würde mich töten lassen, wenn er mich findet, das weißt du.«

»Dann würde ich ihn …«, brauste der Junge auf, doch Evelyn unterbrach ihn. »Das wird nicht nötig sein, wenn du vorsichtig bist. Du bist alles, was mein Leben noch lebenswert macht, Hermann. Und doch kann ich nicht in deiner Nähe bleiben, denn ich weiß, es würde irgendwann ein weiteres Unglück geschehen. Tu, was du für richtig hältst, aber denke immer daran, dass es einen Gott gibt, auch wenn dein Vater seinen Namen und seine Kirche für die Zwecke der Simoner missbraucht. Die Bruderschaft war von Anfang an auf Machtgier und Terror aufgebaut, aber ich habe das jahrelang nicht gesehen. Ich bin wie zuvor schon einmal auf verlogene Ideale hereingefallen. Ich weiß, was deine Lehrer dir beibringen, und mir ist bewusst, wie das auf einen jungen Mann wirkt. Aber ich flehe dich an, denke bei jedem Schritt, den du jetzt oder später einmal gehen wirst, daran, dass die einzige Wahrheit in Gott und seinem Wort liegt. Wann immer du verzweifelt bist oder etwas infrage stellst, lies Gottes Wort. Lies es aufmerksam, und du wirst Antworten auf alle Fragen finden. Kannst du mir versprechen, dass du immer daran denken wirst, mein Sohn?«

Hermann wand sich. »Ach Mutter, du weißt, was die Simoner über Gott und die Kirche denken. Ich gönne dir ja deinen Glauben, aber erwarte doch bitte nicht von mir, dass ich auch an so etwas glaube.«

Evelyn atmete tief durch.

»Hermann, dein Vater hat durch sein Verhalten Franz getötet. War das für dich richtig?«

Erschrocken über diese Frage, schüttelte Hermann heftig den Kopf. »Nein, natürlich nicht. Ich hätte ihn dafür fast ...«

Nun zog ein kleines Lächeln über Evelyns Gesicht, das der Junge in der Dunkelheit aber nicht sehen konnte.

»Der Mann, der für den Tod deines kleinen Bruders verantwortlich ist, ist gleichzeitig der Anführer derer, die dich das gelehrt haben, was du als Wahrheit empfindest.«

Eine lange Pause entstand, in der die Gedanken im Kopf des Jungen rasten. »Gut, Mutter. Ich verspreche dir, ich werde die Bibel lesen.«

»Stell dir beim Lesen meine Stimme vor, Hermann. Stell dir vor, ich würde dir die Worte sagen, die du in der Bibel liest. Mehr verlange ich nicht von dir.«

Er zögerte noch einmal kurz, dann sagte er leise: »Ich verspreche es.«

In der nächsten Nacht stand Hermann am Fenster seines Zimmers im ersten Stock und sah, wie der dunkle Fleck, der seine Mutter war, um die Ecke der Aula verschwand. Er wusste, etwa einen Kilometer vom Haus entfernt wartete Schollers Wagen auf sie.

Hermann drehte sich um und ließ sich auf sein Bett fallen, wo er hemmungslos weinte. Als er sich nach einigen Minuten beruhigt hatte, zog er geräuschvoll die Nase hoch und wischte sich die Wangen trocken. Dann sagte er sich *die Worte* vor und beschloss, dass er gerade zum letzten Mal geweint hatte.

Er hatte eine Aufgabe.

Sie standen sich am Bahnhof in einer Nische gegenüber. Nur wenige Meter von ihnen entfernt gab der Zug, mit dem Evelyn Kimberley für immer verlassen würde, laut zischende Geräusche von sich. Es waren um diese Zeit nur wenige Menschen auf den Bahnsteigen. Gegenüber stand ein Mann rauchend neben einem zerschlissenen Koffer. Eine Frau zog an der einen Hand ein schreiendes und sich wehrendes Kind hinter sich her, während sie mit der anderen eine schwere Tasche schleppte. Einige Meter neben ihnen stand ein gepflegt aussehender Mann mit silbergrauem Haar und musterte sie neugierig. Als Scholler ihn ansah, lächelte er verständnisvoll und nickte ihm zu. Scholler nickte zurück und sah dann wieder Evelyn an.

»Sag nur ein Wort«, sagte er beschwörend. »Ein einziges Wort, und ich steige mit dir in diesen Zug.« Sie antwortete nicht, und er fügte flehend hinzu: »Bitte.«

Lange sah sie ihn an, dann schüttelte sie den Kopf. »Ich kann nicht, Kurt. Es wäre nicht fair.« Wie so oft in den letzten Tagen sah er, wie ihre Augen einen feuchten Schimmer bekamen. Sie fasste ihn an den Händen und sagte: »Ich habe keine Liebe mehr in mir, Kurt. Nur noch für mein Kind. Als Friedrich Franz tötete, hat er damit auch die letzten Gefühle getötet, die ich für andere Menschen übrig hatte. Es tut mir leid, aber es geht nicht.«

»Aber es war ein Unfall, Evelyn«, antwortete Scholler lauter, als er es wollte. »Du hast natürlich recht, Friedrich hätte Franz nicht so sehr überfordern dürfen. Aber er wusste nicht, dass der Junge krank war, sonst hätte er sich bestimmt anders verhalten. Ich verstehe ja, dass du wütend bist, aber es war ein Unfall.«

Er entzog ihr seine Hände, legte sie sanft auf ihre Oberarme und flüsterte noch einmal: »Bitte, Evelyn.«

Sie sah ihm tief in die Augen, dann schüttelte sie langsam den Kopf. Mit fester Stimme sagte sie: »Nein, Kurt, du irrst dich. Es war kein Unfall. Heute Morgen habe ich in Friedrichs Arbeitszimmer ein Schreiben gefunden. Es war ein ärztlicher Befund, den Werner vor etwa zwei Jahren ausgestellt hatte. Darin steht, dass Werner dringend dazu rate, Franz in einem Krankenhaus untersuchen zu lassen, weil er den starken Verdacht habe, dass mit dem Herz des Jungen etwas nicht in Ordnung ist. Friedrich hat mir den Befund unterschlagen und er ist nie mit dem Jungen in ein Krankenhaus gegangen. Er wusste es, Kurt, und er wusste, dass Franz auf keinen Fall körperlichen Belastungen ausgesetzt werden darf. Er wusste es genau und hat es darauf angelegt. Es war sein Plan.«

Schollers Gesichtszüge erschlafften, und er flüsterte fassungslos: »Aber das ist doch nicht möglich. Er kann doch nicht sein eigenes Kind ...«

Evelyn nickte bitter. »Er wollte seinen Sohn töten, weil er mir so ähnlich war.« Und nach einer Pause fügte sie hinzu: »Es war ein eiskalt geplanter Mord an unserem Kind.«

Evelyn sah, wie Kurts Gesicht sich schlagartig veränderte. Die Wangenknochen traten stark hervor und seine Züge wirkten mit einem Male sehr hart. Die größte Veränderung aber ging mit seinen Augen vor sich. Diese klaren Augen, denen selbst in den kritischsten Situationen nie der Schimmer der Lebensfreude und des Optimismus verloren gegangen war, wirkten plötzlich stumpf, als hätte jemand dahinter eine Lampe ausgeknipst.

Sein Blick ging an Evelyn vorbei, als er so leise flüsterte, dass sie ihn gerade noch verstehen konnte: »Dieses Schwein.« Und dann noch einmal: »Dieses verdammte Schwein.«

Evelyn bückte sich und nahm ihre Tasche auf. Als Scholler darauf nicht reagierte, hauchte sie ihm einen Kuss auf die Wange, drehte sich um und hatte mit wenigen, schnellen Schritten die eisernen Treppenstufen des Waggons erreicht.

Endlich bemerkte Scholler, was sie tat. »Evelyn«, rief er ihr nach, bewegte sich aber nicht von der Stelle. Sie drehte sich auf der obersten Stufe noch einmal zu ihm um, dann war sie im Inneren des Zuges verschwunden.

Kurt Scholler stand noch immer bewegungslos und mit stumpfem Blick am Bahnsteig, als das Ende des wegfahrenden Zuges nur noch als kleiner, dunkler Punkt zu erkennen war. Seine Gedanken drehten sich nicht um Evelyn, sondern um die unfassbare Tatsache, dass ein Mann seinen Sohn umbrachte.

Du unmenschliche Bestie, dachte er. Und plötzlich straffte sich sein Körper, und in seine Augen kehrte wieder ein Leuchten zurück. Aber es war nicht mehr der Schimmer der Lebensfreude, der dort leuchtete. Es war eine wilde Flamme. Und mit der Flamme zuckte ein Gedanke durch seinen Kopf. *Es wird Zeit, dass jemand deinem Treiben ein Ende setzt, du Monster in Menschengestalt.*

In ihrem Abteil saß Evelyn einer alten Dame mit einem unmöglichen Hut auf dem Kopf gegenüber, die sie unentwegt freundlich anlächelte. Seit Minuten schon blickte Evelyn die Frau an, ohne sie wirklich zu sehen.

Sie hatte gerade zum ersten Mal absichtlich gelogen. Es hatte niemals einen Befund von Dr. Werner Fissler zum Gesundheitszustand des kleinen Franz gegeben.

Friedrich bemerkte den ganzen Tag nichts von Evelyns Verschwinden. Es wäre ihm wahrscheinlich wochenlang nicht aufgefallen, wenn nicht Hildegard Müller gegen Abend unnachgiebig so lange gegen seine Tür gehämmert hätte, bis er schließlich mit dem kleinen Hund auf dem Arm öffnete und sie anblaffte, was ihr einfiele, einen solchen Krach zu veranstalten. Hildegard erschrak, als sie den penetranten Gestank nach Hundefäkalien wahrnahm, der ihr aus dem Raum entgegenströmte, war aber bemüht, sich nichts anmerken zu lassen. Sie erzählte Friedrich, dass sie es sehr merkwürdig fand, Evelyn den ganzen Tag über noch nicht gesehen zu haben. Friedrich stellte wenig interessiert einige Vermutungen an, die aber allesamt von der rundlichen Frau entkräftet wurden.

Schließlich machte er sich widerwillig auf den Weg in ihr leeres Zimmer. Fast eine ganze Stunde später erst konnte er seinen Sohn Hermann finden, um ihn auszufragen. Es war die erste Begegnung der beiden seit der Beerdigung des kleinen Franz.

Hermann überstand sie besser, als er befürchtet hatte, und konnte seinem Vater glaubhaft versichern, seine Mutter am Vormittag noch gesehen zu haben. Was sie danach getan hatte, konnte er nicht sagen.

Es dauerte ganze zwei Tage, bis Friedrich von Keipen endgültig begriff, dass seine Frau ihn verlassen hatte.

Er tobte wie ein Besessener, fragte seine Leute aus, allen voran Kurt Scholler, und telefonierte fast ununterbrochen. Friedrich setzte alle ihm zur Verfügung stehenden Mittel ein, seine Frau zu finden.

Es sollte sich herausstellen, dass es vergeblich war. Evelyn von Keipen, oder besser Daniela Müngerich, wie sie sich mittlerweile nannte, blieb spurlos verschwunden.

Irgendwann zwischen den Telefonaten hielt er einen Moment inne und dachte darüber nach, dass Evelyns Verschwinden zumindest eines bewirkt hatte: Friedrich von Keipens Energie war zurückgekehrt.

Er konnte und würde sich nun mit aller Kraft wieder um die Bruderschaft kümmern.

Die Zeit war gekommen, alle Beteiligten in seine Pläne einzuweihen.

16. Juni 1971
Kimberley

Friedrich hatte das Kaminzimmer für die Versammlung herrichten lassen. Alle Möbel waren aus dem Raum entfernt worden. Stattdessen beherrschte ein langer Tisch das Zimmer, der genügend Platz für die siebenundzwanzig Männer bot. Das lodernde Feuer im Kamin verbreitete den würzigen Geruch verbrennenden Holzes im ganzen Raum. Im Zusammenspiel mit dem gelblichen, indirekten Licht der im Raum verteilten Lampen, ergab sich eine warme, freundliche Atmosphäre.

Sie waren ausnahmslos alle erschienen. Neben Scholler, Krämer und Hans saßen Mitglieder des Rates am Tisch sowie Vertrauensmänner aus verschiedenen europäischen Ländern. Einige dieser Männer waren in ihren Heimatländern sehr bekannt und genossen einen guten Ruf als Politiker oder führende Männer der Wirtschaft.

Zum ersten Mal, seit Friedrich die Leitung der Bruderschaft übernommen hatte, war einem Treffen eine dreiwöchige Planungsphase vorausgegangen. Anders als sonst hatte er sich nicht auf seine Improvisationsfähigkeit und sein rhetorisches Geschick verlassen, sondern sich intensiv auf diese Zusammenkunft vorbereitet. Es hing viel davon ab, wie überzeugend er seine Argumente vorbrachte.

Friedrich stand vor der geöffneten Tür im Flur und ließ für einen Moment das leise Stimmengemurmel auf sich einwirken.

Er atmete ein letztes Mal mit geschlossenen Augen tief durch, dann war der Zeitpunkt seines Auftritts gekommen.

Sicheren Schrittes betrat er den Raum und bemerkte zu

seiner Zufriedenheit, dass die leise geführten Gespräche sofort verstummten.

In einem kleinen Bogen ging er bis vor den Kamin und blickte in die Runde. Selbst diesen Auftritt hatte er vorher geprobt und dabei darauf geachtet, dass die Stühle so angeordnet waren, dass jeder ihn von seinem Platz aus sehen konnte. Der Feuerschein in seinem Rücken umgab seine Gestalt mit einer geheimnisvollen Aura. Hans hatte am Vortag an dieser Stelle Modell für ihn gestanden.

Über dem Kamin beherrschte mattglänzend das Zeichen der Bruderschaft die Wand.

Friedrich ließ sich Zeit, die Gesichter zu studieren, die sich ihm ausnahmslos zugewendet hatten.

Als er seine Betrachtungen beendet hatte, umspielte der Anflug eines Lächelns seine Lippen. Sein Körper straffte sich. »Meine Herren, ich danke Ihnen, dass Sie die Mühen einer größtenteils langen Reise auf sich genommen haben, um an dieser Versammlung teilzunehmen. Wie ich Ihnen im Vorfeld schon mitgeteilt habe, ist mir die Anwesenheit jedes Einzelnen von Ihnen ein persönliches Anliegen, denn was ich heute mit Ihnen besprechen möchte, beschäftigt sich mit nichts Geringerem als der komplett neuen Ausrichtung der Simonischen Bruderschaft.«

Ein Raunen ging durch die Reihen der Männer. Blicke wurden getauscht und Schultern zum Zeichen des Unverständnisses gehoben. Friedrich hatte diese Reaktion erwartet, mehr noch, er hatte sie geradezu herausgefordert.

Als es wieder etwas ruhiger geworden war, fuhr er fort: »Schon lange bin ich der Meinung, dass einige grundlegende Dinge in der Bruderschaft geändert werden müssen, wenn wir unser Ziel in absehbarer Zeit erreichen möchten. Allerdings habe ich lange gezögert, denn es sind die Vorgaben des Gründers, Hermann von Settler, die dazu abgeändert werden müssen. Letztendlich hilft uns aber Sentimentalität nicht weiter. Die Ereignisse der vergangenen Monate und die daraus resultierende Situation für die Simoner haben mich in meinem Entschluss bestärkt, den wichtigsten Männern der Bruderschaft – und das sind Sie – meine Gedanken mitzuteilen.«

Mit Genugtuung registrierte Friedrich das selbstgefällige Lächeln auf vielen Gesichtern nach seinem letzten Satz.

»Wir müssen uns der neuen Situation stellen. Dazu gehört unter anderem ein Problem namens Jürgen Dengelmann.«

Trotz der Unruhe, die schlagartig wieder aufbrandete, redete er dieses Mal unbeirrt weiter.

»Dengelmann ist impulsiv, unbeherrscht und selbstsüchtig. Er versammelt damit alle Charaktereigenschaften in sich, die der Simoner, den wir an der Spitze des Klerus sehen möchten, nicht haben darf. Wir alle laufen Gefahr, dass er, sollte er es wider Erwarten tatsächlich schaffen, die Belange der Bruderschaft vergisst. Wir müssten ihn beseitigen und hätten damit endgültig die Chance vertan, unser Ziel zu erreichen.«

Einige der Männer nickten zustimmend, doch niemand sagte ein Wort.

»Wie Sie alle wissen, war Jürgen Dengelmann der einzige unserer Männer, der es bis in die Römische Kurie geschafft hat. Wenn Sie sich nun über das Wort ›war‹ wundern, kann ich das gut verstehen. Seit einiger Zeit haben wir einen weiteren, vielversprechenden Mann in Rom. Er sitzt an einer Schlüsselposition und die Aussichten auf eine rasante Karriere innerhalb der Kurie sind sehr gut.«

Spannungsgeladene Stille, nur unterbrochen vom Knacken der brennenden Holzscheite hinter seinem Rücken, beherrschte das Zimmer.

»Dengelmann weiß nichts von diesem Mann und er wird auch nicht erfahren, wer er wirklich ist. An dieser Stelle möchte ich Sie um Ihr Verständnis bitten. Ich werde den Namen dieses Mannes nicht preisgeben. Niemand außer mir kennt ihn und ich möchte, dass das so bleibt.«

Friedrichs Herzschlag beschleunigte sich, während er versuchte, in den Gesichtern vor sich zu lesen. Er war an einer entscheidenden Stelle angelangt. Letztendlich war es alleine seine Entscheidung, wer was wissen durfte, doch war es für den Fortgang dieses Treffens wichtig, dass die Stimmung jetzt nicht umschlug.

Zu seiner Überraschung meldete sich niemand zu Wort. Friedrich wartete geduldig ab, bis er sicher sein konnte, dass – zumindest im Moment – niemand das Recht für sich beanspruchte, den Namen zu erfahren. Dann fuhr er fort: »Kommen wir zum Hauptthema, das weitaus umfassender ist als die Person Dengelmann. Gestatten Sie mir, dass ich dazu ein wenig aushole.

Die Idee Hermann von Settlers war es, die katholische Kirche zu infiltrieren und im Laufe der Jahre eine Art ›innere Revolution‹ zu entfachen, um damit den Boden für die Bruderschaft zu ebnen. Er hatte sich vorgestellt, dass die Unzufriedenheit in den Reihen der Geistlichen so groß wird, dass sie einen unserer Männer bis ganz nach oben bringen würde. Wie ich eingangs schon erwähnte, zweifle ich schon lange am Erfolg dieser Vorgehensweise. Aus Respekt unserem Gründer gegenüber wartete ich aber ab, ob sein Plan vielleicht doch eine Chance auf Erfolg haben würde. Wie wir jetzt gesehen haben, ist dies nicht der Fall. Die traditionelle Kirche ist viel zu gut organisiert, als dass sie in aller Ruhe dabei zusehen würde, wie ihre Macht gebrochen wird.

Deshalb möchte ich das Vorgehen grundlegend ändern. Ich möchte, dass wir uns ab sofort aus der Öffentlichkeit zurückziehen. Keine Gespräche oder Diskussionen mehr mit anderen Geistlichen über Veränderungen in der katholischen Kirche. Kein ›Anwerben‹ mehr, kein Wort über die Ideen der Bruderschaft. Der Zeitpunkt für einen Wechsel der Strategie ist jetzt optimal. Die Kurie ist der Meinung, die für die Unruhen verantwortlichen Geistlichen erkannt und die Gefahr damit gebannt zu haben. Wenn wir uns genau jetzt völlig zurückziehen, bestärken wir sie in diesem Glauben an ihren Erfolg. Wir haben fast eintausend Männer im Dienst der Kirche. Viele davon sind aus unserer Schule hervorgegangen, einige erst später dazugestoßen. Ich möchte, dass wir uns die Besten heraussuchen und mit allen Mitteln unterstützen, die uns zur Verfügung stehen. Denken wir um, meine Herren! Versuchen wir doch nicht mehr, das Kardinalskollegium im Laufe der Jahre und Jahrzehnte so weit auf unsere Seite zu ziehen, dass es irgendwann einen Simoner zum Papst wählt! Das wird nicht funktionieren!

Gehen wir es doch genau andersherum an! Es ist weitaus Erfolg versprechender, wenn unsere Männer sich in die Traditionen einfügen und sich so verhalten, dass sie von ihren Kollegen wegen ihrer Treue zur Kirche und der katholischen Glaubenslehre geschätzt werden. *Das* wird funktionieren.

Danach, wenn der Papst oder aber ein Großteil der Kurie aus unseren Reihen kommt – weil sie von den traditionellen Geistlichen dorthin gehoben wurden –, wird es uns ein Leichtes sein, die Kirche in unserem Sinne umzudrehen.«

Zwei Sekunden rhetorische Pause, dann: »Von oben können grundlegende Veränderungen unverhältnismäßig leichter durchgedrückt werden als von unten.«

Wieder eine kurze Pause.

»Und oben, meine Herren, sitzen dann Sie!«

Stille!

Drei Sekunden, vier Sekunden.

Dann klatschte ein Mann in die Hände. Es war ausgerechnet Professor Glassmanns. Ein zweiter fiel ein, ein dritter. Stühle wurden zurückgeschoben, Männer standen auf, und plötzlich brach ein tosender Applaus aus vierundfünfzig Händen los.

Friedrich stand mit unveränderter Miene da, aber er hatte die imaginären Schleusen seines Inneren geöffnet und ließ die Süße dieses triumphalen Augenblickes wie Honig in sich hineinströmen.

Stunden später saß Friedrich auf der Veranda, noch immer berauscht von seinem Erfolg. Einige der Gäste übernachteten in seinem Haus, aber sie waren alle schon zu Bett gegangen. Friedrich hatte sich ein großes Glas Cognac eingeschenkt, hatte alle Lampen gelöscht und es sich, umgeben von seidiger Dunkelheit, in einem der Korbsessel bequem gemacht.

Zufrieden stellte er fest, dass sich alles immer wieder zum Besten wandte. Selbst Geschehnisse, die auf den ersten Blick tragisch wirkten, stellten sich bei einer späteren distanzierten Betrachtung als glückliche Begebenheiten heraus.

In letzter Zeit hatte er einige große Erfolge verbuchen können. Er hatte sich von Evelyn befreit. Seit sie weg war, ging ihm niemand mehr mit seiner ständigen Fragerei auf die Nerven. Er brauchte keine Erklärungen für sein Tun abzugeben und konnte seinen Sohn so erziehen, wie es richtig war. Die Tatsache, dass Evelyn es war, die ihn verlassen hatte, existierte in Friedrichs Kopf nicht. Und dann die Sache mit Franz. Ja, es war schade, dass er tot war, aber es war auch folgerichtig.

Die Natur sorgte mit ihrer Auslese meist dafür, dass nur gesunde, kräftige Jungen überlebten. Im Tierreich war es doch das Gleiche. Ein krankes oder verletztes Tier hatte auch kaum die Chance, lange zu überleben. Nein, so traurig der Tod des Jungen auch sein mochte, er war natürlich, und er war richtig für die Bruderschaft und Friedrichs großes Ziel.

Selbst das Problem Dengelmann hatte er so gut wie gelöst. Er konnte diesen Nichtsnutz nun jederzeit beseitigen, ohne dass jemand ihm deshalb Fragen stellen würde.

Alles war gut.

Friedrich nahm einen großen Schluck von dem Cognac und genoss es, die Wärme der Flüssigkeit auf dem Weg durch seine Kehle zu verfolgen. Mit einem Seufzer lehnte er sich zurück und betrachtete schräg unter dem Verandadach heraus die Schwärze des Himmels, an dem in dieser Nacht nur wenige Sterne zu sehen waren.

Plötzlich zuckte er zusammen. Von irgendwo seitlich vor ihm aus der Dunkelheit hörte er das knirschende Geräusch von Schritten auf dem sandigen Vorplatz. Er richtete sich auf und versuchte mit zusammengekniffenen Augen die Dunkelheit zu durchdringen. Vor der Aula schälten sich langsam die Konturen eines Menschen heraus, und einige Sekunden später erkannte er Kurt Scholler. Der Anwalt kam langsam näher. Den rechten Arm hatte er waagerecht erhoben, die Hand hielt etwas Dunkles. Als Scholler ihn fast erreicht hatte, erkannte Friedrich überrascht, dass es eine Waffe war.

Kurt zielte mit einer Pistole auf ihn. Mit der für ihn typischen Nüchternheit dachte Friedrich darüber nach, ob sich der Anwalt einen schlechten Scherz mit ihm erlaubte. Scholler war nähergekommen, und nur die Treppe trennte ihn noch von Friedrich. Einige Zeit sahen sie sich an, dann hob Friedrich eine Augenbraue und sagte ruhig: »Möchtest du so spät noch Schießübungen machen, Kurt? Das fände ich keine gute Idee, denn du würdest damit meine Gäste wecken. Wir wollen uns doch das gerade gewonnene Wohlwollen der Männer nicht verderben.«

Es war zu dunkel, um Einzelheiten in Schollers Gesicht auszumachen, aber Friedrich hatte den Eindruck, als hätte der Mann seine Worte gar nicht verstanden.

»Keine Schießübungen«, sagte eine Stimme plötzlich, die Friedrich kaum als die von Kurt Scholler erkannte. Sie hatte monoton geklungen, bar jeden Gefühles. Und ebenso gleichgültig fügte die Stimme hinzu: »Ich bin gekommen, um dich zu töten.«

Friedrichs Gedanken begannen zu rasen. Das war kein Scherz. Was war mit Scholler los? Was war geschehen? Der heutige Abend? Nein, das ergäbe keinen Sinn. An diesem Abend war nichts geschehen, was den Anwalt so hätte gegen ihn aufbringen können. Außerdem fiel Friedrich ein, dass Scholler ihm schon seit mehreren Tagen recht einsilbig erschienen war. Er hatte es als schlechte Laune abgetan und dem keine Bedeutung beigemessen. Aber seit wann ... Plötzlich durchzuckte es ihn heiß. Evelyn! Evelyn musste der Grund sein. Aber nur weil sie ihn, Friedrich, verlassen hatte? Oder ... oder eher, weil sie Kurt Scholler verlassen hatte. Das musste es sein. Scholler wollte Friedrich töten, weil er aus irgendeinem Grund der Meinung war, der wäre daran schuld, dass Evelyn ihn, Scholler, verlassen hatte. Wenn das aber zutraf, bedeutete es, dass Evelyn und Scholler ...

Die kurz aufzuckende Wut in ihm machte sofort der Erleichterung darüber Platz, dass er nun wusste, was der Antrieb für Schollers Verhalten war. Den Gegner kennen hieß, den Gegner zu besiegen.

»Du gestattest, dass ich mich setze?«, fragte Friedrich.

Ohne eine Antwort abzuwarten, trat er auf die oberste Treppenstufe und ließ sich dann langsam auf den Boden der Veranda nieder. Die Waffe folgte seinen Bewegungen, sodass sie immer auf Friedrichs Kopf gerichtet blieb. Nun waren sie fast auf gleicher Augenhöhe und Schollers Gesichtszüge waren etwas besser zu erkennen.

Der Anwalt stand noch immer stumm da.

Friedrich nickte zum Zeichen, dass er die Situation erfasst hatte, und sagte: »So, du möchtest mich also töten, Kurt. Dann lass uns doch einmal überlegen, wie es dann weitergeht. Als Erstes werden von dem Schuss alle Leute im Haus wach. Sie werden dich erwischen und du wirst ebenfalls sterben. Aber ich schätze, das hast du einkalkuliert und es ist dir egal. Überlegen wir also weiter. Oberst Wolff drüben im alten Internat wird daraufhin einen versiegelten Brief öffnen, den ich ihm vor einiger Zeit gegeben habe. Mein persönliches Testament mit meinen letzten Wünschen an die Truppe quasi. Darin steht, dass man, falls ich plötzlich eines nicht natürlichen Todes sterbe, Evelyn aufspüren und töten soll, weil sie hinter der Sache steckt.«

Obwohl Schollers Gesicht nur schemenhaft erkennbar war, bemerkte Friedrich, dass es darin plötzlich zuckte. Er hatte also ins Schwarze getroffen. Seine Stimme wurde provokant. »Und du weißt, dass sie sie finden werden, wenn sie richtig nach ihr suchen. Ich schätze, das dürfte dir schon nicht mehr so egal sein.«

»Ihr findet sie nie«, knurrte Scholler. »Du kannst drohen, solange du möchtest, Friedrich von Keipen. Du hast deinen Sohn kaltblütig umgebracht. Du bist kein Mensch, du bist ein Monster. Und dieses Monster werde ich nun zur Strecke bringen.«

Friedrich warf einen schnellen Blick zur Seite und sah dann wieder zu Scholler herab. Er bemerkte erste Anzeichen von Nervosität an sich. Scholler machte einen Schritt auf die unterste Stufe und war nun so nahe, dass er Friedrich den Lauf der Waffe gegen die Stirn drücken konnte. Das Metall fühlte sich eiskalt an.

Friedrich bewegte sich nicht, als er sagte: »Eine Frage habe ich noch an dich, bevor du abdrückst: Hast du Gerald von Settler damals mit dem Kissen erstickt?«

Ohne Zögern antwortete Scholler: »Nein, das habe ich nicht.«

Friedrich spürte den Lauf an seiner Stirn und widerstand dem Drang, zu nicken. »Das dachte ich mir. Ich war mir damals schon ziemlich sicher, aber ich habe dich trotzdem bei mir aufgenommen und dir eine gute Stellung gegeben, weil ich dir eine Chance geben wollte, obwohl du mich belogen hast. Ohne mich wärest du wahrscheinlich versumpft. Als Dankeschön dafür möchtest du mich jetzt mit der lächerlichen Begründung töten, ich hätte meinen Sohn getötet.« Friedrich atmete tief ein und sprach dann mit bedauernder Stimme weiter: »Aber alles, was du denkst, ist falsch, Kurt. Erstens habe ich Franz nicht getötet. Es war ein Unfall, der mir sehr leidtut. Zweitens weiß ich, dass du ein Verhältnis mit meiner Frau hattest. Drittens wusste ich von Anfang an, dass du von Settler nicht getötet hast. Viertens – und das ist wahrscheinlich dein größter Denkfehler – weiß ich, dass du gar nicht dazu in der Lage bist, zwei Menschen zu töten. Mich und Evelyn. Aber bitte, überzeuge mich vom Gegenteil. Drücke ab und töte uns.«

Friedrich spürte die leichte Vibration an seiner Stirn. Schollers Hand zitterte.

Zum ersten Mal, solange er zurückdenken konnte, empfand Friedrich Angst. Er war sich längst nicht so sicher, wie er es dem Anwalt glauben machen wollte. Scholler stand gänzlich neben sich, und – was auch immer ihn wirklich in diese Verfassung gebracht hatte – in diesem Zustand war ein Mensch unberechenbar.

Scholler beendete seine Gedanken, als er zischte: »Ja, Friedrich von Keipen. Du hast recht. Sosehr ich es mir im Moment auch wünsche, ich kann keinen Menschen töten. Selbst dann nicht, wenn er sich wie ein Vieh verhält. Aber ich kann etwas anderes tun. Ich werde dafür sorgen, dass du mitsamt deiner Bruderschaft untergehst, und zwar sofort. Ich werde nun die Waffe von deiner Stirn nehmen und ein Stück zurückgehen. Du wirst ganz langsam aufstehen und zu mir herunterkommen. Ich werde dich nicht töten, Friedrich von Keipen, aber ich werde dich für eine Weile aus dem Verkehr ziehen, um sicherzugehen, dass ich ungehindert abreisen kann. Und nun komm.«

Mit einem Ruck wurde die Waffe von Friedrichs Stirn weggezogen. In der gleichen Sekunde peitschte ein unglaublich lauter Knall durch die Nacht. Instinktiv warf sich Friedrich nach hinten auf den Verandaboden. *Er hat auf mich geschossen*, dachte er im Fallen, und ohne dass es ihm bewusst war, stieß Friedrich von Keipen einen langen Angstschrei aus, der wenig Ähnlichkeit mit einer menschlichen Stimme hatte. Er registrierte nicht die schnell näher kommenden Schritte. Erst als er an der Schulter angefasst wurde und eine besorgte Stimme fragte: »Herr von Keipen? Ist alles in Ordnung?«, begann sein Verstand zu registrieren, dass ihm nichts geschehen war.

Verwirrt blickte er in das Gesicht, das über ihm auftauchte und ihm unnatürlich groß erschien. Es waren nicht die Augen Kurt Schollers, die ihn kühl ansahen, sondern die eines Soldaten. Es war einer *seiner* Soldaten.

»Ja, alles in Ordnung, danke«, antwortete er und nahm die hingehaltene Hand, um sich daran hochzuziehen.

Unter ihm, auf dem staubigen Boden vor der Verandatreppe, lag Kurt Scholler verkrümmt im Staub. Ein zweiter Uniformierter war neben ihm in die Hocke gegangen und nestelte an seinem Hemd.

»Er ist tot«, stellte er mit einem Blick zu Friedrich sachlich fest und erhob sich wieder.

Friedrich ging langsam die Stufen herunter. *Du Schwein*, dachte er, den Blick starr auf den toten Anwalt gerichtet. *Ich hatte Angst! Du hast mich vor meinen Leuten lächerlich gemacht.* Er streckte die Hand seitlich aus und sagte, ohne den Soldaten neben sich dabei anzusehen: »Geben Sie mir Ihre Pistole.« Ohne zu zögern zog der Mann seine Waffe und legte sie in Friedrichs Hand. Der entsicherte sie und richtete sie auf den Toten. »Du Schwein«, sagte er laut. Dann feuerte er das ganze Magazin in den leblosen Körper.

12. Oktober 1979
Kimberley

Hermann setzte die Kaffeetasse ab und starrte aus dem Küchenfenster, ohne wirklich wahrzunehmen, was es auf der anderen Seite der Scheibe zu sehen gab.

Sein Blick ruhte auf den Schlieren, die sich im Licht der fast waagerecht einfallenden Sonne deutlich auf der Scheibe abzeichneten. Wie so oft reisten seine Gedanken in die Vergangenheit, verweilten für einen Moment bei einem kleinen, schmächtigen Jungen, der seinen Vater mit tränenerstickter Stimme anfleht. Und wie so oft riss er sich gewaltsam von dem Bild los, bevor ...

Mit feuchten Augen nahm er einen weiteren Schluck aus der großen Tasse und war froh, alleine zu sein.

Friedrich von Keipen schlief morgens selten länger als bis sieben Uhr. Wenn Hermann gegen acht herunterkam, war sein Vater meist schon aus dem Haus.

Die wenigen Male, die sie zusammen am Tisch gesessen hatten, war es innerhalb kürzester Zeit zum Streit gekommen. Es ging stets um Belanglosigkeiten, und meist war Hermann derjenige, der zornig auf eine harmlose Bemerkung Friedrichs reagierte und somit die Unstimmigkeiten auslöste.

Er wurde von Hans aus seinen Gedanken gerissen, als der in die Küche kam und ihm mitteilte, sein Vater wünsche ihn in seinem Arbeitszimmer zu sprechen.

Mit gleichgültiger Stimme antwortete er: »Sag ihm, ich komme gleich. Ich möchte zuerst noch ein wenig frische Luft schnappen.«

»Nein, Hermann, dein Vater sagte *sofort*.«

Nach kurzem Zögern entschied sich Hermann, der Aufforderung nachzukommen. Schließlich war es wieder einmal der Tag, an dem er entweder ein neues Gewehr oder eine Pistole oder ein Pferd bekommen würde.

Friedrich von Keipen saß hinter seinem Schreibtisch und sprang übertrieben eilig auf, als Hermann das Zimmer betrat. Mit ausgestreckter Hand kam er ihm entgegen.

»Sohn, alles Gute zu deinem einundzwanzigsten Geburtstag.«

Sie schüttelten sich die Hände, und Friedrich klopfte Hermann dabei auf die Schulter. Die ernste Miene, die sein Vater aufgesetzt hatte, wollte nicht so recht zu dem Anlass passen. Hermann sah sich in dem Raum um, in der Erwartung, irgendwo ein neues, frisch eingeöltes Präzisionsgewehr aufgebaut zu finden. Aber das Zimmer sah aus wie immer. *Also doch ein Pferd,* dachte er.

Als sein Vater sich jedoch feierlich vor ihm aufbaute, kam ihm der Gedanke, dieses Jahr müsse vielleicht doch etwas Besonderes sein. Der unveränderte Gesichtsausdruck Friedrich von Keipens allerdings ließ ihn daran wieder zweifeln.

»Mein Sohn, heute ist ein ganz besonderer Tag«, erklärte er feierlich. »Wir feiern deinen einundzwanzigsten Geburtstag. Die Zeit der Bubengeschenke ist vorbei, aber auch die Zeit des Lotterlebens. Ich habe entschieden, dass du ab heute intensiv von mir auf deine zukünftige Aufgabe in der Simonischen Bruderschaft vorbereitet wirst. Du wirst ab jetzt aktiv in die Führungsaufgaben einbezogen. Du nimmst an allen Sitzungen teil und ich werde dich beim Simonischen Rat einführen. Die Leute sollen sich an dich gewöhnen und als meinen Nachfolger akzeptieren lernen. Zur Feier deines Geburtstages und gleichzeitig zum Zeichen, dass es mir ernst damit ist, werde ich dich heute in eines der größten Geheimnisse der Bruderschaft einweihen. Folge mir.«

Damit ging er an Hermann vorbei und verließ das Zimmer.

Hermann war verwundert, aber er folgte ihm. Hintereinander stiegen sie die ausgetretene Treppe in den Keller hinab.

Als Kinder waren sie oft durch die verwinkelten Gänge und versteckten Räume des weitläufigen Gewölbes gestreift und hatten in ihrer Fantasie die wildesten Abenteuer erlebt. Er und ... er und sein kleiner Bruder Franz.

Die Worte!

Hermann versuchte, den aufsteigenden Zorn zu bekämpfen. Er schaffte es schließlich, dass seine Hände aufhörten zu zittern und den Rücken seines vor ihm gehenden Vaters ansehen zu können, ohne Übelkeit dabei zu empfinden.

Nachdem er einigen Biegungen gefolgt war, blieb Friedrich vor einem großen Regal stehen, in dem alte, verstaubte Dinge gestapelt waren. Eine nackte, ebenfalls verstaubte Glühbirne warf ihr armseliges Licht auf die Gegenstände und verlieh ihnen eine abweisende Aura. Halbverrostete Dosen standen oder lagen neben Holzgerätschaften, deren Zweck Hermann nicht kannte. Von einem Becher, aus dem Spitzen und Köpfe von rostigen Nägeln in alle Richtungen herausstanden, hatte eine Spinne ihr kunstvolles Netz bis zum Rand des Regals gesponnen. Friedrich warf seinem Sohn einen bedeutungsvollen Blick zu und drückte dann mit aller Kraft gegen das Regal. Es ließ sich zurückschieben und gab so auf beiden Seiten einen schmalen Durchlass frei.

Ein Geheimzimmer! Genau das, was sie als Kinder immer ...

Sein Vater drückte sich durch den schmalen Spalt und Hermann tat es ihm nach.

Was immer er erwartet hatte, er sah sich enttäuscht. Sie standen in einer winzigen, fensterlosen Kammer. Schemenhaft zeichneten sich die Umrisse einer Kiste in der Mitte des Raumes ab. An der gegenüberliegenden Wand konnte er einen Tisch erkennen mit einer Lampe darauf und einem Holzstuhl davor. Das war alles.

Friedrich ging zu dem Tisch und knipste die Lampe an. Sie verbreitete kaltes, schmutziges Licht. Bedeutungsvoll zeigte er dann auf die Kiste und sagte: »Dort drinnen, Hermann, befinden sich die Tagebücher der Simoner. Sie wurden von Hermann von Settler bei der Gründung der Bruderschaft begonnen und werden von mir akribisch weitergeführt bis zum Tag unseres endgültigen Sieges. Etwa einmal im Monat komme ich hierher und schreibe die wichtigsten Ereignisse seit meinem letzten Eintrag auf. Du findest darin – und nirgendwo sonst – verschlüsselt die Namen aller aktiven Simoner und unserer Förderer sowie alle wichtigen Ereignisse, die die Bruderschaft betreffen. Wer in Besitz dieser Tagebücher ist, hat die Macht über die Simoner. Ich hoffe, du bist dir der Bedeutung dieses Augenblickes und des Vertrauens, das ich dir beweise, bewusst. Ich werde dich nun mit den Büchern alleine lassen und möchte, dass du sie dir ansiehst.«

Damit wandte er sich ab und zwängte sich wieder durch den Spalt nach draußen.

Hermann starrte die Kiste an.

Endlich! Endlich lernte er die wirklich wichtigen Details der Bruderschaft kennen. Er spürte ein Gefühl der Befriedigung in sich aufsteigen. Gemeinsam mit diesem Gefühl stiegen auch *die Worte* in ihm auf und erinnerten ihn daran, wie wichtig dieser Tag tatsächlich für ihn war.

29. August 1986

Rom

Das kleine Restaurant in der Via Crescenzio wurde gerne von Mitgliedern der Kurie besucht. Auch jetzt waren die meisten der in grün-rotem Karomuster eingedeckten Tische mit Geistlichen besetzt.

Bischof Leonardo Corsetti und Bischof Kurt Strenzler saßen an dem kleinen Ecktisch, der im Laufe der Zeit zu ihrem Stammplatz geworden war. Sie trafen sich hier einmal im Monat zum Essen, und der Besitzer des Restaurants notierte immer schon von sich aus hinter der Reservierung einen Vermerk mit der Tischnummer.

Auch wenn sie schon einige Jahre unterschiedliche Aufgabengebiete hatten, war der Kontakt zwischen den beiden Bischöfen nie abgerissen. Im Gegenteil, es war eine Freundschaft zwischen ihnen entstanden, die die beiden Männer unter anderem mit den regelmäßigen Treffen zum Abendessen pflegten.

Leonardo Corsetti war im September 1974 zum Bischof geweiht worden und hatte kurze Zeit später eine neue Aufgabe im Päpstlichen Rat zur Förderung und Einheit der Christen übernommen. Kurt Strenzler hatte seinen Platz in der Glaubenskongregation eingenommen und bekam fast auf den Tag genau zehn Jahre nach Corsetti ebenfalls Stab und Mitra.

Man war sich in einschlägigen Kreisen der Kurie sicher, dass Bischof Strenzler für die Position des Präfekten der Kongregation für die Glaubenslehre wie geschaffen war. De Riemer selbst hatte das angeblich sogar schon einmal gesagt. Aber das konnte noch sehr lange dauern, denn Kardinal de Riemer war noch nicht sehr alt und erfreute sich bester Gesundheit.

Kurt Strenzler gehörte zu dem kleinen Kreis Geistlicher, die praktisch keine Gegner innerhalb der Kurie hatten. Er besaß ein bewundernswertes diplomatisches Geschick und sein Hang zur Harmonie war schon sprichwörtlich. Sein Handeln war stets zielgerichtet und er setzte die Dinge durch, die ihm wichtig erschienen, schaffte es dabei aber trotzdem, niemanden vor den Kopf zu stoßen.

Obwohl sie sich nun schon so lange kannten und viel voneinander wussten, lag über Strenzlers Kindheit und Jugend noch immer ein Schleier, den auch Bischof Corsetti bisher nicht hatte lüften können. Einmal hatte er ihn bei einem ihrer abendlichen Spaziergänge um die Außenmauern der Vatikanstadt direkt darauf angesprochen. Kurt Strenzler war stehen geblieben, hatte einen Moment gezögert und ihm dann offen in die Augen gesehen. »Die Wege des Herrn sind oftmals unergründlich, Leonardo. Ich habe den Versuch aufgegeben, zu ergründen, warum Gott sich für mich den Weg durch eine Kindheit ausgedacht hat, wie ich ihn gehen musste. Dieser Weg hat letztendlich dazu geführt, dass ich zu ihm gefunden habe. Es hat also alles seinen Sinn gehabt.«

Sein Blick hatte sich gesenkt und die Stimme war leiser geworden: »Oftmals habe ich mir gewünscht, er hätte mir wenigstens einige der Wunden erspart, die ich bis heute in meinem Inneren trage. Dann aber machte ich mir bewusst, welche Schmerzen Jesus Christus für uns auf sich genommen hat. Das erfüllte mich mit tiefer Demut.«

Dann hatte er Corsetti wieder direkt angesehen.

»Ich fürchte, ich kann noch nicht über meine Kindheit sprechen, ohne dabei anzuklagen. Wenn ich die innere Stärke dazu einmal haben werde, kann ich dir davon erzählen.«

Corsetti hatte ihm daraufhin eine Hand auf die Schulter gelegt und genickt. Seither war das Thema nicht wieder zwischen ihnen erwähnt worden.

An diesem Abend lüftete Kurt Strenzler ein Stück seines Geheimnisses.

Gerade hatten sie ihre Bestellung aufgegeben. Die Flasche Rotwein – sie tranken immer den gleichen – stand schon auf dem Tisch, ihre Gläser waren gefüllt.

Nachdem sie einen Schluck genommen hatten, atmete er tief durch und sagte: »Leonardo, ich denke, es ist an der Zeit, dir einen Teil aus meiner Vergangenheit zu erzählen, der kaum jemandem bekannt ist. Möchtest du ihn hören?«

Corsetti sah ihn an, als versuche er schon in seinen Augen zu lesen, was er gleich erfahren sollte, und nickte.

»Du sagtest mir einmal, du bräuchtest dazu eine innere Stärke. Wenn du glaubst, jetzt dafür gestärkt zu sein, dann hat Gott dir dieses Gefühl gegeben und es ist sein Wille, dass du dich mir anvertraust. Sein Wille geschehe.«

Bischof Strenzler nahm einen weiteren Schluck von dem schweren Rotwein und hielt das Glas mit zwei Fingern umschlossen, nachdem er es wieder abgestellt hatte.

»Ich wurde 1935 in einer kleinen Gemeinde in der Nähe von Hamburg geboren. Mein Vater trug von Anfang an die Uniform der SA und war ein glühender Anhänger Hitlers. Er war als junger Mann schon an dem gescheiterten Putsch 1923 beteiligt und kannte keine Hemmungen, wenn es darum ging, die NS-Ideologie durchzusetzen. Nach dem von einem Juden verübten Attentat am 8. November 1938 auf den deutschen Legationssekretär Ernst von Rath in Paris erlag dieser, wie du vielleicht weißt, einen Tag später seinen Verletzungen. Goebbels nutzte die Gunst der Stunde und heizte in einer Rede die Stimmung der anwesenden Gauleiter an. Er erklärte ihnen, verständliche Ausbrüche des Volkszornes würden von der Partei zwar nicht initiiert, aber auch nicht behindert werden. Die Gauleiter verstanden diese kaum verschlüsselte Aufforderung und schalteten über ihre Unterführer die SA ein.

Als angeblich spontanen Akt des Volkszornes legten sie in ganz Deutschland Brände in jüdischen Synagogen, zerstörten zigtausend jüdische Geschäfte und misshandelten und töteten jüdische Bürger. Mein Vater war in dieser Nacht, die als Reichskristallnacht bekannt wurde, in vorderster Front mit dabei. Am nächsten Morgen nahm er mich mit durch die Straßen und zeigte mir stolz, was sie mit dem ›jüdischen Pack‹ gemacht hatten.

Ich war drei Jahre alt, Leonardo, und sah eine kaum beschreibbare Zerstörung. Ein unvorstellbares Grauen. Menschen, die zu Tode geprügelt worden waren und noch immer in ihrem Blut auf den Straßen lagen. Überall eingeschlagene Fensterscheiben, verwüstete Geschäfte, Plünderungen. Und dann ...«

Strenzler stockte einen Augenblick und rang augenscheinlich um Fassung. Corsetti sah ihn nur an und sagte kein Wort.

Schließlich redete Strenzler weiter. »Dann kam ein kleiner Junge aus den Trümmern eines Geschäftes gekrochen. Er war etwa in meinem Alter, höchstens aber vier Jahre alt. Sein Gesicht war blutbeschmiert. Als er uns sah, kam er weinend auf meinen Vater zu und streckte Hilfe suchend die Arme nach ihm aus.«

Wieder verschlug es ihm die Sprache und er schluckte mehrmals hintereinander. Corsetti legte seine Hand auf die Strenzlers, die noch immer auf dem Tisch neben dem Weinglas lag. Er sah eine einzelne Träne über das Gesicht des deutschen Bischofs rinnen.

»Mein Vater wartete, bis der Junge uns fast erreicht hatte. Dann zog er seine Pistole, setzte sie dem Kind an den Kopf und drückte ab. Ich sah in allen Einzelheiten, was die Kugel mit dem Kopf des Jungen anstellte, Leonardo. Ich wollte schreien, aber es ging nicht. Ich wollte weglaufen, aber meine Beine gehorchten mir nicht. Und mein Vater ... Mein Vater sah lächelnd zu mir herunter und sagte: ›Er hat mich angegriffen, der Judenbengel, das hast du doch gesehen, mein Sohn, nicht wahr?‹ Ein höchstens vierjähriger Junge hatte meinen Vater angegriffen, sodass ihm nichts übrig blieb, als ihn zu ermorden. Er hat dabei gelacht, Leonardo. Mein Vater hat dabei gelacht ... Dann hat er den Jungen einfach auf der Straße liegen lassen und mich mit sich gezogen. Wir haben unsere Besichtigungstour fortgesetzt.«

»O mein Gott«, entfuhr es Bischof Corsetti.

»Ich konnte von diesem Moment an die Berührung meines Vaters nicht mehr ertragen. In seiner Nähe bekam ich Bauchkrämpfe und musste mich einige Male sogar übergeben, wenn er auf mich zukam. Als mein Vater sich dann zusammenreimte, was mit mir los war, begann er, mich zu schlagen. Er nannte mich ›Judenfreund‹ und schlug auf mich ein. Er drohte mir, ich würde in einem Konzentrationslager landen, wenn ich mich auf die Seite der Juden stellte. Ich weiß nicht, wie viele Knochenbrüche ich innerhalb weniger Monate hatte, aber es gab kaum Tage, an denen ich keine Schmerzen verspürte.«

»Und deine Mutter?«

»Meine Mutter hatte einen Bekannten, der in Südafrika lebte. Seine Familie handelte dort schon seit Generationen mit Rohdiamanten. Dieser Bekannte besuchte uns kurz vor Ausbruch des Krieges im August 1939. Erst später wurde mir klar, dass meine Mutter es irgendwie geschafft hatte, ihn zu informieren und um Hilfe zu bitten. Er blieb nur einen Tag und verabschiedete sich, als mein Vater nicht zu Hause war. Kurz bevor er aufbrach, gab meine Mutter ihm eine Tüte mit Kleidern für mich und erklärte mir, sie wolle, dass ich mit dem Mann gehe. Ich solle keine Fragen stellen und tun, was sie mir sagte. Sie würde in ein paar Tagen nachkommen. Ich bin mit dem

Mann gegangen. Am nächsten Tag bestiegen wir in Hamburg ein Schiff nach Afrika. Ich habe meine Mutter nie wiedergesehen und nichts mehr von ihr gehört.«

Corsetti wartete, bis er sicher war, dass Strenzler nicht mehr weitersprach, dann nickte er.

»Ich verstehe, dass es sehr schwer für dich war, darüber zu reden. Hat der Bekannte deiner Mutter dich denn gut behandelt?« Bischof Strenzler nickte. »Ja, das hat er. Er war ein Mann Gottes.«

»Ein Priester?«

»Nein, er bekleidete kein offizielles Amt, aber er lebte streng nach Gottes Wort und erzog mich im christlichen Sinne.«

»Wo genau …«

Strenzler winkte ab.

»Nein, bitte verstehe, dass ich im Moment nicht weiter darüber reden kann. Ich habe dir gerade mehr von mir erzählt, als ich es selbst je für möglich gehalten hätte. Ich spüre, dass mir das Gespräch mit dir guttut. Es ist reinigend wie eine Beichte, und ich weiß, es ist im Sinne Gottes, wenn ich mich dir anvertraue. Aber es zehrt sehr an meinen Kräften.«

Leonardo Corsetti nickte verstehend. Die Geschichte hatte sich selbst in seinem Inneren wie ein Schatten über seine Gedanken gelegt. Wie musste es da erst in Kurt Strenzler aussehen.

»Bald, Leonardo, bald wirst du alles erfahren.«

Das Haus in der Via Acqua Solfa gehörte einem reichen römischen Geschäftsmann. Hierher, vierzig Kilometer von Rom entfernt, zog er sich zurück, wenn er sich von dem Treiben und der Hektik der Großstadt erholen wollte.

In unregelmäßigen Abständen trafen sich hier einige Männer. Sie waren unauffällig, trugen lockere Freizeitkleidung und kamen stets mit mehreren Autos. Am Anfang waren sie nur zu viert gewesen, doch im Laufe der Zeit wurden sie immer mehr. Mittlerweile waren sie schon dreizehn. Für die Nachbarn war klar, dass der Hausbesitzer sich ab und zu Freunde aus der Stadt einlud. Vielleicht waren es Geschäftspartner, mit denen er in lockerer Atmosphäre Verträge besprach. Vielleicht war es aber auch einfach nur eine Herrenrunde, die hier den ganzen Abend Karten spielte und sich unanständige Witze über Frauen erzählte. Jedenfalls gab es keinen Anlass zur Beschwerde.

Diese Treffen verliefen ruhig, und bei den seltenen Gelegenheiten, bei denen sich einer der Männer lange genug auf der Straße aufhielt, dass man schnell hinauslaufen und ihn grüßen konnte, wurde stets freundlich zurückgegrüßt. Auffällig waren höchstens die Hüte, die die Männer tief in die Stirn gezogen trugen und die es praktisch unmöglich machten, ein Gesicht zu erkennen. Vielleicht die Marotte eines verrückten Männerclubs.

Diese reichen Städter ...

Die dreizehn Männer saßen auf bequemen Sesseln und gepolsterten Stühlen im großen Wohnzimmer und hielten Cognacschwenker in den Händen. Der Geschäftsmann aus Rom wurde seiner Rolle als Gastgeber dahingehend gerecht, dass er ab und zu in den Raum kam und dafür sorgte, dass genügend Getränke und einige Kleinigkeiten zum Essen bereitstanden. Dann zog er sich wieder zurück. An der Unterhaltung beteiligte er sich nicht.

Einer der Männer war aufgestanden und hatte das Wort ergriffen. Alle hörten ihm aufmerksam zu.

»Alles entwickelt sich prächtig! S1 hat mit allen seinen Voraussagen recht behalten. Mein Bericht müsste mittlerweile bei ihm eingetroffen sein und ich bin überzeugt, dass er mit dem Fortgang sehr zufrieden ist. Nach meinen letzten Informationen wird sich die Teilnehmerzahl bei unserer nächsten Zusammenkunft im Oktober schon auf siebzehn erhöht haben. Ich habe die nächste Phase eingeläutet.«

Wie fast jede Woche nach der deutschsprachigen Messe, die Kardinal Faber von 7.15 Uhr bis gegen 7.45 Uhr in der kleinen Kapelle innerhalb der Mauern des Campo Santo hielt, nutzten sie die Gelegenheit zu einem Gespräch.

Sie kannten sich schon sehr lange, doch war der Kontakt nie über den wöchentlichen Gedankenaustausch hinausgegangen, der zuweilen jedoch über eine Stunde dauern und sehr intensiv sein konnte. Bischof Dengelmann hatte den deutschen Geistlichen kurz nach seiner Ankunft in Rom kennengelernt. Nachdem er von Strenzlers Ankunft erfahren hatte, dauerte es nicht lange, bis Jürgen einige seiner Gewohnheiten herausgefunden hatte. Die für Dengelmanns Vorhaben hervorstechendste dieser Gewohnheiten war der regelmäßige Besuch der wöchentlichen Frühmesse im Campo Santo.

So hatte auch Seine Exzellenz Bischof Dengelmann an der Messe regelmäßig teilgenommen, und schon nach wenigen Wochen war man zufällig nach dem Verlassen der Kapelle ins Gespräch gekommen. Sie hatten sich eine halbe Stunde angeregt unterhalten und sich anschließend gegenseitig versichert, die interessante Konversation bei nächster Gelegenheit fortsetzen zu wollen.

Dengelmann hatte das deutliche Gefühl verspürt, dass der neue Untersekretär der Glaubenskongregation es genoss, sich mit einem Bischof austauschen zu können.

Noch am gleichen Tag hatte er Guido stolz von seinem neuen Kontakt berichtet und darauf gedrängt, dass die Information sofort zu S1 weitergeleitet wurde.

Friedrich von Keipen hatte unverzüglich reagiert und Dengelmann über seinen Kontaktmann ausrichten lassen, er sei sehr zufrieden, dass sie nun endlich ein Ohr an der Glaubenskongregation hatten. Er solle den Kontakt intensivieren und versuchen, sich regelmäßig mit diesem Strenzler zu treffen. Es sei wichtig, möglichst viele Informationen aus dem Mann herauszuholen, aber trotzdem solle Jürgen mit äußerster Vorsicht an die Sache herangehen.

Der Magus schien Jürgens emotionalen Ausbruch gegenüber Hans in Anbetracht der neuen Entwicklung vergessen zu haben.

Als Dengelmann nun zu Ohren gekommen war, dass Bischof Strenzler die besten Aussichten hatte, irgendwann einmal die Leitung der Kongregation zu übernehmen, konnte er sein Glück kaum fassen. Wobei er sich die Frage stellte, ob es wirklich Glück war oder einfach sein feines Gespür für das richtige Vorgehen. Dass Strenzlers Karriere ungleich schneller voranschritt als seine eigene, kam ihm dabei nicht in den Sinn.

Die beiden Bischöfe wechselten vor der Kapelle einige Worte, dann machten sie sich gemeinsam zu einem Spaziergang durch die Gärten auf den Weg. Sie erzählten sich gegenseitig viel von ihrer täglichen Arbeit. Das konnten sie ruhigen Gewissens tun, schließlich waren sie beide Bischöfe der Römischen Kurie.

Am nächsten Morgen schon bekam Friedrich von Keipen einen genauen Bericht über den Inhalt dieses Gespräches. Er war hocherfreut.

Einen Tag später kam ein weiterer Bericht aus Rom in Kimberley an. Friedrich legte ihn ungelesen zur Seite.

Er kannte den Inhalt schon.

Sie saßen im gleichen Lokal, als Strenzler sein Versprechen wahrmachte und Corsetti den zweiten Teil seiner Kindheitsgeschichte erzählte.

Der Bekannte seiner Mutter hatte selbst einen kleinen Jungen, der etwa in Kurts Alter war, und die beiden wurden schnell zu Brüdern. Das aufregende Leben in Südafrika hätte Kurt wahrscheinlich dazu verholfen, die Gedanken an seine Eltern und die Sehnsucht nach seiner Mutter zu verdrängen, aber fast täglich wurde er an den Vater erinnert, wenn er sich in einem Spiegel sah. Sein linker Oberarm hatte in der Mitte, etwa dort, wo der Bizeps sitzt, eine große Einbuchtung. Es war mehr als eine bloße Narbe, der Oberarmmuskel fehlte fast völlig. Sein Vater hatte sich während einem seiner unglaublichen Wutausbrüche den Schürhaken vor dem Ofen gegriffen und damit auf den Jungen eingeschlagen. Dabei hatte sich bei einem Schlag, der nicht seinen Rücken traf, wie er sollte, die Spitze des Hakens tief in das Fleisch von Kurts Oberarm gebohrt. Das hatte seinen Vater noch wütender gemacht. Mit einem wilden Ruck war die Spitze, die einen Widerhaken hatte, herausgerissen worden und hatte eine tiefe Wunde hinterlassen.

An dieser Stelle unterbrach Kurt Strenzler seine Erzählung und schob ungeachtet der Blicke einiger Tischnachbarn den Ärmel seiner Soutane auf der linken Seite ganz nach oben.

Nachdem Corsetti mit schreckgeweiteten Augen den stark verunstalteten Oberarm gesehen hatte, zog Strenzler den Stoff wieder herunter und erzählte weiter.

Der Bekannte seiner Mutter, sein Name war Hermann,

erzog die beiden Jungen streng und im christlichen Glauben.

Kurt hatte in sich schon früh die Stimme Gottes gehört, die ihm sagte, er solle sein Leben in den Dienst der Kirche stellen. Als er das entsprechende Alter erreicht hatte, ging er zurück nach Deutschland und studierte Theologie. Seine Eltern hatte er beide nie wiedergesehen, aber er hatte auch beide niemals vergessen. Noch immer dachte er fast täglich an die Liebe seiner Mutter, die so groß war, dass sie auf ihr Kind verzichtete, um es zu schützen. Und an die brutalen Misshandlungen seines Vaters.

Hermann war irgendwann an Krebs gestorben. Sein Sohn Friedrich leitete jetzt das Familienunternehmen. Strenzler und er hatten noch immer regelmäßigen Kontakt.

Die beiden Bischöfe sahen sich einige Zeit stumm an. An diesem Tag waren sie sich ein weiteres Stück nähergekommen.

Corsetti wusste nun, dass Strenzler einen geistigen Bruder hatte, den sonst fast niemand kannte. Irgendwann, so versicherte Bischof Strenzler seinem Amtskollegen, würde er ihn mitnehmen nach Südafrika, damit er Friedrich kennenlernen konnte.

Dieses Versprechen erfüllte er zwölfeinhalb Jahre später.

17. Februar 1999
Kimberley

Friedrich von Keipen ging unruhig über den schon vor langer Zeit gepflasterten Vorplatz zwischen der alten Aula und dem weißen Zaun hin und her. Der Zaun grenzte dort, wo einmal der Bau mit den Personalunterkünften gestanden hatte, einen herrlichen Garten ein.

Friedrich dachte daran, was sich in den letzten zwanzig Jahren alles verändert hatte. Die Personalunterkunft war abgerissen worden, die ehemalige Aula wurde schon lange als Lagerraum benutzt. Den gesamten Komplex um das ehemalige Internat hatte er ebenfalls vor Jahren schon verkauft. Seine ›Schutztruppe‹ war aufgelöst und die Männer großzügig abgefunden worden. Sie waren nicht mehr nötig. Wahrscheinlich zogen sie seitdem durch die Welt und ließen sich von jedem kaufen, der einen Krieg führen wollte oder musste.

Er schüttelte den Kopf und nahm seinen Gang über den Platz wieder auf. Ab und zu blieb er stehen und kniff die Lippen fest zusammen. Seit einiger Zeit wurde er von Rückenschmerzen geplagt. Sein Körper war alt und verbraucht. Doch das störte Friedrich wenig, denn geistig fühlte er sich noch so frisch wie vierzig Jahre zuvor. Die Schmerzen waren gut auszuhalten. Solange er sich noch bewegen konnte …

Er dachte an Joss, wie er bei vielen Gelegenheiten an den Hund dachte. Seine damalige Idee, dem neuen Hund den gleichen Namen wie seinem Vorgänger zu geben – der, den Evelyn ermordet hatte –, hatte sich, wie so vieles, was er ersann, als genial erwiesen. Wenn er nun an Joss dachte, dann waren es nicht die Gedanken an einen Hund, sondern an die Symbiose aus beiden. Joss war einige Jahre zuvor an Altersschwäche gestorben. Im letzten Jahr seines Lebens konnte auch er kaum noch laufen.

Friedrichs von tiefen Falten umgebener Mund verzog sich zu einem Lächeln. Er vertrieb die Gedanken und konzentrierte sich auf den Besuch, der hoffentlich bald eintreffen würde.

Dieser Strenzler war unbezahlbar. Friedrich dankte noch immer dem Schicksal für die Fügung, die Strenzler damals, kurz nachdem er von einem ehemaligen Klassenkameraden Friedrichs angeworben worden war, darauf hatte bestehen lassen, mit dem Magus persönlich zu sprechen.

Das Gespräch zwischen ihm und Kurt Strenzler hatte Friedrich damals stark an seine entscheidende Unterhaltung mit Hermann von Settler erinnert. Gut, er und Strenzler waren fast gleichaltrig, aber wie von Settler damals bei ihm, so hatte Friedrich sehr schnell bei Kurt Strenzler eine außerordentliche Intelligenz entdeckt und die Fähigkeit, diese auch emotionslos einzusetzen, wenn es für die eigenen Zwecke von Nutzen war.

Strenzler war von Beginn an Friedrichs Ass im Ärmel. Er hatte immer gewusst, dass Dengelmann nicht in der Lage war, bis an die Spitze der Kurie vorzustoßen. Dazu fehlte es ihm an Format und auch an Intelligenz. Und genauso sicher war er von Anfang an gewesen, dass Strenzler es schaffen konnte, wenn die Umstände halbwegs günstig waren.

Wie sich in den letzten Jahren herausgestellt hatte, waren die Umstände mehr als günstig. Strenzler war gerade Kardinal geworden. Er war der Präfekt der Kongregation für die Glaubenslehre und stand dem jetzigen Papst sehr nahe. Nachdem der letzte, während seiner gesamten Amtszeit stets kränkliche Papst 1991 gestorben war, hatte man Kardinal de Riemer zum neuen Oberhaupt der katholischen Kirche gewählt. Aus Kardinal de Riemer war Papst

Pius XIII. geworden. Als Friedrich das damals erfahren hatte, war ihm klar geworden, dass die Simonische Bruderschaft kurz vor ihrem Ziel stand.

Strenzler konnte mittlerweile im Vatikan auf einen Stab von über fünfzig Männern zurückgreifen. Viele von ihnen bekleideten höchste Ämter innerhalb der Kurie. Er traf sich noch immer regelmäßig mit ihnen in dem Haus außerhalb Roms. Was die meisten für unmöglich gehalten hatten, war ihm, Friedrich von Keipen, dem Magus, dem Hundefreund, gelungen. Die Römische Kurie war infiltriert.

Von dem Geräusch eines heranfahrenden Wagens wurde Friedrich aus seinen Gedanken gerissen.

Dort kam sein Trumpf-Ass und brachte einen der – neben Strenzler selbst – einflussreichsten Männer des Vatikans in die Höhle des Löwen. Die Situation war an Ironie nicht mehr zu überbieten. Ausgerechnet der Mann, der sich auf die Fahne schrieb, die »Reformer« zur Strecke gebracht zu haben, war auf dreitägigem Freundschaftsbesuch bei dem Magus der Simoner. An dem Ort, an dem viele dieser »Reformer« ausgebildet und ideologisch geschult worden waren.

Friedrich musste sich stark zusammennehmen, um nicht lauthals zu lachen, als er Bischof Corsettis Gesicht sah.

Die Männer begrüßten sich freundlich, und Friedrich ging den beiden Kirchenfürsten voran die Stufen zur Veranda hinauf.

Sie nahmen in den bequem gepolsterten Holzsesseln Platz. Im gleichen Moment, in dem sie saßen, brachte ein hübsches, dunkelhäutiges Mädchen ihnen auf einem Holztablett Getränke. Die hohen Gläser waren von außen beschlagen. Der Anblick versprach kühle Erfrischung. Friedrich und Corsetti sahen ihr dabei zu, wie sie die Getränke auf dem Tisch abstellte, und Friedrich dachte an die kommende Nacht und an ihre straffe, junge Haut. Er würde mit ihr den Triumph dieses Tages gebührend feiern.

Als sie wieder im Haus verschwunden war, lächelte Bischof Corsetti seinem Gastgeber zu. »Herr von Keipen, ich bin wirklich sehr erfreut, Sie endlich kennenlernen zu dürfen. Kardinal Strenzler hat mir schon so viel von Ihnen erzählt, dass ich das Gefühl habe, Sie seien mir fast so vertraut wie er selbst.«

Friedrich lächelte zurück. »Und ich, Exzellenz, bin hocherfreut, zwei so bedeutende Männer der Römischen Kurie bei mir empfangen zu dürfen. Mein Vater war ein sehr gläubiger Mann und hat uns beide im Sinne der katholischen Kirche erzogen. Ich muss zu meiner Schande gestehen, dass ich nicht sehr häufig den Gottesdienst besuche. Mein Rücken, wissen Sie … Aber mein Leben ist darauf ausgerichtet, gottgefällig zu sein.«

Mit dem Kopf deutete er zu Strenzler hin. »Was bleibt mir auch anderes übrig, bei diesem Mann in der Familie?«

Die drei Männer lachten. Sie verstanden sich gut, und Strenzler, der sich bisher zurückgehalten hatte, verlor sichtlich seine Anspannung.

Zum Abendessen lernte Bischof Corsetti Friedrich von Keipens Sohn kennen. Der vierzigjährige, sehr sportlich wirkende Mann schien das genaue Gegenteil von seinem Vater zu sein. Corsetti hatte vom ersten Moment an das Gefühl, dass Hermann ein sehr introvertierter Mensch war. Sein Gesicht spiegelte etwas wider, das der Bischof nicht näher hätte beschreiben können. Es war eine Mischung aus Melancholie und Härte. Hermann von Keipen wirkte sympathisch, aber in den Augen konnte man die deutliche Warnung lesen, man solle nicht versuchen, ihm zu nahe zu kommen. Corsetti vermutete, dass er irgendwann einmal sehr stark verletzt worden war. Vielleicht von einer Frau? Er nahm sich vor, nach einer Gelegenheit zu suchen, sich mit Hermann einmal alleine zu unterhalten.

Während des Essens erzählte Friedrich Anekdoten aus ihrer Jugend. Viele der Geschichten, die er Corsetti auftischte, hatten sich ähnlich zugetragen, allerdings hatten nicht er und Strenzler sie gemeinsam erlebt, sondern es waren Erlebnisse, die Friedrich damals von ehemaligen Mitschülern gehört hatte.

Sie saßen noch etwa eine Stunde bei einem Glas Rotwein zusammen, dann wünschte Bischof Corsetti eine gute Nacht und zog sich in sein Zimmer zurück. Die Reise und die Aufregungen des Tages hatten ihn ermüdet.

Kardinal Strenzler bemerkte, auch er werde bald zu Bett gehen. Er wolle sich nur noch ein wenig mit Friedrich unterhalten, da sie sich schon lange Zeit nicht mehr gesehen hätten. Sie unterhielten sich noch etwa zehn Minuten über unverfängliche Dinge, dann gingen sie in Friedrichs Arbeitszimmer. Sie mussten auf alle Fälle vermeiden, dass der Bischof vielleicht noch einmal aufstand und sie durch Zufall belauschte.

Mit einem Cognacschwenker in der Hand ließen sie sich in den Ledersesseln nieder. Der, in dem Friedrich saß, hatte eine tiefe Kerbe im Leder.

Alle Möbel waren im Laufe der Zeit erneuert worden. Nur diesen einen Sessel, der die Narbe vom Todeskampf seines Hundes trug, gab Friedrich nicht her. Er erhob sein Glas.

»Kurt, du bist ein Teufelskerl.«

Strenzler betrachtete die braune Flüssigkeit in seinem Glas und lächelte vor sich hin. »Welch treffende Bezeichnung für einen Kurienkardinal. Es wird mir auch wirklich leicht gemacht. Du hattest von Anfang an recht, Friedrich. Mit geschicktem Taktieren kommt man in Rom am weitesten. Und deine Idee damals, dass ich als Pfarrer mit Gewissensbissen auftrete und die ›Reformer‹ an die Kongregation verrate, war einfach genial.«

Friedrich nickte. »Ja, damit hast du wohl recht. Kurt, ich möchte, dass wir nicht mehr sehr lange zögern. Auf de Riemers Tod zu warten, macht keinen Sinn. Er ist noch zu jung und kann sein Amt unter Umständen noch Jahrzehnte ausüben. Diese Zeit habe ich nicht mehr. Die haben wir beide nicht mehr. Ich nehme doch an, du möchtest auf den ›Thron‹, solange du ihn noch aus eigener Kraft besteigen kannst.«

Strenzler dachte lange nach, bevor er antwortete. »Ich gebe dir recht, dass wir de Riemer nicht abwarten können, und ich möchte dir auch auf keinen Fall in deine Planung hereinreden, aber nach meinem Gefühl wäre es zum jetzigen Zeitpunkt noch zu riskant. Mittlerweile sind mir viele der Kardinäle wohlgesonnen, aber ich bezweifle, dass es für eine Wahl schon reichen würde. Wir haben nur diese eine Chance.«

Friedrich sah Strenzler mit ernstem Gesicht lange in die Augen. »Nun gut, Kurt. Ich gebe dir noch etwas Zeit. Aber sehr lange warte ich nicht. Ich war bisher mit deiner Arbeit sehr zufrieden. Enttäusche mich nicht nach all den Jahren.«

Strenzler schüttelte den Kopf und sagte: »Das werde ich nicht, Friedrich.«

Den nächsten Tag verbrachten sie mit langen Gesprächen über die Kirche und ihre Stellung in der modernen Gesellschaft. Einige Male während dieser Unterhaltungen wunderte sich Corsetti über Friedrich von Keipen. Der Mann mochte ein gläubiger Christ sein, aber zwischen den Zeilen glaubte der Bischof einen Unterton herauszuhören, der so gar nicht zu dem Erscheinungsbild passen wollte, das von Keipen offensichtlich bemüht war, von sich abzugeben.

So unterhielten sie sich beim gemeinsamen Frühstück über die weltweiten Hilfsorganisationen der Kirche. Bischof Corsetti berichtete, dass es immer schwieriger werde, die Projekte zu finanzieren. Die Bereitschaft der Menschen, ihr Geld für Bedürftige herzugeben, schwinde immer mehr.

Von Keipen hörte eine Weile zu, dann schüttelte er den Kopf. »Werter Bischof, entschuldigen Sie bitte, wenn ich Sie in Ihren interessanten Ausführungen unterbreche, aber das Thema interessiert mich sehr und ich muss gestehen, dass ich einige Probleme damit habe. Ich darf in aller Bescheidenheit sagen, dass ich nicht unvermögend bin. Es wäre mir ein Leichtes, regelmäßig eine größere Summe zu spenden. Doch wenn ich die Berichte sehe, wofür diese Spenden ausgegeben werden, komme ich zu dem Schluss, dass mein Geld bei mir besser aufgehoben ist.

Ich lebe in Südafrika, und ich kenne die Mentalität der Menschen hier. Sie sind halbwegs zivilisiert und stehen auf eigenen Füßen. Aber werfen Sie doch einen Blick in die nähere Umgebung. Botswana, Namibia, Angola ... Leben in seiner primitivsten Form. Naturvölker. Ein unglaublich oft missbrauchtes Wort. Mit dem Begriff ›Naturvolk‹ assoziiert der zivilisierte Mensch all das, was ihm verloren gegangen ist. Leben im Einklang mit der Natur, Urwälder, Tiere, reine Luft ... Das ist doch alles Unsinn. Der wirkliche Bezug zur Natur liegt doch an ganz anderer Stelle. Diese Menschen leben wie unsere Vorfahren vor hunderttausend Jahren. Instinktgesteuert!

Und ihr Instinkt sagt ihnen, dass es absolut keine Notwendigkeit gibt, sich anzustrengen und für ihren Lebensunterhalt selbst zu sorgen. Denn wenn man sich nur lange genug auf die faule Haut legt, wird irgendwann ganz selbstverständlich das Geld der schwer arbeitenden Menschen aus allen Teilen der Welt heranrollen und dafür sorgen, dass es einem prächtig geht.

Verstehen Sie mich bitte nicht falsch. Ich bin dafür, diesen Menschen zu helfen, aber man sollte es effektiver angehen. Warum nimmt die Kirche die Sache nicht in die Hand und sorgt dafür, dass diese Länder wirklich zivilisiert werden? Damit meine ich nicht den Bau eines Brunnens, nein, ich meine damit eine politische Zivilisation, die diese Völker zwingt, zu arbeiten und selbst für ihren Lebensunterhalt zu sorgen. Die Kirche hätte doch die Macht, Einfluss auf die Regierungen dieser Länder auszuüben und sie zu Reformen in ihrem Sinne zu zwingen. Die hätte sie doch, oder sehe ich das falsch?«

Bischof Corsetti war sichtlich verwirrt. Er dachte einige Zeit nach, bevor er antwortete.

»Herr von Keipen, ich bezweifle, dass die Kirche wirklich diese Macht hätte, von der Sie gerade sprachen. Aber ich weiß mit Sicherheit, dass sie niemals versuchen würde, eine Regierung, ein Volk oder einen einzelnen Menschen zu etwas zu zwingen. Eine ›politische Zivilisation‹, wie sie Ihnen vorschwebt, würde eine Vermischung von Staat und Religion bedeuten, und das ist weder im Sinne der Kirche noch im Sinne Gottes. Wir möchten den Menschen helfen, nicht sie zu etwas zwingen. Was Ihre Betrachtung der Naturvölker angeht, so habe ich starke Zweifel daran, dass eine Mutter dabei zusieht, wie ihr kleines Kind qualvoll verhungert, weil ihr Instinkt ihr sagt, dass sie dadurch Geld bekommt.«

Bevor von Keipen darauf antworten konnte, schaltete sich Kardinal Strenzler ein. »Ich denke, so hat Friedrich das nicht gemeint. Ich kenne ihn lange genug, um zu wissen, dass auch er bereit ist zu helfen, wenn es nötig ist. Vielleicht sollten wir einfach das Thema wechseln, bevor es noch zu Missverständnissen kommt.«

Von Keipen setzte ein Lächeln auf. »Ja, Kurt, du hast

natürlich recht.« Und an den Bischof gewandt: »Entschuldigen Sie bitte, es stimmt, was Sie sagen. Ich habe in meiner Jugend einige schlechte Erfahrungen mit diesen Menschen gemacht. Das führt dazu, dass ich manchmal ein wenig ungerecht werde. Wechseln wir das Thema.«

Corsetti nickte und lächelte zurück.

Während Kardinal Strenzler und Friedrich von Keipen Belanglosigkeiten austauschten, war er nachdenklich geworden. Erst dachte er darüber nach, Kardinal Strenzler bei Gelegenheit darauf anzusprechen. Dann überlegte er es sich wieder anders. Kardinal Strenzler stand von Keipen sehr nahe, und er wollte ihn nicht verletzen.

Nach dem Frühstück nutzte Strenzler einen Moment, in dem der Bischof nicht im Raum war, und sagte zu Friedrich: »Das war sehr gefährlich, Friedrich. Was wolltest du damit bezwecken? Wolltest du ihn etwa auf unsere Seite ziehen? Das war eine der wenigen Situationen, in denen ich einen Anflug von Ärger bei Corsetti bemerkt habe.«

Friedrich winkte ab. »Ach, dieses scheinheilige Getue macht mich wahnsinnig. Vergiss es einfach.«

Kurt Strenzler nickte, wenn auch leicht irritiert.

Am Nachmittag dieses Tages wäre Friedrich von Keipen beinahe ein weiterer, dieses Mal jedoch sehr folgenschwerer Fehler unterlaufen. Sie waren zu einem kleinen Spaziergang um das Haus aufgebrochen. Friedrich hatte trotz starker Rückenschmerzen darauf bestanden, sie zu begleiten. Als sie über den Vorplatz gingen, betrachtete Corsetti interessiert das große Gebäude der ehemaligen Aula.

»Wenn man einen Turm anbringen würde, könnte man daraus fast eine Kirche machen«, scherzte er. »Was befindet sich in diesem Gebäude?«

Friedrich ließ den Blick über die Front gleiten und erklärte: »Hier war früher ein Teil des Personals untergebracht. Mein Vater hatte saisonweise Tagelöhner be-

schäftigt und ihnen hier einen großen Schlafsaal hergerichtet.«

»Würden Sie es als sehr vermessen empfinden, wenn
ich Sie bitte, einen Blick hineinwerfen zu dürfen?«, fragte
Corsetti. »Das Gebäude wirkt von außen recht groß und
es würde mich interessieren, wie es von innen aussieht.«

Friedrichs Gedanken rasten. Es war nichts Verfängliches
mehr in der Aula untergebracht. Nur Werkzeuge, Maschi-
nen und sonstige Gerätschaften, die nicht mehr oder nur
noch ganz selten gebraucht wurden.

»Nein, Sie können es sich selbstverständlich gerne ansehen. Ich glaube, ich habe sogar den Schlüssel in meiner
Tasche.«

Er kramte umständlich in seinen Hosentaschen und zog
dann einen Schlüsselbund heraus. Demonstrativ zeigte er
ihn dem Bischof. »Sehen Sie, da ist er. Kommen Sie, ich
schließe auf.«

Friedrich ging den beiden Geistlichen voraus zu der
Eingangstür und steckte einen der Schlüssel ins Schloss.
Als die Tür mit leichtem Knarren aufschwang, mussten
sich seine Augen erst einen kurzen Moment an das Dämmerlicht im Inneren gewöhnen. Dann jedoch sprang es
ihn förmlich an und ihm stockte der Atem. Wie konnte
er das vergessen! Schräg vor ihm prangte übergroß das
Zeichen der Simoner an der Wand. Noch während er ein
deutliches Prickeln an den Haarwurzeln spürte, drehte
er sich um und zog die Tür wieder zu. Bischof Corsetti,
der gerade an ihm vorbei die Aula betreten wollte,
zuckte erschrocken zurück und sah Friedrich dann fragend an.

»Entschuldigen Sie bitte, Exzellenz, aber ich habe gerade gesehen, dass ich Ihnen das unmöglich zumuten kann.
Dort herrscht ein Schmutz, den ich Gästen lieber nicht
zeigen möchte.«

Corsetti lächelte verunsichert. »Aber das macht mir

wirklich nichts aus. Ich möchte nur einen Blick hinein-werfen.«

»Nein wirklich, das kann ich nicht tun. Das würde ge-gen meine Überzeugung gehen, meinen Gästen nur das Beste zukommen zu lassen.«

Friedrich schalt sich einen Narren. Was war mit ihm los? War es das Alter, das ihn langsam mit senilen Schwin-gen umfing? Früher wären ihm solche Fehler niemals unterlaufen.

Corsetti fand von Keipens Verhalten äußerst merkwürdig, aber er fügte sich schließlich dem Wunsch seines Gast-gebers und wandte sich nachdenklich ab.

Die Gelegenheit, sich eingehend mit Hermann zu un-terhalten, bot sich für Bischof Corsetti nicht mehr. Der junge Mann war von seinem Vater mit einer Aufgabe betraut worden, die ihn den ganzen Tag unterwegs sein ließ. Fast schien es, als wäre von Keipen bemüht, seinen Sohn von den Besuchern fernzuhalten.

Sosehr Kardinal Strenzler sich auch mit diesem Fried-rich von Keipen verbunden fühlen mochte, kam Corsetti doch zu dem Schluss, dass die beiden Männer sehr unter-schiedlich waren.

Am Morgen ihrer Abreise war Hermann zwar wieder zurück, aber die kurze Zeit, die ihnen bis zur Abfahrt noch blieb, wollte Kurt Strenzler nutzen, um sich mit ihm allein zu unterhalten. Corsetti hatte dafür Verständ-nis.

Die beiden Männer nutzten einen längeren Spaziergang für ihre Unterredung. Als sie nach über einer Stunde zu-rückkehrten, wirkte Hermann von Keipen sehr verstört. Wortkarg verabschiedete er sich von den beiden Geist-lichen und seinem Vater und fuhr mit einem Gelände-wagen davon.

Als Corsetti in sein Zimmer ging, um seine Reisetasche zu packen, zog Friedrich Strenzler in sein Arbeitszimmer.

»Was hast du mit Hermann besprochen? Er schien ziemlich durcheinander zu sein.«

Strenzler nickte und sagte: »Du hast mir schon mehrfach erzählt, du hättest das Gefühl, dass er nicht mit ganzem Herzen bei der Sache ist. Nun steht die Endphase kurz bevor und es ist wichtig, dass jeder seine Aufgabe erfüllt. Ich dachte mir, vielleicht habe ich als sein Freund diesbezüglich eher Zugang zu ihm als sein Vater. Ich habe ihm den Kopf ein wenig gerade gerückt und ihm klargemacht, welche Verantwortung er als dein Nachfolger hat.«

Zufrieden klopfte Friedrich ihm auf die Schulter. »Das schätze ich so an dir, Kurt. Du befolgst alle meine Anweisungen und bist trotzdem kein sturer Befehlsempfänger, sondern denkst mit. Sehr gut!«

29 Tage vor dem Ende

Der Anruf kam spätabends über das Mobiltelefon, das Kardinal Strenzler nur für diesen Zweck von der Bruderschaft bekommen hatte. Er lag schon im Bett und meldete sich schlaftrunken. Friedrichs Anweisung war knapp und klar: »Es ist so weit!«

Mehr nicht.

Strenzler legte das Telefon zurück in seine Nachtkommode und atmete tief durch. Er wusste schon seit Wochen, dass die Endphase unmittelbar bevorstand, und doch begann sein Herz in diesem Moment zu rasen.

Es stand sehr viel auf dem Spiel. Ein Spiel, das noch viele Unbekannte enthielt.

Die nächsten Tage würden darüber entscheiden, ob sein Leben sich gelohnt hatte.

In dem Bewusstsein, nicht mehr einschlafen zu können, legte er sich wieder hin und ging in Gedanken die Schritte durch, die er unternehmen musste.

28 Tage vor dem Ende

Es war nicht einfach gewesen, einen derart kurzfristigen Termin bei dem Heiligen Vater zu bekommen und Strenzler verdankte es nur der Tatsache, dass er dem Papst sehr nahestand, dass der ihm über seinen Sekretär dennoch für den Nachmittag zusagen ließ.

Nun saß Kardinal Strenzler dem Oberhaupt der katholischen Kirche gegenüber und begann das schwierige Gespräch gleich mit einer ungewöhnlichen Bitte. »Eure Heiligkeit, wäre es wohl möglich, dass wir unsere Unterhaltung in einem nicht-offiziellen Raum führen?«

Pius XIII. sah ihn überrascht an. »Aber Kardinal Strenzler, was spricht gegen ein Gespräch hier in meinem Arbeitszimmer?«

»Was ich Ihnen zu erzählen habe, ist von solcher Brisanz, dass ich absolut sichergehen möchte, keinen anderen Zuhörer als Jesus Christus und seinen irdischen Vertreter zu haben. Mir ist bewusst, dass diese Räumlichkeiten regelmäßig auf jegliche Art von versteckten Abhöreinrichtungen untersucht werden, aber ich möchte jedes noch so geringe Risiko ausschließen. Es könnte verheerende Folgen für die ganze Kirche haben, wenn das, was ich zu sagen habe, Dritten zu Ohren kommt.«

Pius XIII. sah ihn mit einer Mischung aus Überraschung und Interesse an. Schließlich nickte er und erhob sich. »Kommen Sie mit mir, Kardinal Strenzler.«

Sie verließen das Arbeitszimmer und gingen durch mehrere Flure, bis sie schließlich in einem kleinen, schlichten Raum angekommen waren, der keinerlei Möbel enthielt. Auf der gegenüberliegenden Seite befand sich eine massive Holztür, die der Papst mit einem Schlüssel öffnete, den er aus seiner Soutane zog. Dahinter tat sich eine kleine Kapelle auf. »Dies ist mein privater Zufluchtsort, Kardinal. Es gibt nur ganz wenige Menschen, die von dieser Kapelle wissen, und nur ich habe den Schlüssel dazu. Hierher komme ich, wenn mich Dinge beschäftigen, bei denen nur der Herr mir helfen kann. Treten Sie ein, bitte.«

Als der Papst das Licht angeschaltet hatte, sah Strenzler sich in dem Raum um, der von einem großen Kreuz an der Stirnseite beherrscht wurde. Etwa zwei Meter davor stand eine schmale Holzbank. Die Wände auf der linken und rechten Seite waren mit mehreren Bildern geschmückt, die Stationen im Leben Christi darstellten. Alles in allem wirkte der Raum spartanisch und ungemütlich. Kein Ort, an dem Kardinal Strenzler sich hätte wohlfühlen können.

Der Papst trat vor das Kreuz und kniete nieder. Mit gefalteten Händen sprach er ein kurzes Gebet, dann setzte er sich auf die Bank und sah seinen Begleiter auffordernd an.

Strenzler tat es ihm gleich und nahm neben ihm Platz. Die Bank war gerade breit genug, dass sie dicht nebeneinandersitzen konnten.

»Nun Kardinal, berichten Sie. Der einzige Zeuge hier wie überall ist Gott, unser Herr.«

Strenzler dachte kurz nach. Er war dieses Gespräch und seinen möglichen Verlauf in der vergangenen Nacht immer und immer wieder durchgegangen. Es spielte letztendlich kaum eine Rolle, mit welchen Worten er begann. Was er Papst Pius XIII. sagen wollte, sagen *musste*, war eine Ungeheuerlichkeit, wie sie an einen Papst der Neuzeit sicher noch nie herangetragen worden war.

»Heiliger Vater, es ist der Moment gekommen, den ich seit Jahrzehnten gefürchtet, auf den ich aber auch gewartet habe. Es ist eine lange Geschichte, die ich erzählen muss, aber keine Einzelheit davon kann weggelassen werden. Ich übertreibe nicht, wenn ich sage, es ist wichtig für den Fortbestand der katholischen Kirche.«

Der Mann in der weißen Soutane sah ihm interessiert in die Augen und sagte ruhig: »Der Herr hat gewollt, dass Sie den Weg nach Rom finden. Er hat unsere Lebenswege so angelegt, dass sie sich treffen. Und niemand anderes als Christus selbst hat Sie heute zu mir geführt. Ich werde Ihnen zuhören.«

Kardinal Strenzler atmete tief durch.

»Eure Heiligkeit, die ganze katholische Kirche, selbst die Römische Kurie, ist infiltriert von Mitgliedern einer Bruderschaft, die es sich vor rund fünfzig Jahren zum Ziel gemacht hat, die Kirche zu übernehmen. Ich bin ein ranghohes Mitglied dieser Bruderschaft und habe gestern Abend den Befehl erhalten, den Heiligen Vater zu töten.«

Es war gesagt! Und Kardinal Kurt Strenzler erlebte einen der wenigen Momente, in denen im Gesicht von Pius XIII. Überraschung zu lesen war.

Sekundenlang sahen sie sich stumm an, bis der Papst langsam den Kopf senkte und die Hände faltete. Strenzler wartete geduldig. Eine Minute verging und eine weitere. Dann richtete Pius XIII. den Blick wieder auf seinen Gesprächspartner. Seine Augen wirkten müde.

»Kardinal, ich kenne Sie lange, und wie ich denke auch gut. Ich glaube nicht, dass Sie ein Mensch sind, der zu übertriebenen Reaktionen neigt. Ich muss gestehen, zum jetzigen Zeitpunkt verstehe ich das, was Sie gerade gesagt haben, noch nicht. Darum bitte ich Sie, erzählen Sie mir Ihre Geschichte.«

Damit ließ er sich gegen die hölzerne Rückenlehne sinken und schloss die Augen. Und Strenzler erzählte.

Von dem Erlebnis mit seinem Vater im Alter von drei Jahren und dem Opfer seiner Mutter, die ihr Kind hergab, um es in Sicherheit zu wissen. Hier unterschied sich die

Geschichte von der falschen Version, die Strenzler Bischof Corsetti erzählt hatte.

Der Bekannte seiner Mutter lebte nicht in Südafrika, sondern im süddeutschen Raum. Sein Name war Gerhard Gröllich und er war tatsächlich ein sehr gottesfürchtiger Mann gewesen.

Aber auch das erwähnte der Kardinal. »Ich habe Bischof Corsetti eine etwas abgewandelte Version dieses Teils meiner Lebensgeschichte erzählt, Heiliger Vater, aber das war unumgänglich, denn es war eine Forderung des Obersten der Bruderschaft, um den Bischof kennenzulernen. Ich konnte mich nicht widersetzen, ohne seinen Verdacht zu erregen.«

Dann fuhr er fort: »Eure Heiligkeit, ich habe meinen Vater gehasst für das, was er getan hat. Aber dieser Hass bezog sich lange Jahre ausschließlich auf ihn. Erst als ich langsam erwachsen wurde, änderte sich das. Ich begann irgendwann zu begreifen, dass mein Vater nur eine Marionette war. Die eigentlichen Täter waren andere. Das waren diejenigen, die den Hass unentwegt schürten und die Menschen verblendeten mit götzenhafter Symbolik und Gerede von Herrenmenschen und Untermenschen. Die den Rassenhass predigten. Damals habe ich mir geschworen, diese Unmenschen zu bekämpfen. Ich habe es mir zum Lebensziel gemacht. Dann, ich war noch ein junger Priester, wurde ich von einem anderen Geistlichen angesprochen, ob ich mit der Kirche zufrieden sei, so wie sie war. Ich tat interessiert und ließ mich auf ein Gespräch ein. Im Verlauf dieser Unterhaltung stellte sich heraus, dass es eine Gruppierung innerhalb der katholischen Kirche gab, die für eine Reformation eintrat.

Er erzählte mir vom Recht der Frau, selbst zu entscheiden, ob ein Kind geboren wird oder nicht, vom Recht eines katholischen Priesters, zu heiraten, und Ähnlichem. Dies alles wäre für mich höchstens ein Grund gewesen, meinen

Bischof zu informieren, dann aber sagte dieser junge Mann etwas, das mich hellhörig werden ließ. Er sagte: ›Es kann doch auch unmöglich die Aufgabe der Kirche sein, diese Schwarzen in Afrika zu ernähren, die nichts tun, als Kinder zu zeugen und sich dann in den Schatten zu legen, um dort abzuwarten, bis ein Geistlicher ihnen die Trauben serviert.‹

Ich war überrascht, solche Worte aus dem Mund eines Priesters zu hören, und fragte ihn, was genau diese Gruppe tat und was ihre Ziele waren. Er hielt sich jedoch bedeckt und lud mich zu einem Treffen ein.

Dort erfuhr ich dann schon etwas mehr über die Vorstellungen dieser Männer, wobei noch immer keine Rede von einer Bruderschaft war. Trotz der Plumpheit, mit der ich angesprochen worden war, gingen sie sehr behutsam vor. Es dauerte fast ein halbes Jahr, bis zum ersten Mal der Begriff der ›Simonischen Bruderschaft‹ fiel.

Ich zeigte mich begeistert und verschrieb mich der Bruderschaft. Es dauerte ein weiteres ganzes Jahr, bis ich es geschafft hatte, den Obersten der Bruderschaft, den Magus, Friedrich von Keipen, persönlich zu treffen. Mir fiel gleich auf, dass er äußerst intelligent war, aber auch am Rande des Größenwahns stand. Nach diesem sehr entscheidenden Gespräch standen zwei Dinge für mich fest: Ich hatte Friedrich von Keipen von mir überzeugen können und – ich hatte meine Lebensaufgabe gefunden. Die Bruderschaft verkörperte all das, was ich so abgrundtief verabscheute.«

Der Papst hatte die Augen wieder geöffnet und hob die Hand ein Stück. »Ich kann mich noch gut an die ›Reformer‹ erinnern, wie wir sie intern nannten. Und ich erinnere mich auch, dass Sie damals maßgeblich daran beteiligt waren, sehr viele dieser Männer zu identifizieren. Warum erzählten Sie uns damals nichts von der Bruderschaft? Es wäre Ihre christliche Pflicht gewesen.«

Schuldbewusst senkte Kardinal Strenzler den Blick. »Ich bekam während einem seiner Besuche in Deutschland einen Anruf von Friedrich von Keipen. Wir trafen uns in Aachen und er erzählte mir von seiner Idee, ich solle einige der Simoner an die Kongregation verraten, um so mit Bischof Corsetti und Ihnen in Ihrer damaligen Funktion in Kontakt zu kommen.

Es hätte nichts gebracht, damals die Bruderschaft zu erwähnen, Eure Heiligkeit. Friedrich von Keipen wäre nichts nachzuweisen gewesen. Die Bruderschaft war sehr gut organisiert. Sie hatten ein eigenes Internat, in dem sie ihren Nachwuchs heranzogen, allesamt spätere Theologiestudenten und Priester. Sie mussten zu diesem Zeitpunkt schon Hunderte, wenn nicht Tausende von ihren Schattenpriestern in den Reihen der Kirche untergebracht haben, ganz zu schweigen von denen, die sie ›bekehrt‹ hatten. Doch die meisten von ihnen hielten sich zurück und waren nicht identifizierbar.«

Strenzler hielt einen Moment inne und rutschte von der Bank auf die Knie. Mit demütig gesenktem Kopf sagte er: »Ich weiß, ich habe viele Fehler gemacht, Heiliger Vater, und ich bitte Gott um Vergebung dafür. Es war selbstsüchtig von mir zu denken, nur ich alleine könnte diese Gefahr bannen. Aber ich wollte mein ganzes Leben lang nichts anderes, als die Kirche vor dieser Bruderschaft zu bewahren.«

Pius XIII. deutete ihm mit einer Handbewegung an, er solle sich wieder setzen. Dann sagte er nachdenklich: »Warum erzählen Sie mir das alles zum jetzigen Zeitpunkt, Kardinal Strenzler? Ist denn nun der Bruderschaft und diesem Magus etwas nachzuweisen außer mit Ihrer Aussage, die Sie auch schon damals hätten machen können?«

»Nein, Heiliger Vater. Das macht mich so verzweifelt. Aber die Situation ist durch den Befehl, den ich gestern Abend erhalten habe, eine völlig andere.«

Wieder schloss der Papst die Augen. Dieses Mal musste Strenzler fast zehn Minuten warten, bis er aufgefordert wurde: »Erzählen Sie mir alles, was Sie über die Bruderschaft und ihre Organisation wissen.«

Und Strenzler erzählte. Als er sich nach einer halben Stunde erschöpft zurücklehnte, kannte Pius XIII. die Organisation und die Ziele der Simonischen Bruderschaft. Er wusste, dass sogar große Teile der Kurie aus Simonern bestand.

»Kardinal, gibt es eine Auflistung mit den Namen all derer, die im Dienste der Kirche stehen und der Organisation angehören?«

Strenzler schüttelte den Kopf. »Nein, Heiliger Vater. Diese Information besitzt nur ein einziger Mensch, und das ist Friedrich von Keipen. Und ich bin mir sicher, er hat sie so aufbewahrt, dass wir sie niemals finden können.«

Der Papst nickte verstehend, dann erhob er sich.

»Kardinal, dies ist eine sehr schwierige Situation, und ich muss gestehen, dass ich noch nicht weiß, wie zu verfahren ist. Sie haben sich schuldig gemacht gegenüber Gott und der Kirche. Aber ich weiß auch, dass Sie ein gläubiger Christ sind und ein sehr guter Geistlicher. Ihre Aufgaben innerhalb der Kurie haben Sie sehr gewissenhaft und zum Wohle unseres Herrn und der Kirche erfüllt. Ich werde über Ihre Person nachdenken müssen. Das, was Sie mir hier eröffnet haben, lastet schwer auf meinen Schultern. Ich werde in mich gehen und den Herrn bitten, mir in dieser schweren Stunde zur Seite zu stehen. Ich bitte Sie, nun zu gehen, damit ich zum Gebet alleine sein kann.«

Kardinal Strenzler nahm seine Hand und küsste den Ring. »Danke, Eure Heiligkeit.«

Dann wandte er sich ab und ging auf die Tür zu. Kurz, bevor er sie erreicht hatte, fragte der Papst: »Wann und wie möchte man, dass ich getötet werde, Kardinal?«

Strenzler drehte sich um und ging zurück.

»Innerhalb einer Woche. Wie, ist mir überlassen.«

Pius XIII. nickte, als hätte er genau diese Antwort erwartet. »Ich denke, Sie hätten gute Chancen, nach meinem Tod zu meinem Nachfolger gewählt zu werden. Ist es das, worauf dieser Mensch spekuliert?«

Strenzlers Blick heftete sich auf das große Kreuz vor ihm. Mit leiser Stimme sagte er: »Herr, vergib mir.« Dann senkte er zum wiederholten Mal den Kopf und sagte leise: »Ja, Heiliger Vater. Damit hätte er die katholische Kirche in der Hand.«

Das Kirchenoberhaupt setzte sich nachdenklich wieder auf die Holzbank.

»Was genau würde geschehen, wenn Sie Papst wären?«

»Friedrich von Keipen käme nach Rom, um hinter mir die Fäden in die Hand zu nehmen. Meine erste Aufgabe würde es sein, offiziell die Reform der Kirche im Sinne der Bruderschaft einzuläuten. Die Kurie und die Bischöfe auf der ganzen Welt würden durch Simoner und ihre Helfer ersetzt.« Er machte einen Moment Pause, bevor er leise weitersprach. »Eine dunkle Zeit würde für die Menschheit beginnen.«

Pius XIII. kniete wieder nieder. Den Blick auf das Kreuz geheftet, sagte er: »Kommen Sie morgen Abend um zwanzig Uhr wieder hierher. Nun gehen Sie bitte.«

Aufgewühlt verließ der Kardinal die Kapelle.

In seiner Wohnung angekommen, setzte sich Kardinal Strenzler auf einen Stuhl und atmete tief durch.

Was würde der Papst nun unternehmen? Das Kirchenoberhaupt war ein sehr intelligenter Mann und die Kirche hatte weltweit die einflussreichsten Verbindungen. Strenzler war sicher, Pius XIII. würde noch an diesem Nachmittag eine Maschinerie in Gang setzen, die es mit jedem Geheimdienst dieser Welt aufnehmen konnte. Er wusste erst seit Kurzem, dass es diese geheime Organisation gab, die dem Papst direkt unterstellt war. Erst in seiner Funktion als Präfekt der Glaubenskongregation hatte er unter dem Eid der Geheimhaltung davon erfahren.

Ebenfalls war er sicher, dass der Papst bis zum nächsten Abend einiges von dem, was er von ihm erfahren hatte, bestätigt bekam. Die Frage war, wie er darauf reagieren würde.

Kardinal Strenzler hoffte inständig, dass Friedrich von Keipen nichts von dem erfuhr, was vor sich ging.

Der nächste Abend bestätigte Strenzlers Vermutungen.

Als er um Punkt zwanzig Uhr die kleine Kapelle betrat, blieb er einen Moment überrascht stehen.

Der Papst war nicht alleine. Neben ihm stand der Kardinal-Camerlengo, ein hagerer Mann mit unglaublich faltigem Gesicht, und sah ihm mit unbeweglicher Miene entgegen.

Strenzler trat ein und schloss die Tür hinter sich. Vor dem Kreuz kniete er nieder und sprach ein kurzes Gebet. Dann wandte er sich den beiden Männern zu.

Der Papst zeigte auf den Mann neben sich und sagte: »Ich habe Kardinal Viteggio eingeweiht. Die Tragweite dieser fürchterlichen Sache erforderte es. Bitte, Kardinal.«

Der Camerlengo nickte kaum merklich.

»Wir haben einiges herausgefunden, was Ihre Angaben bestätigt, Kardinal Strenzler. Bis heute Abend konnten wir die Lebensläufe von über fünfzig aktiven Geistlichen bis zu ihrem Abiturzeugnis des gleichen deutschen Jungeninternats in Kimberley zurückverfolgen. Alle sind mit einer Spanne von sechs, sieben Jahren in etwa gleich alt. Und dies betrifft bisher nur Priester und Bischöfe in Deutschland. Wenn wir das hochrechnen, kommen wir auf eine schwindelerregende Zahl.«

Kardinal Strenzler atmete erleichtert auf. »Dann können Sie gegen die Männer vorgehen?«

Pius XIII. und der Kardinal-Camerlengo warfen sich einen kurzen, verwunderten Blick zu, dann sprach der Mann mit dem faltigen Gesicht weiter: »Das ist leider nicht möglich, Kardinal Strenzler. Diese Männer haben sich im Sinne der Kirche nichts zu Schulden kommen lassen. Ihre Lebensläufe sind tadellos, sie erfüllen ihre Aufgaben ausnahmslos vorbildlich. Sie sind gute Christen und Vorbilder für die ihnen überantworteten Menschen.«

Strenzler nickte verstehend. »Ja, das genau ist das Problem, über das ich mir schon seit Jahren den Kopf zerbreche. Also sind wir machtlos?«

Nun ergriff der Papst selbst das Wort. »Im Grunde genommen, ja. Unser Geschick liegt in den Händen Gottes, und es scheint, dass der Herr uns einer schweren Prüfung unterzieht. Mein Leben, Kardinal, ist dabei nicht von Bedeutung. Wenn Gott den Zeitpunkt für gekommen hält, mich zu sich zu rufen, werde ich ihm dankbar gegenübertreten. Nein, meine Sorge gilt der Kirche. Wenn es so ist, wie es sich im Moment darstellt, werden wir keine Möglichkeit haben, etwas gegen die Bruderschaft zu unternehmen. Wir können diese Männer nicht ohne Grund aus der Kirche ausschließen. Man würde uns Willkür vorwerfen und eine Rückkehr zur Hexenjagd der Inquisition. Die Menschen würden sich von uns abwenden und den Glauben an uns und – was noch viel fürchterlicher wäre – an Gott verlieren. Nein, es gibt nur eine Hoffnung, und dabei lege ich die Zukunft unserer Kirche in Gottes Hände.« Und nach einer Pause fügte er hinzu: »Und in Ihre, Kardinal Strenzler.«

Strenzler hob überrascht die Brauen. »In … in meine Hände? Wie meinen Sie das, Heiliger Vater?«

Papst Pius XIII. wandte sich ab und setzte sich schwer auf die Holzbank. Der Camerlengo sah das als Zeichen, weiterzusprechen. »Papst Pius XIII. wird von seinem Amt zurücktreten, Kardinal.«

Strenzler fuhr herum und ging mit einem Schritt auf die Bank zu. »Das können Sie nicht tun, Eure Heiligkeit. Was würde es ändern? Von Keipen würde den nächsten Papst ebenso töten lassen, wie er es mit Ihnen vorhatte. Er

braucht mich dazu nicht. Es gibt genügend glühende Anhänger der Bruderschaft in der Kurie. Er wird den Befehl
an jemand anderen geben.«

Der Papst wandte den Kopf und sah ihn mit gütigen
Augen an. »Was ist mit Ihrem Leben, Kardinal? Haben
Sie schon daran gedacht, dass auch Ihr Leben in Gefahr
ist, wenn bekannt wird, dass Sie sich zum Wohle der Kirche gegen die Bruderschaft gestellt haben?«

Kurt Strenzler schüttelte stumm den Kopf, woraufhin
Pius XIII. wissend nickte. »Deshalb, lieber Kardinal
Strenzler, sprach ich davon, die Zukunft der Kirche auch
in Ihre Hände zu legen. Es ist unsere christliche Pflicht,
diese Katastrophe von der katholischen Kirche abzuwenden, Kardinal, ungeachtet dessen, welche Konsequenzen
daraus für uns selbst entstehen.«

Damit wandte er sich erneut ab und der Camerlengo
ergriff wieder das Wort.

»Nachdem der Papst von seinem Amt zurückgetreten
sein wird, ist es sehr wahrscheinlich, dass Sie, Kardinal,
zum neuen Papst gewählt werden.«

Strenzler wollte etwas sagen, aber der Camerlengo hielt
ihn mit erhobener Hand davon ab und sprach weiter.
»Nach Ihrer Wahl wird dieser Magus nach Rom kommen, wo wir ihn empfangen werden. Sie werden als Oberhaupt der Kirche und dann wichtigstes Mitglied der Bruderschaft dafür sorgen, dass diese Simoner sich weltweit
zu erkennen geben. Damit haben wir eine Handhabe und
werden gegen sie vorgehen, bevor sie ernsthaften Scha-
den anrichten können. Wir werden versuchen, Ihr Leben
zu schützen, so gut es geht, aber ob uns das gelingt, liegt
alleine in Gottes Hand.«

Als wären seine Muskeln mit einem Mal erschlafft, ließ
Kardinal Strenzler sich auf die Holzbank neben den Hei-
ligen Vater sinken. »Ich? Papst? Ich weiß nicht, ob ich die
Kraft dazu habe.«

Der Papst sah ihn verständnisvoll an. »Mein Sohn, Gott alleine lenkt uns. Der Heilige Geist lenkt auch das Konklave, denn es ist eine gottgegebene Wahl. Darauf werden wir vertrauen.«

Die Nachricht vom Rücktritt Papst Pius' XIII. wurde in der ganzen Welt mit Erstaunen zur Kenntnis genommen.

Dieser Schritt, den zuletzt Papst Coelestin V. am 13. Dezember 1294 unternommen hatte, traf aber nicht nur die Öffentlichkeit, sondern vor allem die Mitglieder der Kurie völlig unerwartet.

Alle Anfragen nach dem Grund für diese Entscheidung wurden von den zuständigen Stellen mit immer dem gleichen Standardsatz beantwortet: *Es sind persönliche Gründe.*

Dabei wussten selbst diese zuständigen Stellen nicht mehr. Die Zeitungen in der Welt übertrafen sich gegenseitig mit Mutmaßungen und angeblichen Geheiminformationen aus ›gut unterrichteten Kreisen innerhalb des Vatikans‹.

Papst Pius XIII. hat seinen Glauben verloren.
Papst zerbricht an Intrigen innerhalb der Kurie.
Das Ende des Papsttums?
Kirchenoberhaupt wurde von Geheimloge erpresst.

Ein einschlägiges Blatt in Deutschland glaubte gar sicher zu wissen, dass er ein millionenschweres Angebot aus der Wirtschaft bekommen hatte.

An den ehemaligen Papst selbst war nicht heranzukommen. Selbst den Kurienkardinälen wurde lediglich mitgeteilt, er verweile schon nicht mehr im Vatikan. Die einzigen beiden Männer außer Jan de Riemer selbst, die wussten, was der tatsächliche Grund für den Rücktritt war, hätten sich eher steinigen lassen, als auch nur ein Wort darüber zu verlieren.

Einer dieser beiden Männer erhielt kurz nach Bekanntgabe einen Anruf aus Südafrika. Er hatte ihn erwartet.

»Kannst du reden?«

»Ja.«

Kurt Strenzler befand sich in seiner Wohnung im Vatikan. Neben ihm saß Kardinal Viteggio, der Camerlengo, und Strenzler hielt das Telefon ein wenig vom Ohr weg, sodass der Mann mithören konnte.

»Was ist da los, Kurt?«

»Nun, Friedrich, der Papst ist zurückgetreten.«

Lautes Schnaufen war zu hören. »Kurt, du solltest meine Nerven nicht überstrapazieren. Ich möchte jetzt sofort von dir hören, warum der Papst zurückgetreten und nicht tot ist. Du hattest einen klaren Befehl.«

Der Camerlengo zuckte kurz zusammen. Das war der definitive Beweis, dass Kardinal Strenzler die Wahrheit gesagt hatte. Mit ruhiger Stimme sagte Strenzler: »Friedrich, du hast mir einmal vor langer Zeit gesagt, du schätzt es an mir, dass ich kein sturer Befehlsempfänger bin, sondern mitdenke. Das habe ich in diesem Fall getan.«

»Du hast meinen Befehl missachtet.«

»Nein, Friedrich, das habe ich nicht.«

Einen Moment war nichts zu hören außer dem leichten Rauschen, von dem ihre Telefonate wegen der großen Entfernung immer untermalt waren.

»Kurt, ich warne dich. Treibe keine Späßchen mit mir, ich bin dazu absolut nicht aufgelegt.«

»Er ist verschwunden und hat einen Brief mit seiner Abdankung hinterlassen. In seinen Privatgemächern hat man einige Dokumente gefunden, die darauf schließen lassen, dass er vor seiner Wahl in einige dunkle Machenschaften der Vatikanbank verwickelt war. Aus Angst vor einem weltweiten Skandal hat der Vatikan deshalb die

Meldung herausgegeben, er sei aus persönlichen Gründen zurückgetreten. Es darf niemals bekannt werden, dass das Oberhaupt der katholischen Kirche ein Gauner war.« Wieder zuckte der Mann neben ihm deutlich zusammen. Strenzler sprach unbeirrt weiter: »Keine Angst, man wird ihn nie finden.«

Mit einem Seitenblick stellte er fest, dass Kardinal Viteggio leichenblass geworden war. Der Mann schwankte verdächtig und Strenzler befürchtete, er würde bald umfallen.

Wieder war nur das Rauschen zu hören. Dann sagte Friedrich mit etwas heiserer Stimme: »Kurt, du jagst mir Angst ein. Ich muss gestehen froh zu sein, dich auf meiner Seite zu haben.«

Kardinal Kurt Strenzler lachte nur kurz auf, erwiderte aber nichts.

Sie sahen sich das erste Mal, seit der Papst zurückgetreten war. Bischof Corsetti klopfte am Abend an seiner Wohnungstür an und trat mit traurigem Gesicht ein.

Als sie sich gegenübersaßen, schüttelte der Bischof den Kopf. »Ich kann es noch immer nicht glauben, Kurt. Warum nur hat er das getan? Ich dachte, es könne keinen besseren Menschen für den Stuhl des Petrus geben als Pius XIII. Weißt du etwas, das man uns nicht sagt?«

Strenzler hob bedauernd die Schultern. »Nein, es tut mir leid. Sein Verhalten ist für uns alle ein Rätsel. Es kam ohne Vorwarnung. Niemand hatte eine Ahnung, als dem Camerlengo nach dem Verschwinden des Papstes das Schreiben überreicht wurde, das man in seinen Privatgemächern gefunden hatte. Ich weiß nur, dass er einen Teil seiner Kleidung mitgenommen hat. Selbst den Ring hat er abgezogen und auf einem Tisch liegen lassen.«

»Es wird viel spekuliert. Hältst du es für möglich, dass ein Verbrechen geschehen ist?« Strenzler schüttelte energisch den Kopf. »Das halte ich für unwahrscheinlich. Man hätte etwas davon bemerken müssen. Niemand kann den Papst gegen seinen Willen unbemerkt aus dem Lateranpalast und dem Vatikan schaffen. Nein, ich glaube, es gab wirklich schwerwiegende persönliche Gründe für seinen Rücktritt.«

Bischof Corsetti sah seinem Freund tief in die Augen. »Glaubst du, du wirst zum Papst gewählt?«

Strenzler fuhr sich mit der Hand über die Augen. »Ich bin einer von rund einhundertfünfzig Kardinälen, Leonardo. Davon sind etwa einhundertzwanzig unter achtzig Jahre alt, haben also das aktive Wahlrecht. Wieso sollte ich denken, dass ausgerechnet ich gewählt werde?«

»Möchtest du denn, dass man dich zum Papst wählt?«

Strenzler sah an dem Bischof vorbei und seine Augen bekamen einen gläsernen Glanz. »Ich weiß nicht, ob ich es wirklich möchte. Ich weiß aber, wenn man mich zum Papst wählen würde, wäre es gottgewollt. Ich würde mich dem fügen.«

»Ich denke, dass du gewählt wirst, Kurt. Ich wünsche es auch, denn nach Kardinal de Riemer kann ich mir niemanden vorstellen, der dafür geeigneter wäre. Und ich weiß, dass viele der Kardinäle ähnlich denken.«

Kurt Strenzler wiegte den Kopf etwas hin und her. »Es gibt aber auch viele Stimmen, die der Meinung sind, es wäre an der Zeit für einen dunkelhäutigen Papst.«

»Und viele, die strikt dagegen sind.«

Strenzler erhob sich mit einem Ruck. »Was sollen wir spekulieren? Bald wird das Konklave beginnen. Der Herr wird uns lenken.«

Es war schon spät und Kurt Strenzler hatte sich dazu entschlossen, der Sixtinischen Kapelle einen Besuch abzustatten.

An diesem Tag hatte die erste Versammlung der Generalkongregation stattgefunden. Bisher waren 114 der 156 Kardinäle des Kollegiums eingetroffen. Von nun an würde jeden Tag eine Versammlung stattfinden, bis alle Vorbereitungen zur Wahl abgeschlossen waren.

Kardinal Strenzler betrat die Sala Regia, den Vorraum der Sixtinischen und der Paulinischen Kapelle. Er hatte keinen Blick für die wunderbaren Fresken aus dem 15. Jahrhundert, mit denen die Wände ausgemalt waren, sondern begab sich auf direktem Wege in die Sixtinische Kapelle, die während der Sedisvakanz des Heiligen Stuhles für die Öffentlichkeit nicht zugänglich war.

Langsam schritt er bis zur Mitte vor. Hier würde in wenigen Tagen das Konklave beginnen, die Wahl des Papstes. Er schloss einen Moment die Augen und durchsuchte sein Gedächtnis nach Fakten über die Kapelle.

Die Sixtinische Kapelle war von Baccio Pontelli geplant und unter Papst Sixtus IV. 1483 eingeweiht worden.

Er öffnete die Augen wieder und ein Lächeln umspielte seine Lippen. Er konnte sich noch immer auf sein Erinnerungsvermögen verlassen. Langsam drehte er sich um die eigene Achse und ließ seinen Blick über die Wandgemälde mit Szenen aus dem Leben Jesu und Moses gleiten. Dann legte er den Kopf in den Nacken und betrachtete das Gewölbe. Auf den Gemälden zeigten über hundert lebensgroße Charaktere Szenen aus der Genesis. An der berühmtesten dieser Szenen blieb sein Blick hängen. ›Die

Erschaffung Adams‹, die zeigt, wie Gottvater mit ausgestrecktem Finger Adam das Leben einhaucht.

Strenzler spürte, wie ihn etwas durchströmte. Ein Gefühl, das er nicht hätte näher beschreiben können. Es war eine eigentümliche Mischung aus mehreren, teils konträren Regungen, die seinen Körper fluteten, als wäre eine Schleuse geöffnet worden. Ehrfurcht, Vorfreude, ein Hauch Unsicherheit, Stolz ...

Es war, als hauche dort oben Gott mit seinem ausgestreckten Arm entgegen dem Titel des Bildes Adam nicht das Leben ein. Nein, er zeigte auf ihn, als wolle er ihm sagen: Du! Du bist auserwählt. Du wirst die Krone tragen und mein Vertreter auf Erden sein. Du bist der Vertreter Gottes. Und im Gesicht des nackten Adam konnte Kardinal Kurt Strenzler nun ganz deutlich seine eigenen Züge erkennen.

Hermann hatte die Vorbereitungen abgeschlossen. Schon vor langer Zeit war er mit seinem Vater übereingekommen, dass er nach Rom reisen würde, wenn die Zeit der nächsten Sedisvakanz kam. Dort wollte er vor Ort nach dem Rechten sehen und alles für Friedrichs Ankunft gleich nach der Wahl vorbereiten.

Der Flug würde am Abend gehen und es blieb ihm noch ein wenig Zeit, bis sein Vater ihn zum Flughafen brachte.

Vor Tagen schon, als sie in den Nachrichten vom unerwarteten Rücktritt des Papstes berichtet hatten, war er von einer nie gekannten Unruhe ergriffen worden. Wie lange hatte er auf diesen Augenblick gewartet? Wie viele Jahre waren vergangen, seit Franz ...

Er schüttelte den Gedanken von sich ab und sprang von seinem Bett auf. Er würde einen letzten Spaziergang machen. Den wirklich letzten, den er hier unternahm.

Hermann verließ das Haus und machte sich, ohne darüber nachzudenken, auf den Weg zu dem ehemaligen Internat, das schon lange einem Österreicher gehörte.

Als er das Anwesen seines Vaters hinter sich gelassen hatte, ging der schmale Weg recht schnell nahtlos in schmutzigen Sandboden über. Mit gesenktem Kopf beobachtete er die kleinen Staubwölkchen, die vor seinen Schuhspitzen aufstoben. Plötzlich tauchte in dem Braun des Sandes ein Bild vor ihm auf. Ein kleiner Junge, der seinen ersten Marsch mit seinem Vater und seinem älteren Bruder unternehmen musste. Der schwere Rucksack bog sein Kreuz nach hinten. Auf der kindlichen Stirn hatte der Schweiß ein krakeliges Muster in den Schmutz gezeichnet. Er jammerte und weinte, doch das nützte ihm nichts. Er musste weiter, immer weiter. Und sein älterer Bruder ging neben ihm her und unternahm nichts, um ihm zu helfen.

Das Bild verblasste und machte wieder Platz für die feinen Risse, mit denen der trockene Boden hier überzogen war.

Doch nicht lange, dann drückte sich dieses Bild wieder durch das Erdreich, erst noch blass, wie transparent, dann immer deutlicher ... Hermann zwang sich, den Kopf zu heben und geradeaus zu schauen.

Franz! Franz verzeih mir. Bald wirst du Ruhe finden! Nur noch ein paar Tage, dann wird er für deinen Tod bezahlen. Dann wirst du endlich deinen Frieden haben.

Seine Gedanken wanderten weiter zu seiner Mutter. Wie es ihr wohl gehen mochte? Er hatte einmal eine Nachricht von ihr erhalten. Das war etwa ein Jahr, nachdem sie aus Kimberley geflohen war. Ein Fremder war bei ihnen aufgetaucht. Ein Deutscher. Er hatte gesagt, er sei ein entfernter Verwandter von Dr. Werner Fissler. Ob man ihm Näheres über den Tod des Arztes erzählen könne. Friedrich hatte kurz angebunden reagiert und dem Mann gesagt, Fissler sei an Krebs gestorben, so viel er wüsste. Mehr könne er dazu nicht sagen. Man hätte es damals nicht für nötig befunden, ihn zu informieren. Dann hatte er den Mann stehen lassen und war gegangen. Als er sicher war, dass Friedrich außer Hörweite war, hatte der Fremde ihn gefragt, ob er Hermann sei. Dann hatte er geflüstert: »Deiner Mutter geht es gut, mein Junge. Sie ist in dem Land, von dem sie dir erzählt hat. Ich soll dir sagen, dass sie dich liebt, und ich soll dich fragen, ob du zu Gott gefunden hast.«

Hermann hätte den Mann umarmen mögen, so sehr freute er sich, endlich von seiner Mutter zu hören.

»Werden Sie sie wiedersehen?«

Der Fremde hatte stumm genickt.

»Richten Sie ihr bitte Folgendes aus: Altes Testament, Psalm 140, Vers 11.«

Der Mann hatte es einmal wiederholt, dann war er wieder verschwunden. Danach hatte Hermann nie wieder von seiner Mutter gehört.

Die Textstelle aus der Bibel kam ihm wieder in den Sinn: »Er wird Strahlen über sie schütten; er wird sie mit Feuer tief in die Erde schlagen, dass sie nicht mehr aufstehen.«

Und ich werde derjenige sein, der dieses Feuer entzündet.

Ohne sich dessen bewusst zu werden, war er an dem knorrigen Affenbrotbaum angekommen. Seine Mutter hatte ihm einmal davon erzählt.

Hier also hast du das erste Verbrechen an meiner Mutter begangen, Friedrich von Keipen.

Er ließ sich im spärlichen Schatten des Baumes nieder und versuchte, nicht an Franz und an seine Mutter zu denken. In seinem Rücken spürte er die harte, schorfige Rinde des Baumes. Die klumpige, rissige Erde drückte an manchen Stellen unsanft gegen das Gesäß. Mit einem Anflug von Ehrfurcht durchströmte ihn eine Ahnung von der unglaublichen Kraft der Natur und des Lebens.

Das alles durfte sein kleiner Bruder Franz nicht mehr erleben, denn er war aus diesem Leben gerissen worden, noch bevor er die Chance hatte zu begreifen, was Leben bedeutet.

Eine schwere Aufgabe lag vor Hermann. Eine Aufgabe, die auch sein Leben entweder beenden oder aber ihn für immer ins Gefängnis bringen würde.

War es das wert?

Die Worte! Sag die Worte!

Seine Augen wurden feucht. Nicht vor Trauer. Es war ein anderes Gefühl, das ihm die Tränen nun über die Wangen rinnen ließ. Wut? Nein, Wut war ein temporäres

Empfinden, das in einem Moment wild aufloderte, um kurze Zeit später schon wieder abzuflachen, ein dumpfes Gefühl zurücklassend. Es war mehr, dauerhafter.

Es war Hass.

Und dann sagte er sich wieder die Worte vor:

Ich werde meinen Bruder rächen.

Ja, das war es wert!

Friedrich saß auf der Veranda und hatte vor sich auf dem Tisch ein Glas Wein stehen. Es war nur schemenhaft zu erkennen. Dunkelheit umfing ihn und ließ das Gebäude der alten Aula, das sich schräg vor ihm erhob, zu einem schwarzen Gebirge werden.

Er mochte die Dunkelheit. Sie befreite die Sinne von allen unwichtigen Eindrücken und öffnete den Geist für ungetrübte, klare Gedanken. Friedrich dachte viel nach in diesen letzten Tagen vor dem größten Triumph seines Lebens.

Bald würde er sich einreihen in die Ahnengalerie der bedeutendsten Männer, die je ihren Fuß auf die Erde gesetzt hatten. Er, Friedrich von Keipen, würde ein Führer werden, wie es bis dato noch keinen gegeben hat. Das, was alle Großen der Geschichte vergeblich versucht hatten, würde ihm gelingen. Die ganze Welt unter einer Führung zu vereinen. Er hatte es sich verdient. Sein ganzes Leben lang hatte er erbittert gekämpft und schwere Verluste hingenommen, um dieses Ziel zu erreichen.

Joss, mein tapferer Freund ...

Er sah das Bild einer jungen, hübschen Lehrerin vor sich, die seinen Antrag ablehnte, weil es jenseits ihrer Vorstellungskraft lag, an der Seite des Führers der Simonischen Bruderschaft zu stehen.

Dann verschwammen die Konturen und bildeten sich verändert wieder heraus. Es war das gleiche Gesicht, aber von der einstigen Schönheit war nichts mehr zu sehen. Zu einer Fratze verzerrt war dieses Gesicht, als sie aus Eifersucht kaltblütig seinen treuen Freund tötete.

Ja, sie hatte damals unter dem Baum recht gehabt. Sie

war nicht geschaffen, um an der Seite eines Mannes wie ihm zu bestehen. Die niederen Gefühle – Eifersucht und Missgunst – waren zu stark in ihr ausgeprägt.

Sie hatte ihm einen starken und einen schwächlichen, kranken Sohn geboren. Die natürliche Auslese hatte letztendlich dafür gesorgt, dass nur der Starke sich durchsetzen konnte. Darwin hatte recht behalten.

Hermann hatte sich nicht ganz so entwickelt, wie Friedrich sich das gewünscht hätte. Er brachte alle körperlichen Eigenschaften mit, die man sich nur wünschen konnte, aber leider hatten sich im Laufe der Jahre doch einige Charakterschwächen gezeigt.

Nun war er in Rom. Zum ersten Mal in seinem Leben trug er Verantwortung für die Bruderschaft. Wenn Hermann auch nur einen kleinen Teil seiner Gene geerbt hatte, würde ihn spätestens bei dem triumphalen Einzug seines Vaters in die neue alte Stadt der Weltherrschaft der Ehrgeiz packen, doch noch der Mann zu werden, der Friedrich von Keipen auf den Thron folgen würde.

Auf den Thron!

Mit genialen Schachzügen war Friedrich unbeirrt seinem Ziel entgegengestürmt. Letztendlich war es nur ihm zu verdanken, dass der dilettantische Plan, den Hermann von Settler erdacht hatte, zu einer tatsächlich durchführbaren Aktion geworden war.

Nun saß »sein Mann« Kurt Strenzler in Rom und wartete auf seine Wahl zum Oberhaupt der katholischen Kirche. Friedrich zweifelte keine Sekunde daran, dass er gewählt wurde.

Strenzler war nach ihm selbst mit Abstand der Intelligenteste aller Simoner. Das machte ihn aber auch sehr gefährlich. Er führte Friedrichs Befehle nicht so aus, wie er sie bekam. Er interpretierte, legte aus, definierte um und ging schließlich den Weg, den er selbst für den besten hielt. Manchmal hatte er sogar recht mit dem, was er tat. Letztendlich lag das natürlich daran, dass er vor Ort saß, während Friedrich die unglaubliche Geistesleistung vollbringen musste, fernab vom Geschehen das gesamte Szenario allein durch seine Vorstellungskraft zu durchschauen. Friedrich musste Kurt neidlos zugestehen, dass er das Problem Pius XIII. sehr gut gelöst hatte.

Nach seiner Wahl zum Papst würde Strenzler sich als Erstes nach Friedrichs Anweisungen mit den Staatsoberhäuptern der überwiegend katholisch geprägten Länder beschäftigen. Mit dem Volk in seinem Rücken konnte er seine Forderungen nach mehr politischem Einfluss durchsetzen. So würde sich der Machtbereich des Papstes schnell vergrößern. Dann würde er die Kirche »öffnen«, sie bürgernäher gestalten.

Religion würde das werden, was Karl Marx so trefflich erkannt hatte. Opium für das Volk. Sie würden die Menschen berauschen mit einer völlig neuen Auslegung des Christentums und die Vatikanstadt zum wirklichen Vatikanstaat und dann zur Drehscheibe der ganzen Welt werden lassen.

Und dann – dann würde Friedrich von Keipen sich zum weltlichen Papst krönen lassen. Was danach mit Kurt Strenzler geschah …

Friedrich grinste in die Dunkelheit und griff nach dem Glas.

Es waren nur noch wenige Tage!

Er ahnte nicht, dass das Ereignis in wenigen Tagen seinen Verstand für immer in ein schwarzes Loch stürzen würde.

5 Tage vor dem Ende

Bischof Corsetti kniete vor dem Altar in der kleinen Hauskapelle. Er bat Gott um Vergebung.

Seit Tagen fühlte er eine stete Unruhe in sich, die kaum vernünftig zu erklären war. Es war ein Gefühl der Fremdartigkeit, obwohl er sich in gewohnter Umgebung bewegte.

Natürlich, der plötzliche Rücktritt von Pius XIII. beschäftigte ihn noch immer sehr, aber das war es nicht alleine.

Er hatte schon einige Male die Zeit der Sedisvakanz im Vatikan miterlebt, aber dieses Mal war es anders als sonst.

Noch nie zuvor war öffentlich so viel über die Nachfolge spekuliert worden. Selbst Kurt Strenzler erschien ihm plötzlich weniger vertraut. Obwohl er es weit von sich wies, schien er sich innerlich bereits darauf vorzubereiten, die weiße Soutane anzulegen. Er war jede Minute, in der er nicht durch die Versammlung der Generalkongregation gebunden war, unterwegs und führte Gespräche mit wahlberechtigten Kardinälen. Kurt Strenzler hatte es schon immer verstanden, die Menschen in seiner Umgebung für sich einzunehmen, aber bei den wenigen Begegnungen zwischen ihnen in den letzten Tagen hatte Corsetti das deutliche Gefühl gehabt, in den Augen des Kardinals nicht die Bestätigung dessen zu finden, was er mit seinen Worten sagte.

Das gleiche Empfinden hatte er damals auch bei Friedrich von Keipen während ihres Besuches gespürt.

Er erinnerte sich, dass er sich damals gewundert hatte, wie unterschiedlich die beiden Männer doch waren, obwohl sie gemeinsam aufgewachsen waren und sich so nahestanden.

Bischof Corsetti hätte sich gewünscht, die Gelegenheit zu einem ausführlichen Gespräch mit Kardinal Strenzler zu bekommen, um ihm seine Gedanken und Sorgen mitteilen zu können. In wenigen Tagen würde das Konklave beginnen und er wurde sich mit Entsetzen bewusst, dass er insgeheim wünschte, jemand anderes möge zum Papst gewählt werden.

Herr, vergib mir meine Gedanken.

Ich bin so verwirrt. Ist es die Missgunst, die Besitz von mir ergriffen hat? Sollte ich nicht erfüllt sein mit Freude, wenn der, der mir so nahesteht, zu deinem Vertreter unter uns Menschen wird? Herr, vergib mir meine Schuld.

Dein Wille geschehe.

2 Tage vor dem Ende

Hermann schlenderte am Rande des Petersplatzes entlang und betrachtete die hoch neben ihm aufragenden Kolonnaden wie ein Tourist, der sich staunend an Berninis Baukunst erfreut. Es war schon weit nach Mitternacht – sehr spät für einen Touristen. Der Petersplatz war großräumig abgesperrt worden, als an diesem Morgen die Aufbauarbeiten für den ersten Segen des neuen Papstes begonnen hatten. Hermann interessierte sich wenig für die Gerätschaften, die auf dem ganzen Platz verstreut standen.

Sein Augenmerk galt dem Dach der Kolonnaden. Er musste eine Möglichkeit finden, nach oben zu gelangen, denn vom Dach aus würde er einen freien Blick auf die mittlere Loggia haben.

Die Vorbereitungen waren fast alle abgeschlossen. Am Nachmittag hatte er diesen kleinen Laden in der Nähe des Petersplatzes gefunden und den Besitzer, einen alten, knochigen Römer, in holprigem Italienisch gefragt, ob er bei ihm etwas für einen hohen Geistlichen der Kurie deponieren durfte. Erst hatte der Mann ihn misstrauisch betrachtet, aber als er ihm eine fürstliche Belohnung versprochen hatte, war er schnell einverstanden gewesen.

Zuvor hatte Hermann den Zettel mit dem Code zum Dechiffrieren der in den Tagebüchern aufgeführten Namen aller Simoner zwischen die Seiten des letzten Tagebuches gesteckt. Das Geheimnis um die Bruderschaft war endgültig gelüftet, sobald Corsetti die Bücher gelesen hatte.

Beim Verlassen des kleinen Ladens hatte er in sich hineingehorcht, ob er etwas wie Reue empfand. Er fand nichts. Hermann hatte das Ende der Kolonnaden erreicht.

Die Entfernung war selbst von hier aus kein Problem für sein Vorhaben.

Und genau in diesem hinteren Bereich entdeckte er neben einer riesigen Bildwand, die für die Übertragung aufgebaut worden war, etwas, das ihm wie eine Fügung Gottes erschien.

Obwohl sein Herz plötzlich zu rasen begann, bemühte er sich, seine Schritte nicht zu beschleunigen. Der große Platz war um diese Zeit noch menschenleer, dennoch durfte er sich keinen Fehler erlauben. Zu viel hing davon ab. So langsam und unauffällig, wie es seine Aufregung zuließ, folgte er dem Bogen der Absperrgitter.

Endlich hatte er die Stelle erreicht und konnte sein Glück kaum fassen. Tatsächlich stand dort, nur etwa fünf Meter vom äußeren Rand des Kolonnadendaches entfernt, ein Leiterwagen. Hermann schätzte, dass die ausfahrbare Sprossenleiter die neunzehn Meter bis zum Dach leicht überbrücken würde. Wie zufällig lehnte er sich gegen den Aufbau und studierte die Vorrichtungen.

In der Mitte war ein schalenförmiger Plastiksitz vor einer Armaturentafel angebracht. Rechts und links davon ragten lange Metallhebel aus der Bodenplatte. Mit ihren schwarzen Kugelköpfen wirkten sie wie abstrakte Blumensträuße eines modernen Künstlers.

Hermanns Blick wanderte über die Armaturen und entdeckte schließlich das Zündschloss. Natürlich war der Schlüssel abgezogen, aber das wäre sowieso nutzlos gewesen. Er hätte um diese Uhrzeit unmöglich den Motor starten können, ohne damit die Aufmerksamkeit der ganzen Umgebung auf sich zu lenken. Fieberhaft überlegte er, wie er nun vorgehen sollte. Sicher gab es irgendwo an dem Leiterwagen auch eine Kurbel, um die Sprossen manuell auszufahren. Doch würde auch das Geräusche verursachen. Zudem waren es noch zwei Tage bis zum Beginn der Papstwahl. Was sollte er jetzt schon dort oben?

Nein, was erst als glücklicher Zufall erschienen war, nutzte ihm letztendlich nichts. Es musste einen anderen Weg geben. Hermann entdeckte ihn, als er sich enttäuscht wieder von dem Wagen abdrückte. Er war so sehr auf den Leiterwagen fixiert gewesen, dass ihm die naheliegende Lösung vorher nicht aufgefallen war.

Die riesige Bildwand war an einem Gerüst angebracht worden. Dieses Gerüst ragte etwa zwei Meter über die Oberkante des Kolonnadendaches hinaus. Hermann konnte es in der Dunkelheit nicht genau erkennen, aber es schien, dass die Stangen dort oben an dem Dach befestigt worden waren, um der Wand Stabilität zu geben.

Er schüttelte über sich selbst den Kopf. Während er fieberhaft überlegt hatte, wie er mitten in der Nacht einen Leiterwagen in die richtige Stellung bringen und die lange Leiter manuell ausfahren konnte, hatte er nur ein paar Meter neben einer bequemen Treppe gestanden, die in Form dreier übereinanderliegender Z bis an das Dach heranführte.

Hermann überzeugte sich mit einem ausgiebigen Rundumblick davon, dass er nicht beobachtet wurde, und legte die Hand auf die Stange, die als Geländer neben der Treppe angebracht worden war.

Auf den beiden Plattformen, die er auf dem Weg nach oben passierte, hielt er jeweils eine Minute inne und suchte den Platz unter sich ab.

Schließlich war er ganz oben und stand zwischen zwei der steinernen Statuen, die im Abstand von etwa eineinhalb Metern über die gesamte Länge der Kolonnaden auf einer steinernen Brüstung angebracht waren. Ohne zu zögern kletterte er über das nur hüfthohe Hindernis und stand auf dem leicht schrägen Satteldach. Vorsichtig machte er einige Schritte zur Seite, um hinter der Bildwand herauszukommen. Dann hatte er freien Blick auf den Petersplatz und die gegenüberliegende Basilika.

Der Platz war perfekt. Selbst in der Dunkelheit, die ihn umgab, hätte er mithilfe des eingebauten Restlichtverstärkers einen präzisen Schuss auf ein Ziel vor der Basilika abgeben können.

Hermann war zufrieden. Er hatte es sich schwieriger vorgestellt. Nun musste er noch eine Möglichkeit finden, sich vor den Augen der Sicherheitskräfte verbergen zu können. Er drehte sich um und kniete sich auf die hellen Dachziegel. Vorsichtig löste er einen der Ziegel, legte ihn zur Seite und steckte einen Arm so tief es ging in die entstandene Lücke. Er spürte keinen Widerstand und zog den Arm wieder heraus. Dann entfernte er drei weitere Dachziegel, sodass die Lücke groß genug für ihn war. In der Schwärze unter sich konnte er nichts erkennen, aber der Dachboden musste etwa eineinhalb Meter unter ihm sein. Hermann setzte sich an den Rand und ließ sich dann vorsichtig herunter.

Er hatte gut geschätzt. Seine Füße fanden Halt, als sein Kopf noch eben über den Rand des Daches herausragte. Langsam tauchte er in den Dachboden ein. Die Luft roch staubig und abgestanden und war durchsetzt mit einem penetranten Gestank. Hermann überlegte, dass es wohl Mäusedreck sein musste.

Angestrengt versuchte er, die fast absolute Dunkelheit mit den Augen zu durchdringen, aber er konnte nichts erkennen. Innerlich stieß er einen Fluch aus und ärgerte sich, dass er nicht daran gedacht hatte, eine Taschenlampe einzustecken. Sich in dieser Dunkelheit von der Lücke über sich wegzubewegen, hätte nichts gebracht, außer dass er vielleicht über etwas gestolpert wäre.

Nein, es hatte keinen Zweck. Er würde in der nächsten Nacht wieder kommen und dann alles mitbringen, was er für einen mehrtägigen Aufenthalt hier oben brauchte. Das Präzisionsgewehr würde er auch dabei haben. Halbwegs zufriedengestellt zog er sich nach oben und schloss die Lücke im Dach wieder.

Fünf Minuten später stand er neben dem Gerüst und warf einen letzten Blick nach oben, bevor er sich auf den Weg in das kleine Hotel machte, wo er sich als Helmut Krein eingemietet hatte.

Der Tag vor dem Ende

Es war schon spät, als Bischof Dengelmann vom Klingeln des Telefons aufschreckte. Er wollte gerade zu Bett gehen und sah verwundert auf die Uhr, während er den Hörer abhob und sich meldete.

»Guten Abend, Bischof Dengelmann. Hier ist Kardinal Strenzler. Bitte entschuldigen Sie die späte Störung, aber wäre es wohl möglich, dass wir uns noch kurz sehen? Es ist sehr wichtig.«

Kardinal Strenzler? Um diese Zeit?

Sie hatten sich schon lange nicht mehr gesehen. Ihre gemeinsamen Spaziergänge fanden schon seit einer Ewigkeit nicht mehr statt, weil der Kardinal den Morgengottesdienst im Campo Santo nicht mehr besuchte. Anfangs hatte Dengelmann noch versucht, den Kontakt trotzdem aufrechtzuerhalten, doch sie trafen sich immer seltener. Auch war kaum noch etwas von Strenzler zu erfahren, nachdem er zum Präfekten der Glaubenskongregation ernannt worden war.

Zum Glück hatten sich Dengelmanns Befürchtungen hinsichtlich erneuter Drohungen aus Südafrika nicht bewahrheitet. Von Keipen hatte kein einziges Mal nachgefragt, warum keine neuen Berichte über die Kongregation von ihm kamen.

Auch sein Verbindungsmann verhielt sich schon seit Langem auffällig ruhig. Dies alles ließ für ihn nur einen Schluss zu: Die Bruderschaft war zu der Einsicht gekommen, dass man nichts erreichte, wenn man ihn unter Druck setzte.

Einige Male hatte er sich in stillen Momenten selbst eingestanden, dass er das große Ziel wohl nicht mehr erreichen konnte. Er wusste, dass noch einige andere Mitglieder der Bruderschaft es in die Kurie geschafft hatten, aber niemand war weiter gekommen als er selbst. Das beruhigte ihn sehr, denn er konnte sich von Keipens Reaktion gut vorstellen, wenn ein anderer an ihm vorbeigezogen wäre, nachdem die Bruderschaft schon so viel Geld in seine Karriere investiert hatte.

Jürgen Dengelmann hatte sich damit abgefunden, das Leben eines Bischofs der Römischen Kurie zu führen. Fast solange er zurückdenken konnte, stand er als Betrüger im Dienst der Kirche, und obwohl er selbst nach so vielen Jahren der traditionellen katholischen Glaubenslehre noch immer nichts abgewinnen konnte, hätte er es schlechter treffen können. Er war zufrieden.

Nun meldete Kardinal Strenzler sich bei ihm am Abend vor dem Beginn des Konklaves und wollte ihn dringend sprechen.

Dengelmann konnte sich keinen Reim darauf machen, aber er war neugierig, was der Kardinal von ihm wollte.

»Eminenz, es ist schon spät. Worum geht es denn?«

»Ich möchte mit Ihnen über S1 reden, Bischof.«

Unwillkürlich hielt er den Atem an. S1? Was konnte der Kardinal über Friedrich von Keipen wissen? Dengelmann spürte ein deutliches Kribbeln unter der Kopfhaut.

»Entschuldigen Sie bitte, Eminenz, aber ich verstehe nicht. Worüber möchten Sie mit mir reden?«

Seine Stimme klang nicht so fest, wie er sich das gewünscht hätte. Kardinal Strenzler quittierte es mit unverhohlenem Lachen.

»Lieber Bischof Dengelmann, lassen Sie mich Ihnen ein paar Stichworte zum besseren Verständnis geben. Sagt Ihnen der Begriff der Simonie etwas? Waren Sie schon einmal in Kimberley? Es soll dort früher ein sehr gutes deutsches Internat gegeben haben. Ich hoffe, das genügt als kleine Hilfe und Sie wissen nun, wovon ich spreche.«

Kleine Schweißperlen bildeten sich auf Dengelmanns Stirn. Wie war das möglich? Woher wusste Strenzler von der Bruderschaft? Hatten sie – hatte er – die Glaubenskongregation und ihren Präfekten dermaßen unterschätzt?

»Wo treffen wir uns, Eminenz?«, fragte er, und es war ihm nun egal, dass seine Stimme heiser klang.

»Na sehen Sie, Dengelmann, ich wusste doch, Sie würden sich erinnern. Erwarten Sie mich in etwa zehn Minuten.«

Jürgen Dengelmann legte auf und starrte das Telefon an. Er musste sofort seinen Kontaktmann verständigen. Oder besser Friedrich von Keipen selbst. Aber wie würde der auf diese Nachricht reagieren? Er, Bischof Jürgen Dengelmann, hatte die ausdrückliche Anweisung, den Kardinal und die Aktivitäten der Kongregation zu überwachen. Wenn von Keipen nun erfuhr, dass …

Schwer ließ er sich auf den Sessel neben dem Telefontischchen fallen. Es blieb ihm nichts übrig, als abzuwarten, welche Informationen der Kardinal tatsächlich hatte. Vielleicht konnte er mit ihm etwas aushandeln?

Etwa eine Viertelstunde nachdem sie das Telefonat beendet hatten, klopfte es an der Tür.

Das Lächeln, mit dem der Kardinal eintrat, verwirrte Dengelmann noch mehr. Als sie sich in dem kleinen Wohnraum gegenübersaßen, kam Strenzler ohne Umschweife zur Sache.

»Bischof, ich werde Ihnen zuerst einige Dinge erzählen, die Ihr, na, sagen wir, Ihr Wissen über die Simoner und Friedrich von Keipen etwas erweitern werden. Dann unterhalten wir uns darüber, wie es weitergeht. Ich bin fast von Beginn an ein Mitglied der Bruderschaft. Nachdem von Keipen vor langer Zeit schon zu dem Entschluss gekommen war, dass Sie es niemals bis ganz nach oben schaffen, wurde ich in die Kurie eingeschleust. Ich habe Ihnen damals auf die Anordnung von Keipens hin die

Möglichkeit gegeben, mit mir in Kontakt zu treten. Sie wissen schon – der Campo Santo. Während Sie eifrig ihre Berichte über die Gespräche mit mir ablieferten, interessierte er sich mehr dafür, was er von mir über Sie erfuhr. So hatte er Sie unter Kontrolle, während ich mich in aller Ruhe auf meine zukünftige Aufgabe vorbereiten konnte. Es ist gut möglich, dass ich in den nächsten Tagen zum Papst gewählt werde und somit das Ziel der Bruderschaft erreicht ist. Das ist der Zeitpunkt, an dem Sie definitiv nicht mehr benötigt werden. Sie haben auf ganzer Linie versagt, Bischof. Muss ich Ihnen erklären, was das im Detail bedeutet?«

Dengelmann wurde blass.

»Sie waren die ganze Zeit … Ich meine, Sie wussten …?« Mit einem Seufzer ließ er die Arme kraftlos an den Seiten des Sessels herunterbaumeln. Seine Stimme klang dünn, als er weitersprach. »Nein, ich denke, die Details brauchen Sie nicht weiter auszuführen.«

Strenzler nickte ernst. »Das dachte ich mir. Sie kennen Friedrich von Keipen gut genug, um sich Ihre Zukunft selbst ausmalen zu können.«

Dengelmann spürte, wie eine eigenartige Leere sich in ihm ausbreitete. Was der Kardinal ihm gerade erzählt hatte, bedeutete nicht nur, dass es mit dem gemütlichen Leben eines Bischofs vorbei sein würde. Wenn Strenzler wirklich zum Papst gewählt wurde – und die Spatzen pfiffen es von den Dächern des Vatikans, dass die Wahrscheinlichkeit dazu sehr hoch war –, würde von Keipen in wenigen Tagen in Rom eintreffen, um seine Fäden zu spinnen.

Friedrich von Keipen in Rom, wahrscheinlich mit einem ganzen Tross ihm treu ergebener Simoner. Er musste etwas unternehmen, und zwar sofort, sonst würde sein Leben in ein paar Tagen vorbei sein.

Aber zuerst musste er Strenzler loswerden. Mit möglichst gleichgültiger Miene raffte er sich auf und hob die Schultern.

»Nun, Eminenz, wir werden sehen. Meinen Glückwunsch, dass Sie es geschafft haben, die Bruderschaft zu ihrem Ziel zu bringen. Ich danke Ihnen für die Informationen und denke, Sie werden noch einiges zu tun haben, bevor morgen die Wahl beginnt.«

Er erhob sich demonstrativ und sah den Kardinal an, der jedoch keinerlei Anstalten machte, ebenfalls aufzustehen.

Gelassen deutete er auf den Sessel und sagte: »Setzen Sie sich wieder, Bischof. Sie denken daran, aus Rom zu flüchten, habe ich recht?«

Dengelmanns Kiefer klappte nach unten. Instinktiv wollte er dementieren, aber etwas im Blick des Kardinals sagte ihm, er solle sich anhören, was er noch zu sagen hatte.

Strenzler wartete geduldig, bis der Bischof wieder saß, dann beugte er sich weit nach vorne und stützte dabei die Ellbogen auf die Knie.

»Wenn Sie es möchten, werde ich Ihnen einen Vorschlag machen, der Ihnen die Möglichkeit bietet, den Kopf aus der Schlinge zu ziehen. Und zwar ohne eine überstürzte Flucht, die sowieso nichts bringen würde. Im Gegenteil wird es Ihnen anschließend sogar weitaus besser gehen, als Sie es sich zum jetzigen Zeitpunkt vorstellen können. Aber ich warne Sie! Wenn Sie sich dazu entschließen, mir zuzuhören, und wenden sich dann gegen mich, werden Sie mich mehr zu fürchten haben als Friedrich von Keipen. Und nun sagen Sie mir – soll ich weiterreden?«

Nach kurzem Zögern nickte Dengelmann. »Gut. Ich höre Ihnen zu.«

Als hätte er nichts anderes erwartet, sagte der Kardinal: »Mein Vorschlag ist denkbar einfach. Ich mache Sie nach meiner Wahl zu meiner rechten Hand.«

Zum zweiten Mal an diesem Abend sank Dengelmanns Unterkiefer herab. Er starrte Strenzler an, als hätte der ihm soeben eröffnet, er selbst, Bischof Jürgen Dengelmann, würde in den nächsten Tagen zum neuen Papst gewählt werden. Als er schließlich seine Sprache wiederfand, sagte er: »Das ist ihr Vorschlag? Und was ist mit Friedrich von Keipen? Denken Sie, er klopft Ihnen auf die Schulter und beglückwünscht Sie zu der außergewöhnlich guten Idee? Oder ist Ihr Einfluss auf ihn so groß, dass er Ihren Wunsch respektiert? Tut mir leid, Eminenz, aber das kann ich mir beim besten Willen nicht vorstellen. Und selbst wenn es so wäre – was soll ich im Gegenzug dafür tun?«

Strenzler lächelte verständnisvoll. Dann erzählte er dem Bischof, was er vorhatte, und mit jedem Satz wurde Dengelmanns Gesicht blasser.

Das Ende

Nach der Eucharistiefeier *Pro eligendo Papa* (»Für die Wahl des Papstes«) im Petersdom zogen die wahlberechtigten Kardinäle in feierlicher Prozession von der Capella Paolina in die Sixtinische Kapelle ein. Dort wurden sie vereidigt, dann gebot der päpstliche Zeremonienmeister »Extra omnes« und alle, die nicht zum Konklave gehörten, mussten die Kapelle verlassen. Zurück blieben neben den Kardinälen nur einige Ordenspriester verschiedener Sprache für die Beichte sowie der päpstliche Zeremonienmeister und ein vorher erwählter Kleriker, um den wahlberechtigten Kardinälen die Betrachtung über die schwerwiegende Aufgabe vorzutragen, die ihnen oblag. Während der Zeit des Konklaves würden die Kardinäle nun völlig von der Außenwelt abgeschnitten sein. Die Wahl musste nach einem genau festgesetzten Zeremoniell vonstattengehen. Die ersten beiden Wahlgänge sollten noch an diesem Nachmittag stattfinden. Ab dem nächsten Tag würde es dann jeweils vormittags und nachmittags zwei weitere Versuche geben, wobei für eine erfolgreiche Wahl eine Zweidrittelmehrheit erforderlich war. Nachdem der Kardinaldekan ihnen feierlich die Eidesformel vorgetragen hatte, leisteten die Kardinäle einzeln ihren Eid, dass jeder von ihnen, sollte er durch Gottes Fügung zum Papst gewählt werden, die Aufgaben des Hirten der Universalkirche in Treue ausüben werde.

Danach wurde gemeinsam gesungen und gebetet. Als schließlich die Zettel für den ersten Wahlgang verteilt wurden, nahm Kardinal Strenzler das Stück Papier mit leicht zitternder Hand entgegen.

In der oberen Ecke waren die Worte *Eligo in Summum*

Pontificem (»Ich wähle zum Papst«) aufgedruckt. Die untere Hälfte war frei, um dort in deutlicher und möglichst verstellter Handschrift den Namen des Gewählten eintragen zu können. Der Dekan wies noch einmal darauf hin, dass die Zettel anschließend zweimal gefaltet werden mussten, bevor die Kardinäle einzeln und mit erhobener Hand zum Altar schreiten würden, an dem die Wahlhelfer standen und auf dem sich eine mit einem Teller bedeckte Urne befand, um die Zettel aufzunehmen. Kardinal Strenzler atmete noch einmal tief aus, dann schrieb er mit stark verstellter Handschrift auf die untere Hälfte seines Zettels: Kurt Kardinal Strenzler.

Schon nach dem ersten Wahlgang lag er deutlich vorne, jedoch reichte die Anzahl der Stimmen noch nicht für eine Zweidrittelmehrheit aus. Die restlichen Stimmen verteilten sich aber auf so viele andere, dass niemand auch nur in die Nähe Kardinal Strenzlers kam.

Die Stimmzettel wurden in den dafür bestimmten Ofen geworfen, anschließend strich der Kardinaldekan etwas Pech über das Papier. So wurde der aufsteigende Rauch schwarz eingefärbt und das wartende Volk wusste, dass die Entscheidung noch nicht gefallen war.

Kurt Strenzler saß an seinem Platz und war bemüht, Ruhe auszustrahlen. In seinem Inneren jedoch fühlte er sich so angespannt wie nie zuvor in seinem Leben. Immer wieder sagte er sich, dass alles auf seinen Wahlsieg hindeutete. Er musste einfach nur abwarten. Nach ein paar Wahlgängen würde man sich mangels ernsthafter Konkurrenz schnell auf ihn einigen. Fast sein ganzes Leben lang hatte er gewartet. Was bedeuteten da schon ein, zwei Tage mehr?

Der zweite Wahlgang fand am späten Nachmittag statt. Nach Auswertung und nochmaliger Kontrolle stand der neue Papst fest.

Als der Kardinaldekan feierlich auf ihn zukam, kostete

es ihn eine fast unmenschliche Anstrengung, ruhig zu bleiben. Ernst fragte er ihn: »Nimmst du deine kanonische Wahl zum Papst an?«

Strenzler nickte. »Ja, mit Gottes Willen nehme ich die Wahl an.«

»Wie willst du dich nennen?«

»Gregor XVII.«

Der Diakon senkte den Kopf. »Gregor XVII., Bischof der Kirche von Rom, wahrer Papst und Haupt des Bischofskollegiums nach dem Willen des einzigen und wahren Gottes.«

Die Ehrenbezeugungen der Kardinäle erlebte Seine Heiligkeit, Gregor XVII., wie in Trance. Er hatte es geschafft! Alle hatte er getäuscht. Die Bruderschaft ebenso wie den abgedankten Papst und seine Helfer. Mit einem genialen Plan war Kurt Strenzler zum mächtigsten Mann der Welt geworden. Solange er zurückdenken konnte, hatte er diesen brennenden Wunsch nach Macht in sich gespürt. Seit diesem denkwürdigen Tag.

Er sah sich selbst noch einmal an der Hand des Vaters über die Trümmer steigen, sah diesen Jungen aus dem zerstörten Geschäft kriechen und hilfesuchend auf sie zulaufen. Das grinsende Gesicht seines Vaters, als er ihm die Pistole hinhielt. Und dann dieses unvergleichliche, unbeschreibliche Gefühl, als er, der dreijährige Kurt, diese Waffe nahm. Als er sie, geführt vom starken Arm seines Vaters, an den Kopf des Jungen hielt und abdrückte. Damals hatte er nicht gewusst, was es war, das ihn daran so sehr faszinierte. Einige Jahre später war es ihm klar geworden: Macht!

Nie wieder konnte etwas auch nur annähernd einen solchen Rausch in ihm entfachen.

Nun endlich hatte er es geschafft.

In einem Nebenraum suchte er sich diejenige der drei bereitliegenden weißen Soutanen aus, von der er annahm, dass sie ihm passte. Man ließ ihn zum Ankleiden alleine. Während er das Gewand überstreifte, wanderten seine Gedanken zurück in die Vergangenheit. Seine Mutter hatte sich abends zu ihm heruntergebeugt und ihn an den Händen ganz dicht zu sich herangezogen. »Kurt, du musst morgen früh mit dem Mann gehen«, hatte sie ihm beschwörend gesagt. »Er wird dich von hier fortbringen, weg von deinem Vater und diesen Männern in Uniform. Ich möchte es so, hörst du, Kurt?« Er hatte stumm genickt und sich in die Küche neben den Ofen gesetzt. Als sein Vater nach Stunden endlich heimgekommen war, hatte er ihm alles erzählt. Während er anschließend unter dem Küchentisch gesessen und beobachtet hatte, wie seine Mutter von ihrem Mann halb totgeprügelt wurde, war er ganz sicher gewesen, dass sein Vater in dem Moment auch dieses unbeschreibliche Gefühl haben musste. Erst Jahre später, nachdem sein Vater an der Ostfront gefallen war, hatte Gerhard Gröllich ihn zu sich nach Bayern genommen. Dort hatte Kurt sich bei einem Unfall die Oberarmverletzung zugezogen.

Der Kardinaldekan betrat den Raum. »Eure Heiligkeit, das Volk wartet auf den Segen seines neuen Papstes.«

Das Volk wartete auf ihn. Der Rausch der Macht durchzog seinen Körper wie ein heißer Luftzug. Er nickte und folgte dem Mann. Auf dem Weg dachte er an Dengelmann. Wie schnell war der Bischof doch bereit gewesen, sich ihm anzuschließen. Er hatte wie die meisten der Simoner, die mittlerweile in die Kurie eingedrungen waren, schnell die Zeichen der Zeit erkannt. Papst Gregor XVII. würde auf einen Tross williger Helfer zurückgreifen können, wenn er die unverbesserlichen Anhänger von Keipens aus dem Verkehr zog. Sie würden ihm auch dabei behilflich sein, die Kirche in seinem Sinne zu reorganisieren und seine weltweite Machtposition auszubauen.

Als sie die Loggia erreicht hatten, war Papst Gregor XVII. beherrscht von dem Gefühl der Bewunderung für sich selbst. Er beobachtete den Kardinaldiakon, der an das Mikrofon trat und die berühmte Formel sprach, mit der ein neuer Papst dem Volk vorgestellt wurde.

Er hörte den Jubel und wusste, die Augen von Millionen Menschen in der ganzen Welt würden in wenigen Augenblicken auf ihm ruhen. Sie würden ihn bewundern, ihn im wahrsten Sinne des Wortes anbeten und sich dabei bewusst sein, dass sein Wort erschaffen und zerstören konnte. Würdevoll trat er hinaus und blickte über den Petersplatz, der von den unzählbaren wartenden Menschen bunt gefärbt war.

Er, Kurt Strenzler, einzig wahrer Papst, würde nun der Menschheit die Gnade seines ersten Segens schenken. Mit einem Lächeln trat er ans Mikrofon.

Dann fiel ein Schuss.

Danksagung

Ein Roman wie dieser lässt sich nicht ohne die Unterstützung und die Hilfe fachkundiger Menschen realisieren, denen ich an dieser Stelle herzlich danken möchte.

Mein besonderer Dank gebührt:

Professor Dr. Erwin Gatz, Rektor des Collegio Teutonico Santa Maria in Campo Santo, Vatikan, der mir in interessanten Gesprächen ein Gefühl für das Leben und Wirken innerhalb der Vatikanischen Mauern gegeben hat.

Herrn Herbert Prömper aus Aachen, der mich während des gesamten Projekts mit seinem umfassenden Wissen unterstützt hat und mir in Rom als ortskundiger Fremdenführer und Kenner des Vatikans zur Seite stand.

Monsignore Amândio José Tomás, Weihbischof der Erzdiözese von Evora, Portugal, ehemaliger Rektor des Portugiesischen Kollegs in Rom, der uns während unseres Aufenthalts dort Unterkunft gewährte und uns am täglichen Leben der jungen Priester hat teilhaben lassen.

Und meiner schärfsten und effektivsten Kritikerin, die mich vor manch unglücklicher Formulierung bewahrt hat – meiner Frau Heike.

Arno Strobel

Die Bestseller-Trilogie aus Dänemark

Ihre Flucht endet –
ihr Albtraum beginnt